Maddie Divine und ihr Mann Travis, ebenfalls Polizist, stecken in einer Ehekrise, seit Travis bei einem Einsatz einen Kollegen verlor und seitdem vom Dienst suspendiert wurde. Und ausgerechnet jetzt verlangen zwei brisante Vermisstenfälle ihr und ihren Kollegen vom LAPD alles ab. Die Knochenmarkspenderin für Tiffany Truesdale, die Tochter des Gouverneurs von Kalifornien, verschwindet spurlos und wenige Tage später kehrt auch Tiffany selbst nach einer Party nicht mehr heim. Maddie und ihr Kollege Darius müssen auf höchster politischer Ebene ermitteln und zugleich wird ihr Vertrauensverhältnis auf die Probe gestellt, als ein Bild auftaucht, das Darius zusammen mit der vermissten Frau zeigt. Warum hat er Maddie verschwiegen, dass er die Frau kannte? Und werden sie die beiden finden, bevor sich Tiffanys Gesundheitszustand dramatisch verschlechtert?

Kathy Bennett war 29 Jahre beim LAPD beschäftigt, davon acht Jahre als Zivilangestellte und 21 als Polizeibeamtin. 1997 wurde sie Polizistin des Jahres. Zeitgleich begann sie mit dem Schreiben und wurde Mitglied verschiedener Autorenvereinigungen in den USA. Mit der Krimiserie um D. I. Maddie Divine landete sie einen Nr.-1-Hit bei Amazon und 2012 wurde »Bis ins Mark« zum Best NOOK Book bei Barnes & Noble gekürt. Sie lebt mit ihrem Mann in Los Angeles, sie haben eine Tochter und eine Enkeltochter.

Juliane Pahnke, Jahrgang 1979. studierte nach einer Ausbildung im Buchhandel und einigen Jahren im Beruf ein paar Semester Geschichte und Antike Kulturen, ehe sie sich ganz dem Schreiben und Übersetzen widmete. Sie lebt mit ihrem Mann und viel zu vielen Büchern (sagt er) in Westfalen.

KATHY BENNETT

BIS INS MARK

ROMAN

Übersetzt von Juliane Pahnke

Berlin Verlag Taschenbuch

Mehr über unsere Bücher und Autoren:
www.berlinverlag.de

FSC
www.fsc.org
MIX
Papier aus verantwortungsvollen Quellen
FSC® C083411

ISBN 978-3-8333-1012-6
Januar 2016
Die Originalausgabe erschien 2012 unter dem Titel
A Deadly Blessing
bei Amazon Digital, USA

Umschlaggestaltung: ZERO Werbeagentur, München
Umschlagmotiv: Katya Evdokimova/Arcangel Images
Gesetzt aus der Swift von psb, Berlin
Druck und Bindung: CPI books GmbH, Leck
Printed in Germany

Ich widme dieses Buch den drei wichtigsten Menschen
in meinem Leben: meinem Mann Rick,
meiner Tochter Jaimie und meiner Mutter Marjorie.
Ohne ihre Ermutigung, Unterstützung und Liebe
würde es das Buch nicht geben.

1 – MADDIE

»Maddie, leg jetzt nicht auf.«

»Travis, ich arbeite. Ich kann jetzt nicht reden.«

»Du arbeitest immer. Was ist dir wichtiger, unsere Ehe oder dein Job?«

Mein Partner Darius Cutter nahm mir das Handy aus der Hand. »Ey, Alter, sie ruft später zurück. Der Chief und die Bürgermeisterin warten auf uns.« Er klappte mein Handy zu und gab es mir zurück. »Los geht's.«

»Das hättest du nicht tun sollen.« Sofort vibrierte das Telefon wieder in meiner Hand. Auf dem Display erschien ein Foto von meinem Mann, auf dem er lächelte – ein Foto, das aufgenommen wurde, als es Travis gut ging und er sich normal verhielt. Ein Stich der Sorge bohrte sich in mein Herz.

»Ignorier es«, sagte Darius und meinte das vibrierende Telefon. »Ruf ihn zurück, wenn wir aus dem Meeting kommen.« Er ging voran durch den Lärm des Großraumbüros Richtung Eingangshalle, wo wir in den Aufzug stiegen.

Darius hatte recht, das wusste ich. Wenn der Polizeichef anruft und dich zu einem Treffen mit der Bürgermeisterin zitiert, reißt du dir den Arsch auf, um rechtzeitig dort zu sein. Aber mein Mann war ziemlich nervös, um es mal vorsichtig zu formulieren. Die Schuld wog schwer, meine Arbeit über seine Bedürfnisse zu stellen. Aber ich redete mir ein, dass Travis auch ein Cop war und wusste, dass das manchmal notwendig war. In der Zwischenzeit folgte ich meinem

Partner. Wir liefen durch das Polizeigebäude und dann rüber zum Rathaus.

Passiert auch nicht alle Tage, dass ein Mädchen den Polizeichef *und* die Bürgermeisterin von Los Angeles trifft. Ich fragte mich schon, warum das heute ausgerechnet mir zuteilwurde.

Wir standen in der Lobby, weil man uns gesagt hatte, wir sollten hier auf Chief Fryer und seinen Adjutanten warten. Ich drehte meinen Ehering um den Finger; ein sicheres Anzeichen für Nervosität. Technisch gesehen ist der Chief mein Boss, aber als eine von mehreren Hundert LAPD-Detectives, die für ihn arbeiten, hatten sich unsere Wege nie gekreuzt – bis heute.

Ich bemerkte ein feuchtes Glänzen auf Darius' Stirn. Der Schweiß auf seiner mokkafarbenen Haut war der einzige Hinweis darauf, dass auch er gestresst war. »Mir gefällt das nicht«, sagte Darius. »Ich hab ja mit diesem ›Beeilt euch, und dann müsst ihr warten‹ gerechnet, aber wir wissen ja nicht mal, warum wir hier sind. Ich mag es nicht, unvorbereitet in ein Meeting zu gehen. Schon gar nicht mit dem Chief und der Bürgermeisterin. Warum die ganze Geheimnistuerei?«

Ich holte mein Lipgloss aus der Tasche und zog meine Lippen nach.

»Na, machst du dich schick?«, fragte Darius und musterte mich aus dem Augenwinkel.

»Sicher doch. Hast du denn an der Akademie nichts gelernt? Erinnere dich: *improvisieren, adaptieren und bewältigen.*«

»Ich habe genug adaptiert, als dein Partner gehört Improvisieren zum Geschäft – obwohl ich nicht weiß, wie ich das immer bewältige.«

»Touché«, sagte ich. Durch die Glastür sah ich den SUV

des Chiefs an den Bordstein rollen. »Da sind sie.« Sofort gingen die beiden Türen auf der Beifahrerseite auf. Der Cop Nummer eins dieser Stadt stieg vorne aus, ein uniformierter Lieutenant stieg von der Rückbank.

Wenn man ein Casting veranstaltet hätte, würde man kaum jemanden finden, der weniger wie ein Polizeichef aussah als Marlon Fryer. Sein käsiges, dickes Gesicht saß auf dem Körper eines Michelinmännchens. Seine grau melierten Haare waren sorgfältig über die Glatze gekämmt und würden vermutlich beim kleinsten Windstoß hochklappen wie eine Kellertür.

Noch überraschender war, dass der Mann ein Depp war. Der einzige Grund, warum er zum Chief berufen worden war, war, dass die Polizeikommission und die Bürgermeisterin die Medien mit der Tatsache ködern konnten, einen offen schwulen Polizeichef berufen zu haben. Die Idee dahinter war, dass ein Chief mit einem alternativen Lebensstil sicher in der Lage war, der Polizeibehörde einen »sanfteren, freundlicheren« Touch zu verleihen. Schließlich waren wir in L. A., und in L. A. zählte vor allem das Image.

Der Lieutenant, der den Chief begleitete, war eine ganz andere Hausnummer. Sein Gesicht war wie Granit, das man auseinandergehauen und wieder zusammengesetzt hatte. Er schloss die Augen bis auf einen Spalt und musterte mit strengem Blick die Leute, die wie eine Ameisenlegion durch die Lobby eilten. Kein Deut Wärme oder Freundlichkeit ging von diesem Mann aus. Offensichtlich war er dazu auserkoren, das Harter-Hund-Ying neben dem weichen Yang des Chiefs zu bilden.

Darius und ich stellten uns beiden Männern vor und sie führten uns zu einem Fahrstuhl hinter der Sicherheitsschleuse. In dem engen Art-déco-Würfel standen wir schweigend nebeneinander und starrten auf die beleuchteten Nummern, die unseren Aufstieg anzeigten.

Wir betraten einen kleinen Korridor, der zu den Büroräumen der Bürgermeisterin führte. Granitgesicht meldete uns bei der Empfangsdame an und plötzlich schwang die Tür zum mittleren Büro auf.

»Chief Fryer, ich danke Ihnen, dass Sie so kurzfristig kommen konnten. Ich bin sicher, Sie mussten Ihren gesamten Tagesplan über den Haufen werfen, um mich unterzubringen.« Bürgermeisterin Pilar Luna schenkte ihm ein breites Lächeln und warf ihre langen, mahagonifarbenen Locken über die Schulter.

Fryer erzitterte fast bei ihren lobenden Worten und reichte ihr die Hand. Sofort stellte er ihr Granitgesicht als Lieutenant Keever vor und zeigte dann auf uns. »Darf ich Ihnen die Detectives Darius Cutter und Madison Divine vorstellen? Darius und Madison sind die leitenden Ermittler unserer Abteilung für Vermisstenfälle.«

Die Bürgermeisterin musterte uns kurz und schüttelte zuerst Darius die Hand. Als sie meine nahm, war ich von der Kraft überrascht, die im Händedruck der kleinen Hispana steckte. Die Bürgermeisterin war der Liebling der Presse von Los Angeles. Ihr gutes Aussehen und das ständige Lächeln zog die Reporter an wie der Santa-Ana-Wind die Brandstifter.

»Freut mich, Sie kennenzulernen«, sagte sie und musterte mich mit ihren dunklen, großen Augen.

Sie ließ meine Hand los und ließ uns in ihr Heiligtum folgen. Bevor sie die Tür schloss, steckte sie den Kopf noch mal nach draußen.

»Crystal, solange nicht jemand stirbt, unterbrich uns nicht. Und sobald unser Gast eintrifft, bring ihn bitte sofort rein.«

Während die Bürgermeisterin abgelenkt war, nutzte ich die Gelegenheit und schaute mich um. Offensichtlich waren die Budgetkürzungen, unter denen alle Behörden der Stadt litten, hier nicht zum Tragen gekommen.

Terrakottafarbene Seidenvorhänge umrahmten einen Postkartenausblick auf die Skyline der Stadt. Der Boden aus Hartholz war mit einem bunten Teppich bedeckt. Statt der sonst üblichen harten Halogenlampen hing ein schmiedeeiserner Kandelaber über dem Konferenztisch. Eine kleinere Version hing über dem rustikalen Schreibtisch der Bürgermeisterin. Auf jedem freien Platz stand mexikanische Volkskunst.

»Möchten Sie sich nicht an den Konferenztisch setzen?«, lud die Bürgermeisterin uns ein. »Möchte jemand etwas trinken? Wasser, Kaffee, Limonade?«

Sie klingt wie eine Stewardess.

»Nein danke«, murmelten wir alle und gingen zu dem großen Tisch.

Ich bemerkte, wie Lieutenant Keever der Bürgermeisterin auf den Hintern starrte, während sie uns quer durch den Raum führte. Ihr marineblaues Designerkostüm betonte die wohlgeformten Beine, eine schmale Taille und riesige Brüste, die zweifellos ein Chirurg in Beverly Hills geformt hatte.

Ich stellte mich etwas aufrechter hin und schob eine Strähne meiner zerzausten braunen Haare hinters Ohr. Mein Jackett, die schwarze Hose und die bequemen, flachen Schuhe waren definitiv nicht vom Designer. Aber im Gegensatz zu mir musste die Bürgermeisterin ja auch nie bei der Jagd nach einem Verdächtigen über eine Mauer springen. Bei mir kam das manchmal vor.

Chief Fryer schob sich hastig an ihr vorbei und zog ihren Stuhl hervor.

So ein Schleimer.

Sobald wir saßen, richteten sich alle Blicke auf die Bürgermeisterin.

»Sie fragen sich bestimmt, warum ich Sie hergerufen habe und was so dringend ist.« Pilar beugte sich vor. »Ich weiß selbst nicht viel. Eine Frau wird vermisst und aus irgendwelchen Gründen hat Gouverneur Truesdale ein persönliches Interesse an ihr.«

Ich bemerkte den überraschten Ausdruck, der über Darius' Gesicht huschte, doch er hatte sich schnell wieder unter Kontrolle. Ich ging in Gedanken unsere letzten Vermisstenfälle durch und mir fiel keiner ein, der die besondere Aufmerksamkeit des Gouverneurs erklären würde.

Die Bürgermeisterin sprach weiter. »Der Grund, warum dieses Meeting so überhastet einberufen wurde, ist, dass ich den Gouverneur jeden Augenblick hier erwarte. So kann er uns allen auf einmal die Umstände genauer erklären.«

Das wurde ja immer besser, dachte ich. Erst die Bürgermeisterin. Dann der Gouverneur. Wer kam als Nächstes? Der Präsident?

Das ganze Szenario war jedenfalls interessant. Es war kein Geheimnis, dass die Bürgermeisterin und der Gouverneur zusammen waren. Er teilte seine Zeit zwischen seinem eigenen Zuhause in Bel Air und der Gouverneursvilla in Sacramento auf. Es überraschte mich nicht, dass Pilar Luna eine Erklärung dafür wollte, warum eine andere Frau das Interesse ihres Gouverneurs und Freundes weckte. Wenn ich mit ihm zusammen wäre, wäre ich auch neugierig. Aber ich fragte mich auch, wie nahe sich die beiden wirklich standen, wenn er ihr bisher noch nichts von der vermissten Frau erzählt hatte. Vielleicht wurde ihre Beziehung eher für die Klatschblätter geführt und war nichts Ernstes. Typisch L. A. eben.

Im Vorzimmer brach hektische Aktivität aus, gefolgt von einem kurzen Klopfen an der Tür der Bürgermeisterin. Gouverneur Preston Truesdale stürmte in den Raum, gefolgt von einem anderen Mann. Truesdale stellte uns rasch seinen Stabschef Martin Bain vor, und sie setzten sich zu uns an den großen Tisch.

Preston Truesdales neonblaue Augen und sein dunkles, gutes Aussehen hatten ihm in den Neunzigerjahren als Schauspieler, der sogar den Oscar einheimsen konnte, gute Dienste erwiesen. Er nutzte seinen Ruhm, um seinen Unmut über die Politik und die Lage der Dinge im Golden State auszudrücken. Die Medien und die Yuppies der Traumfabrik unterstützten seinen Wunsch nach Wandel und brachten Preston ins politische Rampenlicht. Inzwischen führte er Kalifornien, und jüngsten Gerüchten zufolge wollte er als Nächstes ins Weiße Haus.

Bain trug eine Betonfrisur wie einen Helm, die zu seinen perfekt manikürten Fingern passte. Er schaute niemandem in die Augen und erinnerte irgendwie an einen Gebrauchtwagenhändler.

»Martin, verteil die Fotos«, wies der Gouverneur ihn an. »Das hier ist Heather McCall«, sagte Truesdale, als die Fotos einer jungen Frau an uns verteilt wurden. »Sie ist 28, lebt allein in Northridge und arbeitet als Nanny. Offensichtlich ist sie verschwunden.« Er atmete tief durch. »Sie ist außerdem die Knochenmarkspenderin für meine Tochter Tiffany.«

»O Preston«, flüsterte Pilar.

Ich betrachtete das Porträtfoto von Heather McCall. Die Frau war ein echter Knaller. Keine Latina, eher aus dem Mittleren Osten oder mit asiatischem Einschlag. Kunstvolles Make-up betonte die ausdrucksstarken, dunklen Augen, und dichtes, schwarzes Haar hing lang und glatt über einem lavendelfarbenen Pullover, der üppige Brüste erahnen ließ. Heather McCall sah überhaupt nicht wie eine Nanny aus. Gewöhnlich sorgt ein Vermisstenfall, in dem es um eine junge Frau geht, bei mir immer dafür, dass ich einen schmerzhaften Knoten in meinem Bauch spüre. Obwohl die Frau auf dem Foto so zart aussah, war etwas in ihren Augen, das mir verriet, dass sie in ihrem Leben schon viel gesehen hatte.

»Gouverneur, ich bin Maddie Divine vom LAPD«, sagte ich. »Wer hat ihr Verschwinden gemeldet?«

Truesdale blickte seinen Stabschef Martin Bain fragend an.

»Das war das Krankenhaus«, sagte Bain. »Sie hatten Probleme mit den Papieren für die Transplantation und haben die ganze vergangene Woche versucht, Miss McCall telefonisch zu erreichen. Dann haben sie mich kontaktiert und ich habe es ebenfalls anderthalb Tage ohne Erfolg versucht.«

»Hat schon jemand ihre Wohnung überprüft? Gibt es irgendwelche Anzeichen dafür, dass etwas nicht mit rechten Dingen zugeht?«, fragte ich.

Bain nickte. »Ich bin am ersten Tag zu ihr gefahren. Niemand antwortete auf mein Klopfen und der Hausmeister war nirgends aufzutreiben.«

»Hat Heather einen Mann oder Freund?« Das ist eine der ersten Fragen, die wir stellen, wenn eine erwachsene Frau vermisst wird.

Bain warf mir einen anzüglichen Blick zu, während Preston in den Papieren wühlte. »Nicht, dass wir wüssten«, sagte der Gouverneur. »Aber sie ist eine hübsche Frau. Es würde mich überraschen, wenn es keinen Mann in ihrem Leben gäbe.«

»Gouverneur, können Sie mir sagen, wie Heather die Knochenmarkspenderin für Ihre Tochter wurde? Ist sie eine Freundin der Familie oder eine Verwandte?«, fragte Darius.

»Tatsächlich ist es so, Detective«, sagte Bain und richtete seinen Blick auf Darius. »Wir haben haufenweise Blutspendenaktionen gemacht, um, bitte entschuldigen Sie das Wortspiel, die Datenbanken vollzupumpen und den Leuten bewusst zu machen, dass alle möglichen Spender gebraucht werden. Ich glaube, Miss McCall wurde bei einer dieser Typisierungsaktionen gefunden.«

»Was ist mit ihrer Familie?«, hakte Darius nach.

Der Gouverneur klappte die Akte vor sich zu. »Ehrlich gesagt, habe ich nicht viele Informationen über sie. Meine Leute arbeiten daran. Bisher haben wir vor allem die Krankenakten, die sie im Vorfeld ihrer Knochenmarkspende für meine Tochter freigegeben hat. Alle Informationen werden direkt an Sie weitergeleitet.« Der Gouverneur warf Bain einen Blick zu und dieser verteilte seine Visitenkarten. Wir gaben ihm im Gegenzug unsere.

»Gouverneur, ist es möglich, uns die Kopie der Akte zuzufaxen?«, fragte Darius und ließ Bains Visitenkarte in die Hemdtasche gleiten.

»Auf jeden Fall«, sagte der Gouverneur. Sein Blick wurde hart. »Meine Tochter braucht dieses Knochenmark, und Heather McCall ist weit und breit die einzige passende Spenderin. Wir müssen sie ausfindig machen, und zwar schnell.«

»Und wie viel Zeit haben wir, Gouverneur?«, fragte Chief Fryer. »Ich meine, wie lange, bevor Ihre Tochter ... äh ... mh ...«

Truesdale sah Fryer an, als hielte er ihn für den Idiot, der er auch war.

»Ich glaube, je schneller Sie Miss McCall finden, desto besser wird sich der Gouverneur fühlen«, warf die Bürgermeisterin ein.

Bain schaute auf die Uhr und räusperte sich. »Sir, wenn wir noch bei Ihnen zu Hause vorbeiwollen, damit Sie Tiffany sehen können, müssen wir jetzt los. Sie müssen in weniger als vier Stunden zurück in Sacramento sein, um am Dinner zur Wiedereinweihung des Kapitols teilzunehmen.«

Jetzt weiß ich, wohin meine Steuergelder gehen, dachte ich. Der Gouverneur jettet mehrmals am Tag nach Sacramento und zurück. Kein Wunder, dass der Staat pleite ist.

Preston erhob sich von seinem Stuhl und trat zur Bürgermeisterin. »Pilar, ich danke dir sehr, dass du dieses Treffen so schnell möglich gemacht hast.«

Ich beobachtete, wie er sich vorbeugte und ihr einen Luftkuss gab. Sie erwiderte ihn.

Mir entging nicht, wie seine Hand den Rücken der Bürgermeisterin entlangglitt.

Preston wandte sich mit bohrendem Blick an Chief Fryer. »Ich gehe davon aus, täglich von Ihnen einen Bericht zu bekommen?«

»Natürlich, Gouverneur.«

»Gut. Das Leben meiner Tochter hängt von Ihren Bemühungen ab. Lassen Sie mich nicht im Stich.«

Innerhalb von Sekunden waren Preston und sein Stabschef verschwunden.

Darius beugte sich zu mir und flüsterte: »Gut, dass wir keinen Druck haben, was?«

»Ja, genau«, sagte ich. »Hoffen wir, die Nanny hat einen Freund und hält sich bei ihm auf.«

Die Bürgermeisterin wandte sich an uns. »Ich danke Ihnen beiden für Ihr Kommen. Chief Fryer hat mir versichert, er werde mich über die Fortschritte auf dem Laufenden halten. Viel Glück.«

Diesmal gab es kein unangenehmes Schweigen, als wir im Fahrstuhl nach unten fuhren. Der Chief machte uns sehr deutlich, dass er zweimal täglich über den Fall informiert werden wollte. »Sie können direkt in meinem Büro anrufen. Wenn Sie mich nicht erreichen, sprechen Sie mit Lieutenant Keever.«

Ich nickte und lächelte, doch in meinem Innern krampfte sich bei der Vorstellung eines täglichen Gesprächs mit Granitgesicht alles zusammen.

Im Erdgeschoss des Rathauses wandte sich der Chief an Keever. »Sie benachrichtigen Lieutenant Conrad«, sagte er und meinte damit unseren Boss. Dann, mit der Nachdrücklichkeit eines Generals aus einem Fünfzigerjahre-Kriegsfilm, sagte er zu uns: »Gehen Sie da raus und finden Sie Heather McCall.«

Auf dem Weg zurück zum Präsidium holten Darius und ich uns zwei große Becher Kaffee von Starbucks. Wir wussten, dass dies für eine ziemlich lange Zeit unsere letzte Pause sein konnte. Ich überlegte, ob ich Travis zurückrufen sollte, aber ich wollte mich nach dem Meeting erst ein wenig sammeln, ehe ich das Gespräch mit ihm in Angriff nahm. Ich wusste, dass er angepisst sein würde, weil Darius ihn weggedrückt hatte. Jeder in seinen eigenen Gedanken versunken, betraten mein Partner und ich die verglaste Lobby des modernen Polizeigebäudes.

Ich fühlte mich nicht wohl in diesem kantigen Gebäude mit seinem Geruch nach neuem Teppich und Farbe. Die Kommandozentrale glänzte wie ein Sternchen auf dem roten Teppich, schlank und geschmeidig, aber ohne jede innere Stärke. Oh, es besaß natürlich den neuesten technischen Schnickschnack, und neben dem Büro des Chiefs gab es sogar eine private Terrasse, auf der er eine Abendgesellschaft für seinen Kommandostab und andere politische Kumpel geben konnte.

Aber ich trauerte dem alten Parker Center hinterher. Mit der schalen Luft, die seit Jahrhunderten in den schäbigen, langen Gängen hing und mit den wenig vertrauenswürdigen Fahrstühlen. Das altmodische und inzwischen verlassene Polizeihauptgebäude war immer geschäftig gewesen – die bösen Jungs wurden hier ohne Aufsehen und in aller Ruhe hinter Gitter gebracht.

Sobald wir wieder in unserem Büro waren, platzierte ich meinen Hintern in dem von der Stadt gestellten und daher unbequemen Bürostuhl. »Also, Partner. Wie sollen wir diesen Fall aufteilen?«

Bevor Darius antwortete, kam unser direkter Vorgesetzter Lieutenant Larry Conrad, auch als Larry der Frauenschläger bekannt, auf uns zumarschiert. Er blickte uns an, als wären wir zwei Gangster, die gerade Dope weggeworfen hätten. Ich verkniff mir ein Stöhnen, und Darius setzte sich etwas aufrechter hin.

Vor Jahren und lange bevor ein berühmter Footballspieler vor Gericht gebracht wurde, weil er seine Frau ermordet haben sollte, geriet unser Boss in Teufels Küche, weil er einen Streit mit Mrs. Conrad hatte. Für sie endete er mit zwei schwarzblauen Augen und ein paar gebrochenen Rippen im Krankenhaus. Conrad war danach sofort in Larry der Frauenschläger umgetauft worden. Gerüchten zufolge musste Conrad zu einem Gespräch unter vier Augen zum Chief. Vier Monate später wurde Larry der Frauenschläger zum Lieutenant befördert.

»Cutter und Divine, ich will Sie in meinem Büro sehen. Sofort.« Sein Gesicht war knallrot vor Wut, was selten Gutes verhieß.

Sobald wir uns in Conrads Büro eingefunden hatten, wies er Darius an, die Tür zu schließen. Dann zeigte unser Boss auf zwei Stühle, die an der Wand standen. Wir setzten uns. »Cutter, was zur Hölle haben Sie sich bloß dabei gedacht?«, wütete er los und tigerte vor uns auf und ab. »Warum haben Sie mich nicht angerufen und mir mitgeteilt, dass Sie sich wegen einer vermissten Frau mit dem Chief treffen?«

Ich biss mir auf die Lippen, um nicht zu grinsen. Wenn Conrad angenervt war, weil wir den Chief getroffen hatten, bekam er vermutlich einen Herzinfarkt, wenn er erfuhr, dass die Bürgermeisterin und der Gouverneur auch dabei gewesen waren.

»Lieutenant, als Chief Fryers Büro anrief und Maddie und mich zu einem Meeting zitierte, hat man uns gesagt, wir sollten alles stehen und liegen lassen. Wir sind direkt zum Büro der Bürgermeisterin gefahren.«

Der Frauenschläger blieb stehen. »Die Bürgermeisterin? Die Bürgermeisterin? Sie waren bei einem Meeting mit dem Chief *und* der Bürgermeisterin und haben mich nicht angerufen?« Conrads Stimme erreichte Höhen, um die ihn ein wütendes Mädchen im Teenageralter beneidet hätte.

»Sir, ich bin nur den Befehlen des Polizeichefs gefolgt. Ich habe nicht versucht, irgendwas vor Ihnen zu verbergen.«

Ich war beeindruckt; die Stimme meines Partners war so weich wie mit Spucke polierte Schuhe. Conrads Gesicht verfärbte sich von Rot zu Purpur.

»Cutter, mit das Erste, was man Ihnen an der Akademie beibringt, ist doch wohl, Ihren gesunden Menschenverstand zu benutzen. Jeder Idiot hätte zuerst seinen direkten Vorgesetzten angerufen und ihm mitgeteilt, dass er auf dem Weg zu einem Meeting mit hochrangigen Leuten ist.«

Ich konnte mich nicht länger zurückhalten. Als Frau war

es mir nicht oft vergönnt, dem Boss einen mitzugeben, und die seltene Gelegenheit, Larry dem Frauenschläger die Federn zu stutzen, ließ ich mir nicht entgehen. Er verdiente es, und *Mrs.* Conrad wäre sicher meiner Meinung.

»Detective Cutter hat versucht, Sie anzurufen, Lieutenant«, sagte ich. »Aber sein städtisches Diensthandy hat wieder mal den Geist aufgegeben. Und als wir im Büro der Bürgermeisterin waren, blieb keine Zeit mehr, Sie vor dem Eintreffen des Gouverneurs noch zu benachrichtigen.«

Darius schloss die Augen und wappnete sich gegen den unausweichlichen Wutausbruch.

Conrad stand wie eine verstummte Bauchrednerpuppe da. Er klappte den Mund auf und wieder zu, doch kein Wort kam über seine Lippen. Sein wilder Blick sprang zwischen Darius und mir hin und her.

Darius öffnete die Augen.

»Sie haben den Gouverneur getroffen?«, stieß Conrad schließlich hervor.

»Sir, wir hatten ja keine Ahnung. Nicht mal der Chief wusste, dass der Gouverneur kommen würde.« Mutig fügte er hinzu: »Es war der Gouverneur, der die Informationen über die vermisste Frau dabeihatte. Aber nicht viel; er konnte uns nur ihre Krankenakte liefern.«

»Sie beide haben sich da wirklich in die Scheiße geritten. Ich glaube, Sie haben mich mit voller Absicht von dem Meeting ferngehalten.« Speichel flog aus dem Mund des Lieutenants, als er mit dem Zeigefinger vor uns rumfuchtelte. »Ich sage Ihnen beiden jetzt mal was. Mir ist es egal, wie dünn die Personaldecke bei unserer Einheit ist. Ich werde trotzdem alles in meiner Macht Stehende tun, um Sie beide rauszuhaben. Und jetzt an die Arbeit mit Ihnen und finden Sie diese Frau!«

Darius und ich sagten nichts. Wir verließen das Büro und zuckelten zurück zu unseren Schreibtischen.

»Ich glaube, Larry der Frauenschläger hat gerade eine innere Kernschmelze erlebt«, sagte ich.

Darius ließ sich in seinen Stuhl fallen und nahm einen Schluck von seinem inzwischen kalten Kaffee. »Ja, und du hast ihm dazu noch das Feuer unterm Arsch geliefert. Konntest es ja nicht abwarten, ihm von Truesdale zu erzählen.«

»Ach, komm schon, Darius. Sag mir nicht, dass es dir nicht gefallen hat, ihn ausflippen zu sehen. Er ist so ein Arschkriecher, und es macht ihn wahnsinnig, dass er das Tête-à-Tête mit dem Chief verpasst hat. Ich wette mit dir, der Chief hat ihn absichtlich rausgehalten.«

Ein kleines Lächeln umspielte Cutters Lippen. »Vielleicht.« Er schob den Stuhl vor den Schreibtisch, und ich setzte mich an meinen. »Aber so unterhaltsam es auch war, Larry ausflippen zu sehen, er wird uns dafür bezahlen lassen. Darauf kannst du wetten.«

2 – PRESTON

»Dad, warum kann ich nicht bei Penny übernachten? Seit meiner Bluttransfusion gestern fühle ich mich echt super. Außerdem darf ich nach meiner Transplantation so lange nicht mit meinen Freundinnen ausgehen«, beklagte sich die sechzehnjährige Tiffany.

Preston verzog innerlich das Gesicht bei der Erwähnung der Transplantation. Er hatte nicht vor, seiner Tochter zu erzählen, dass ihre Knochenmarkspenderin verschwunden war, solange es nicht zwingend notwendig war. »Verdammt, Tiffany, heute Abend ist das Dinner im Kapitol. Du hast schon so viele Anlässe wegen deiner Krankheit verpasst. Die Wiederwahl ist nicht mehr lange hin. Wie würde es denn aussehen, wenn die Tochter des Gouverneurs nicht da ist?«

»Und wie sieht es aus, wenn deine sterbenskranke Tochter mit Aplastischer Anämie nicht mit ihren Freundinnen zusammen sein darf?«, konterte Tiffany. »Außerdem läuft morgen oder in den nächsten Tagen die Fernsehsendung, die mich bei der Arbeit im Frauenhaus zeigt. Reicht es nicht, wenn ich dort mein Gesicht zeige, um dich bei den Wählern gut dastehen zu lassen?«

Preston wusste, wann er manipuliert wurde, aber Tiffanys Logik war nicht von der Hand zu weisen. Wenn er sie zwang, zur Einweihung zu gehen, würde sie bestimmt absichtlich besonders blass und zerbrechlich wirken. Die Presse würde sich deswegen auf ihn stürzen und die Experten ihn herunterputzen, weil er seine Tochter so bloßstellte. Er seufzte. *Wenn die staatliche Gesetzgebung ihn nicht fertigmachte, übernahm seine Tochter diese ehrenvolle Aufgabe.* Das war der Preis für eine Tochter mit einem IQ, der fast dem eines Genies entsprach.

»Also gut, du darfst heute über Nacht bei Penny bleiben. Aber dein Securityteam kommt mit.«

Ein Stirnrunzeln huschte über Tiffanys Gesicht und sie warf die gefärbten Haare über die Schulter. »Warum müssen die denn mitkommen?«

Preston durchquerte das Wohnzimmer und vor dem großen Panoramafenster, durch das man auf die großen Bäume sah, die vor seinem Anwesen in Bel Air standen, zog er seine Tochter in die Arme. »Du bist die Tochter des Gouverneurs und brauchst Schutz vor den ganzen Verrückten da draußen, die dich benutzen könnten, um an mich heranzukommen.«

»Dad, du bist so ein Idiot. Du bist schon seit drei Jahren der Gouverneur und bisher hat mich noch niemand erwischt.«

Preston drückte seine Tochter noch fester an sich. »Und ich will, dass das auch so bleibt.«

Tiffanys Gesicht wurde ernst. »Es wird deine Chancen auf Wiederwahl nicht mindern, wenn ich nicht zum Dinner im Kapitol mitkomme, oder?«

»Nur wenn du etwas Dummes tust und die Paparazzi zur Stelle sind und das filmen«, sagte Preston. »Du kannst hier in L. A. bleiben, aber ich will vorher mit Pennys Eltern reden. Sie müssen verstehen, warum die Security vor ihrem Haus postiert ist, solange du bei ihnen bist. Ich will nicht, dass Pennys Familie die Cops ruft, nur weil du bewacht wirst.«

Tiffany kicherte und warf die Arme um ihren Vater. »O Dad, ich liebe dich.«

3 – MADDIE

Der hysterische Anfall von Larry dem Frauenschläger hob meine Stimmung so weit, dass ich bereit war, mich dem Gespräch mit meinem Ehemann zu stellen. Ich nahm einen letzten Schluck vom inzwischen kalten Kaffee und rief dann zu Hause an. Während das Telefon klingelte, fing ich an, das Formular für eine Vermisstenanzeige zu Heather McCall auszufüllen.

»Hi, ich bin's«, sagte ich, sobald Travis ans Telefon ging.

»Das wird auch mal Zeit. Legt dein Arschlochpartner gleich wieder auf? Wer zum Teufel glaubt er, dass er ist?«

Ich hörte auf zu tippen und drehte mich vom Computer weg. Ich senkte die Stimme. »Hör mal, wir wurden zusammen mit dem Chief ins Büro der Bürgermeisterin gerufen. Ich hab hier einen Fall von großem öffentlichen Interesse, an dem ich arbeite.«

»Und dein Vermisstenfall ist wichtiger als deine Ehe?«

»Heute hängt das Leben einer jungen Frau davon ab, ob ich meinen Job gut mache. Was meinst du, wofür ich mich entscheiden soll?«

»Ich denke, du hast vor acht Jahren einen Ring an meinen Finger gesteckt und mir deine Treue geschworen und nicht dem LAPD«, sagte Travis.

Ich seufzte. »Du hast recht, das habe ich. Aber als Cop weißt du doch selbst, dass die Familie manchmal zurückstecken muss.«

»Ich muss mit dir reden. Ist das zu viel verlangt? Können wir uns zum Abendessen treffen?«

Ich fuhr mit der Hand über die Augen. Sein Timing war wirklich schlecht. »Wo?«

»Im Brady's um sieben? Schaffst du das?«

»Ich dachte, du musst heute Abend arbeiten.«

»Das muss ich auch. Aber ich treffe dich. Bis dann.«

Bevor ich auch nur zustimmen oder mich verabschieden konnte, legte er auf. Dass er reden wollte, war untypisch für unsere Ehe. Mein Mann klang, als wäre er bereit, sich einigen der Dämonen zu stellen, gegen die er kämpfen musste. Das war gut. Ich hoffte nur, er würde nicht versuchen, mich gleichzeitig mit meinen zu konfrontieren. Ich schob den Gedanken beiseite und vergrub mich stattdessen in Heather McCalls Leben.

Ungefähr zwei Stunden später ging ich mit zwei großen Bechern Kaffee in den Händen und meinem Handy am Ohr in das Großraumbüro. Ich stellte einen der Becher auf Darius' Schreibtisch.

»Okay, Mr. Winston. Danke für Ihren schnellen Rückruf.« Ich legte auf, warf mein Handy auf den Schreibtisch und nahm einen Schluck Kaffee. *Der Göttertrank.* Ich knöpfte mein rostfarbenes Jackett auf und setzte mich.

Dann trafen sich Darius' und mein Blick. »Der Filialleiter von Heathers Bank sagt, es hätte auf keinem ihrer Konten irgendwelche Aktivitäten gegeben. Auch keine ungewöhnlichen Transaktionen kurz vor ihrem Verschwinden. Ich kontaktiere mal REACT. Sie können uns helfen und eventuelle Sexualstraftäter ausschließen.«

»Das klingt jedenfalls alles nicht gut für sie«, sagte Darius. »Danke fürs Koffein. Ich könnte so langsam einen intravenösen Zugang zu dem Zeug brauchen.«

»Wurde es gestern so spät?«, fragte ich und hob die Augenbrauen.

Darius nahm einen Schluck aus dem Pappbecher. »Kann man so sagen«, sagte er und griff nach einem Papierstapel auf seinem Schreibtisch. »Ich habe Heather mal durch alle Computersysteme gejagt, und das Einzige, was ich gefunden habe, ist ein unbezahlter Strafzettel wegen erhöhter Geschwindigkeit, letztes Jahr in Chatsworth. Ansonsten ist sie sauber.«

»Wow, Sparky. Netter Versuch, das Thema zu wechseln. Aber jetzt erzähl doch mal von deinem heißen Date.« Obwohl mein Partner Single ist, gutes Geld verdient und besser aussieht als Blair Underwood, hat er nur selten Dates – oder redet nicht gern darüber.

»Sie hören nicht besonders gut zu, Detective Divine. Ich habe nie behauptet, ein heißes Date gehabt zu haben. Ich sagte, es sei gestern *spät* geworden.«

»Soso. Und als es gestern so spät wurde, hatte das zufällig was mit Songs von Barry White zu tun?«

»Kann schon sein.«

»Okay, dann hast du recht. Du hattest kein *heißes* Date.«

Diskret zeigte Darius mir den Stinkefinger, indem er sich mit dem Mittelfinger an der Schläfe kratzte.

Ich ignorierte die Geste.

»Ich denke, das Beste wird sein, erst mal mit Heathers Nachbarn zu reden«, sagte Darius.

»Sollen wir Larry den Frauenschläger darüber informieren, bevor wir uns auf den Weg machen?«

»Ich denke nicht. Der soll sich erst mal wieder beruhigen. Wir warten, bis wir mit den Befragungen in ihrer Nachbarschaft fertig sind. Hoffentlich haben wir dann eine Spur, und er vergisst, wie sauer er auf uns ist.« Darius schnappte seinen Kaffeebecher.

»Scheiß auf ihn«, sagte ich und tastete meine Taschen ab. Das fehlte mir noch, dass ich das Büro ohne Lippenstift und Kaugummis verließ.

Das allmorgendliche Verkehrschaos war schon vorbei, und wir brauchten nur eine halbe Stunde von der Innenstadt nach Northridge. Schwieriger war es, einen Parkplatz zu finden. Ich lenkte den silbernen Crown Victoria neben einen Hydranten. Der Großteil des Dienstwagens parkte korrekt, aber ungefähr ein halber Meter des Wagens stand auf dem Gehweg. Ich klemmte eine Visitenkarte unter den Scheibenwischer und hoffte, die Politessen würden den Wagen als Polizeifahrzeug erkennen.

Keine Graffiti oder verbeulten Autos. Heather McCalls Nachbarschaft war noch nicht Opfer der Gangs geworden, die einen großen Teil des Viertels unterwandert hatten. Ich hatte früher in Devonshire als Streifenpolizistin gearbeitet und kannte Wohnungen in der Gegend, in denen nur Studenten von der nahe gelegenen Universität wohnten. »Nachdem wir mit den Nachbarn geredet haben, sollten wir rüber an die Cal State Northridge. Vielleicht war sie dort Studentin.«

Darius nickte zustimmend. »Gute Idee. Wir können auf dem Weg dorthin auch in einigen Geschäften nach ihr fragen.«

Heathers Wohngebäude war ein brauner Stuckbau mit türkisen Simsen, und vor dem Grundstück versperrte ein hohes Eisentor den Zutritt. Wir drückten den Klingelknopf mit der Aufschrift »Hausmeister« und warteten. Nach wenigen Sekunden drückte ich die Klinke am Tor und schnaubte, als es sich ohne Probleme aufschieben ließ. »Die machen es den bösen Jungs hier wirklich schwer.« Wir gingen an einer Reihe Briefkästen mit Messingschildern vorbei. Ich schaute auf mein Klemmbrett. »Wir wollen zu Apartment zwölf.«

Wir folgten dem Weg aus Betonplatten zu einem zentralen Innenhof. Ringsum erhoben sich zweistöckige Apartmenthäuser mit blassblauen Türen, auf denen fleckige Messingziffern angebracht waren.

Darius zeigte auf ein Apartment im oberen Stockwerk und steuerte die Außentreppe an. Vor Heathers Wohnung lauschten wir kurz, ob irgendwas zu hören war, und klopften dann. Keine Antwort.

»Befragen wir jetzt die Nachbarn oder versuchen wir, den Hausmeister zu finden?«, fragte Darius.

»Ich denke, wir fangen mit dem Hausmeister an«, antwortete ich und schaute über die Schulter meines Partners zu dem großen, bärtigen Kerl, der auf uns zueilte.

»Kann ich Ihnen helfen?«, fragte er.

Darius zeigte auf seine Marke, die er am Gürtel trug. »Ich bin Detective Cutter und das ist Detective Divine.«

Das Misstrauen auf seinem Gesicht wich der Besorgnis. »Haben Sie Heather gefunden?«

Darius schüttelte den Kopf. »Und Sie sind?«

»Cyrus Leach. Ich bin hier der Hausmeister.«

»Mr. Leach, können Sie uns in Heathers Apartment lassen?«, fragte Darius.

Ich erkannte die Verunsicherung in Cyrus Leachs Miene. Schuldgefühle waren schon immer eine effektive Motivationshilfe.

»Mr. Leach, ich weiß, Sie wollen uns helfen, Heather zu finden.«

Leach nickte. »Ich bin nur etwas verwirrt. Ihre Leute sind doch schon hier gewesen.«

Ich schaffte es irgendwie, meine Überraschung nicht zu zeigen. »Wie lange ist das her?«

Der Hausmeister spitzte die Lippen. »Ach, drei oder vier

Tage. Der Typ war allein unterwegs. Ich mochte sein rotziges Gehabe nicht, hatte was von einem Gebrauchtwagenhändler.« Leach fuhr sich mit der dreckigen Hand übers Gesicht. »Hätte ihn nicht reingelassen, wenn er mir nicht seine Marke gezeigt hätte.«

»Sind Sie mit ihm im Apartment geblieben?«, wollte Darius wissen.

»Also, äh, nein. Er sagte, er würde hier wohl 'ne Weile zu tun haben, und ich musste vorne an einer geplatzten Rohrleitung arbeiten.« Er zuckte mit den Schultern. »Er war 'n Cop. Wenn man denen nicht trauen kann, wem dann?«

Junge, Junge. »Ich nehme an, eine Visitenkarte hat er Ihnen nicht gegeben, oder?«, fragte ich.

»Nein, aber er hat mir seinen Namen genannt. Bill Gannon«, sagte Leach und nickte stolz, weil er sich an den Namen erinnerte.

Wer hatte diesem Idioten bloß die Gebäudeverwaltung anvertraut? Der »Cop« hatte ihm den Namen eines Fernsehermittlers genannt. Ich lächelte ihn an. »Wunderbar, Mr. Leach.« Ich näherte mich ihm und senkte die Stimme. »Da Sie ja bereits ›*Detective Gannon*‹ reingelassen haben, macht es Ihnen bestimmt nichts aus, für uns auch die Tür zu öffnen?«

Der Hausmeister dachte kurz nach und zuckte dann mit den Schultern. »Wird wohl nicht schaden, jetzt, wo ich schon Ihre Marken gesehen hab.« Er löste einen Schlüsselring vom Gürtel und suchte unter Dutzenden Schlüsseln den richtigen. Er schob den mit der eingeätzten Zwölf ins Schloss und schob die Tür auf. Dann stieß er einen leisen Pfiff aus.

Darius und ich schoben uns an ihm vorbei und erfassten mit einem kurzen Blick das Schlachtfeld, in das sich die

Wohnung verwandelt hatte. Sofakissen waren aufgeschlitzt worden, ebenso die Bilder an den Wänden. Der Inhalt von Schränken, Schubladen und Kommoden lag überall verstreut.

»Sieht aus, als hätte Bill Gannon ein wenig Unordnung gemacht«, sagte ich. »Mit Joe Friday an seiner Seite wäre das wohl nicht passiert.«

»Kann man wohl sagen.« Darius zog seine Halbautomatik aus dem Holster. »Wir sollten prüfen, ob das Apartment sauber ist, ehe wir uns umschauen.« Er bemerkte die weit aufgerissenen Augen des Hausmeisters. »Ob Sie uns wohl eine Kopie von Heathers Mietvertrag besorgen können, Mr. Leach?« Leach starrte unsere Waffen an und nickte hastig, ehe er überstürzt den Rückzug antrat.

Rasch überprüften wir, dass im Apartment niemand in einem Hinterhalt auf uns lauerte. Danach zogen wir Latexhandschuhe an und bewegten uns noch einmal langsam durch die Räume.

Darius kramte in den Papieren, die auf dem Rollschreibtisch verstreut lagen, während ich ins Schlafzimmer ging.

Verschiedene Blau- und Brauntöne sollten vermutlich einen kultivierten, ruhigen Raum schaffen. Aber auch hier herrschte Chaos. Ich trat zum Nachttisch und zog die Schublade auf. Eine Tube Handcreme, Baumwollhandschuhe, eine Taschenlampe und ein Miniradio waren darin. Ich fand ein Flugblatt von der Regierung, das Anweisungen für einen Notfall enthielt. »Auf jeden Notfall vorbereitet«, flüsterte ich. »Gut für sie.«

Die obere Schublade schob ich zu und zog die zweite, größere auf. Auch hier herrschte ein wildes Durcheinander. Ein paar Sweatshirts waren zusammen mit Schals und ein paar Liebesromanen hineingeworfen worden. Die Ecke einer

Videokassettenschachtel ragte zwischen den Kaschmiroberteilen hervor. Ich runzelte die Stirn. Das ergab keinen Sinn. Heutzutage nutzte niemand mehr VHS-Kassetten. Und wenn, würde niemand sie im Nachttisch aufbewahren. Ich nahm die Schachtel heraus. Das Adrenalin beschleunigte meinen Herzschlag. In der Schachtel war keine Videokassette, sondern ein Buch.

Ich ließ das Buch aus der Schachtel gleiten und sah, dass es mit pinkem Stoff überzogen war. Ich blätterte darin. Eine ordentliche, kursive Schrift füllte die Seiten. Bingo! Ein Tagebuch. Ich war überrascht, dass es nicht am Computer geführt wurde, und hoffte, dass Heather McCall trotzdem eine eifrige Schreiberin war. Ich blätterte zum letzten Eintrag, der auf den Tag datiert war, an dem das Krankenhaus vergeblich versucht hatte, sie zu erreichen.

Großes Treffen später. Ich muss laufen, um das Lampenfieber loszuwerden. Ein Teil von mir ist sicher, dass es eine schlechte Nachricht ist. Ein anderer Teil hofft einfach nur, dass dieses Treffen mein Leben ändert. Was wird es sein? Die Spannung bringt mich noch um!

»Darius«, rief ich und ging in seine Richtung. »Kurz bevor Heather vermisst wurde, hat sie sich mit jemandem getroffen. Laut ihrem Tagebuch war das entweder etwas Schlechtes, oder es würde ihr Leben ändern. Sie schreibt, die Spannung bringe sie noch um. Wenn sie tot ist, hat sie recht behalten – in allen drei Punkten.«

»Mann, Maddie. Wie kaltherzig von dir. Aber wenigstens hast du was gefunden. Im Schreibtisch war nichts.« Er schob das Rollo des Schreibtisches zu. »Wo lag das Tagebuch?«

»Eine Schublade in ihrem Nachttisch, versteckt in einer VHS-Schachtel für ein Sportvideo.« Er warf mir einen ungläubigen Blick zu. »Ich weiß, ich weiß. Wer hat heute schon noch VHS-Verpackungen?«

Ich gab Darius das Buch und er begann zu lesen. Ich überließ ihn Heathers privaten Gedanken und ging zurück ins Schlafzimmer. Unter dem Bett fand ich nichts Außergewöhnliches.

»Hier, hör dir das an«, rief mein Partner. »Datiert auf den 23. Februar, also vor fast fünf Monaten«, sagte er und kam ins Schlafzimmer. *»Ich kann nicht glauben, wie sich die Dinge entwickeln. Mein Freund ist so wunderbar und sexy. Und er mag mich auch! Ich bin fast in Ohnmacht gefallen, als er mich geküsst hat. Wer hätte gedacht, dass es sich so entwickelt?«* Darius blätterte weiter und überflog die Seiten. »Nach dem Eintrag hat sie eine Reihe Herzchen gemalt. Das Mädchen war echt verknallt.«

»Sie klingt wie eine Sechzehnjährige«, sagte ich.

Inzwischen stand ich im Badezimmer und fing an, die Schubladen zu durchwühlen. »Jackpot! Sie nimmt die Pille.« Ich nahm die Plastikverpackung mit den bunten Antibabypillen aus der Schublade. »Sieht so aus, als hätte der Freund mehr als nur Küsschen bekommen.«

Wir durchsuchten den Rest der Wohnung, aber es fand sich nichts Interessantes mehr.

»Ich finde es merkwürdig, dass wir keine Fotos oder Hinweise auf Familie und Freunde finden«, bemerkte Darius.

»Ja, das ist komisch. Wenigstens hatte sie Spaß mit ihrem Lover.«

»Aber wie finden wir ihn?«

»Als wir reinkamen, ist mir aufgefallen, dass das Gebäude keine Überwachungskamera hat. Also auf die altmodische Art: Wir müssen das ganze Gebäude und die Nachbarschaft mit ihrem Foto abgrasen und sehen, was das bringt. Vielleicht haben Heather und Mr. Februar sich mit Nachbarn unterhalten oder in der Nähe eingekauft oder gegessen.«

»Okay, aber wir nehmen nicht das Foto von Heather, das wir beim Meeting bekommen haben. Das sieht zu sehr nach Hollywood aus«, sagte Darius und starrte auf das Porträtfoto von Heather McCall, das unter der Schiene seines Klemmbretts hing.

Ich schnaubte. »Warum sagst du nicht, was du tatsächlich meinst? Du schaust das Foto an und siehst nur die enormen Brüste. Die Öffentlichkeit soll sich aber auf ihr Gesicht konzentrieren.«

»Ganz genau.«

Wir ließen eine Streife kommen, die vor Heathers Apartment auf den Fotografen und einen Techniker von der Spurensicherung warten sollte, um alle Beweise zu dokumentieren und zu sichern.

Darius verlor beim Münzwurf, und so musste er bei Larry dem Frauenschläger anrufen und ihn auf den neuesten Stand bringen. Während mein Partner mit unserem Boss redete, informierte ich den Hausmeister, wie es jetzt weiterging.

Danach kehrten wir zu unserem Auto zurück. »Wir können nach Devonshire fahren und das Foto von der Führerscheinstelle besorgen«, schlug Darius vor. »Dann können wir die Nachbarn befragen. Vielleicht haben wir ja Glück und jemand hat Heather zusammen mit ihrem Freund gesehen.«

4 – TIFFANY

»Ich kann gar nicht glauben, dass dein Vater dir erlaubt, über Nacht zu bleiben«, sagte Tiffanys Freundin Penny. Die Mädchen standen vor dem Spiegel, der an der Tür von Pennys Schlafzimmertür hing, und legten im spätnachmittäglichen Licht Mascara auf. »Und wie werden wir die Security los?«

»Wir entwischen ihnen.«

»Das klappt nie. Und wir können sie unmöglich mit zur Party nehmen.«

»Keine Sorge, ich kümmere mich drum.«

Penny schnaubte und ging zu ihrem Schrank, wo sie in den bunten Tops wühlte. »Glaubst du wirklich, wir können zwei Cops abschütteln? Cops, deren Job es ist, dich zu beschützen?« Sie zog ein rubinrotes Seidentop aus dem Stapel und hielt es fragend hoch.

Enthusiastisch hielt Tiffany beide Daumen hoch. Sie holte aus ihrer Reisetasche einen wildledernen Neckholder mit bunten Perlen und gedeckten Federn. Sie schlüpfte in das sexy Oberteil, mit dem ihr Vater niemals einverstanden wäre, und schob ihre Brüste zum tiefen V-Ausschnitt. Das tiefe Dekolleté entlockte ihr ein Lächeln.

»Ich sag dir, wie wir's machen«, sagte Tiffany und kämmte ihre honigblonden Haare zu einem Mittelscheitel. »Wir gehen in die Mall. Brenda und Diana lenken die Sicherheitsleute ab, damit wir verschwinden können. Dann treffen wir uns mit den Mädchen auf der Party.«

»Und wie genau sollen Brenda und Diana die beiden ablenken?«

Tiffany seufzte und zog die karamellfarbenen, hochhackigen Lederstiefel über ihre hautenge Jeans. »Hast du die beiden gesehen? Das sind alte Männer. Über dreißig oder sogar vierzig und damit reif für die Midlife-Crisis. Du kennst doch Brendas Möpse. Die sind riesig. Ich hab ihr gesagt, sie soll was richtig Heißes anziehen. Und Diana mit ihrem süßen Südstaatenakzent und den großen blauen Augen fressen die doch aus der Hand.«

Penny warf ihr einen zweifelnden Blick zu. »Und wenn nicht?«

Tiffany grinste ihre Freundin an. »Dann laufen wir.«

5 – PILAR

Pilar Luna sank in den Ledersessel des Privatjets, den sie gechartert hatte, um nach Sacramento zu fliegen. Sie hatte absolut kein Interesse an der Neueröffnung des Kapitols, aber die Fotos von Preston und ihr würden es auf die Titelseiten aller kalifornischen Zeitungen schaffen und vielleicht auch auf ein paar von der Ostküste. Preston Truesdale war als Gouverneur sehr erfolgreich und könnte es eventuell sogar bis ins Weiße Haus schaffen. Wenn es so weit war, wollte Pilar als seine First Lady mit einziehen. Sie war nicht wie verrückt in ihn verliebt, doch er konnte sie an Orte bringen, an die sie es auf eigene Faust nie schaffen würde.

Sie nutzte den Flug, um Extensions in ihr dichtes, braunes Haar zu klemmen und ihr Make-up aufzufrischen. Sie schlüpfte in ein braves, marineblaues Cocktailkleid und blickte ihr Spiegelbild in der luxuriösen Flugzeugtoilette finster an. »Da ist aber auch nichts sexy dran. Kein Glitzer, keine Haut, keine Titten«, sagte sie leise zu sich selbst. Sie stürzte den letzten Schluck Champagner herunter, frischte den Lipgloss auf und kehrte gerade rechtzeitig zu ihrem Sitz zurück, als der Steward auftauchte und sie bat, den Sicherheitsgurt anzulegen.

Zehn Minuten später schritt sie von der Rollbahn zu der Stretchlimousine, in der Preston bereits wartete. Sie zog das pinke Tuch enger um ihre Schultern. Eine kalte Brise wirbelte ihre Haare auf. Ihm würde die extravagante Farbe des Tuchs missfallen, aber sie war jung und attraktiv genug, um so etwas zu tragen. Sie war schließlich Bürgermeisterin und nicht tot.

Mit einer Verbeugung öffnete der Chauffeur die Wagentür. Preston stieg aus. »Da ist ja mein Mädchen«, sagte er und gab ihr einen kleinen Schmatzer auf die Wange.

»Hallo Darling. Brrr, lass uns einsteigen«, sagte sie und schlüpfte in die Wärme in der Limousine.

Eine dunkle Plexiglasscheibe trennte die beiden vom Fahrer. Sobald sie es sich in den Ledersitzen gemütlich gemacht hatten, wandte Preston sich ihr zu. »Jetzt lass mich dich mal anständig begrüßen«, sagte er, streckte die Hände nach ihr aus und zog sie zu sich.

Sein Kuss war hart und fordernd. Die Hand wanderte an ihrem Oberschenkel hinauf und packte ihren Hintern. Pilar lehnte sich zu ihm herüber und spürte seine wachsende Erektion, während er bereits an den dünnen Schnüren ihres Stringtangas fingerte.

»Ruhig, Junge«, sagte sie und lächelte. »Ich kann unmöglich aus der Limo steigen und aussehen, als hätten wir gerade Sex gehabt. Die Paparazzi hätten dann ihren großen Tag.«

»Scheiß auf die! Wie wär's mit nem Blowjob?«

»Und du kümmerst dich später um mich?«

»Habe ich dich jemals hängen lassen?«

Pilar griff nach seinem Schritt und öffnete den Reißverschluss.

6 – MADDIE

Ich lenkte meinen zweisitzigen Sportwagen zu dem Irish Pub, der nicht weit von dem Haus entfernt war, das ich mit Travis teilte. Das Lokal war eines unserer Lieblingsrestaurants. Das Essen war köstlich, der Pub gehörte einem Ortsansässigen und er war selten überfüllt. Ich fuhr auf den Parkplatz, schloss den Wagen ab und eilte hinein.

Gelbgrüne Sitzecken erstreckten sich an einer Wand und vor den Bleiglasfenstern hingen weiße Gardinen. Glitzernde Lampen hingen von der Decke und schufen eine heimelige Atmosphäre.

Ich suchte den Raum nach Travis ab. Er saß an der Bar und trank ein Bier.

Ich war irritiert und schoss quer durch den Raum auf ihn zu. »Was machst du da? Du hast Dienst.«

»Niemand außer dir hier drin weiß das. Ich trage keine Uniform.« Er besaß nicht mal die Höflichkeit, mich anzusehen. Stattdessen klaubte er eine Handvoll Erdnüsse aus der Plastikschüssel vor ihm.

Ich seufzte und schüttelte den Kopf. »Na großartig. Jetzt bin ich Zeugin deines Fehlverhaltens.«

Dieses Mal wandte er mir den Kopf zu. Seine hellgrünen Augen wirkten gequälter als sonst. »Entspann dich. Möchtest du ein Glas Wein?«

Ich stöhnte. »Ich brauch was Stärkeres als Wein. Mein Tag war die Hölle.«

Die Bedienung tauchte auf.

»Ich nehme noch ein Bier und meine Frau nimmt ...« Fragend schaute er mich an.

»Einen White Russian.«

Nachdem die Kellnerin verschwunden war, wandte Travis sich mir zu. »Okay. Dann erzähl mal von deinem interessanten Fall.«

Ich beugte mich zu ihm und sprach mit flüsternder Stimme. »Ich hatte heute ein Meeting mit dem Gouverneur, der Bürgermeisterin und dem Polizeichef. Cutter war auch da. Langer Rede kurzer Sinn: Eine Frau aus Northridge ist verschwunden, und der Gouverneur will sie unbedingt finden, weil sie die Knochenmarkspenderin seiner Tochter ist.«

Travis pfiff leise. »Jetzt verstehe ich, warum du gestresst warst. Das ist ja ein politischer Alptraum. Hast du irgendeine Ahnung, wo die Tussi ist?«

»Absolut keine. Auf dem Papier wirkt sie brav wie eine Nonne, aber irgendwas an ihr stört mich. Cutter und ich waren später noch in ihrem Apartment. Es wurde durchwühlt. Wir haben alle Leute im Wohnhaus und in der Nachbarschaft befragt, aber leider ohne Ergebnis.«

Ich berichtete von dem Hausmeister, der sich von Detective »Bill Gannon« hatte reinlegen lassen.

Die Kellnerin kam mit unseren Getränken zurück.

»Wie viel Zeit bleibt euch, um sie zu finden? Ich meine, wie krank ist die Tochter des Gouverneurs?«

Ich zuckte mit den Schultern. »Niemand will uns sagen, wie ernst die Lage ist, aber sie machen wirklich Druck.« Ich lehnte mich zurück und sprach in normaler Lautstärke weiter. »Bis diese Frau gefunden ist, muss ich bestimmt viele Überstunden schieben.«

Ich wartete auf seine Reaktion. Er zuckte mit den Schultern.

»Das ist ja nichts Neues«, sagte er und nahm noch mehr Erdnüsse. »Du arbeitest doch immer.«

»Travis, wir arbeiten zu sechst an den Erwachsenen-Vermisstenfällen der ganzen Stadt. Du hast keine Ahnung, was mich jeden Tag erwartet.«

Er schwieg einen Moment, bevor er sagte: »Ich glaube, das hat nichts mit der Arbeit zu tun. Du läufst vor unserem Zuhause weg. Du läufst vor unserer Ehe weg. Und du läufst vor mir weg.«

Ich presste die Lippen zusammen und zwang die Tränen zurück, die mir in die Augen traten. Er hatte einen Nerv getroffen und wusste das.

»Du weißt, warum ich nicht zu Hause sein will«, zischte ich. »Ich ertrage es dort nicht. Trotzdem können wir nicht weg. Solange der Immobilienmarkt ist, wie er ist, sind wir dort gefangen – vielleicht für Jahre.«

»Ich habe dir gesagt ...«

»Ich weiß, was du mir gesagt hast. Wir können das Haus auch vermieten. Wir können eine Wohnung suchen. Wir können mit Verlust verkaufen und irgendwo ein kleineres Haus kaufen.« Ich strich die Haare aus den Augen. »Travis, als ich das Haus zum ersten Mal gesehen habe, war es die Erfüllung all meiner Träume. All *unsere* Träume erfüllten sich mit diesem Haus. Und jetzt sind diese Träume ruiniert.«

»So muss es nicht sein«, sagte er leise.

»Ich weiß, was du von mir verlangst. Aber ich kann das nicht. Ich kann es einfach nicht«, sagte ich. Die ersten Tränen rannen über mein Gesicht.

Er zog mich in die Arme und wiegte mich hin und her. So

sollte es sein. Es fühlte sich richtig an. Ich fühlte mich sicher und ich wünschte, dass es ewig andauern würde.

Nach ein paar Minuten löste ich mich aus seiner Umarmung und wischte mit der Cocktailserviette die Tränen ab. Ich atmete tief durch. »Okay, dann erzähl mir, warum du während deiner Schicht hier bist und Alkohol trinkst.«

Er blickte auf den Boden. »Ich bin aus dem S.W.A.T. entlassen worden, und sie haben mich bis zur psychologischen Beurteilung nach Hause geschickt.«

Ich musste einen großen Schluck trinken, ehe ich antworten konnte. »Psychologische Beurteilung? Travis, ich weiß, hinter uns liegt ein heftiges Jahr, aber du denkst doch nicht daran, etwas Dummes zu machen, oder?«

Er warf mir einen versteinerten Blick zu. »Glaubst du allen Ernstes, ich würde mir eine Kugel in den Kopf jagen?«

»Nein, das glaub ich nicht. Aber es muss doch einen Grund geben, warum sie dich vom Dienst freigestellt haben.«

»Ja, dieser Depp von Lieutenant glaubt, ich stünde unter zu großem Stress, und findet, ich sollte ›etwas Zeit für mich‹ haben. So ein Witz.«

Ich ging in Gedanken diverse Szenarien durch, die zu dieser schockierenden Entwicklung geführt haben mochten. »Haben sie dich zum Psychiater geschickt?«

»Was glaubst du denn?« In seiner Stimme schwang Ekel mit. »Natürlich will die Abteilung ihren Arsch retten und schickt mich zu ihrem Irrenarzt.«

»Und wie kam es dazu? Es muss doch mehr dahinterstecken als das, was du mir erzählst.«

Travis' starrer Blick verströmte Wut. »Wirklich? Warum kannst du mir nicht einfach glauben, dass ich bei der Arbeit beschissen wurde?«

Ich versuchte, besonders ruhig zu klingen. »Weil ich mit dir zusammenlebe.«

Im nächsten Moment war er auf den Füßen. Er öffnete die Geldbörse und warf ein paar Geldscheine auf den Tresen.

»Travis, warte«, sagte ich und packte seinen Arm.

»Warum? Damit du dich auf ihre Seite schlagen kannst? Ich dachte, eine Ehefrau soll ihrem Mann beistehen bis ... bis in den Tod. Immerhin habe ich dich im ganzen letzten Jahr unterstützt.«

Travis, die Liebe meines Lebens, hätte mich kaum mehr schockieren können, wenn er mich geohrfeigt hätte. Und sofort sah ich Entsetzen, Reue und Abbitte in seinen Augen. Mir kam die Galle hoch.

Ich sprang auf. »Keine Sorge, Travis. Du musst mich keinen Tag länger unterstützen.«

»Maddie, es tut mir leid. Das hätte ich nicht sagen dürfen. Ich meinte es nicht so.«

Ich ignorierte ihn und schob mich durch den Raum, vorbei an Tischen und Stühlen. In der Bar war es ruhig und die Leute starrten uns an. Er folgte mir und rief meinen Namen.

Ich stolperte nach draußen, bevor die Tränen zu fließen begannen. Dabei ging ich immer schneller und saugte die kühle Luft ein, während ich in meiner Handtasche nach den Autoschlüsseln tastete. *Was für ein Scheißkerl!*

Travis rannte hinter mir her, packte meinen linken Arm und riss mich zu sich herum. Ich versuchte, ihm ins Gesicht zu schlagen, doch bevor ich ihn traf, packte er mein Handgelenk.

»Maddie, ich bin ein Arsch. Es tut mir so leid.« Er versuchte, sie wegzublinzeln, aber auch er hatte jetzt Tränen in den Augen. »Du hast recht und die Abteilung auch. Ich bin eine Zeitbombe und fürchte mich zu Tode, dass ich jeden Moment explodieren könnte.«

»Weißt du was, Travis? Jetzt gerade bin ich so wütend auf dich, es ist mir wirklich scheißegal.«

7 – PILAR

»Und so, Ladys und Gentlemen, weihe ich im Namen des Volkes des großen Staates Kalifornien das neue und modernisierte Kapitolgebäude ein.«

Von ihrem Platz in der ersten Reihe beobachtete Pilar Preston. Er bearbeitete das Publikum, als hätte man ihm gerade den Oscar verliehen. Die Menge applaudierte frenetisch seiner vorhersehbaren, aber gut vorgetragenen Rede. Sie und Preston gaben ein gutes Paar ab. Sie waren für politische Verhältnisse noch sehr jung, sahen gut aus und hatten beste Verbindungen. Es gab keinen Grund, warum sie nicht der nächste JFK und die neue Jackie sein sollten ... Natürlich mussten sie das Weiße Haus anders nennen. Camelot ging mal gar nicht.

Sie fragte sich, ob er schon irgendwas von der vermissten Nanny gehört hatte. Pilar war in der Limo zu beschäftigt gewesen, um zu fragen, und Preston hatte die Frau auch nicht erwähnt. Aber am Vormittag, als er die Polizei informierte, hatte Preston einen angespannten Eindruck gemacht. Natürlich spielte die Angst um seine kleine Prinzessin Tiffany, die das Knochenmark dieser Frau brauchte, dabei keine unwesentliche Rolle.

Preston kam von der Bühne herunter auf sie zu.

»Du warst wunderbar, Darling«, flüsterte sie ihm ins Ohr.

Er grinste sie anzüglich an. »Du kannst mir später zeigen, wie wunderbar ich war.«

Martin Bain kam zu ihnen und berührte Prestons Arm. »Zepeda Sorriano kommt auf dich zu. Er war früher Anführer der River-Gang, bis er im Gefängnis ›zu Gott gefunden‹ hat. Er hat ein Rehabilitationsprogramm für Gangmitglieder gegründet. Bestimmt will er Geld.«

»Ist er wichtig für mich?«

Bain verzog den Mund. »Nicht sehr, aber die Gangs sind gerade ein großes Ding in den Medien. Es kann also nicht schaden, ihm bei Gelegenheit mal einen Scheck zu überreichen.«

Pilar beugte sich zu Preston. »Du könntest in Los Angeles eine Pressekonferenz halten. Gangmitglieder ermorden sich gegenseitig jeden Tag in L. A. Das wäre für dich und für mich von Vorteil.« Sie senkte ihre Stimme und flüsterte: »Außerdem kannst du so wieder etwas Zeit mit mir verbringen.«

Bevor Preston darauf antworten konnte, kam Sorriano auf sie zu. »Gouverneur«, rief der frühere Gangchef und streckte ihm die Hand entgegen. »Zepeda Sorriano von der Koalition *Gemeinsam Gegen Gewalt*.«

Preston schüttelte die Hand des Mannes. »Mr. Sorriano, es ist mir eine Freude, Sie kennenzulernen. Ich habe nur Gutes über Ihre Organisation gehört.«

Der frühere Gangleader lächelte ironisch. »Wir versuchen, den Unterschied zu machen. Nächste Woche eröffnen wir unser drittes GGG-Zentrum in Oakland.«

Pilar beugte sich vor und streckte die Hand aus. »Wie geht's, Mr. Sorriano? Ich bin Pilar Luna, die Bürgermeisterin von Los Angeles.«

»Freut mich, Sie kennenzulernen, Frau Bürgermeisterin.« Ihre Hände berührten sich und beide lächelten in Richtung der Paparazzi.

»Wie wäre es, wenn Sie das nächste *Gemeinsam-Gegen-Gewalt*-Zentrum in Los Angeles bauen würden? Schließlich haben wir die schlimmsten Gangprobleme im ganzen Staat. Selbst in Anbetracht der Budgetkürzungen bin ich sicher, etwas Geld auftreiben zu können, um Sie zu unterstützen.« Pilar wandte sich an Preston und bedachte ihn mit einem breiten Lächeln. »Und ich bin sicher, Gouverneur Truesdale könnte auch einige staatliche Mittel beisteuern.«

Sorriano nickte enthusiastisch. »O ja! Wir wollten auch nach Südkalifornien expandieren. Allerdings haben uns bisher die Kosten einer solchen Unternehmung zurückschrecken lassen.«

Pilar holte aus ihrem Satinabendtäschchen eine Visitenkarte. »Rufen Sie einfach nächste Woche meine persönliche Sekretärin an und lassen Sie sich einen Termin geben. Wir bringen das nächste GGG-Zentrum schnell auf den Weg.«

Sorriano nahm die Karte, umschloss dann Pilars Hand mit beiden Pranken und löste damit erneut ein Blitzlichtgewitter aus. »Frau Bürgermeisterin, ich kann Ihnen gar nicht genug danken. Wir verändern und retten so viele Leben. Ich kann es nicht erwarten, auch in der Stadt der Engel etwas zu bewegen.«

Er streckte noch einmal Preston die Hand hin. »Gouverneur, ich danke Ihnen so sehr. Ich wünschte, mehr Abgeordnete wären so vorausschauend wie Sie und würden den Wert unseres Programms erkennen.«

»Ich bin sicher, das ist nur eine Frage der Zeit, Mr. Sorriano. Wenn ich es schaffe, versuche ich, bei Ihrem Treffen mit Bürgermeisterin Luna dazuzustoßen.«

»Wunderbar. Vielen Dank noch mal.« Sorriano winkte den Kameras zu und schob sich durch die Menschenmenge.

Preston flüsterte Pilar ins Ohr: »Sag jetzt nie wieder, ich

hätte noch nie etwas für dich getan. Ich wäre aber lieber vorgewarnt worden, bevor du in meinem Namen Regierungsgelder ausgibst.«

»Und ich wette, dafür wirst du mich bezahlen lassen, mh?«

Er atmete tief durch und sog den Duft ihres Parfüms ein. »Darauf kannst du wetten. Sobald du bei mir zu Hause und nackt bist.«

8 – TIFFANY

Die Party in dem Ranchhaus im San Fernando Valley war in vollem Gange. Als sie Brenda und Diana entdeckten, die sich zwischen den rhythmisch zuckenden Körper hindurchdrängten, quiekten Tiffany und Penny auf. Sie trafen sich in der Mitte des Raums und klatschten einander ab, ehe sie in lautes Gelächter ausbrachen.

»O mein Gott!«, keuchte Diana. »Ich dachte schon, Charlie fallen die Augen aus dem Kopf, als Brenda ihn gefragt hat, ob er ihr bei der Suche nach dem Diamantring helfen könne, der ihr runtergefallen war. Brenda beugte sich vor und hat ihm so 'nen richtig schönen Einblick auf ihre beiden Mädels geboten. Ich sag's euch, er hat nicht ein einziges Mal auf den Boden geguckt.«

»Tiff, wie hältst du das bloß aus, ihn als deinen Sicherheitsmann zu haben?«, fragte Brenda. »Der ist echt pervers. Er hat mir gesagt, wir hätten bessere Chancen, den Ring zu finden, wenn wir uns dabei angucken. Jedes Mal, wenn ich dachte, gleich verliert er das Interesse, habe ich mich vorgebeugt und ihm mit meinen Titten fast die Augen ausgestochen. Er war begeistert.«

Tiffany klatschte in die Hände. »Das hätten wir filmen müssen, dann könnten wir es jetzt bei YouTube hochladen.«

»Sie hatte es leicht«, sagte Diana. »Ich musste mich um den Loser Frank kümmern. Das war verdammt schwer, ihn abzulenken. Ich musste an seine Polizistenehre appellieren.«

»Wie das?«, fragte Penny.

»Während Charlie noch von Brendas Titten fasziniert war, ging ich zu Frank, erzählte ihm, ich wäre die Kaufhausdetektivin, und fragte ihn, ob er einen jungen Mann in einem dunklen Sweatshirt vorbeilaufen sehen habe. Er versicherte mir, an ihm sei niemand vorbeigerannt. Ich sagte, ich sei *sicher*, den Typen in seine Richtung laufen gesehen zu haben. Dann vertraute ich ihm an, es handle sich nicht um einen gewöhnlichen Ladendieb, sondern er gehöre zu einer organisierten Hehlerbande.«

Tiffany nickte bewundernd. »Gute Story, Di. Welcher Sicherheitsmann hilft nicht gern mit, einen großen Diebesfisch zu fangen?«

»Er sieht also, wie Penny und du weiter nach Schuhen schaut«, fuhr Diana fort, »und fängt an, mir so Polizistenfragen zu stellen. Du weißt schon, wie alt ist der Junge, wie groß. Diesen ganzen Copscheiß. Dann kommt mir eine großartige Idee. Ich erzähle Frank, ich wette, der Typ ist in die Toilette am anderen Ende des Schuhladens gelaufen. Frank sagt, er wird dort mal nachsehen, und ruft Charlie zu, er sei gleich zurück.«

»Charlie hat ihn nicht mal gehört«, unterbrach Brenda. »Er war viel zu sehr damit beschäftigt, auf meine Brüste zu starren. Ich musste ihm dreimal sagen, sein Partner würde jemanden verfolgen. Du hättest mal sehen sollen, wie er versucht hat hinterherzukommen! Das war der Zeitpunkt, wo wir euch ein Zeichen gegeben haben, zu verschwinden.«

»Dafür verdient ihr einen Oscar«, sagte Penny.

»Mir wäre was zu trinken lieber«, sagte Brenda und schaute sich im Raum um. »Da drüben. Studenten, Alkohol und Musik. Ich wusste, wir würden hier Spaß haben.«

9 – MADDIE

Ich stampfte in unser Schlafzimmer und knallte die Tür hinter mir zu. Unten hörte ich die Haustür zugehen, als Travis wenige Minuten nach mir nach Hause kam. Ich begann, die Schubladen aufzuziehen und meine Sachen aufs Bett zu werfen.

Ein knappes Klopfen an der Tür, dann trat Travis ein. »Maddie, es tut mir leid. Ich hatte kein Recht, dir das zu sagen. Ich weiß, wie hart das letzte Jahr für dich war.« Er legte die Hand auf meine Schulter.

Ich schüttelte sie ab.

»Maddiesüße«, sagte er. Sein Lieblingskosename. »Bitte hör auf damit. Rede mit mir.«

»Fick dich.« Ich lief in die Küche und riss einige Mülltüten von der Rolle und ging zurück ins Schlafzimmer. Ich stopfte die Klamotten in eine der Tüten.

»Verdammt, Maddie, hör sofort damit auf!« Er schnappte sich die Tüte und riss sie mir aus der Hand.

»Pass bloß auf, Travis. Wenn du mir wehtust, findest du dich im Knast wieder.«

»Du weißt, ich würde dir nie wehtun.«

»Seit Dave ermordet wurde, kenne ich dich nicht mehr, Travis.« Ich bückte mich und stopfte die letzten Klamotten in die Mülltüte, zog die Schnur zusammen und verknotete sie. Dann warf ich die Tüte auf den Boden und ging ins Badezimmer. Ich griff unter den Waschtisch und zog einen kleinen Kulturbeutel hervor, in den ich Make-up und Toilettenartikel warf.

»Wo willst du hin?«, fragte er.

»Irgendwohin, wo du nicht bist.«

»Maddie, du musst nicht gehen. Es tut mir leid. Das war falsch von mir. Bitte«, flehte er.

Ich hielt inne und fuhr zu ihm herum. »In den letzten acht Monaten hab ich versucht, dich zu unterstützen. Ich habe dich getröstet, wenn du schreiend aufgewacht bist. Ich habe mir auf die Zunge gebissen, wenn du um dich geschlagen hast. Ich saß still dabei, als du mir erzählt hast, dass du deinen Kollegen vom S.W.A.T.-Team die Schuld daran geben würdest, was passiert ist. Und jetzt reicht's. Ich hab genug davon.«

Ich hasste es, dass ein kleiner Teil von mir zufrieden war, weil Travis so gequält dreinschaute.

Er sagte nichts mehr, sondern verließ nur den Raum.

Eine Welle der Unsicherheit überschwemmte mich. Wo wollte ich hin? Hatte ich wirklich vor, Travis zu verlassen? Sofort wusste ich, wie falsch es wäre, wegzulaufen. Aber wir konnten nicht so weiterleben, irgendwas musste sich ändern. Ich seufzte und warf meine Mascara in den Kulturbeutel.

Ich ging zurück ins Wohnzimmer. Travis saß auf dem Sofa und starrte ins Leere.

»Du verlässt mich also«, sagte er.

»Ich weiß nicht, was ich mache. Aber was wir bisher getan haben, hat nicht geholfen. Ich glaube, wir sollten eine Weile getrennt sein.«

Er schlug mit den flachen Händen auf seine Oberschenkel und stand auf. »Schön. Aber du musst nicht gehen. Ich gehe.« Er ging ins Schlafzimmer und ich hörte, wie er seine Sachen zusammensuchte.

Mein Herz hämmerte in der Brust. Es war eine Sache, selbst die Kontrolle zu haben und diejenige zu sein, die ging. Aber wenigstens hatte ich die Entscheidung getroffen. Ich hätte nie vorgeschlagen, er solle gehen. Und plötzlich ging mir alles zu schnell. Travis verließ mich. Er kam aus dem Schlafzimmer zurück, trug nur eine kleine Reisetasche und ging zur Haustür.

»Travis, warte!«

Er blieb stehen und sah mich an. »Maddie, du hast recht. Seit über einem Jahr ist unsere Ehe pure Heuchelei. Wir verletzen einander nur noch. Wir sollten einfach eine Weile voneinander Ruhe haben«, sagte er leise. Er verließ das Haus und zog die Tür leise ins Schloss.

10 – TIFFANY

Tiffany Truesdale war nicht prüde, aber beim Anblick zweier Mädchen, die auf einem Tisch in der Mitte des Raums miteinander rummachten, während eine Horde Männer um sie herum johlten und brüllten, begann sie sich unwohl zu fühlen. Sie hatte ja keine Ahnung, dass diese Partys so ... wild waren. Sie wandte sich ab und blickte sich suchend nach ihren Freundinnen um.

Diana war draußen auf der Veranda und zappelte zum neuesten Hip-Hop-Hit von *Zinful* ab, einem Senkrechtstarter aus Inglewood. Die Fenster klirrten vom Beat der Musik. Brenda stand am Rand umringt von mehreren Typen, die um ihre Aufmerksamkeit buhlten. Jedes Mädchen hatte einen roten Plastikbecher in der Hand und nahm immer wieder einen großen Schluck.

Tiffany fragte sich, wem wohl dieses weitläufige Ranchhaus gehörte und warum derjenige Hunderte betrunkene Teenager über die breiten Dielenbretter stampfen ließ. Als ein paar Jungs einen Schaumstofffootball warfen, der eine Miniaturwindmühle herunterfegte, die auf dem Fußboden zerschellte, zuckte sie zusammen.

»Tiff!«, rief Penny und torkelte auf sie zu. »Du musst dir ansehen, was in dem Schlafzimmer da hinten abgeht.« Ihre Freundin plumpste in den mit Kalbsleder bezogenen Sessel neben ihr. Der süßliche Geruch nach Marihuana waberte zu Tiffany herüber.

»Du riechst wie das Innere einer Bong«, sagte Tiffany.

Penny warf sich auf die Seite und kicherte. »Jo, ich hatte da drin einen kleinen Joint.« Sie senkte die Stimme zu einem aufgeregten Flüstern. »Sie haben da drin einen riesigen Flatscreen-Fernseher und zeigen Hardcore-Pornos. Das solltest du dir echt angucken. So was habe ich noch nie gesehen.«

Tiffany bemerkte Pennys gerötete, glasige Augen und schüttelte den Kopf. »Ich glaube, ich verzichte. Schließlich bin ich heute unser Fahrer.« Sie wies mit dem Kopf zur Veranda, wo Brenda und Diana ordentlich abfeierten. Amüsiert beobachtete Tiffany, wie Penny versuchte, ihren Blick in diese Richtung zu fokussieren.

»Sieh doch nur, wie viel Spaß die beiden haben. Komm, wir tanzen mit.« Penny kam schwankend auf die Füße und streckte die Hand aus. »Na los!«

Tiffany winkte ab. »Geh ruhig. Ich bin etwas müde.«

Penny bemühte sich, aufrecht zu stehen, und wurde ernst. »Fühlst du dich krank? Soll'n wir wieder gehen? Soll ich ein Taxi rufen?«

Tiffany wusste es zu schätzen, dass Penny immer noch versuchte, sich um sie zu kümmern, obwohl sie schon völlig neben der Spur war. Aber sie wollte ihrer Freundin nicht die Party verderben.

»Nein, mir geht's gut. Und jetzt geh! Ich bleibe einfach hier sitzen und sehe zu, wie ihr drei euch zum Affen macht.«

»Okay, Tiff. Vergiss nicht, im Hinterzimmer vorbeizugucken. Da geht's echt ab.«

Tiffany scheuchte ihre Freundin lächelnd weg.

Einige Minuten lang beobachtete sie ihre Freundinnen beim Tanzen. Bestimmt ging es ihr besser, wenn sie was zu essen fand. Also schob sie sich durch das Gedränge in Richtung Küche. Die Granitoberflächen und die Edelstahlfronten würden jeden Spitzenkoch begeistern. Jungs und Mädchen standen plaudernd und lachend um eine Kochinsel, auf der Dutzende Flaschen mit Alkohol standen. An einer Wand stand ein langer Tisch mit Pizzaschachteln und Sandwiches.

Tiffany entschied sich für ein Truthahnsandwich und legte es auf einen Pappteller. Auf einen zweiten legte sie ein Stück Käsepizza. Am anderen Ende des Tisches gab es eine Dessertauswahl. Sie legte ein paar Cookies neben ein Stück Schokoladenkuchen und überlegte, wie sie jetzt die drei Teller zurück zu ihrem Platz bekam und wo sie etwas zu trinken fand.

»Ah«, sagte eine Baritonstimme neben ihr. »Eine Jungfrau in Nöten. Ich wollte ja schon immer mal den Märchenprinz spielen.«

11 – PRESTON

»Möchtest du noch einen Absacker?«, fragte Preston, sobald Pilar und er die Gouverneursvilla betraten.

»Lieber nicht. Ich hatte bei der Veranstaltung schon Champagner, und du weißt doch, wie schnell man von Alkohol zunimmt.«

Preston zog den Schal von Pilars Schultern und drückte einen Kuss in ihren Nacken. »Frau Bürgermeisterin, Sie brauchen sich keine Sorgen um Ihr Gewicht machen. Ihr Körper ist heiß«, flüsterte er und küsste ihr Schlüsselbein. Seine Erektion drückte gegen seine Hose und auf ihren Oberarmen breitete sich Gänsehaut aus.

Sie drehte sich in seinen Armen um. »Hast du schon was Neues von der vermissten Frau gehört?«

Sein Ständer wurde schlaff, und er musste sich anstrengen, nicht irritiert zu klingen. »Kurz bevor ich bei der Einweihung auf die Bühne ging, bekam ich eine Nachricht von Chief Fryer. Sie haben ihre Personenbeschreibung an alle Cops in L. A. verteilt. Sie suchen nach ihr. Ansonsten gibt es nichts Neues.«

Er löste sich von Pilar, zog das Jackett aus und bedeutete ihr, ihm in das Wohnzimmer zu folgen. »Ich vermute, sie werden morgen früh noch einen Gang höher schalten.«

»Wie schnell muss sie denn gefunden werden? Ich meine, wann genau wird Tiffany die Knochenmarkspende brauchen?«

Preston ging zur Bar und goss einen Scotch ein. Er nahm einen großen Schluck, ehe er antwortete. »Die Ärzte sind nicht sicher. Im Moment fühlt sie sich wohl recht gut. Doch ihr Zustand kann sich plötzlich und sehr schnell verschlechtern. Sie hatten geplant, die Operation nächste Woche zu machen. Aber jetzt, da die Spenderin vermisst wird ...«

Pilar machte es sich auf einem Barhocker gemütlich. »Wenigstens klingt es nicht so, als müsste die Nanny sofort gefunden werden, solange Tiffanys Gesundheitszustand stabil ist.«

»Weißt du, nachdem meine Frau Monica starb, konnte ich den Verlust nur ertragen, weil ich für Tiffany da sein musste.« *Und wegen meiner »Therapie«.* »Wenn ich jetzt noch meine Tochter verliere, weiß ich nicht, was ich tun soll.«

Pilar stand auf, trat zu ihm hinter die Bar und legte die Arme um ihn. »Ich werde für dich da sein, Preston«, sagte sie und legte ihren Kopf auf seine Brust.

Er wusste Pilars Trost zu schätzen. Doch die Krankheit seiner Tochter war für Preston wie eine offene Wunde. Seit er wusste, dass Tiffany krank war, hatte er alles in seiner Macht Stehende dafür getan, dass nur wenige Details nach außen drangen. Nur einige wenige seiner engsten Mitarbeiter wussten Bescheid. Der Stress, den die Arbeit als Gouverneur eines der wichtigsten Bundesstaaten sowie das Leben als alleinerziehender Vater und Witwer mit sich brachte, forderte seinen Preis.

Obwohl Preston schon seit einigen Jahren mit Pilar zusammen war, empfand er ihre Beziehung nicht als so innig, dass er ihr Zugang zu allen Bereichen seines Lebens gewähren wollte. Tatsächlich war sie nach einiger Zeit wenig mehr für ihn geworden als eine bequeme Coverstory für die Medien. Das, und eine stets gefällige Sexpartnerin. Er musste

Pilar ablenken. Das Thema wechseln. Zum Glück war das nicht so schwer. »Möchtest du noch etwas essen?«

Sie hob den Kopf von seiner Brust. Ein sexy Lächeln breitete sich auf ihrem Gesicht aus. Sie legte die Arme um seinen Hals. »Hm, vielleicht. Was schlägst du vor?«

»Hm«, machte er und öffnete den Reißverschluss ihres Kleids. »Ich denke, in meinem Schlafzimmer ließe sich was finden.«

»Du bist unverbesserlich«, sagte sie. Ihre Hand streichelte seinen Schwanz unter der Hose. »Aber vergiss nicht, du schuldest mir noch was für den Blowjob in der Limo.«

»O Gott«, stöhnte er, schob sie etwas von sich weg und packte ihre Hand. »Komm sofort mit nach oben, sonst komme ich gleich hier.«

12 – TIFFANY

Tiffany lächelte den Mann an, der neben ihr stand. Er war groß, hatte mokkafarbene Haut und einen rasierten Schädel. Sie schätzte ihn auf Ende zwanzig, also deutlich älter als die meisten anderen auf der Party. Seine Klamotten waren stylish und wirkten teuer und von ausgesuchter Qualität. Nicht so sackartig wie die Sachen, die Männer in seinem Alter sonst oft trugen. Große Diamantohrstecker funkelten in beiden Ohren.

Er zeigte auf die Kochinsel mit dem Alkohol. »Was möchtest du? Light oder die normale? Oder stehst du auf härtere Sachen?«

»Light ist okay, danke.«

Er nahm aus einer Wanne mit Eis zwei Flaschen Limonade.

Tiffany stellte fest, dass er zwei Flaschen mit einer Hand und zugleich in der anderen einen Teller mit drei Sandwiches halten konnte.

Sie schaute auf seinen Teller. »Guter Esser, was?«

Er lachte. »Ich muss bei Kräften bleiben. Ich tanze gern. Vielleicht können wir nachher noch ein bisschen abzappeln.« Er schaute sich suchend um. »Ich glaube, am besten suchen wir uns vorne ein ruhiges Plätzchen.«

Tiffany folgte ihm. Er wirkte entspannt, hatte alles unter Kontrolle. Sein Körper bewegte sich mit der Anmut eines Sportlers. Er führte sie in den Eingangsbereich des Hauses, wo es relativ ruhig war, und zeigte auf die Treppe, die nach oben führte. »Ist das in Ordnung?«

»Klar«, sagte Tiffany und setzte sich auf eine Stufe. Der Mann setzte sich neben sie.

Er stellte die beiden Limoflaschen auf einer Stufe ab und streckte ihr die Hand entgegen.

»Ich bin Drejohn. Und du musst die mit Abstand schönste Frau auf dieser Party sein.«

Tiffany legte ihre Hand in seine und erwiderte den Händedruck. »Dankeschön. Ich bin Tiffany.« Sie musterte verstohlen die Diamanten in seinen Ohren und schätzte, dass er dort den Gegenwert eines Ferraris funkeln ließ. Sie hatte in ihrem kurzen Leben schon viele Juwelen gesehen und war ziemlich sicher, dass die Dinger echt waren und kein Imitat.

»Was hat dich hierhergeführt?«, fragte sie.

Er warf ihr ein wissendes Lächeln zu. »Schöne Frauen.«

Tiffany wusste nicht, was sie sagen sollte, und nahm einen Bissen von ihrem Sandwich. Sie hoffte, dass er nicht die Röte sah, die ihr ins Gesicht stieg.

»Was ist mit dir, meine Jungfrau in Nöten? Warum bist du hier?«

»Hm, also ...« Tiffany dachte nach. Warum war sie hier? Normalerweise machte sie so was nicht, und um ehrlich zu sein, fühlte sie sich sogar extrem unwohl. Sie wusste, wegen ihrer Krankheit durfte sie sich nicht überanstrengen, und weil Alkohol und Kiffen tabu waren, machten solche Partys nicht viel Spaß. Und genau das sagte sie auch Drejohn.

»Darum habe ich dich also allein in der Küche gefunden, wo du die Truthahnsandwiches gestreichelt hast«, sagte er. Seine Augen blitzten amüsiert. »Sah nach 'ner Menge Spaß aus.« Er nahm einen gewaltigen Bissen von seinem Roastbeefsandwich, kaute zufrieden und behielt sie dabei im Blick. Nachdem er sich etwas Senf aus dem Mundwinkel gewischt hatte, sprach er weiter. »Bist du mit deinem Freund hier?«

Es war ihr peinlich, zugeben zu müssen, dass sie keinen Freund hatte. Darum lächelte sie nur und schaute zu Boden.

»Was denn? Fürchtest du, dein Lover rastet aus, wenn er dich mit mir erwischt?«

Tiffany riss den Kopf hoch. Sie musterte ihn verstohlen. »Ich habe keinen Lover«, erklärte sie schließlich.

Plötzlich beugte er sich zu ihr rüber und senkte die Stimme. »Hattest du überhaupt schon mal einen, Tiffany?«

Ihr Herz raste und sie spürte, wie ihr Gesicht heiß wurde. Sie wusste, auf diese Frage sollte sie lieber nicht antworten, doch da sie darauf getrimmt war, immer und zu jedem höflich zu sein, schüttelte sie stumm den Kopf.

»Das ist okay«, sagte er mit tiefer Stimme. »Ich finde, die Mädels haben es heutzutage viel zu eilig damit, ihre Jungfräulichkeit zu verlieren. Das macht dich zu einer ganz besonderen Frau. Du bist noch rein und unberührt ...« Er richtete sich auf und sprach normal weiter. »Wenn du kein Date hast, mit wem bist du dann hier?«

»Mit Freundinnen«, sagte sie und zuckte mit den Schultern.

Plötzlich entstand auf der Veranda ein Tumult. »Tiff! Tiff! Wo bist du, Schlampe?«

Brenda stolperte durch die Haustür herein. Die langen Haare waren zerzaust und standen zu allen Seiten ab. Ihre manikürten Finger umklammerten eine Bierflasche, und ein ebenso betrunkener Mann torkelte hinter ihr her. Hinter ihnen waren noch drei, vier andere Kerle, die wohl hofften, zum Zug zu kommen, sobald der erste zusammenklappte.

»Da bist du ja! Ich suche Diana, damit wir uns die dreckigen Filme im Hinterzimmer angucken können.«

Tiffany zeigte zum Garten. »Diana und Penny sind draußen auf der Veranda und tanzen. Willst du zu ihnen?«

Brenda riss die Augen auf, als würde sie Tiffany zum ersten Mal sehen. »Oh, Tiffany hat wohl auch Schok...o...lade gefunden. *Heiße* Schokolade«, fügte sie hinzu und brach in schallendes Gelächter aus. »Ich wette, Tiffany würde dich gern vernaschen«, neckte sie ihn und ließ die Zunge über ihre Lippen gleiten.

Tiffany hätte sich am liebsten in ihrer Limoflasche verkrochen.

Brenda beugte sich zu Drejohn runter, streckte die Hand aus, schob ihm aber vor allem ihre enormen Brüste ins Gesicht. »Ich bin Brenda und habe Doppel-D.«

Drejohn war nicht anders als andere Männer und maß Brendas Auslage mit interessiertem Blick. Er drückte kurz ihre Hand. »Ich bin Drejohn – und ich glaub dir mal.«

Brenda richtete sich auf und wandte sich wieder an Tiffany. »Willst du jetzt mitkommen, Filme gucken?«

»Danke, Bren. Aber ich bin nicht in Stimmung.«

Brenda grinste Drejohn anzüglich an. »Das verstehe ich. Wenn Diana fragt, kannst du ihr sagen, wo ich bin. Kommt, Jungs.« Brenda ging den Flur entlang, und die Männer liefen ihr testosterongesteuert hinterher.

»Tut mir echt leid, Drejohn.«

Er verzog das Gesicht. »Macht nichts. Deine Freundin weiß einfach nicht, wie viel sie verträgt.« Sein Blick folgte dem Weg, den Brenda genommen hatte. »Weißt du, es ist nicht gerade sicher, wenn sie allein ins Hinterzimmer geht. Sie hat nicht nur Titten, für die sie 'nen Waffenschein braucht, sondern sie ist auch besoffen, es gibt Pornos und sie ist mit mindestens vier Männern in einem Schlafzimmer. Ich sollte sie da rausholen.«

Tiffany stand auf. »Ich gehe. Ich bin heute Abend der Fahrer.«

Drejohn drehte sich zu ihr um und bedachte sie mit einem strahlenden Lächeln. »Kleine Prinzessin, du wartest genau hier. Es gibt Filme, die nicht für die Augen von Prinzessinnen bestimmt sind. Außerdem wird es denen nicht gefallen, wenn ich ihnen ihr Spielzeug wegnehme. Diese Männer glauben, sie hätten es bereits geschafft.« Er beugte sich zu ihr und küsste sie rasch auf die Stirn. »Könnte hässlich werden.«

Tiffany beobachtete, wie er den Flur entlangging. Die Art, wie er sich bewegte, machte sie zuversichtlich, dass er bald mit ihrer Freundin zurückkommen würde.

13 – PRESTON

Preston hatte verschlafen. Er erinnerte sich, wie Pilar ihm nach der wilden Toberei noch einen Kuss gegeben und sich dann auf den Rückweg nach L. A. gemacht hatte. Er war sofort wieder eingeschlafen, und jetzt war es draußen schon hell und jemand klopfte diskret an die Tür. Er schaute auf die rot leuchtenden Ziffern seines Radioweckers. 6.30.

Er runzelte die Stirn, denn es besaß Seltenheitswert, dass er morgens gestört wurde, bevor er fertig gemacht war. Für gewöhnlich bedeutete das schlechte Neuigkeiten, und am Überbringer konnte er oft schon erkennen, *wie* schlimm es war.

»Ich brauche nur eine Minute«, rief er. Rasch ging er ins Bad, erleichterte sich, kämmte die Haare, spülte den Mund aus und kehrte ins Schlafzimmer zurück, wo er sich einen dunkelgrauen Seidenbademantel überwarf.

Er ging zur Tür, riss sie auf und stand Martin Bain gegenüber, der nervös im Flur auf und ab lief.

»Was ist los?«, wollte Preston wissen.

Martins Gesicht war blass und vor Sorge zerfurcht, was Prestons Besorgnis nur verstärkte. »Tut mir leid, Gouverneur. Aber es ist wegen Tiffany.«

Preston schaute den Flur entlang zum Schlafzimmer seiner Tochter. »Ist sie krank?«

»Nein. Sie ist weg.«

Preston schob sich an seinem Stabschef vorbei und strebte

auf die verschlossene Schlafzimmertür seiner Tochter zu. Er klopfte kurz, riss die Tür auf und schaute sich suchend um. Dann durchquerte er den Raum und schaute im angrenzenden Badezimmer nach.

Dann fiel ihm plötzlich etwas ein. »Halt! Sie wollte doch bei Penny Ritter übernachten. Tiffany ist in L. A., genau.« Erleichterung durchfuhr ihn, doch etwas an Bains Körpersprache sagte ihm, dass diese Erklärung nicht reichte.

»Ähm, Sir ... Es stimmt, sie *war* bei Miss Ritter, aber offensichtlich sind die beiden Mädchen den Sicherheitsleuten entwischt. Miss Ritter ist zu Hause, aber Tiffany ist nicht bei ihr.«

»Was meinen Sie damit, sie sind den Sicherheitsleuten ›entwischt‹? Diese Männer sollen meine Tochter beschützen. Ich will mit jedem sprechen, der damit zu tun hatte.« Er ging zurück in den Flur und entdeckte seine persönliche Assistentin, die am oberen Treppenabsatz stand und die Hände rang. »Patricia, sagen Sie alle Termine für heute ab. Mir ist scheißegal, was es ist.«

»Ja, Sir.« Seine Assistentin eilte davon, um seinen Auftrag auszuführen.

Prestons Gedanken rasten. Er musste duschen und sich anziehen. Er stapfte zurück in sein Zimmer. Bain folgte ihm. Preston griff nach dem Handy und wählte die Nummer seiner Tochter. Sofort sprang die Mailbox an. Er überprüfte das Display. Keine Anrufe oder Nachrichten von Tiffany. *Verdammt, Tiff. Wo steckst du?*

Er richtete seine Wut gegen Bain. »Hol mir Pennys Eltern ans Telefon – sofort! Ich will mit Penny reden.«

Bain schloss die Tür des Schlafzimmers. »Gouverneur, die Ritters sind auch außer sich vor Sorge. Ich habe heute Morgen bereits mit ihnen telefoniert.«

»Gut, denn sie sollten sich auch Sorgen machen. Sie sollten auf meine Tochter aufpassen, und jetzt haben sie absolut keine Ahnung, wo sie ist.«

»Die Ritters haben uns angerufen.« Bains Stimme war leise und ruhig, was Preston fast in den Wahnsinn trieb. »Offensichtlich sind Tiffany und Penny zu einer Party gegangen, wo Penny zu viel getrunken hat. Sie hat eine Alkoholvergiftung und ist noch in der Notaufnahme. Scheint aber nicht besonders ernst zu sein.«

Preston atmete langsam aus und setzte sich auf die Bettkante, während seine Wut langsam verrauchte und Angst sich ausbreitete. Wo war Tiffany? Hatte sie sich betrunken? Oder schlimmer noch, hatte sie Drogen genommen und lag jetzt irgendwo und brauchte medizinische Hilfe? »Wurde die örtliche Polizei schon informiert?«

»Ähm ... ich bin nicht sicher, Sir. Wir haben die Staatspolizei informiert, weil sie Ihre Sicherheitsleute zur Verfügung stellt. Ich vermute, sie werden die lokalen Behörden sowie das FBI informieren.«

»Verzeihen Sie bitte, wenn ich das Leben meiner Tochter nicht aufgrund Ihrer Vermutungen in Gefahr bringen möchte. Finden Sie heraus, wer bisher informiert wurde und was diese Leute machen. Ich mache mich derweil fertig.« Preston ging zu seinem Badezimmer. Dann blieb er stehen und sah seinen Stabschef an. »Sobald ich aus der Dusche komme und angezogen bin, soll mein Flugzeug bereitstehen und mich zurück nach L. A. bringen. Sobald ich lande, will ich jeden sehen, der Wissen darüber haben könnte, was gestern Abend mit Tiffany passiert sein könnte. Auch Penny. Sorgen Sie dafür, dass der Ermittlungsleiter auch vor Ort ist.«

»Ja, Sir!« Die Anspannung war Bains Gesicht deutlich anzusehen.

»Aber vor allem will ich die Sicherheitsleute sehen, die gestern Abend für Tiffany eingeteilt waren, als sie ihnen ›entwischt‹ ist. Ich werde keine Entschuldigung für ihre Abwesenheit akzeptieren, Mich interessiert nicht, was ihr Boss zu sagen hat, obwohl ich ihn auch dort sehen will. Ich will aus erster Hand hören, wie diese Scheißkerle meine Tochter verlieren konnten.«

14 – TRAVIS

Travis Divine drehte den Kopf leicht zur Seite. Dumme Idee. Der pochende Schmerz pulsierte in seinem Schädel. Er musste sich letzte Nacht ordentlich betrunken haben. Travis kniff die Augen zusammen, um sie vor dem grellen Licht zu schützen, und versuchte sich zu erinnern, wo er war.

Er atmete tief durch, griff nach der Rückenlehne der Couch, auf der er geschlafen hatte, und richtete sich auf. Er rechnete mit dem Schlimmsten. Langsam öffnete er die Augen. Sein Blick traf auf die mit knappen Bikinis verhüllten Körper eines halben Dutzends Strandhäschen. Sofort erkannte er das lebensgroße Poster, das über dem Kamin in der Hütte seines verstorbenen Partners Dave am Big Bear Lake hing. So manche Nacht hatten sie hier ein Bierchen gezischt und dabei die körperlichen Vorzüge der sechs gebräunten, blondierten Mädchen, die in mikroskopisch kleine Stofffetzen gehüllt waren, verglichen.

Ein Gefühl der Hoffnungslosigkeit raubte ihm das letzte bisschen Atem. Dave war tot. Nie wieder würden sie gemeinsam auf der Couch sitzen und Titten und Ärsche vergleichen ... oder irgendwas anderes tun.

Travis legte den Kopf in den Nacken und starrte an die Decke. So viele Dinge hatten sich geändert. Er wollte – nein, er *musste* – mit Dave reden. Doch das würde er nie wieder tun. Seufzend stemmte Travis sich hoch. Der Boden war mit leeren Bierdosen übersät. Fast wäre er gestürzt. In der Küche erblickte er einen Pizzakarton und ging langsam in diese Richtung.

Auf der hohen Theke standen noch mehr leere Bierdosen. Mit einem zittrigen Finger hob er den Deckel der Pizzaschachtel. Typisch. Er hatte nur ein großes Stück gegessen. Essen reizte ihn im Moment nur selten. Allerdings interessierte ihn ohnehin kaum etwas. Er wusste, es war ein schlechtes Zeichen, dass er sich nicht erinnern konnte, an den See gefahren zu sein. Zumal er auch nicht mehr wusste, wo und wann er Bier und Pizza besorgt hatte.

Er erlaubte sich ein ironisches Lächeln. Zumindest war noch genug fürs Frühstück da. Er ließ den Deckel zufallen und schaute auf die Uhr. Fast sieben. Ob Maddie versucht hatte, ihn anzurufen? Von den früheren Besuchen wusste er, wie lückenhaft das Netz in der Hütte sein konnte. Er tastete seine Hemdtasche ab, dann fuhr er mit den Händen über seine Hosentaschen. Nichts.

»Wo zum Teufel ist mein Handy?«, murmelte er und umfasste mit beiden Händen seinen Kopf in der Hoffnung, der Schmerz würde nachlassen.

Seine Jacke lag auf dem Sitz des Cordsessels neben der Tür. Langsam bewegte er sich dorthin, griff nach dem Kleidungsstück und tastete nach seinem Handy. Er wollte wenigstens versuchen, seine Frau anzurufen und sie wissen zu lassen, dass es ihm gut ging. Nicht, dass es sie nach der vergangenen Nacht überhaupt interessierte. Er wollte außerdem prüfen, ob er sie nicht mitten in der Nacht besoffen angerufen hatte, um ihr die Ohren vollzujammern, wie ungerecht er von der Abteilung behandelt worden war. Das wollte keiner mehr hören.

Er fand das Handy in einer Jackentasche und starrte auf das Display. Keine entgangenen Anrufe. Er drückte ein paar

Tasten und war erleichtert, denn offenbar hatte er auch keine Anrufe getätigt. Er tippte die Nummer von Maddies Handy ein. Und merkte jetzt erst, dass er kein Netz hatte.

Er beschloss, sich zuerst frisch zu machen und dann ins Dorf zu gehen und sie dort vom Festnetz anzurufen. Ob sie mit ihm reden würde, war eine ganz andere Frage.

15 – PILAR

»Guten Morgen, Crystal«, sagte Pilar und betrat schwungvoll den Empfangsbereich vor ihrem Büro. »Ich brauche Kaffee, und zwar reichlich.«

»Ja, Ma'am«, sagte Crystal und sprang auf. Zwei andere Assistentinnen waren im Raum, aber Crystal kümmerte sich sofort um Pilars Bedürfnisse.

Bevor sie sich an den Schreibtisch setzen konnte, brachte Pilars Assistentin schon einen Becher dampfend heißen Kaffee. »Danke. Das brauche ich jetzt. Gestern Abend in Sacramento ist es spät geworden, und ich bin noch in der Nacht zurückgeflogen.« Sie nahm einen Schluck aus dem Becher mit dem Stadtwappen. »Ich war wirklich versucht, das Meeting mit dem Chef des Straßenverkehrsamts heute Morgen abzusagen.«

»Mr. Mulvanys Büro hat bereits angerufen und den Termin bestätigt.«

»Okay, und wann wird er hier sein?«

»In einer halben Stunde. Die Berichte finden Sie im obersten Hefter auf Ihrem Schreibtisch.«

»Großartig. Ich sehe sie mir an, während ich mich mit Koffein vollpumpe«, sagte Pilar und lächelte knapp.

Crystal zog sich zurück und schloss die Tür. Pilar klappte den Hefter auf, doch ihr privates Handy klingelte und riss sie aus der Lektüre. Es war der Klingelton, den sie exklusiv für Preston eingestellt hatte, und deshalb nahm sie den Anruf sofort an. Sie lächelte in sich hinein, denn sie ging davon aus, er wollte mit ihr sprechen, um noch einmal den großartigen Sex zu rekapitulieren, den sie am Vorabend gehabt hatten.

»Pilar, ich bin's.«

»Wie geht's dir und deinem wunderschönen Schwanz?«, flüsterte sie. »Ich könnt schon wieder!«

»Pilar! Halt gefälligst den Mund.«

»Preston, was ist los? Und wage es nicht, noch einmal so mit mir zu reden.«

»Es ist wegen Tiffany ...«

»O Liebling, das tut mir so leid. Hat sich ihr Zustand verschlechtert? Soll ich zu dir kommen? Mein Kalender ist echt voll, aber wenn es um das einzige Kind geht ...«

»Nein, nein.« Ungeduld schwang in seiner Stimme mit. »Das meine ich nicht. Sie ist nicht krank, jedenfalls nicht mehr als vorher. Sie ist verschwunden.«

Pilar seufzte leise und fuhr sich mit der Hand über die Stirn. Sie zählte in Gedanken bis fünf.

»Verschwunden. Aber wie kann das sein? Sie wird doch bewacht.« Pilar hoffte, er würde die Verärgerung in ihrer Stimme nicht bemerken. Das Risiko war allerdings gering, denn er wirkte sehr durcheinander.

»Sie und ihre Freundinnen haben die Wachleute reingelegt. Diese Idioten haben sich von einer Horde Teenager übers Ohr hauen lassen!«

»Es hilft dir jetzt auch nichts, wütend zu werden. Hat denn jemand eine Ahnung, wo sie stecken könnte?«

»Nicht wirklich. Das LAPD wurde hinzugezogen und sie befragen Tiffanys Freundinnen. Ich weiß nur, dass die Mädchen gestern auf einer Party im San Fernando Valley waren. Tiffanys Freundin Penny ist noch im Krankenhaus, weil sie eine Alkoholvergiftung hat. Ich hoffe, die Cops kriegen mehr aus diesen kleinen Dummköpfen heraus.«

»Preston! Es sind doch nur junge Mädchen.«

»Das ist mir egal! Meine Tochter ist irgendwo da draußen. Gott allein weiß, was mit ihr passiert ist. Du weißt doch, wie es um sie steht.«

Pilar hörte Stimmen im Hintergrund, die nach ihm riefen.

»Ich muss weg. Ich rufe dich an, sobald ich mehr weiß.«

»Ich warte hier. Ich liebe dich.« Sobald die Worte Pilars Mund verlassen hatte, wusste Pilar, dass er sie nicht gehört hatte. Er hatte schon aufgelegt.

Ist das nicht eine interessante Wendung?, überlegte sie. Dieses verwöhnte Gör Tiffany verschwindet nur wenige Tage, nachdem ihre lebensrettende Knochenmarkspenderin vermisst wird. Ich frage mich, was die Polizei damit anfängt.

16 – MADDIE

Ich warf meine Bürste in eine Schublade und knallte sie zu. Ich hatte schon zu viel Zeit damit verschwendet, meine Haare ordentlich aussehen zu lassen. Ein letzter finsterer Blick in den Spiegel und ich verließ das Badezimmer.

Verdammt, Travis. Ruf schon an, damit ich weiß, wo du steckst und dass es dir gut geht. Zum sechsten Mal seit ich vor einer Stunde aufgestanden war, ging ich in die Küche und nahm mein Handy vom Tresen, um nach neuen Nachrichten zu schauen. Nichts. Ich schaltete das Handy aus und stopfte es in die Tasche.

»Ich mach mir noch ein Lunchpaket und dann bin ich weg hier«, sagte ich laut zu niemandem.

Ungefähr sechs Wochen lang hatte ich meine neu gestaltete Küche genossen. Doch das war inzwischen über ein Jahr her. Bevor unser Leben sich für immer änderte. Die Küche war das Finale beim Umbau unseres Hauses gewesen und unser ganzer Stolz. Wir hatten fast dreißig Riesen investiert: maßgeschneiderte Küchenschränke, Granitoberflächen und professionelle Küchengeräte. Ich weiß nicht, warum wir so einen Haufen Geld verschwendet haben, denn keiner von uns kocht viel und gern. Jetzt sehe ich die Modernisierung nur noch als eine weitere Hypothek, ein weiteres Hindernis, das uns daran hindert, rasch auszuziehen.

Ich esse jeden Tag fast dasselbe und es dauert nur ein paar Minuten, ein tiefgefrorenes Lightgericht, ein paar Dosen

Limo und eine Orange in meine Lunchdose zu packen. Ich verschließe die Dose und greife über den erdfarbenen Granit hinweg nach dem Schulterriemen meiner Handtasche. Schon bin ich aus der Tür.

Die harmonische Melodie meines Handys ließ mich mitten in der Bewegung innehalten. Ich wühlte in meiner Tasche, bis ich das verdammte Ding fand. Beim Blick aufs Display wurde ich jedoch enttäuscht – es war Darius.

»Es ist schrecklich früh, um mich anzurufen. Was ist los?«

»Wie schnell kannst du ins Büro kommen?« Darius klang angespannt. Was nur selten vorkam.

»Ich verlasse gerade das Haus. Was ist passiert?«

»Fahr vorsichtig, aber komm so schnell wie möglich her. Unser Fall fliegt uns gerade um die Ohren.«

»Wurde ihre Leiche gefunden?«

»Ich kann gerade nicht reden. Komm einfach her und sei darauf vorbereitet, den Chief und vielleicht auch die Bürgermeisterin zu treffen.« Ein Klicken in der Leitung. Ich hasste es, wenn Leute einfach auflegten.

Auf dem Weg hatte ich das Gefühl, jeder andere Fahrer auf der Straße hatte die Absicht, mich aufzuhalten. In den drei Jahren, die wir inzwischen Partner waren, hatte Darius' Stimme sich noch nie so gestresst angehört. Heather McCall musste tot sein. Aber warum konnte Darius das nicht einfach sagen? Und warum meinte er, der Fall fliege uns um die Ohren? Es war jedenfalls kein gutes Zeichen.

Endlich schaffte ich es zu dem Parkhaus, das scherzhaft auch als Baukasten bezeichnet wurde. Ich lenkte meinen Wagen in die erstbeste Parklücke und eilte die wenigen Blocks zum Polizeigebäude entlang. Jedes Mal, wenn ich ins Büro komme, denke ich, wie dumm es von der Stadt war, ein neues Polizeipräsidium zu bauen und dabei nicht mal genug Parkplätze für alle Mitarbeiter einzuplanen. Dumm, aber leider nicht so außergewöhnlich, wie es klingt.

Als ich im sechsten Stock aus dem Fahrstuhl stieg, sah ich überrascht Darius im Flur stehen. *Er wartet doch nicht etwa auf mich?*

Sobald er mich entdeckte, steuerte er den Fahrstuhl an, aus dem ich gerade gekommen war.

»Lässt du mich wenigstens noch meine Lunchbox abstellen?«, fragte ich stirnrunzelnd.

»Beeil dich. Wir sollen uns umgehend beim Chief einfinden. Larry der Frauenschläger ist schon oben.«

Ich joggte zu meinem Schreibtisch. Seit sie mich vor elf Jahren auf der Polizeiakademie fast zu Tode geschunden hatten mit ihrem Lauftraining, versuchte ich normalerweise, jedweden Lauf zu vermeiden. Trotzdem joggte ich zurück zum Fahrstuhl, wo Darius seinen Finger unablässig auf den Knopf gedrückt hielt, damit die Türen offen blieben.

Ich trat in den Fahrstuhl und leicht außer Atem blickte ich zu ihm auf. »Was ist hier los?«

Sein Blick schoss zu den anderen zwei Detectives, die mit uns im Fahrstuhl standen.

Ich verdrehte die Augen und seufzte frustriert. Es gab doch nichts Schöneres als ein paar Kollegen das Gefühl zu geben, dass sie störten.

Die anderen Cops stiegen im siebten Stock aus und waren vermutlich genauso froh darüber wie wir. Sobald die Türen sich hinter ihnen schlossen, stellte ich mich Darius in den Weg und verschränkte die Arme.

»Ich gehe nicht völlig blind in dieses Meeting. Was zur Hölle ist hier los?«

»Ich weiß auch keine Details. Aber die Tochter des Gouverneurs wird vermisst. Sie wurde seit gestern Abend nicht mehr gesehen.«

»Scheiße«, sagte ich. In meinem Bauch zog sich ein fester Knoten zusammen.

»Das stimmt. Ein richtig großer Haufen Scheiße. Und ich vermute, wir beide treten gleich rein.«

17 – TIFFANY

Sie wollte nicht aufwachen. Tiffany hielt die Augen geschlossen, streckte die Arme über dem Kopf aus und dehnte die Beine, soweit es eben ging. Als ihre Finger ein gepolstertes Kopfteil berührten, riss sie die Augen auf. Angst durchfuhr sie. Das war nicht ihr Bett. Sie hatte keine Ahnung, wo sie war. Ihr Herz drohte fast aus der Brust zu springen, und sie schoss hoch und sah sich in dem Zimmer um. Ihr war schwindelig, als würde sie jeden Moment in Ohnmacht fallen. Sobald sich der Raum nicht mehr um sie drehte, nahm sie wahr, dass das Bett, in dem sie geschlafen hatte, sauber und bequem und die Möblierung des Zimmers durchaus teuer war. Fast sofort stellte sie außerdem fest, dass es kein Telefon gab.

Sie schaute an sich herunter und Panik stieg in ihr hoch. Sie trug ein pinkes Satinnachthemd. Noch ein rascher Blick durchs Zimmer – die Sachen, die sie gestern Abend getragen hatte, waren weg.

Sie sprang aus dem Bett und trat gegen ein Paar rosa Puschelsandaletten. Sie versuchte, die Füße in die Schuhe zu zwängen, doch ihre Koordination war ziemlich mies. Unsicher stolperte sie zum Fenster, schob die dunkelroten Samtvorhänge vor den weißen Gardinen beiseite. Dann riss sie die Mullgardinen auf und blickte auf ein Gelände, das von einem hohen weißen Zaun eingefasst war, der das Grundstück von einer endlosen Wildnis aus Salbei und Yucca trennte.

Ein leises Klopfen an der Tür ließ sie so schnell wie möglich zurück ins Bett hasten, wo sie sich die Decke bis zum Hals zog.

»Herein«, sagte sie leise. Ihr Herz hämmerte so laut, dass sie fürchtete, es würde ihren Brustkorb sprengen.

Eine junge Frau steckte den Kopf herein. »Du bist wach, das ist gut«, sagte sie und kam ins Zimmer. Ihre straffen und provokanten Kurven steckten in einer marineblauen Yogahose und einem lindgrünen Sport-BH. Tiffany schätzte sie auf achtzehn. »Ich bin Ginger«, sagte die Frau und zeigte auf ihre strohblonden Haare. »Der Name passt, findest du nicht auch?«

Tiffany war erleichtert, dass sie es mit einer Frau zu tun hatte. »Wo bin ich und wie bin ich hierhergekommen?«, fragte sie.

Gingers Miene wirkte ehrlich überrascht. »Dre hat dir nichts erzählt?«

Es dauerte einen Moment, bis Tiffany den Namen Dre mit dem gutaussehenden Mann namens Drejohn in Verbindung brachte, den sie gestern Abend auf der Party kennengelernt hatte. Sie schüttelte den Kopf.

Ginger verzog das Gesicht. »Mann, ich weiß gar nicht, wie viel ich dir erzählen darf. Warum ziehst du dich nicht an und ich nehme dich mit nach unten zum Frühstück?«

Tiffany wollte nur nach Hause. Ihr Vater war vermutlich außer sich vor Sorge. »Ich will ja nicht unhöflich sein, aber ich habe echt keine Zeit zum Frühstücken. Mein Vater wird wahnsinnig, wenn ich länger wegbleibe. Ich muss nach Hause.«

Das Gesicht der Frau versteinerte. »Ich finde, du solltest dich wenigstens bei deinem Gastgeber für die Gastfreundschaft bedanken.«

Tiffany spürte, wie ihre Wangen heiß wurden. Wie peinlich, dass sie ihre Manieren vergaß.

»Natürlich! Ich wollte echt nicht unhöflich sein. Ich will nur rasch meinen Dad anrufen«, sagte sie hoffnungsvoll. »Damit er nicht die Nationalgarde alarmiert oder so«, fügte sie hinzu und kicherte albern.

»Dafür ist keine Zeit. Zieh dich an. Im Schrank sind genug Klamotten. Zieh einfach an, was dir gefällt und passt. Ich bin in ein paar Minuten zurück.« Die Frau verließ das Zimmer, und Tiffany hörte das metallische Einrasten eines Riegels, der vorgeschoben wurde.

Sie rannte zur Tür und versuchte, sie zu öffnen. Ihre schlimmsten Befürchtungen wurden bestätigt. Die Tür war zugesperrt.

»Warte! Du kannst mich doch nicht einsperren! Das ist Entführung!« Sie begann, gegen die Tür zu hämmern und um Hilfe zu schreien.

Plötzlich knallte jemand mit so viel Kraft von außen gegen die Tür, dass Tiffany das Holz splittern hörte.

»Halt die Klappe, Schlampe!«, brüllte eine tiefe Männerstimme. »Hier hört dich niemand und helfen tut dir schon gar keiner!«

18 – PRESTON

Im Wohnzimmer seines Hauses in Bel Air lief Preston auf und ab, während Martin Bain all die Leute persönlich informierte, die der Gouverneur in den nächsten zwei Tagen hatte treffen wollen. Während des Flugs nach L. A. hatten sie vereinbart, für die nächsten achtundvierzig Stunden alle Termine in Prestons Kalender abzusagen und danach weiterzusehen. Die Mädchen im Büro kümmerten sich darum, die nicht ganz so wichtigen Personen zu benachrichtigen.

Mitarbeiter von Prestons Büro in L. A. saßen an dem großen Esszimmertisch und sorgten dafür, dass der Gouverneur von den Strafverfolgungsbehörden ständig informiert wurde, was inzwischen über Tiffanys Verschwinden bekannt war und was man unternahm, um sie zu finden.

Bain legte auf und fuhr sich mit der Hand durchs Haar. »Also, glücklich waren sie nicht gerade.«

Preston blieb stehen. »Wer?«

»Die Leute von BEFATA.«

»Wofür um alles in der Welt steht das denn?«, fragte Preston finster.

»Beschäftigung für Freunde und Andere auf Toleranz Angewiesene.« Bain nahm ein Croissant von einem Tablett, das jemand mit anderen Speisen auf der Bar aufgebaut hatte. »Das ist mal eine Monsterabkürzung, was? Sie finden Jobs für Drogensüchtige und Obdachlose.«

»Ich kann nicht glauben, dass jemand diesen Scheiß unterstützt. Laut unzähliger Studien haben solche Leute keinen Job, weil sie nicht mal die Mindestanforderungen für eine geregelte Arbeit erfüllen«, sagte Preston. »Aber solange jemand mit so einer Idee Geld machen kann, werden sie auch immer wieder um Zuschüsse betteln. Ich bin überrascht, dass Sie mich überhaupt mit solchen Leuten zusammenbringen wollen.«

»Nun, Sir, in letzter Zeit ging häufiger durch die Nachrichten, wie wenig Sie sich für die Obdachlosen und Arbeitslosen im Staat einsetzen. Diese Gruppe hat der Präsident in den vergangenen Monaten immer wieder positiv erwähnt. Ich dachte, ein Treffen könnte unterstreichen, wie wichtig Ihnen das Thema ist und dass Sie sich informieren.«

Preston trat ebenfalls an die Bar und nahm eine Banane und einen Kaffee. »Ich wäre jedenfalls nicht allzu traurig, wenn wir das Meeting nicht noch mal ansetzen. Wir finden einen anderen Weg, damit ich die Drogensüchtigen und Faulenzer erreiche. Gestern Abend haben Pilar und ich mit diesem Mann von *Gemeinsam Gegen Gewalt* geredet. Wir haben darüber nachgedacht, für sie in L. A. ein Büro zu eröffnen. Das Thema der rivalisierenden Banden wäre für mich sehr viel prestigeträchtiger. Vielleicht kann ich diese BEFATA-Leute ja mal für ein gutes Foto treffen. Aber ich werde denen definitiv kein Geld geben.«

»Verstanden«, sagte Bain und kritzelte etwas auf seinen Notizblock.

Einer der Mitarbeiter trat zu Preston. »Entschuldigen Sie, Gouverneur. Chief Fryer vom LAPD und seine Leute sind unterwegs. Und der Chef der Außendienststelle vom FBI ebenfalls.«

»Wird aber auch Zeit. Ich habe Fryer vor zwei Stunden

angerufen und ihm gesagt, ich will das LAPD und das FBI hier in Bel Air sehen. Wann kommen sie an?«

»Soweit ich verstanden habe, in zwanzig bis dreißig Minuten.«

»Himmel, ich bin aus Sacramento schneller hier gewesen!« Preston wandte sich an Bain, der gerade eine Dose Limo öffnete. »Während wir warten, arbeiten Sie mit den Leuten hier in L. A. zusammen und überlegen, wie wir den Medien erklären, warum ich im Moment nicht verfügbar bin.«

»Bin schon dran.«

»Gut. Ich gehe nach oben. Holen Sie mich erst, wenn alle da sind.«

Allein im Schlafzimmer, das er einst mit seiner Frau Monica geteilt hatte, konnte Preston nicht länger leugnen, was für eine furchtbare Angst er hatte. Er sank auf die Bettkante, barg das Gesicht in den Händen und schluchzte leise. Eine Woche nachdem er seine Kandidatur als Gouverneur öffentlich gemacht hatte, war Monica in einem jener seltenen Momente zu ihm gekommen, in denen sie allein waren, und hatte seine Hand auf ihre Brust gelegt.

»Spürst du was?«, hatte sie gefragt.

»Eine der erstaunlichsten Brüste, die man in Los Angeles findet, ein natürliches C-Körbchen«, hatte er gescherzt. Monica hatte ihn mit diesem ganz besonderen Lächeln bedacht, bei dem auch ihre Augen so strahlten. Er liebte dieses Lächeln.

Und dann ruinierte sie es. Sie hatte seine Hand nach unten geschoben, sodass das Gewicht ihrer Brust auf seinen Fingern lastete. Ein leiser Schauer der Angst war sein Rückgrat hochgekrochen.

»Drück mal ein bisschen«, hatte sie gesagt.

Er hatte sich nicht bewegt. Sie hatte ihre Hand über seine gelegt und seine Finger in ihr weiches Fleisch gedrückt. Er wusste Bescheid, bevor er den Knoten spürte.

»Ich wollte dich nicht beunruhigen«, hatte sie gesagt. »Du warst so sehr damit beschäftigt, deine Kampagne vorzubereiten.« Sie hatte seine Hand losgelassen und wandte sich ab. »Es ist Krebs. Ich … er ist schon länger da und hat bereits gestreut.«

Ein unkontrolliertes Beben hatte ihn erfasst. »Was heißt das?«, flüsterte er.

Seine Frau, die Liebe seines Lebens, hatte ihm tief in die Augen geschaut und erklärt: »Es gibt keinen Grund, jemandem davon zu erzählen. Wir dürfen die Wähler nicht glauben lassen, dass du davon abgelenkt wirst. Ich werde bis nach der Wahl durchhalten.«

Und das hatte sie. Zwei Monate. Während des Wahlkampfs hatte sie fest an seinen Sieg geglaubt und die Zeit genutzt, um alles in Ordnung zu bringen. Sie hatte ihn so oft wie möglich zu den Wahlkampfveranstaltungen begleitet und zugleich Tiffanys Leben so normal wie möglich gestaltet.

Immer wieder wollte er sich aus dem Wahlkampf zurückziehen. Doch Monica war unerbittlich. *»Ich bin ein hoffnungsloser Fall. Du musst das tun, was für Tiffany das Beste ist. Wenn du Gouverneur wirst, wird sie mehr Möglichkeiten haben, als wir uns je vorstellen konnten. Du musst weitermachen.«*

Und das hatte er. Doch der Sieg war bittersüß. Monica war in der Wahlnacht so krank, dass sie sich bei den vielen Siegesfeiern neben ihm kaum auf den Beinen halten konnte.

Er hatte seiner Frau versprochen, sich um ihre Tochter zu kümmern. Und nun wurde ihr kleines Mädchen vermisst. Was, wenn er auch Tiffany verlor? Das wäre zu viel für ihn. Er ertrug nicht noch einen Verlust.

Er stand vom Bett auf und öffnete die schwere Eichentür zum begehbaren Kleiderschrank und schaltete das Licht an. Sein Blick glitt suchend über das oberste Regalbord. Da war sie. Die schwarze Plastikkiste mit seiner .40er Glock.

Tiffany, dachte er. Wenn ich dich verliere, gehe ich mit dir. Dann sind wir als Familie wieder vereint.

Nachdem er diesen Plan gefasst hatte, fühlte Preston sich besser.

19 – TRAVIS

Er hätte sich kaum schlechter fühlen können. Travis hatte sich für ein richtiges Frühstück in einem Diner in der nächsten Stadt entschieden. Die Pizza hob er für später auf. Während er aß, hatte er dreimal versucht, Maddie zu erreichen, aber das Telefon klingelte und klingelte. Warum versuchte sie nicht, ihn zu erreichen? Er wusste, sie war inzwischen bei der Arbeit und hatte einen großen Fall zu bearbeiten. Aber verdammt, ihr gemeinsames Leben fiel gerade auseinander!

»Kann ich dir noch was holen? Egal, was du willst«, sagte die Kellnerin mit diesem gewissen Lächeln und einem Tonfall, mit dem sie ihm deutlich zu verstehen gab, wozu sie bereit wäre, falls er Interesse daran hatte.

Zumindest diese Frau glaubte, er habe etwas zu bieten. »Schätzchen, alles, was ich jetzt noch wollen könnte, würde uns nur einen Haufen Probleme bringen. Und ich hab schon genug Probleme für ein ganzes Leben«, sagte er und bedachte sie mit einem Zwinkern.

Die dünne Brünette spitzte die Lippen. »Ach, zu schade. Ich hab da so meine Methoden, Männer ihre Sorgen vergessen zu lassen. Vielleicht ein anderes Mal«, sagte sie und lächelte breit. Sie nahm seinen leeren Teller und tänzelte hinter den Tresen und weiter in die Küche.

Travis lachte leise und warf eine Handvoll Scheine auf den Tisch. Die Verführerin hatte sich ein dickes Trinkgeld verdient.

Seine gute Laune hielt nicht lange. Er verließ das Restaurant und stieg in seinen Truck. Hier drin war es warm von der Sonne, und das fühlte sich gut an. Für die Kälte in den Bergen hatte er nicht die richtige Kleidung mitgebracht. Eine Minute lang genügte es ihm, einfach nur dazusitzen und zu überlegen, wie seine nächsten Schritt aussehen sollten.

Wenn man es genau nahm, konnte er auch jetzt, da er vom Dienst freigestellt war, suspendiert oder gefeuert werden, weil er nicht zu Hause war. Und den Arschlöchern von seiner Abteilung traute er durchaus zu, einen Sergeant zu schicken, der das überprüfte. Andererseits könnte er allen Problemen aus dem Weg gehen, wenn er seinen Chef anrief und ihm mitteilte, dass er in Daves Hütte war. Aber dann würden sie zweifellos ausflippen und einen Psychiater bis hinauf nach Big Bear schicken, der in seinem Gehirn herumstochern sollte. Die Abteilung hatte bereits seine Dienstwaffen konfisziert. Aber die Idioten hatten wohl vergessen – oder es war ihnen schlicht egal –, dass er eigene Waffen besaß und mit einer Polizistin verheiratet war, die selbst Waffen hatte.

Was sollte er bloß mit Maddie machen? Warum zur Hölle hatte er sie so angegriffen? Sie hatte recht. Er hatte sie nicht genug unterstützt. Sie hatte die Hauptlast in ihrer Ehe getragen, seit Dave ermordet worden war. Er schämte sich jetzt für das, was er ihr an den Kopf geworfen hatte. Sie musste schon genug mit ihren eigenen Dämonen kämpfen. Was, wenn sie nicht mit ihm redete? In Wahrheit hatten sie es doch beide verbockt.

Er startete den Truck und fuhr zurück zur Hütte. Dort würde er ein Nickerchen halten. Und danach würde er sich überlegen, was er mit seinem Leben anstellen wollte.

20 – PILAR

Pilar konnte sich ein Lächeln nicht verkneifen, als sie die beiden Detectives und den Polizeichef sah, die sie gestern kennengelernt hatte. Sie wurden zusammen in einem großen Van mit Ledersitzen und verdunkelten Scheiben herchauffiert. Die Detectives waren schweigsam und wirkten irgendwie peinlich berührt, während der Polizeichef ununterbrochen über seine Wichtigkeit und seine PS-starken Freunde schwadronierte.

Pilars Gedanken schweiften ab. Die Polizistin würde von einem Umstyling bestimmt profitieren – sie musste wirklich was gegen diese mausbraunen Haare machen. Ihr männlicher Kollege war unglaublich attraktiv. Wenn er in der Befehlskette weiter oben stünde, könnte sie sich sogar eine kleine Affäre mit ihm vorstellen. Aber ein Detective mit dem Aussehen eines Filmstars reichte nicht, um die Beziehung mit dem Gouverneur von Kalifornien aufs Spiel zu setzen. Besonders dann nicht, wenn dieser Gouverneur ihre Fahrkarte ins Weiße Haus sein könnte.

Dann war da noch der Polizeichef. Der immer noch laberte. So ein Idiot. Sie lächelte weiter und nickte gelegentlich, warf ein »Wirklich!« ein, wenn es ihr angemessen schien. Aber in Wahrheit war sie zu Tode gelangweilt. Lustig, wie sich von einem Tag auf den anderen alles ändern konnte. Gestern hatte Preston sich nur darauf konzentriert, diese McCall-Frau zu finden. Heute lautete die Mission, seine Tochter zu finden.

»Entschuldigen Sie, Chief«, sagte sie und unterbrach seinen Monolog. »Wir sind gleich am Haus des Gouverneurs.«

»Exzellent. Ich will das FBI bei den Ermittlungen mit an Bord haben.«

Eingebildeter Arsch, dachte Pilar. Das FBI hat sich doch nur eingeschaltet, damit du die Ermittlungen nicht gegen die Wand fährst. Es versprach jedenfalls interessant zu werden, wie die verschiedenen Vollzugsbehörden untereinander um die Vorherrschaft bei der Suche nach Tiffany rangen.

Nachdem alle nacheinander den Van verlassen hatten, betrat die Gruppe Prestons Haus. Pilar war einige Male hier gewesen – meist spätabends, nachdem sie zuvor mit Preston bei einem gesellschaftlichen Anlass gewesen war. Manchmal verbrachte sie auch die Nacht hier, aber wenn Tiffany zu Hause war, wollte Preston Tiffany kein schlechtes Vorbild sein, weshalb Pilar immer vor dem nächsten Morgen wieder ging.

Wenn Tiffany für immer verschwunden war, gäbe es keinen Grund mehr, dass sie nicht die meisten Nächte bei Preston verbrachte. Allerdings wusste Pilar, dass sie *diesen* Gedanken am besten für sich behielt.

21 – TIFFANY

Tiffany wich zurück zum Bett, legte sich hinein und verkroch sich unter der Decke. Das war schlimm. Wirklich schlimm. Sie zitterte unkontrolliert, ohne genau sagen zu können, ob aus Angst oder vor Kälte.

»Okay, denk nach«, flüsterte sie. »Du bist mit den Mädchen den Sicherheitsleuten entwischt. Dann bist du mit Penny zur Party gefahren, die Taschen habt ihr im Kofferraum von Pennys Wagen eingeschlossen, und später sind die anderen Mädchen dazugekommen. Du hast Drejohn getroffen. Er ging los, um Brenda aus dem hinteren Schlafzimmer zu retten.« Dort hörte ihre Erinnerung auf. Sie schloss die Augen, um sich besser konzentrieren zu können. Es half.

Sie erinnerte sich, wie eine streitlustige Brenda von Drejohn wieder in die Eingangshalle gezerrt wurde, wo Tiffany wartete. Sie versuchte, Brenda zu beruhigen, doch ihre Freundin war betrunken und feindselig. Drejohn hatte vorgeschlagen, dass Tiffany und er Brenda an die frische Luft brachten. Sie war damit einverstanden, und gemeinsam stützten sie Brenda und stolperten in die kalte Nacht ...

Sie öffnete die Augen, weil sie keine weiteren Erinnerungen an die vergangene Nacht hatte. Vor dem versperrten Zimmer hörte Tiffany Schritte und Flüstern. Ihr Herz hämmerte in der Brust. Sie lauschte angestrengt und ließ dann die Luft entweichen, als die Geräusche wieder leiser wurden.

Ich ziehe mich lieber an, damit mich niemand so halb nackt sieht. Sie sprang aus dem Bett, eilte zu der Kommode und riss die oberste Schublade auf. Auf der linken Seite lagen haufenweise Spitzentangas, die wie ein pastellfarbener Spaghettiberg aussahen. Zur Rechten befanden sich Dutzende BHs nach Größen und Farben sortiert. Tiffany erschauderte bei der Vorstellung, die Unterwäsche einer anderen zu tragen.

Sie zog die zweite Schublade auf und fand darin Jogginghosen, Yogahosen und Shorts. In der dritten Schublade fand sie T-Shirts und Tops. Sie knallte die Schubladen zu und hetzte zum Schrank.

Der Kleiderschrank nahm eine komplette Wand ein und bestand aus zwei Doppeltüren aus lackiertem Holz, die wie ein Akkordeon aufgefaltet werden konnten. Lautlos glitten die Türen des ersten Schranks auf, doch Tiffany wurde enttäuscht. Darin fand sie nur Kleider. Und zwar nicht die bequemen Baumwollkleider, die sie gerne trug. Diese hier waren aus Satin und Spitze. In allen erdenklichen Farben und dazu noch einige mit Animal-Print-Mustern. Nachdem sie die erste Doppeltür geschlossen hatte, trat sie vor die zweite Hälfte.

Sie erwartete noch mehr Kleider, doch diesmal wurde sie positiv überrascht: Vom Boden bis zur Decke waren mindestens hundert Paar Schuhe im Schrank gestapelt. Die meisten leider mit hohen Absätzen, aber sie fand auch bunte Turnschuhe in einem der unteren Fächer. Ein Paar sah so aus, als könnte es passen.

Sie ging zurück zur Kommode und suchte eine marineblaue Jogginghose heraus und das größte T-Shirt, das sie finden konnte. Ohne Höschen oder BH fühlten sich die Sachen merkwürdig an, und nicht zum ersten Mal kroch ein unangenehmes Gefühl über ihre Haut. Sie zwängte die Füße in die Markenschuhe und seufzte erleichtert. Egal, wer jetzt in ihr Zimmer kam, wenigstens war sie angezogen. Und bei der ersten sich bietenden Gelegenheit würde sie loslaufen.

22 – MADDIE

Ich genoss es sehr, wie die Bürgermeisterin unter den kläglichen Versuchen des Chiefs litt, sie zu beeindrucken. Gelegentlich trafen sich unsere Blicke, und da wir die einzigen Frauen im Bürgermeistermobil waren, wusste sie, dass *ich* wusste, wie sehr sie sich wünschte, diese Fahrt sei bald vorbei.

Mehrere Male ertappte ich sie dabei, wie sie mich musterte. Ich weiß nicht genau, warum Pilar Lunas bohrender Blick mich störte. Jedes Mal versuchte ich instinktiv, meine Haare zurechtzuzupfen, was ein ganz und gar vergebliches Unterfangen ist.

Während wir auf die Bürgermeisterin gewartet hatten, hatte ich meinem launischen Ehemann sogar ein »Alles okay?« geschickt. Aber selbst jetzt, um fast neun Uhr, hatte ich immer noch keine Antwort. Travis hasste SMS, aber ich hatte gehofft, wenn er die Nachricht bekam, würde er wenigstens anrufen. Aber vielleicht war das nach der vergangenen Nacht zu viel verlangt.

Ich war erleichtert, als Pilar dem Chief sagte, er solle jetzt mal die Klappe halten, weil wir gleich da waren. Ich musste meine Gedanken von Travis wegbekommen und mich auf etwas anderes konzentrieren. Zum Beispiel auf die Tochter des Gouverneurs. Was zum Teufel war mit ihr passiert?

»Scheiße. Die Feds waren schneller.«

Larry der Frauenschläger hinterließ also auch einen bleibenden Eindruck bei der Bürgermeisterin. Die zwei Crown Vics in der Einfahrt waren tatsächlich vom FBI. Sie hatten uns also geschlagen. Nicht zum ersten und vermutlich auch nicht zum letzten Mal.

23 – TIFFANY

Tiffany drehte ihre langen, honigblonden Haare zu einem lockeren Knoten, als sie hörte, dass jemand die Tür entriegelte. Sie ließ die Haare los und sprang auf.

Es war Ginger. »Du hast dir was angezogen, gut.« Das Mädchen musterte Tiffanys Auswahl. »Mein Gott, hast du nichts Scheußlicheres gefunden?« Sie wartete nicht auf eine Antwort, sondern bedeutete Tiffany, ihr zu folgen. »Ich soll dich in die Küche bringen, damit du frühstücken kannst.«

»Oh, okay. Danke«, sagte Tiffany und folgte dem Mädchen, das bei näherem Hinsehen deutlich jünger erschien, als Tiffany zunächst gedacht hatte. Auf dem Weg durchs Haus hielt Tiffany die Augen nach einem Telefon offen, mit dem sie ihren Vater anrufen könnte. Sie hatte ihre Klamotten und ihre Handtasche nirgends gefunden, aber nach dem wütenden Hämmern an der Zimmertür wollte sie jetzt lieber nicht nach ihren Sachen fragen.

Nachdem sie eine breite Treppe hinuntergegangen waren, durchquerten sie nun ein kleines Büro und gelangten in eine große Küche. Kirschholzschränke mit dazu passender, heller Granitoberfläche standen an den Wänden. Teure Elektrogeräte in Edelstahloptik waren strategisch um die wuchtige Kochinsel in der Mitte des Raums angeordnet. Die freie Wand bestand vom Boden bis zur Decke aus Fenstern, die den Blick auf eine Poollandschaft freigaben, die jeder Hotelanlage Konkurrenz machte. Vor den hohen Fenstern stand ein Glastisch, an dem problemlos zehn Leute Platz hatten. Tatsächlich saßen nur drei Mädchen im Teenageralter auf den Stühlen.

Ginger winkte zu den Mädchen rüber. »Das sind Destiny, Vegas und Laylo.«

»Hi«, sagte Tiffany. Sie bemerkte den leeren Blick der drei. Eine knabberte einen Toast, eine andere schaufelte Fruit Loops in den Mund und die Dritte leckte die Glasur von einem Schokodonut. Keine schien ihre Anwesenheit zu bemerken.

»Kümmere dich nicht um die, sie sind müde. Sie waren gestern Nacht zu lange unterwegs.«

Das Mädchen mit den Fruit Loops ließ den Löffel in die Schüssel knallen. »Ich hab genug«, murmelte sie und trug die Schüssel zur Spüle, wo sie den Löffel abspülte und die Schüssel auskippte, ehe sie beides in die Spülmaschine stellte und zu dem Büro ging, durch das Ginger und Tiffany gekommen waren.

»Vegas, wo gehst du hin? Drejohn kommt bestimmt gleich.«

»Ich muss pinkeln. Darf ich?«

Tiffany war von der Wut in der Stimme des Mädchens überrascht.

»Dann aber zackig. Du weißt doch, wie sauer er wird, wenn wir morgens nicht hier auf ihn warten.«

Vegas sagte nichts, sondern hob nur die Hand mit ausgestrecktem Mittelfinger, als sie die Küche verließ.

Ginger blickte Tiffany an, lächelte schmal und zuckte mit den Schultern. »Wenn sie nicht genug Schlaf kriegt, wird sie launisch.«

Tiffany glaubte ihr. Die drei Mädchen sahen echt fertig aus, bleich und mit dunklen Schatten unter den Augen. Was sie jedoch noch mehr beunruhigte, war das Fehlen jeglicher Lebhaftigkeit.

Ginger öffnete die Tür zu einer großen Vorratskammer. »Es gibt jede nur erdenkliche Art Frühstücksflocken, außerdem Donuts, Bagels und Toastbrot. Säfte und Limos sind im Kühlschrank. Dort findest du auch Eier, aber du musst sie selbst zubereiten, wenn du welche willst. Oh, und wenn du Kaffee willst, musst du ihn dir kochen.« Besorgt schaute Ginger in die Richtung, in die Vegas verschwunden war, und sagte: »Bin gleich wieder da. Ich muss nach ihr schauen.«

Sobald das erdbeerblonde Mädchen verschwunden war, schaute Tiffany sich nach einem Telefon um. Sie sah keines und schüttelte ungläubig den Kopf. Jeder, den sie kannte, hatte ein Telefon in der Küche. Sie ging zu dem Durchgang, der die Küche von dem Büro trennte. Auch dort sah sie kein Telefon.

Sie drehte sich um und trat zu den Mädchen am Küchentisch. »Hey, gibt's hier irgendwo ein Telefon? Ich muss dringend einen Anruf machen.«

Das Latinomädchen legte den Donut auf den Teller und versuchte, ihren Blick auf Tiffany zu fokussieren. »Wir haben kein Telefon. Wir brauchen niemanden anzurufen.«

Na großartig. Ich habe keine Ahnung, wo ich bin, ich finde kein Telefon und bin in diesem Haus mit einer Horde Zombies eingesperrt.

24 – TRAVIS

Travis warf die Reisetasche auf den Rücksitz seines Pick-ups und rutschte hinter das Lenkrad. Erfrischt nach dem Nickerchen, beschloss er, dass es am besten war, nach Hause zu fahren und die Sache mit Maddie in Ordnung zu bringen. Tatsache war: Er liebte sie. Er wusste, sie waren beide ziemlich durch den Wind, aber wenn er durch die Berge streifte, würde ihnen das auch nicht helfen, sondern wahrscheinlich alles nur noch schlimmer machen. Außerdem würde ihm vermutlich ein Sergeant von der Arbeit einen Besuch abstatten, um sich nach seinem Wohlergehen zu erkundigen und sich davon zu überzeugen, dass er sich nicht umgebracht hatte.

Er lenkte den Wagen Richtung Hauptstraße des kleinen Bergorts und steckte das Ladekabel seines Handys in den Zigarettenanzünder. In Daves Hütte hatte er keinen Empfang, aber im Ort würde sich das ändern. Wie aufs Stichwort vibrierte sein Handy und leuchtete auf, als es die entgangenen Anrufe und Nachrichten empfing. Er blickte rasch auf das Display und sah Maddies lachendes Gesicht. Er erinnerte sich noch gut an den Tag, an dem er den Schnappschuss gemacht hatte. Das Telefon war ganz neu, und er hatte ihr gesagt, sie sei die erste Frau, die er fotografieren wollte. Sie wollte wissen, wo denn der Unterschied zwischen der ersten Person und der ersten Frau sei. Verlegen grinsend hatte er das Handy umgedreht, damit sie das Foto von ihrem zwei

Jahre alten Pitbull-Mischling Sammie sah. Ein Porträt des karamellbraunen Hunds, den sie aus dem Tierheim geholt hatten und der fragend in die Kamera schaute.

»Das ist ja niedlich!« Maddie hatte gelacht. »Jetzt weiß ich, wo ich in der Familienhierarchie stehe. Hinter dem Hund!« Sie lachte und schüttelte gespielt verärgert den Kopf. In dem Moment hatte Travis das Handy umgedreht und das Foto geschossen. Er liebte das Foto. Er liebte *diese* Maddie und er wollte sie zurück.

Travis beobachtete, wie Maddies Bild mit jeder neuen Nachricht wieder aufleuchtete. So oft wie sie versucht hatte, ihn zu erreichen, lächelte sie jetzt bestimmt nicht mehr. Er hatte bereits den Stadtrand des idyllischen Bergstädtchens erreicht und fuhr auf dem zweispurigen Highway Richtung Los Angeles.

Ich fahr einfach bei nächster Gelegenheit rechts ran und rufe sie an, damit sie weiß, dass es mir gut geht, dachte er. Doch als er genau das versuchte, steckte er schon wieder in einem Funkloch. »Verdammt!«

Vor ihm lag eine zweistündige Fahrt. Er fuhr zurück auf die Straße. Bei der Erinnerung an die guten Zeiten ihrer Ehe drückte er das Gaspedal noch ein wenig tiefer durch.

25 – MADDIE

Rings um den Tisch im riesigen Esszimmer der privaten Villa des Gouverneurs bekam ich einen tiefen Einblick in die Seelenwelt des früheren Schauspielers. Zumindest, soviel der Innenarchitekt des Gouverneurs davon zugelassen hatte.

Die großen, glatten und dunklen Möbel hoben sich von den cremefarbenen Wänden und Stühlen ab, die hellviolette Polster hatten. Der Stoff war so hell, dass er sich gegen das dunkle Holz gut behaupten konnte. Zuerst dachte ich, Lila sei eine eher feminine Farbe, aber mit der Grandezza der Esszimmergarnitur und den mit Blattgold verzierten Dekogegenständen ergab die Farbe plötzlich Sinn. Ein Raum, der königlich wirken sollte. Preston Truesdale war früher eine Hollywoodgröße gewesen und jetzt war er als Kopf des am dichtesten besiedelten Bundesstaats politisch quasi ein König.

Während wir auf den Gouverneur warteten, versuchten sowohl die Feds als auch unser Chief auf höfliche Weise, die Kontrolle über die Ermittlung zu Tiffany Truesdales Verschwinden an sich zu reißen. Natürlich, wenn der Fall in die Hose ging, würden beide Ermittlungsbehörden schneller mit dem Finger auf die jeweils andere zeigen, als eine angehende Schauspielerin einem Regieassistenten einen blasen konnte.

Ich hatte mir einen Kleiemuffin und ein Glas Orangensaft vom Sideboard genommen, ehe ich mich an den riesigen

Tisch setzte. Einer der Vorteile, wenn man in diesem Job eine Frau war. Es schien nicht ungewöhnlich zu sein, wenn ich mich setzte. Darius saß neben mir und neben ihm hockte Larry der Frauenschläger und daneben der Chief. Die Bürgermeisterin hatte am Kopfende Platz genommen. Der Stuhl ihr gegenüber war leer und vermutlich dem Gouverneur vorbehalten. Ich zählte rasch durch. Achtzehn Leute saßen am Tisch, aber ungefähr zehn weitere waren zusätzlich in den Raum gedrängt. Die überzähligen Leute kamen vor allem vom FBI oder gehörten zum Stab des Gouverneurs. Sie quetschten sich an die Wände und versuchten, nicht im Weg zu stehen, was durch eine riesige Standuhr und das Sideboard noch zusätzlich erschwert wurde.

Meine Hauptsorge war im Moment, dass der Chief die Ermittlungen an das FBI weitergeben könnte. Generell kümmerte sich unser Büro nicht um jugendliche Vermisstenfälle, aber angesichts der Verbindung zu der möglichen Knochenmarkspenderin Heather McCall lag die Sache hier anders. Mein Ziel war es, beide Frauen zu finden – hoffentlich in einem Stück.

Larry der Frauenschläger versuchte, unseren Chef zu beeindrucken. »Chief, da wir bereits im McCall-Fall erste Befragungen durchgeführt haben, wäre es sinnvoll, wenn wir auch an Tiffanys Fall arbeiten. Wir werden zweifellos einige Personen zu beiden Fällen befragen müssen.«

Der Oberboss vom FBI schüttelte den Kopf. »Das ist für zwei Detectives von der lokalen Behörde gar nicht zu schaffen«, sagte er und musterte Darius und mich abschätzig.

»Dann stelle ich eben weitere Teams für den Fall ab«, sagte Chief Fryer leichthin.

Der FBI-Mann wollte davon nichts hören. Er schüttelte den Kopf. »Wir können nicht ausschließen, dass die Entführungen auf irgendeine Art mit dem Amt des Gouverneurs zu tun haben.«

Darius rutschte auf seinem Stuhl herum und warf dem FBI-Mann einen harten Blick zu. »Wir wissen nicht mal sicher, ob sie überhaupt entführt wurden.« Er schaute den Chief an und ergänzte: »Vielleicht könnten wir die Ermittlung aufteilen. Das FBI arbeitet an den Spuren, die mit dem Gouverneur im Zusammenhang stehen, während wir uns um die persönliche Seite der beiden vermissten Frauen kümmern.«

Eins musste man Darius lassen: Er wusste immer, wie die perfekte Lösung aussah. Die Feds hatten dann das Gefühl, was Sinnvolles zu machen, während wir die Suche nach den verschwundenen Frauen koordinierten.

Der FBI-Mann blickte kurz seine Kollegen an, die an der Wand aufgereiht standen. »Gut, ich denke, das geht. Sie verfolgen die Spuren im Leben der Frauen, und wir kümmern uns um den politischen Aspekt. Ich denke, das Wichtigste wird sein, die Sache so lange wie möglich unter Verschluss zu halten.«

Darius nickte. »Ich fürchte, das wird schwierig werden. Aber vielleicht können wir den Gouverneur dazu bringen, weiterhin kurze Auftritte in der Öffentlichkeit zu absolvieren. Das wird vielleicht von dem Umstand ablenken, dass Tiffany von der Bildfläche verschwunden ist.«

»Klingt gut«, sagte der FBI-Junge.

Preston Truesdale kam in den Raum, mit seinen eins neunzig wirkte er nervös und getrieben. »Also, wer in diesem Raum kann mir sagen, wo meine Tochter ist?«

Plötzlich war es totenstill. Das Ticken der Standuhr am anderen Ende des Raums war das einzig wahrnehmbare Geräusch.

Der Gouverneur musterte die Anwesenden finster. »Sie haben hier einfach rumgesessen und gewartet, statt die Antwort auf diese Frage zu finden?«

Der ranghöchste FBI-Agent ergriff zuerst das Wort. »Wir haben entschieden, wie wir unsere Ermittlungen koordinieren werden, Gouverneur. Inzwischen werden zwei Frauen vermisst, weshalb wir es als vernünftig erachten, die Arbeit aufzuteilen.«

»Ich scheiß drauf, wer hier was macht. Ich will nur, dass meine Tochter gefunden wird – und zwar lebend.«

Chief Fryer kam als Nächstes zu Wort und fast hätte er mir leidgetan. »Sie haben mein Wort, Gouverneur. Meine Leute arbeiten rund um die Uhr daran, Ihre Tochter sicher nach Hause zu bringen. Meine Mitarbeiter werden ihre Ermittlungen vor allem auf das Verschwinden der beiden Frauen konzentrieren. Das FBI wird jede mögliche Verbindung zu Ihnen oder einem Ihrer politischen Projekte prüfen.«

»Sie können ja mit den Irren von der Staatspolizei anfangen, die sich von einer Gruppe Mädchen haben verarschen lassen.« Prestons Blick suchte den Raum nach seinem Stabschef Martin Bain ab. »Bain? Sorgen Sie für einen Raum, in dem die Detectives so schnell wie möglich mit ihren Befragungen beginnen können.«

»Ja, Sir«, antwortete Bain und verließ rasch das Zimmer.

Der Gouverneur wandte sich uns zu. »Ich habe gerade mit zwei von Tiffanys Freundinnen telefoniert. Sie sind mit ihren Eltern auf dem Weg hierher.«

Himmel, reicht es Preston Truesdale nicht, den Staat zu regieren? Muss er dem LAPD jetzt auch noch sagen, wie es seinen Job zu machen hat? Ich fragte mich, ob jemand von meinen Kollegen so viel Mumm in den Knochen hatte und sich gegen ihn auflehnte. Ich jedenfalls nicht; das war der Vorteil, einer von den niedrigen Rängen und damit absolut unbedeutend zu sein. Es war jedenfalls nicht meine Aufgabe, den Gouverneur höflich darauf hinzuweisen, dass wir die Ermittlungen so führten, wie wir es für richtig hielten.

Mein Partner hatte offensichtlich mehr Mumm in den Knochen. »Entschuldigen Sie, Gouverneur«, sagte Darius. »Ich weiß, Sie wollen den Ball so schnell wie möglich ins Rollen bringen. Aber wir können die Befragungen nicht hier durchführen.«

Truesdale blieb abrupt stehen. »Warum nicht, zum Teufel?«

»Wenn eine prominente Person vermisst wird, zeichnen wir die Befragungen auf.«

Preston fuhr mit der Hand durch sein Haar. Ich spürte die Frustration wie in Wellen von ihm abstrahlen. Bestimmt bemerkten alle anderen im Raum die Hitze auch. Dieses Meeting ging auf direktem Weg den Bach runter. Wir mussten schnell handeln ...

Es überraschte mich am meisten, als Nächstes meine eigene Stimme zu hören. »Gouverneur, da sie bereits unterwegs sind, können wir doch alle Zeugen, sobald sie hier sind, in den Van der Bürgermeisterin setzen und sie zur Polizeistation bringen, um sie dann dort zu befragen.«

Ich war überrascht, als die Bürgermeisterin nickte. Sie wirkte sogar richtiggehend erleichtert.

»Das ist eine großartige Idee«, sagte Pilar. »Der Van ist groß genug, um Sie alle und die Zeugen zurück zum Präsidium zu bringen.« Sie warf mir einen verschwörerischen Blick zu.

Die anderen im Raum nickten ebenfalls zustimmend.

Martin Bain kam zurück. Ihm folgten zwei sehr müde

wirkende Männer. Ich vermutete, hier hatten wir die Dummköpfe von der Staatspolizei vor uns, die sich von Tiffany und ihren Freundinnen hatten linken lassen. Die Schatten unter den Augen und die eingefallenen Gesichter ließen darauf schließen, dass sie in der letzten Nacht, wenn überhaupt, nur wenig Schlaf bekommen hatten.

Hinter den Männern folgten zwei Mädchen im Teenageralter. Eines der Mädchen fummelte unentwegt an seinen Haaren herum, während das andere an seinen Fingernägeln kaute. Das Mädchen, das mit den Haaren spielte, lächelte den Gouverneur an, doch er bemerkte es gar nicht, weil sein Blick beständig auf die Männer gerichtet war.

»So, so, wenn das nicht die besten Bullen von Kalifornien sind. Gentlemen, ich muss mit Ihnen reden. Folgen Sie mir.«

Ich war sehr erstaunt, dass Larry der Frauenschläger jetzt das Wort ergriff. Sein Gesicht hatte die Farbe eines Granatapfels angenommen. »Gouverneur, es tut mir leid, aber zuerst müssen meine Leute mit diesen Männern sprechen. Danach können Sie sie gerne zusammenstauchen.«

Larry der Frauenschläger zeigte mal Rückgrat! Er hatte absolut recht. Das Letzte, was wir jetzt brauchten, war ein Gouverneur, der diese beiden Trottel einen Kopf kürzer machte. Danach würden sie sich nur noch rechtfertigen und uns wahrscheinlich nicht erzählen, was wirklich passiert war. Außerdem verrieten ihre Haltung und ihre Miene, dass ihre Vorgesetzten ihnen bereits den Arsch gehörig aufgerissen hatten. Die Jungs hatten große Probleme – und das wussten sie.

Das Gesicht des Gouverneurs war fast so rot wie das von Larry dem Frauenschläger. Ich bezweifelte, dass dem Gouverneur häufiger Wünsche verwehrt wurden.

»Lieutenant, was glauben Sie zum Teufel ...«

Chief Fryer griff ein. »Ich weiß, Gouverneur, Sie sind erpicht darauf, diese beiden Männer ... ähm ... zu befragen. Aber wir müssen uns auf den Fall konzentrieren und Tiffany finden. Ich denke, das Beste wird sein, wenn wir die Leute schleunigst in den Van stecken und zum Präsidium bringen.«

Nachdem das gesagt war, standen die ersten Leute auf und gingen zur Tür.

»Entschuldigung«, sagte das am bravsten aussehende Mädchen. Ihre Stimme kam kaum gegen den Lärm an. »Wenn Sie Tiffany suchen, müssen Sie nur mit Brenda reden. Sie haben die Party mit demselben Typen verlassen.«

26 – TIFFANY

Enttäuscht von den beiden Mädchen am Frühstückstisch, versuchte Tiffany zu entscheiden, in welcher Richtung in diesem riesigen Haus es wohl am sinnvollsten war, nach einem Telefon zu suchen. Auf dem Weg nach unten hatte sie jedenfalls keins gesehen, weshalb sie jetzt in die andere Richtung und damit in unbekanntes Gebiet vorstieß. Sie befürchtete, dem Mann über den Weg zu laufen, der vorhin so laut gegen die Schlafzimmertür gehämmert und sie angeschrien hatte. Die Vorstellung jagte ihr echt Angst ein. Aber noch viel schlimmer war der Gedanke, dass man sie hier als Gefangene hielt. Auch wenn sie nicht direkt darum gebeten hatte, gehen zu dürfen: Sie war in ihrem Zimmer eingesperrt worden, und die laute Stimme hatte ihr gesagt, hier würde ihr niemand helfen. Sie fragte sich, was wohl passierte, wenn sie verlangte, gehen zu dürfen. Dann fiel ihr Brenda ein. Vielleicht wusste Brenda ja, dass Tiffany eingesperrt war, und schickte Hilfe. Doch so schnell wie ihr der Gedanke kam, verwarf sie ihn auch wieder. Ihre betrunkene Freundin würde niemandem erzählen können, wo Tiffany hingegangen war.

Sie ging durch die Küche und betrat den riesigen Raum dahinter. Es gab einen gewaltigen, offenen Kamin, der bis zur Decke reichte und locker fünf Meter breit war. Eine Couchgarnitur in Hufeisenform, mit schwarzem Samt bezogen, auf dem rote Kunstpelzkissen lagen. Im Rund der

Couch stand ein großer, abgeschrägter Tisch aus Glas, der von einer gebogenen Stangenkonstruktion gehalten wurde. Direkt gegenüber vom Kamin bestand eine Wand wieder nur aus bodentiefen Fenstern, wie sie Tiffany bereits in der Küche gesehen hatte. Erneut bot sich ihr ein Blick auf die spektakuläre Poollandschaft. Es gab mehrere Fenstertüren, doch egal, an welcher sie rüttelte, alle waren verschlossen. Ihre Hoffnung sank.

Sie wandte den Blick von der strahlend hellen Umgebung ab und blickte sich suchend im Raum um. Irgendwo musste es doch ein verstecktes Telefon geben. Doch sie fand nichts dergleichen und ging weiter. Tränen traten in ihre Augen, als sie das Wohnzimmer verließ. Direkt vor ihr war eine massive Holztür, zweifellos war hier der Haupteingangsbereich des Hauses. Sie könnte einfach durch die Tür spazieren und gehen. Sie rannte auf die Tür zu und drehte den Knauf. Sie war abgeschlossen.

»Heiliger Jesus«, flüsterte sie. »Ist denn jede verdammte Tür in diesem Haus abgeschlossen?« Plötzlich hörte sie, wie jemand ihren Namen rief. Ginger!

»Tiffany, wo steckst du? Drejohn mag es nicht, wenn die Leute durchs Haus laufen.«

Sie hörte Gingers sich nähernde Schritte. Obwohl in den Worten der Rothaarigen nichts Bedrohliches mitschwang, hatte ihre Stimme einen Unterton, der Tiffany erschaudern ließ.

»Ich bin hier vorne, Ginger. Ich hab nach der Toilette gesucht und hab mich irgendwie verlaufen.«

»Ah, da bist du ja.«

Tiffany bemerkte Gingers prüfenden Blick Richtung Haustür und rings durchs Vestibül, mit dem sie sicherstellte, dass nichts verändert wurde. Ihr harter Blick traf auch Tiffany.

»Komm jetzt. Drejohn wird gleich hier sein. Ihm wird es sicher nicht gefallen, wenn er dich hier sieht. Das Badezimmer ist da drüben«, sagte das Mädchen und führte Tiffany durch die Küche zurück in einen kleinen Flur, von dem eine Gästetoilette abging.

Tiffany betrat das Klo und betete, dass man sie bald gehen ließ. Sie hatte bemerkt, dass Ginger vor der Tür auf sie wartete. Hatte Ginger Schlüssel zum Haus? Und wenn ja – konnte Tiffany sie ihr irgendwie entreißen? Offensichtlich war die Blondine hier für alles verantwortlich. Sie war nicht viel älter als die anderen Mädchen, aber sie kümmerte sich wohl darum, dass morgens alles seinen Gang lief.

Sobald Tiffany fertig war, führte Ginger sie zurück in den großen Raum, wo die anderen drei Mädchen inzwischen mit lustlosen Gesichtern auf dem schwarzen Samtsofa saßen. Ginger ließ sich ebenfalls aufs Sofa plumpsen, griff nach einer Fernbedienung und drückte ein paar Knöpfe. Der Flachbildschirm, der neben dem Kamin stand, erwachte zu Leben und zeigte Kelly Ripa und den neuesten Musikstar Zinful, die hysterisch lachten. Die anderen Mädchen schauten auf den flimmernden Bildschirm, doch sie schienen nicht wahrzunehmen, was da ablief.

»Setz dich. Es sollte jetzt nicht mehr lange dauern. Drejohn kommt immer früh, wenn er einen neuen Gast hat.«

Tiffany setzte sich auf einen freien Platz auf dem Sofa. *Gast? Sieht sie mich wirklich so? Hat diese Knalltüte überhaupt eine Ahnung, wer ich bin? Vielleicht sollte ich es ihr einfach sagen. Vielleicht darf ich dann ja telefonieren.* Plötzlich kam ihr ein anderer Gedanke und ließ ihr das Herz in der Brust schneller schlagen. *Wusste Drejohn, wer sie war? Hatte er eine Ahnung, wie viele Hebel man in Bewegung setzen würde, um sie zu finden?*

Irgendwie glaubte sie nicht, dass es klug wäre, es ihm zu sagen. Wenn er nicht ohnehin schon Bescheid wusste.

Ungefähr eine Stunde später erklang ein metallisches Geräusch aus dem Vestibül, und alle fünf Mädchen setzten sich aufrechter hin. Die Haustür wurde aufgeschlossen. Einen winzigen Moment lang war Tiffany versucht, dorthin zu rennen und zu probieren, aus dem Haus zu kommen. Aber instinktiv spürte sie, dass mehr als eine Person das Haus betrat. Mit einer Person konnte sie es vielleicht aufnehmen, aber bestimmt nicht mit mehreren.

Drejohn kam mit einem anderen Mann ins Wohnzimmer. Sie trugen dunkle, schlabbrige Klamotten. Als Drejohn Tiffany entdeckte, schenkte er ihr ein breites Lächeln. »Hallo Prinzessin. Wie geht es dir heute Morgen?«

Sie stand auf und versuchte, jedwedes Schauspieltalent, das sie eventuell von ihrem Vater geerbt haben könnte, zusammenzukratzen, und lächelte ihn an, als gäbe es nichts, worüber man sich Sorgen machen müsste. »Mir geht's gut, Drejohn. Danke. Und danke, dass ich in deinem tollen Haus übernachten durfte. Leider muss ich aber schon bald wieder los. Meine Familie wird sich sonst Sorgen machen.«

Eines der Mädchen auf dem Sofa schnaubte.

»Halt's Maul, Schlampe!« Das kam von dem anderen Mann, der auf das Trio auf dem Sofa zustapfte.

Doch Drejohn legte die Hand auf seinen Arm und hielt ihn zurück. »Big M, lass Vegas in Ruhe.«

Drejohn wandte sich wieder an Tiffany. Seine Stimme klang so süß und klebrig wie Schokoladensirup. »Wir bringen dich schon bald nach Hause. Aber ich hatte gehofft, dass ich dir vorher alles zeigen kann. Ich bin wirklich stolz darauf, was ich hier geschaffen habe.«

Tiffanys Herz hämmerte wie ein Maschinengewehr und

ihre Kehle zog sich vor Angst zusammen. *Lass ihn nicht merken, dass du denkst, hier stimmt etwas nicht. Zeig ihm bloß nicht deine Angst.* »Klingt super. Kann's kaum erwarten.«

Drejohn wandte sich an Ginger. »Hat unser Gast schon gefrühstückt?«

»Ja. Ich habe ihr gezeigt, wo alles ist. Kann ich euch auch was machen, Drejohn? Big M?«

Big M schüttelte den Kopf, aber Drejohn trug ihr auf, ihm ein Eiweißomelett zu machen. Als sie ihn fragte, ob er auch Toast mit Gelee wolle, schüttelte er den Kopf.

»Nein, ich glaub nicht. Ich besorg mir später noch was Süßes.«

27 – PILAR

Nachdem Penny erklärt hatte, dass ein Mädchen namens Brenda mit Tiffany die Party verlassen hatte, beobachtete Pilar, wie die Polizistin vom LAPD aktiv wurde. Sie stand rasch auf und trat zu dem Mädchen. Der heiße Detective folgte ihrem Beispiel. Die beiden führten Penny in den angrenzenden Flur und damit weg von den Dutzenden neugierigen Blicken der Ermittlungsbeamten, die sich im Esszimmer drängten.

Von ihrem Sitzplatz aus konnte Pilar beobachten, wie Maddie Divine eine Reihe von Fragen auf Penny losließ. Nach ungefähr einer Minute tastete der schwarze Detective nach seinem Handy und machte einen Anruf. Nachdem er aufgelegt hatte, führten die beiden Penny zurück ins Esszimmer und erklärten, Brenda Bentons Eltern hätten ihre Tochter vor einer Stunde in einer Polizeistation in West L. A. als vermisst gemeldet. Sofort brach unter den Leuten vom FBI und vom LAPD hektische Aktivität aus.

Nachdem die Leute von FBI und LAPD mit den Zeugen abgezogen waren, nahm Pilar Prestons Hand und führte ihn nach oben in sein Schlafzimmer. Das war der einzige Ort, an dem sie Ruhe fanden und frei reden konnten, ohne vom Stab oder den Hausangestellten belauscht zu werden.

»Das nenne ich mal eine Wende, was? Jetzt wird schon das dritte Mädchen vermisst«, sagte sie.

»Irgendwie bin ich erleichtert«, antwortete er. »Wenn Tiffany und Brenda zusammen sind, passiert ihnen nicht so leicht etwas. In der Gruppe ist man sicherer und so.«

Sie wandte Preston den Rücken zu und steckte ihre Haarklammer fester. Pilar verdrehte heimlich die Augen. *Machte er Witze?* Wenn es auch unwahrscheinlich war, dass zwei Mädchen zur gleichen Zeit entführt und ermordet wurden, so war es durchaus nicht ausgeschlossen ... Pilar fielen einige Fälle ein, die sich allein in den drei Jahren, seit sie Bürgermeisterin geworden war, ereignet hatten. Aber es machte keinen Sinn, jetzt seine Rosa-Wattewolken-Fantasie zu zerstören.

»Hattest du eine Ahnung, dass Tiffany auf eine Party wollte?«, fragte sie.

Preston runzelte die Stirn. »Nein. Ich kann es einfach nicht glauben! Sie hat mich angelogen. Tiffany hat mir erzählt, sie würde über Nacht bei Penny bleiben. Dem Mädchen, das uns von der Party erzählt hat.«

Zufrieden mit ihrer Frisur drehte Pilar sich zu ihm um. »Du bist wirklich naiv, Preston. Deine Tochter ist sechzehn. Sie entdeckt ihre weiblichen Reize und will ausprobieren, wie weit ein Junge gehen würde, um ihr unter den Rock greifen zu dürfen.«

»Pilar! Sie ist immer noch mein kleines Mädchen. Du hast echt eine schmutzige Fantasie.« Preston sank in einen der zwei königsblauen Ohrensessel. »Glaubst du, das LAPD findet heraus, wo die Party war und wer anwesend war?«, fragte er.

»Wenn das jemand schafft, dann sie.«

»Ich gebe deinen Cops vierundzwanzig Stunden, um etwas Verwertbares zu finden. Wenn sie das nicht schaffen, rufe ich den Präsidenten an und bitte ihn, das FBI auf Tiffanys Fall und auch auf den Heather-McCall-Fall anzusetzen.«

»Warum sollte das FBI auch im Fall McCall tätig werden?« Pilar hasste den zickigen Unterton, aber sie konnte nichts dagegen tun. Ihr gefiel nicht, wie sehr diese Frau Prestons Gedanken bestimmte. Schlimm genug, dass sie ihren Lover mit seiner Tochter teilen musste. Vielleicht würde er durch diese Nummer ja wachgerüttelt und schickte Tiffany in ein Internat oder sonst wohin, wenn sie erst wieder zu Hause war.

»Sie sollten auf jeden Fall auch nach Heather suchen!« Er schwieg einen Moment. »Tiffany braucht ihr Knochenmark.«

Pilar lächelte im Stillen erleichtert. Aus Preston sprach nur der Pragmatismus und keine emotionale Bindung zu Heather McCall. Er wollte nur einen bestimmten Teil ihres Körpers. Es war ja nicht so, dass Pilar ihn liebte. Seine Attraktivität lag eher in der Macht, die er innehatte und mit der er ihr den Weg ins Weiße Haus ebnete – erst als First Lady, und danach, wer weiß? Als Bonus kam noch hinzu, dass er ein exzellenter Liebhaber war.

»Ich weiß, wie sehr du dich sorgst.« Sie senkte die Stimme zu einem heiseren Flüstern. »Aber ich kenne ein Mittel, um dich von den Problemen abzulenken.« Sie beugte sich zu ihm herunter und fuhr mit den Händen über seine Brust und ließ sie unter sein Jackett gleiten. »Warum ziehst du das hier nicht aus?«

Er schloss die Augen, während ihre Finger über sein Hemd glitten. Sie spürte, wie seine Brustwarzen hart wurden. »Hmmm ... Ich muss wirklich wieder nach unten und bei der Suche nach Tiffany helfen.«

Sie legte eine Hand auf seinen Schritt und rieb durch die Hose seinen steifen Schwanz.

»Ohhh ... Pilar, das ist nicht richtig. Mein Mädchen ...«

»Pssst«, machte sie und ging in die Knie. »Ich helfe dir nur zu entspannen.« Sie öffnete seine Hose und holte seinen erigierten Penis aus den Boxershorts. Mit der Zunge umkreiste sie die Spitze seines Schafts.

Er gab ein zischendes Geräusch von sich, als er die Luft scharf einzog. »Ohhh ... ja, Baby, ja.«

Pilar machte weiter damit. Sie wusste, das konnte sie am besten.

Männer waren so leicht zu kontrollieren.

28 – TRAVIS

Travis fuhr in die Einfahrt und drückte auf die Fernbedienung, die unter der Sonnenblende klemmte, um das Garagentor zu öffnen. Er wusste, dass Maddie schon bei der Arbeit war, trotzdem hoffte er insgeheim, ihren gischtgrünen Sportwagen auf ihrer Seite der Garage zu sehen. Ein Teil von ihm wollte seine Frau zu Hause haben, damit sie den ganzen Tag Zeit hatten, herauszufinden, wie sie ihre Ehe wieder in Ordnung bringen konnten. Andererseits hatte er auf dem Rückweg einen Plan ausgearbeitet, damit alles perfekt war, wenn sie heimkam und sie reden konnten. Er hatte es inzwischen aufgegeben, sie anzurufen. Sie würde einfach überrascht sein, seinen Pick-up in der Garage stehen zu sehen.

Nachdem er geparkt hatte, nahm er die Reisetasche und ging ins Haus. Aus Gewohnheit schaltete er sofort nach Betreten des Hauses die Alarmanlage aus und schob die beiden Riegel vor. Er arbeitete mechanisch die Heimkehrroutine ab – die Tasche abstellen und rasch durchs ganze Haus gehen und überprüfen, ob alle Türen und Fenster fest verschlossen waren.

Maddie hatte das Bett nicht gemacht, und die Sachen, die sie beim Streit gestern Abend in die schwarzen Mülltüten gestopft hatte, lagen noch im Schlafzimmer. Das Make-up lag verstreut neben ihrem Waschtisch. Vermutlich hatte sie es am Morgen eilig gehabt. Sonst fand er nichts

Ungewöhnliches, was ihm irgendwie hätte Sorgen bereiten können.

Er musste bei der Arbeit anrufen und sich zurückmelden. Wie peinlich. Ihm war klar, dass inzwischen jeder im S.W.A.T. wusste, dass man ihn beurlaubt hatte. Den genauen Grund kannten sie vermutlich nicht, aber sie würden sich denken, dass es etwas mit seinem Geisteszustand zu tun hatte. Und was man nicht genau wusste, konnte man sich umso schöner zusammenreimen und immer weiter ausschmücken, je öfter man die Geschichte erzählte. Wenn seine Kollegen sich vorher schon Sorgen wegen der Zusammenarbeit mit ihm gemacht hatten, würden einige von ihnen sie nun strikt ablehnen, wenn er zurückkam. Die ganze Angelegenheit war ziemlich verfahren.

Travis rief auf der internen Leitung an, eine Nummer, die für die Öffentlichkeit nicht zugänglich war. Er war erleichtert, als der Lieutenant von der Tagesschicht an den Apparat ging und keine große Sache draus machte, dass Travis sich meldete.

»Pass auf dich auf, Kumpel. Ruf uns an, wenn du irgendwas brauchst oder wir etwas für dich tun können.«

»Alles klar, Lieutenant.«

Nachdem er das hinter sich hatte, machte Travis sich daran, im Haus Ordnung zu schaffen. Alles sollte perfekt sein, wenn Maddie nach Hause kam. Jedes Mal, wenn er in Gedanken den Streit von gestern Abend noch einmal durchging, verfluchte er sich selbst. Er war so unfair gewesen. In den letzten Jahren hatten sie beide nur noch an einem seidenen Faden gehangen. Sie waren so verletzt, dass sie kaum in der Lage waren, miteinander umzugehen – geschweige denn eine Beziehung zu führen.

Aber selbst jetzt, wo es so schlimm um sie stand, wusste

Travis tief in seinem Herzen, wie sehr sie einander liebten. Wenn sie nur wieder auf den richtigen Weg fanden, konnten Maddie und er wieder glücklich werden. Zumindest redete er sich das ein.

29 – PRESTON

Nachdem Preston veranlasst hatte, dass jemand von seinen Leuten Pilar in ihr Büro fuhr, traf er sich in seinem Büro in der Villa mit Bain. Sie saßen an Prestons nierenförmigem Schreibtisch und gingen den überarbeiteten Terminkalender durch.

»Ich habe alle Termine in Sacramento für die nächsten zwei Tage gestrichen. Das FBI sagt, Sie sollen ansonsten Ihre Arbeit so weiterführen, als wäre nichts passiert, damit die Medien nicht merken, dass etwas nicht stimmt.«

Preston blies Luft durch die Nase aus. »Ja, genau. Ich wette, jemand lässt die Sache durchsickern, bevor der Tag rum ist.« Er starrte auf seinen Terminkalender und runzelte die Stirn. »Ich sehe hier keinen Termin für ein Treffen mit den Männern der Staatspolizei.«

Bain zog eine Grimasse. »Ich hatte gehofft, das würde Ihnen nicht auffallen. Chief Fryer hat mich gebeten, Sie erst dann mit den beiden Sicherheitsleuten sprechen zu lassen, wenn Tiffany gefunden wurde. Sie machen sich Sorgen, Ihr ... ähm ... Einfluss könnte sonst die Strafverfolgung der Entführer behindern, wenn das herauskommt.«

»Ich bin der Vater, verdammt nochmal!«

»Ganz genau, Sir. Das LAPD lässt auch in anderen Vermisstenfällen von Kindern die Eltern nicht mit Zeugen sprechen. Darum denken sie, es wird das Beste sein, wenn sie in diesem Fall keine Ausnahme machen.«

Preston stand auf und seufzte. Er trat an einen kleinen Schrank, öffnete die zwei oberen Türen und holte eine Flasche Scotch heraus. »Also schön. Hat das allwissende LAPD bereits Fortschritte im McCall-Fall gemacht?« Preston beobachtete, wie Bains Blick zur Wanduhr ging, ehe er wieder Preston musterte, der sich zwei Fingerbreit der bernsteinfarbenen Flüssigkeit in ein Cocktailglas schenkte.

»Das haben sie nicht gesagt. Ich vermute, sie wurden durch Tiffanys Verschwinden zu sehr abgelenkt.«

»Wir sollten alle Papiere, die wir über McCall haben, an sie weiterleiten.« Er nahm einen großen Schluck Scotch. »Wenn Tiffanys Verschwinden etwas mit Heathers zu tun hat, soll die Polizei alle verfügbaren Informationen haben. Dieser Alptraum wird schlimmer und schlimmer.«

Bain nickte, dann zögerte er. »Sir, wenn sich bei dieser Sache noch mehr Aufmerksamkeit auf Sie und Ihr Handeln richtet, müssen Sie sich absolut tadellos verhalten, bis Tiffany gefunden wird. Sie müssen ...«

»Sie sagen mir nicht, was ich zu tun und zu lassen habe, Bain. Sie sorgen nur dafür, dass meine Schwächen nicht auf mich zurückfallen.« Preston kippte den letzten Schluck Scotch und ließ ihn genüsslich durch den Mund gehen. »Drei junge Frauen sind verschwunden; unter ihnen meine Tochter. Warum machen Sie sich nicht lieber darum Sorgen und lassen mich verdammt nochmal in Ruhe?«

30 – PILAR

Als Pilar zurück ins Rathaus kam, folgte ihr ihre Assistentin Crystal ins Büro.

»Da ist ein Mann namens Zepeda Sorriano, der immer wieder anruft, Madam. Er sagt, er hat Sie gestern Abend getroffen und Sie haben ihn gebeten, sich wegen eines Termins mit ihm in Verbindung zu setzen.«

Pilar runzelte die Stirn. Sobald sie das merkte, versuchte sie, die Gesichtsmuskeln zu entspannen. Man musste dem Alterungsprozess ja nicht auch noch bereitwillig unter die Arme greifen! »Ja, ja«, sagte sie und nickte. »Ich habe ihm versprochen, Geld für eines seiner GGG-Zentren hier in Los Angeles aufzutreiben.« Sie lächelte selbstzufrieden. »Ich habe sogar Preston dazu gebracht, Gelder aus der Staatskasse beizusteuern.«

Crystal nickte bewundernd.

»Habe ich in meinem Terminplan noch Platz, um mich in den nächsten Tagen mit Mr. Sorriano zu treffen?«

»Ich glaube, morgen Vormittag ist noch ziemlich frei. Wie lange werden Sie mit ihm brauchen?«

Pilar überlegte kurz. »Nicht länger als eine halbe Stunde.«

»Ich schaue in den Kalender, aber das sollte gehen. Wollen Sie mit Mr. Sorriano sprechen, wenn er noch einmal anruft?«

»Ähm, nein. Ich möchte das lieber persönlich mit ihm besprechen. Und noch was, Crystal – die aktuelle Situation des Gouverneurs dürfen Sie auf keinen Fall erwähnen.«

»Natürlich. Kann ich sonst noch etwas für Sie tun?«

»Im Moment nicht.«

Nachdem ihre Assistentin das Büro verlassen hatte, loggte Pilar sich in ihren Computer ein und gab den Namen Heather McCall in die Datenbank ein. Hunderte Namen wurden aufgelistet und sie versuchte, die Suche durch den Begriff »Nanny« hinter Heathers Namen einzugrenzen. Es gab immer noch seitenweise Treffer. »Scheiß drauf, Pilar. Du musst eine Stadt managen. Soll die Polizei gefälligst ihren Job machen und die Frau finden.«

31 – MADDIE

Nachdem Penny die Bombe hatte platzen lassen und wir wussten, dass nicht nur Tiffany, sondern auch ein anderes Mädchen vermisst wurde, konnten wir die Villa des Gouverneurs gar nicht schnell genug verlassen. Dieser Fall war wie ein Buschfeuer im September – er breitete sich schneller aus, als wir Einsatzkräfte zur Verfügung stellen konnten.

Der Knoten in meinem Magen war unbarmherzig. Tiffany und ihre Freundin waren in Gefahr, das spürte ich instinktiv. Ich wollte auf keinen Fall, dass man sie auffand wie so viele Entführungsopfer – vergewaltigt und tot.

Sobald wir wieder zurück im Hauptquartier waren, holte ich mir ein paar andere Detectives ran, um die Jungs von der Staatspolizei und die Mädchen in verschiedene Verhörräume zu setzen. Ich hasste es, die anderen Ermittler aus ihrer Arbeit zu reißen. Wir hatten alle mehr als genug zu tun, nachdem es dieses Jahr aus wirtschaftlichen Gründen einen Einstellungsstopp gegeben hatte. Leider hatte ich zudem die Befürchtung, wir würden einige von ihnen so lange brauchen, bis der Fall gelöst war.

Darius und Larry der Frauenschläger steckten über dem Schreibtisch meines Partners die Köpfe zusammen. Als er mich bemerkte, hob Darius den Kopf. »Wir dachten, es wird das Beste sein, wenn du mit den Mädchen redest und ich mich um die Cops kümmere«, sagte er.

»Das klingt vernünftig. Ich bin sicher, die Mädchen fühlen sich bei einer Frau wohler. Außerdem bin ich altersmäßig näher an ihnen dran als du«, scherzte ich.

»Divine, ist ja schön, wenn Sie das alles so lustig finden«, knurrte mein Boss. »Vielleicht ist Ihnen ja bisher entgangen, wie ernst die Situation ist. Die Tochter des Gouverneurs wird vermisst, außerdem zwei weitere Frauen. Wenn das hier in die Nachrichten vordringt, drehen die Medien völlig durch. Ich will diesen Fall gelöst haben, und zwar schnell.«

»Lieutenant, ich nehme den Fall ernst. Einige von uns müssen in stressigen Situationen einfach mit ein bisschen Humor reagieren. Vielleicht sollten Sie das auch mal versuchen.«

Darius schob sich zwischen den Frauenschläger und mich. »Kommt schon, Leute. Jeder von uns will die Mädchen sicher nach Hause bringen. Maddie, du fängst mit Penny Ritter an. Der Gouverneur sagt, Tiffany hätte gestern bei ihr übernachten sollen.«

Wieder mal spielte mein Partner den Diplomaten, um meinen Arsch zu retten. Nicht zum ersten und ganz bestimmt nicht zum letzten Mal – zumindest, solange ich für Larry den Frauenschläger arbeitete. Ich habe Glück, dass Darius mein Partner ist, und bin gottlob klug genug, das auch zu schätzen zu wissen.

Wortlos trat ich an meinen Schreibtisch, schloss die Schubladen auf und nahm einen linierten Schreibblock heraus. Einen zweiten hielt ich Darius hin. »Du wirst wahrscheinlich noch mehr Papier brauchen. Die Jungs von der Staatspolizei müssen sich erst mal weit aus der Scheiße herausgraben, in die sie sich reingeritten haben.« Das kleine bisschen Humor gönnte ich meinem Partner. Als Ausgleich, weil ich sonst immer so eine Nervensäge war.

Darius verkniff sich ein schmales Lächeln und nahm den Block.

Das Gute an dem neuen Polizeigebäude war, dass die Ausrüstung noch keine Möglichkeit gehabt hatte, kaputtzugehen. Andererseits waren wir mit der neuen Videoausrüstung noch nicht so vertraut und konnten daher nur hoffen, alles richtig eingestellt zu haben.

Ich klopfte kurz an die Tür zum Verhörraum, bevor ich eintrat. Penny wirkte müde. Ich konnte mir vorstellen, wie ihre Eltern ihr die Hölle heißgemacht hatten. Ich meine, wer will denn der Erziehungsberechtigte sein, der auf die Tochter des Gouverneurs aufpassen soll, wenn die dann plötzlich verschwindet?

Pennys Eltern saßen mit versteinerter Miene neben ihr, als ich ihrer Tochter die Rechte vorlas und mich vergewisserte, dass sie keinen Anwalt wollte.

Mr. Ritters rotes Gesicht verriet mir, dass er gerne mal einen hob. »Ich verstehe nicht, wieso Sie Penny ihre Rechte vorlesen. Sie hat nichts angestellt und hat nichts zu verbergen. Darum braucht sie auch keinen Anwalt.«

Obwohl ich ihnen bereits zuvor gesagt hatte, dass mit dem Verlesen von Pennys Rechten sowohl sie als auch die Behörde geschützt werden sollte, erklärte ich es ein zweites Mal. Irgendwie musste sich Darius' Ruhe auf mich übertragen haben, denn ich klang nicht mal ein kleines bisschen verärgert, dass ich innerhalb von fünf Minuten etwas zweimal erklären musste.

Ich begann mit der Befragung und erfuhr, dass die Mädchen am Donnerstag in der Schule von der Party gehört hatten. Bis zum Abend der Party hatte niemand gewusst, wo genau sie stattfinden würde, erst dann erhielten mehrere Freunde eine Nachricht mit der Adresse.

Penny erzählte, Tiffany sei die Anführerin gewesen und habe vorgeschlagen, ihre Sicherheitsleute abzulenken. Sie hasste den Umstand, so oft krank zu sein, und ihr Vater behandelte sie wie einen Pflegefall.

Ich ließ mir die Geschichte in ihren Worten erzählen, aber dann verlor sie sich irgendwann in Kleinigkeiten und ich lenkte sie zurück zum Thema. »Okay. Ihr habt also die Sicherheitsleute verarscht, seid zur Party und dort habt ihr alle mit Ausnahme von Tiffany Alkohol getrunken.«

Penny nickte.

»Diana und ich waren auf der hinteren Veranda und haben getanzt. Durch die Fenster konnten wir Tiffany sehen. Sie saß mit so einem schwarzen Typen auf der Treppe. Den hatten wir noch nie gesehen. Jemand sagte mir dann, er heiße Dre. Er sah echt gut aus und Tiffany schien ihn zu mögen.«

»Warum denkst du das?«

»Ach, die Art, wie sie ihn angelächelt hat, wenn er was sagte. So was halt.« Penny warf die glatten blonden Haare über die Schulter. »Dann sahen wir, wie Brenda dazukam und mit ihnen redete. Bren war total hinüber und hat dem Typen ihre Titten förmlich ins Gesicht gedrückt.«

»Was hat Tiffany gemacht?«

»Nichts. Wenn Brenda betrunken ist, also ...« Jetzt erst wurde Penny sich ihrer Eltern bewusst, die aufmerksam zuhörten.

»Also, naja. Tiffany war nicht sauer oder so was. Aber Brenda ist wieder gegangen und in einem Hinterzimmer verschwunden. Hab gehört, da wurden irgendwelche schmutzigen Filme gezeigt, aber«, sie schaute ihre Mom und ihren Dad von der Seite an, »das wollte ich mir nicht angucken.«

»Und was ist dann passiert?«

»Ich bin nicht sicher. Ich hab Diana beobachtet, wie sie Bier Pong spielte. Aus dem Augenwinkel hab ich gesehen, wie Tiffany und der Typ Brenda festhielten und sie aus dem Haus führten. Ich wollte Diana sagen, dass wir hinterhergehen und gucken, was da los ist, aber sie war grad dran. Und als wir danach rausgingen und nach ihnen guckten, waren sie weg.«

»Habt ihr herumgefragt, ob jemand gesehen hat, wie sie wegfuhren?«

Penny nickte. »Wir haben ein paar Leute gefragt, aber die waren alle betrunken und haben nichts mehr mitgekriegt.«

Ich spürte, wie ich Kopfschmerzen bekam. Ich wusste, Darius und ich würden Dutzende Jugendliche von der Party befragen müssen – eine Herkulesaufgabe. Der Fall wurde immer schlimmer.

»Okay. Ich möchte von dir eine Beschreibung des Typen, den du mit Tiffany und Brenda hast verschwinden sehen.«

Penny erzählte uns, dass wir nach einem Schwarzen oder Latinoschwarzen suchen mussten, gutaussehend und modisch gekleidet. Er war älter, vermutlich Mitte zwanzig. Große Diamantohrstecker in beiden Ohren, aber er sah cool aus. Nicht so, als müsse er sich bemühen, cool zu wirken.

Ich fragte Penny, ob sie mit einem Polizeizeichner an einem Phantombild arbeiten könne.

»Denke schon. Aber ich hab ihn wirklich nur flüchtig gesehen.«

Das reichte mir für den Anfang.

Bevor ich nach dem Polizeizeichner schickte, bat ich sie, eine Liste der Leute zu erstellen, die sie auf der Party gekannt hatte. Sie verdrehte die Augen, aber ich achtete nicht darauf, sondern gab ihr Papier und Stift. Ich hoffte insgeheim, ihre Eltern würden sie wegen ihrer Unhöflichkeit tadeln, aber das war reines Wunschdenken. Sie saßen neben ihrer Tochter und starrten mich an, während Penny ein paar Namen auf den Block kritzelte. Ich hob mir meine Rache auf, bis sie den Stift auf den Block warf und mir die Namensliste zuschob.

»Hast du dein Handy dabei?«, fragte ich.

Sie warf mir einen Blick zu, als wäre das die lächerlichste Frage, die sie je gehört hatte. »Ja.«

»Hast du die Textnachricht mit der Adresse von der Party noch?«

Pennys Blick durchbohrte mich. Sie zuckte mit den Schultern.

»Darf ich mal sehen?«, fragte ich und streckte die Hand aus.

Sie legte das moderne Gerät in meine Hand. Ich klappte es auf und drückte ein paar Knöpfe, bis ich die letzten Nachrichten fand. Das war alles, was ich brauchte. »Okay, ich komme gleich wieder.«

Es dauerte weniger als zwei Minuten. Als ich zurückkam, schob ich ihr eine Quittung zu. »Ich beschlagnahme dein Handy als Beweismittel.«

»Und wann kriege ich es zurück?«, wollte sie wissen.

»Wenn wir es nicht mehr brauchen«, sagte ich und blickte sie unverwandt an.

Dieses Mal mischte sich Mrs. Ritter ein. »Warten Sie mal, das können Sie doch nicht machen! Das Handy gehört Penny, und sie braucht es, um mit ihrer Familie zu kommunizieren.«

Während Pennys Mom redete, drückte ich ein paar andere Tasten auf dem Handy. »Ja, das sehe ich«, sagte ich, drehte das Handy zu Mrs. Ritter und zeigte ihr ein Foto ihrer lieben, kleinen Penny, die sich offensichtlich oben ohne nach vorne beugte und ihren Hintern in pastellfarbenen Boy-Shorts in die Kamera reckte.

»Und für welches Familienmitglied war diese Nachricht?«, fragte ich, um sie zum Schweigen zu bringen. Mrs. Ritters Gesicht verlor alle Farbe, und ich glaubte zu hören, wie ihre Zähne knirschten, weil sie sie so fest zusammenbiss. »Damit bekommt ›Leck mich am Arsch‹ ja eine völlig andere Bedeutungsebene, finden Sie nicht?«

32 – TIFFANY

Drejohn hielt Tiffanys Hand, als er sie durch die Villa führte.

»Wie fühlst du dich, Mädchen?«

»Gut, danke.« Tiffany fühle sich niedergeschlagen und beunruhigt, aber das würde sie Drejohn kaum auf die Nase binden.

»Das hier ist die Bibliothek«, verkündete ihr Reiseführer. »Wird nicht besonders oft benutzt. Meine Freunde halten nichts davon, ihren Horizont mit Bücherwissen zu erweitern.«

Tiffany musterte die Regale, die bis zur Decke reichten und Hunderte, wenn nicht sogar Tausende Bücher enthielten. Der Raum wirkte auf sie wie eine Filmkulisse. Braune, wuchtige Ledersessel standen vor einem weiteren riesigen Kamin. Smaragdgrüne Samtvorhänge hingen vor den großen Bleiglasfenstern, und eine Leiter auf Rollen stand bereit, wenn man die Bücher auf den oberen Regalbrettern erreichen wollte. So beeindruckend der Raum auch war, wurde sie jedoch wieder enttäuscht, was das Vorhandensein eines Telefons oder Computers anging.

Drejohn zog sie weiter. Weg von der Bibliothek und einen kurzen Flur entlang durch eine große Wäschekammer zu einer Seitentür.

Drejohn nahm die Barton-Perreira-Sonnenbrille, die auf dem Schirm seiner rot-schwarzen Baseballkappe mit den aufgenähten Buchstaben *NLK* geklemmt hatte, und setzte sie auf.

Tiffany musste ihre Augen mit der Hand vor der grellen Sonne von Los Angeles abschirmen. Zumindest nahm sie an, dass es immer noch Los Angeles war.

»Wir müssen ein Stück laufen, aber ich verspreche dir, dass es sich lohnt. Ich werde dir zeigen, womit ich richtig viel Kohle mache. Und, Prinzessin, falls du es noch nicht bemerkt hast – ich habe echt einen Haufen Geld.«

Sie konnte sehen, wie Drejohn in ihrem Gesicht nach einer Reaktion forschte. Also gab sie ihm, was er hören wollte. »Oh, ich hab nie bezweifelt, dass du reich bist. Das wusste ich sofort, als wir uns gestern Nacht getroffen haben.« Drejohn lächelte und nickte zufrieden. Also versuchte sie ihr Glück. »Ich muss eingeschlafen sein, als wir hier rausgefahren sind.« Tiffany schaute sich um und versuchte, irgendwas zu erkennen. Die Büsche und die Bäume hinter der weiß verputzten Wand um das Grundstück kamen ihr nicht vertraut vor. »Wo sind wir genau?«

Hinter den dunklen Brillengläsern verfinsterte sich Drejohns Miene. »Wenn das für dich wichtig wäre, hätte ich nicht dafür gesorgt, dass du bei der Ankunft schläfst.«

Tiffany blieb auf dem Kiesweg stehen, der zu einem der großen Gebäude führte. »Du hast mich unter Drogen gesetzt?« *Sei kein Idiot, Tiff! Natürlich hat er dich unter Drogen gesetzt. Darum erinnerst du dich auch an nichts mehr, was nach der Party passiert ist.* »Warum um alles in der Welt hast du das getan?«

Drejohns Gesicht entspannte sich und er lächelte vorsichtig. »Wenn man so ein großer Spieler ist wie ich, kommt immer jemand und will einem wegnehmen, was einem gehört.« Er nahm wieder ihre Hand. »Komm, ich möchte dir was zeigen.«

Spannung lag in der Luft. Tiffany wusste, Drejohn wollte

sie vor allem beeindrucken. Sie sollte wohl einfach hinnehmen, dass sie nicht aus freien Stücken hier war und keine Fragen stellen. Hatte es etwas damit zu tun, dass sie die Gouverneurstochter war? Oder war das Protzen einfach seine Masche, um Frauen rumzukriegen? Sie hoffte, Letzteres war der Fall, denn wenn Drejohn wusste oder erfuhr, wer sie war, fürchtete sie, er könnte ihre Stellung als Druckmittel gegen sie einsetzen.

Als sie sich dem nächstgelegenen Gebäude näherten, bemerkte sie die Überwachungskameras, die unter der Dachrinne montiert waren. Mehrere Linsen waren auf das Rolltor gerichtet, das quer über die Vorderseite des Gebäudes verlief. Weitere Kameras zeigten auf die Tür daneben. Aus dem Inneren hörte Tiffany Hunde bellen. Ziemlich viele Hunde.

»Willkommen im Nothin'-To-Lose Zwinger«, sagte Drejohn, tippte einen Code in eine Tastatur neben der Tür und führte sie ins Gebäude.

Ein Knoten aus Angst ballte sich in Tiffanys Bauch zusammen. Sie wusste, dass einige Sportgrößen und Musiker Hundekämpfe für einen akzeptablen Zeitvertreib hielten. Sie hoffte, dass sie nichts dergleichen zu sehen bekam.

Sie durchquerten ein gut ausgestattetes Büro mit einem kühlschrankgroßen Safe in der Ecke. Drejohn gab noch einen Code an der nächsten Tür ein und dann standen sie in einer großen Arena. Der stechende Gestank nach Urin, Exkrementen und einem undefinierbaren metallischen Geruch biss in ihrer Nase. Der Knoten in ihrem Bauch zog sich noch fester zu.

In der Mitte des großen Raums war eine hölzerne Einzäunung von ungefähr fünf Metern Durchmesser. Tiffany wandte den Blick ab, als sie die dunklen, rötlich braunen Flecken auf den Sperrholzplatten sah, die die Wände der

Arena bildeten. Rings um die Arena standen die Tribünen. Sie hielt mühsam die Tränen zurück. Wie entsetzlich, was hier vorging! An drei Wänden gab es Gehege für Hunde, die allesamt besetzt waren. Sie sah muskulöse Kampfhunde, aber zwischen den Käfigen befanden sich Boxen mit kleineren, zittrigen Tieren, die wie Familientiere aussahen.

»Ich hab einige der besten Kampfhunde des Landes. Ich mach nicht nur einen Scheißhaufen Geld, wenn sie kämpfen und gewinnen, sondern noch mehr durch Wetten und Eintrittsgelder.«

Ihr wurde schwindelig. Allein bei der Vorstellung kam ihr das kalte Kotzen. Sie musste unbedingt hier raus. Wenn sie sonst schon nichts tun konnte, wollte sie wenigstens den Tieren helfen.

»Was ist mit den kleineren Hunden? Die sehen nicht aus, als könnten sie kämpfen.«

Drejohn warf ihr einen ungläubigen Blick zu. »Mädel, diese Hunde benutzen wir als Köder fürs Training. Wir halten sie zwischen zwei Kampfhunden, damit die immer schön wild bleiben. Die Köderhunde fühlen sich unwohl, meine Champions fühlen sich unwohl und daraus ergeben sich richtig gute Kämpfe. Sobald meine Hunde Blut lecken, wollen sie immer mehr davon.«

O mein Gott, o mein Gott! Himmel, wo bin ich hier gelandet? Ich muss ganz ruhig klingen. Darf ihn nicht wissen lassen, dass ich ihn am liebsten in den Ring werfen möchte, damit seine Hunde ihn zerreißen.

»Verstehe. Deine Hunde sehen jedenfalls aus, als ob sie es ernst meinen.«

Der Teufel vor ihr lachte herzlich. »Das sollten sie auch lieber. Wenn sie mehr als drei Kämpfe verlieren, schieße ich ihnen in den Kopf. Das mache ich vor den anderen Hunden, damit sie alle wissen, was ihnen blüht, wenn sie verlieren.«

Der Knoten stieg in Tiffanys Hals hoch und sie konnte kaum noch schlucken. Sie war froh, nicht gefrühstückt zu haben, denn sonst hätte sie es jetzt direkt wieder von sich gegeben. Tiffany versuchte, den Tieren in den Käfigen beruhigende Blicke zuzuwerfen, doch keiner der Hunde suchte den Augenkontakt.

»Komm mit. Wenn du denkst, das ist toll, musst du erst mal sehen, was ich nebenan mache.«

33 – PRESTON

Preston verließ das Café in Bel Air, wo Bain und er sich gerade einen überteuerten Espresso geholt hatten.

»Gouverneur, haben Sie eine Antwort für all die Kritiker, die sagen, Sie unterstützten nur Prestigeprojekte wie den Umbau des Staatskapitols, die den meisten Steuerzahlern in Kalifornien gar keinen Nutzen bringen?«

Ihr aufgeblasenen Schmierfinken, dachte Preston und setzte sein gut einstudiertes Lächeln auf. »Ich würde ihnen antworten, dass die Steuerzahler ebenso individuell sind wie die Probleme und Projekte, um die ich mich zu kümmern habe. Keiner wird über alle meine Entscheidungen glücklich sein, und das trifft auf mich genauso zu. Aber erst gestern Abend habe ich zugesichert, die Finanzierung eines Zentrums für die *Gemeinsam-Gegen-Gewalt*-Initiative in Los Angeles zu unterstützen, die Gangmitgliedern den Ausstieg erleichtert. Ich bin sicher, jedem Steuerzahler wird der Nutzen einleuchten, wenn der Einfluss der Gangs eingeschränkt wird – nicht nur in den großen Metropolregionen des Staates, sondern auch in den eher ländlichen Gegenden.«

Prestons Antwort wurde von den Journalisten eifrig auf ihre Notizblöcke gekritzelt, die sich zu dieser kleinen Pressekonferenz eingefunden hatten. Einige Reporter riefen ihm Fragen zu. Er tippte entschuldigend auf die Rolex an seinem linken Handgelenk und bedachte das Pressekorps mit einem

Lächeln. »Sorry, Leute. Aber ich hab noch einen anderen Termin. Danke.«

Er verließ das kleine Podest und mit Bain an seiner Seite eilte er zu der Limousine, die ihn zurück nach Hause brachte.

»Großartig, Sir. Ich wüsste nicht, wie irgendjemand in den Medien darauf kommen sollte, dass irgendwas nicht stimmt.«

Preston nickte. »Gibt's was Neues?«

Bain schüttelte den Kopf. »Nein, aber ich bin sicher, wir bekommen im Laufe des Tages ein Update vom LAPD und vom FBI.«

»Gut. Ich denke, Sie sollten sich mit Bürgermeisterin Lunas Leuten in Verbindung setzen und das Treffen mit diesen Gangleuten möglichst rasch ansetzen. Nachdem ich schon öffentlich erklärt habe, die GGG-Kampagne zu unterstützen, sollte ich das jetzt wirklich angehen.«

»Wissen Sie, Sir ...« Bain sprach nicht weiter, als müsse er nachdenken.

»Was denn?«

»Das könnte der perfekte Zeitpunkt sein, um das Weiße Haus um Regierungsgelder für das GGG-Zentrum zu bitten. Ich bezweifle ernsthaft, dass der Präsident Ihre Bitte ablehnt, solange Ihre Tochter vermisst wird.« Bain grinste wissend. »Und wenn der Präsident bislang noch nichts von Tiffanys Verschwinden weiß, sorgen wir natürlich dafür, dass er es erfährt.«

Preston sah seinen Stabschef plötzlich in neuem Licht. »Wissen Sie, Bain, ich glaube, ich habe unterschätzt, wie gerissen Sie sind.«

34 – MADDIE

Nach der Befragung von Penny Ritter traf ich mich mit Darius und Larry dem Frauenschläger in Larrys Büro, um Kriegsrat zu halten.

»Haben Sie irgendwas herausgefunden?«, fragte Larry.

Darius schüttelte den Kopf. »Die Jungs von der Staatspolizei haben sich von zwei Teenagern hereinlegen lassen. Die eine mit den riesigen Brüsten ...«

»Brenda«, warf ich ein.

»Brenda«, sagte Darius und warf mir einen genervten Blick zu. »Sie hat den armen Charlie durch die ganze Mall geführt und ihm immer wieder tiefe Einblicke gewährt. Er sagte, sie hätten angeblich nach einem Diamantring gesucht, aber er konnte den Blick nicht von ihren ›weiblichen Reizen‹ lassen, wie er es ausdrückte. Er fühlt sich wie der Trottel, der er auch ist, und hat schon kapiert, dass ihn diese Aktion den Job kosten könnte.«

»Was ist mit dem anderen Typen?«, fragte ich.

»Das andere Mädchen, Diana, hat Frank auf eine wilde Schnitzeljagd nach einem Ladendieb an der Nase herumgeführt. Seine Geschichte hat wenigstens entfernt noch was mit Polizeiarbeit zu tun. Ziemlich erbärmlich, wenn du mich fragst. Jedenfalls ist es beiden verdammt peinlich, und sie haben Glück, wenn sie ihren Job behalten können.«

»Das sollte ihnen auch peinlich sein«, meinte ich.

Larry der Frauenschläger blickte mich an. »Was hast du von Penny erfahren?«

»Tiffany und Brenda wurden beobachtet, wie sie mit einem gutaussehenden Schwarzen die Party verließen.«

»Und was wissen wir jetzt, das wir nicht schon vorher wussten?«, fragte Larry und schaute mich genervt an.

»Dass wir einen Haufen Leute brauchen, um in diesem Fall Fortschritte zu machen«, sagte ich. Es nervte mich kolossal, dass Larry erst Darius anschaute, damit dieser meine Einschätzung mit einem Nicken bestätigte.

»Wir müssen noch mindestens fünfzig Teenager befragen, die auch auf der Party waren. Und es können locker mehr werden – bis zu zweihundert«, sagte Darius. »Sie wissen ja, wie das läuft – eine Befragung führt zur nächsten und so weiter. Soweit ich weiß, waren ungefähr vierhundert Leute auf der Party, und ich wette, dass wir mit mindestens der Hälfte von ihnen reden müssen.«

»Und vergessen Sie nicht, dass wir immer noch den Fall Heather McCall an den Hacken haben«, warf ich ein.

Larry warf mir einen scharfen Blick zu. »Sie müssen mir nicht sagen, welche Fälle offen sind. Als leitender Ermittler weiß ich ganz genau, wie viel Arbeit wir haben. Ich muss lediglich überlegen, wo wir jetzt Prioritäten setzen.«

Ich würde ja mit dem Fall der vermissten Gouverneurstochter anfangen, du Idiot.

»Also, wir machen Folgendes«, sagte Larry. »Cutter, Sie und Divine arbeiten ab sofort nur noch am McCall-Fall. Sie hören damit erst auf, wenn Sie sie gefunden haben oder Ihnen die Spuren ausgehen. In der Zwischenzeit ziehe ich Teams von anderen Einheiten zu uns ab, damit sie uns bei der Befragung aller Partygäste helfen und das Haus untersuchen, in dem die Party stattfand. Wenn Sie mit den Hinweisen im Fall McCall fertig sind, sollten alle Kids ihre Aussage gemacht haben. Dann kommen wir zusammen und sehen weiter.«

»Ja, Sir«, sagte Darius.

»Penny sitzt übrigens gerade bei einem unserer Phantombild-Zeichner«, sagte ich. »Vermutlich ist es reine Zeitverschwendung, aber vielleicht haben wir ja Glück.«

Wir standen auf und wandten uns zum Gehen.

»Da alle beschäftigt sind, werde ich mich darum kümmern, den Chief, die Bürgermeisterin und das Büro des Gouverneurs auf dem Laufenden zu halten.«

Na, so eine Überraschung. Ich verdrehte die Augen und wir beeilten uns, Larrys Büro zu verlassen.

Zurück an unseren Schreibtischen, wurden wir langsamer.

»Okay, lass uns mal sehen, was wir bisher zu Heather haben«, sagte ich. »Sie ist eine Nanny, aber wir wissen nicht, für wen sie arbeitet. Sie wurde selten in ihrer Wohnung oder in der Nachbarschaft gesehen, und wenn sie da war, dann ohne Begleitung. Sie hat auch nicht an der Cal State Northridge studiert. Sie hat keine Vorstrafen, und es gibt keine Hinweise auf Drogen oder Alkoholmissbrauch. Ihr gehört ein fast neuer Toyota, der in der Tiefgarage steht und unberührt aussieht.«

»Detective ›Bill Gannon‹ wurde vom Hausmeister mindestens drei Tage vor uns in die Wohnung gelassen und hat dort alles durchwühlt«, fügte Darius hinzu. »Wir haben also keine Ahnung, ob sie einen Computer oder eine Handtasche oder sonst etwas Wichtiges in der Wohnung hatte, das der falsche Cop hat mitgehen lassen. Wir wissen, dass es ein Tagebuch gibt und dass Heather etwas mit einem namenlosen Mann hatte.«

»Es gab zumindest ein paar heiße Küsse. Aber da das Mädel die Pille nahm, lässt das vermuten, dass sie auch jemanden zum Bumsen hatte.«

Darius lächelte schmal. »Wenn ich mir ihr Foto so ansehe, kann ich mir das auch kaum anders vorstellen.«

»Also bitte«, sagte ich und hob die Hand. »Lass den Barry-White-Kram mal zu Hause.«

»Du bist diejenige, die Miss McCalls sexuelle Aktivitäten ins Spiel gebracht hat. Ich sage nur, wie ich die Sache sehe.«

»Schon gut«, sagte ich. »Wir sollten nur langsam etwas finden, das uns zu den Mädchen führt. Sonst finden wir nur noch ihre Leichen.«

35 – TIFFANY

Drejohn führte Tiffany in das nächste Gebäude. Es war größer, hatte aber dasselbe ausgeklügelte Sicherheitssystem installiert. Sie wollte sich gar nicht ausmalen, welche Schrecken in diesem Gebäude auf sie warten würden. Die Hundekampfarena hatte ihr schon Übelkeit bereitet und sie wusste nicht, ob sie noch mehr ertragen konnte. Das Einzige, was sie mit Sicherheit wusste, war, dass sie dringend von diesem Ort und Drejohn wegmusste. Doch ihr war ebenfalls klar, dass eine Flucht außerordentlich schwierig werden würde.

Drejohn gab auch hier den Sicherheitscode ein, und sie hörte, wie die Tür mit einem Klicken aufsprang. Drejohn führte sie hinein.

»In diesem Gebäude mache ich richtig viel Schotter«, sagte er stolz.

Tiffany musste sich zwingen, beeindruckt und interessiert zu wirken. »Wirklich? Und was machst du hier?«, fragte sie und schaute sich suchend um. Es sah wie ein typisches Büro aus – ein kleiner Eingangsbereich, der in einen Flur überging, von dem links und rechts Türen abgingen. Der einzige Unterschied war, dass die Büros eher wie das Haupthaus eingerichtet waren – viel Chrom, Pelz, rote und schwarze Farbe. Obwohl es schon später Vormittag war, schien nicht besonders viel los zu sein. Die Bürotüren waren geschlossen und in der Lobby saß niemand hinter dem Empfangstresen.

»Komm mit, Baby. Ich zeig's dir«, sagte Drejohn und führte sie an den verschlossenen Türen vorbei.

Hinter den Türen glaubte Tiffany Stimmen und manchmal auch Musik zu hören.

Drejohn führte sie zum Ende des Flurs und durch eine weitere Tür. Sie betraten ein Treppenhaus, das ins Obergeschoss führte. Noch eine Tür, noch ein Sicherheitscode. Dahinter befand sich eine Art Kontrollzentrum.

Der Raum war schwarz gestrichen und es brannte kein Licht. Mindestens zwei Dutzend Flachbildschirme hingen an den Wänden. Alle paar Schritte saß hinter einem Schreibtisch ein Mann mit einem Headset und überwachte mehrere Bildschirme.

Tiffanys Herz stockte, als sie erkannte, was sich auf den Bildschirmen abspielte. Auf der rechten Seite sah sie auf den Monitoren jeweils ein junges Mädchen, das sich auszog oder selbst berührte. Tiffany vermutete, die Typen mit den Headsets konnten hören, was die Mädchen in die Kamera sagten, denn dass sie sprachen, konnte man anhand ihrer Lippenbewegungen erkennen.

»Willkommen bei *NTL Productions*.«

»Wofür steht *NTL*?«

»Nothin' To Lose. Hier kann ich locker hundert Riesen am Tag machen.«

Tiffany hätte am liebsten gekotzt. »Echt? Das ist eine Menge Geld.«

»Wenn ich's doch sage. Schau mal hier«, sagte er und zeigte auf die Monitore, die sie unverwandt anstarrte. »Ich lass die Schlampen vierundzwanzig Stunden am Tag sieben Tage die Woche für zweihundert Dollar pro halbe Stunde mit Typen im ganzen Land, ach, was sag ich, auf der ganzen Welt, reden und sich herzeigen.«

»Machst du Witze?« Tiffany fand das total abstoßend. Rasch zählte sie die Monitore durch. Es waren achtzehn. »Machen die Mädchen das freiwillig?«, fragte sie und nickte zu den Bildschirmen.

Drejohn warf ihr einen scharfen Blick zu. »Das sollten sie lieber. Ich habe sie handverlesen ausgesucht, und wenn ich nicht wäre, würden sie auf der Straße für zehn Dollar pro Schwengel Schwänze lutschen. Bei mir dürfen sie in meinem Haus leben, mit Promis feiern und sie haben freien Zugang zu Drogen. Da ist es nur gerecht, wenn sie ein paar Stunden am Tag für mich arbeiten.«

»Wie lange müssen sie ... das machen?«

»Warum stellst du mir so viele Fragen?« Sein gutaussehendes Gesicht wurde mit einem Mal bedrohlich finster.

Tiffany beeilte sich, ihn zu besänftigen. »Ich finde es nur faszinierend, dass jemand in deinem Alter schon weiß, wie er richtig Asche macht.«

Die Furchen in seinem Gesicht glätteten sich und er nickte wichtigtuerisch. »Darum mag ich dich, Prinzessin. Du hast nicht nur Stil, sondern bist auch ein kluges Mädchen.« Er zeigte auf die Bildschirme auf der linken Seite des verdunkelten Raums. »Diese Monitore sind für die Filme, die wir machen. Ich habe zwei Tonbühnen hier eingebaut, und wir drehen sechs Tage die Woche und bringen jeden Monat vier Filme raus. Das Beste ist, dass wir die Filme direkt nach dem finalen Schnitt auf unsere Homepage hochladen und ab da sofort Geld machen können. Doch am meisten bringen immer noch die Livecams.«

Unglaublich, dachte Tiffany. Dieser Kerl scheffelt Tausende Dollar am Tag. Dann kam ihr ein schrecklicher Gedanke. Erzählte er ihr das alles nur deshalb so freimütig, weil er wollte, dass sie eines seiner Mädchen wurde? Heiliger Jesus!

Tiffany schaute auf einen der Monitore, der direkt aus einem der Studios übertrug, und war peinlich berührt. Zwei sehr junge Mädchen und ein älterer Mann waren mit viel Enthusiasmus auf einem großen Bett zugange. »Es muss schwierig sein, Mädchen zu finden, die so etwas gerne machen.«

»Ha!« Drejohn trat zu einem Aktenschrank, riss eine Schublade auf und zog einen zehn Zentimeter dicken Papierstapel heraus. »Das sind die Bewerbungen der Mädchen, die es nicht geschafft haben. Ich suche sie selbst aus und lasse sie vorspielen.« Er musterte sie abschätzend. »So wie ich dich gestern Abend ausgewählt habe.«

Tiffany hatte das Gefühl, das Herz wollte ihr aus der Brust springen, so heftig schlug es. »Ähm ... Und was ist mit den Mädchen passiert?«

»Ich habe sie verkauft.«

36 – TRAVIS

Travis trug die sauberen Handtücher zum Wäscheschrank im Schlafzimmer und räumte sie weg. Damit war die Wäsche fertig.

Er durchquerte das Schlafzimmer und war zufrieden. Alles war wieder ordentlich und die Spuren ihres Streits beseitigt. Er ging weiter in das Wohnzimmer, freute sich über die abgestaubten Möbel, den frisch gebohnerten Boden und die Schnittblumen, die er gekauft hatte. Er war durch den Supermarkt gerast und hatte den Einkaufswagen mit Zutaten vollgepackt, die man für ein gutes italienisches Essen brauchte.

»Das einzige Problem ist«, sagte er laut, »dass ich keine Ahnung habe, wann Maddie nach Hause kommt.«

Er trat an den Kühlschrank und nahm sich ein kühles Bier. Er trank fast die halbe Flasche mit wenigen Schlucken leer.

»Ich mache einfach die Spaghetti und halte sie warm, bis sie nach Hause kommt«, sagte er in die Leere des Raumes hinein. »Vielleicht sollte ich doch lieber anrufen, damit sie weiß, dass ich hier bin.«

Er wälzte diesen Gedanken hin und her, wog die Vor- und Nachteile ab. Schließlich trank er das Bier aus und griff zum Telefon.

Er konnte nicht glauben, wie nervös er auf einmal war. Wie ein Teenager, der die Ballkönigin der Schule anrief, um sie zu einem Date einzuladen.

»Hier spricht Maddie Divine«, sagte sie mit Autorität in der Stimme.

Sie hat bestimmt nicht gesehen, dass ich dran bin.

»Hi, ich bin's.«

Er hörte, wie sie einatmete.

»Oh, hallo. Ich kann grad nicht reden.«

»Ist schon in Ordnung. Ich wollte nur sagen, dass ich zu Hause bin und mit dem Abendessen warte, bis du wiederkommst.« In der Leitung war es mindestens zehn Sekunden still.

»Ich kann nicht genau sagen, wann ich nach Hause komme«, sagte sie.

»Ist okay. Ich warte ... ewig, wenn's sein muss.«

»Ich kann das nicht jetzt.« Sie klang jetzt wieder sehr geschäftig. Doch er ärgerte sich nicht; er kannte das ja schon.

»Verstehe. Ich wollte es dich nur wissen lassen. Ums Essen musst du dir keine Gedanken machen.«

»Danke.«

»Geht's dir gut? Kann ich irgendwas für dich tun?«

Wieder Schweigen.

»Kannst du unser Leben wieder zu dem machen, was es mal war, Travis? Das ist es, was wir beide brauchen.«

Jetzt war er es, der schwieg.

»Ich sehe dich heute Abend. Mit etwas Glück komme ich, bevor es dunkel wird.«

Zumindest klingt ihre Stimme etwas sanfter. Doch das Nächste, was er hörte, war ein Klicken. Aufgelegt.

37 – PRESTON

»Ich habe über Ihren Finanzchef staatliche und föderale Gelder für das GGG-Zentrum in Los Angeles organisiert. Außerdem habe ich ein kurzes Meeting mit anschließender Pressekonferenz mit Bürgermeisterin Luna und Mr. Sorriano für morgen Mittag angesetzt. So ist uns in den Lokalnachrichten die größtmögliche Aufmerksamkeit sicher. Und da die Bürgermeisterin mit an Bord ist, kommt auch von der Stadt genug Geld.«

»Wie viel stecken wir in das Projekt?«

»Vom Präsidenten kommt eine Million und der Staat Kalifornien schießt dieselbe Summe zu.«

»Bain, ich fürchte, wir machen einen großen Fehler.« Preston stand vom Schreibtisch auf und trat an das Fenster. Er starrte auf die großen Kiefern und die dichten Bermudagrasbüsche vor seinem Haus.

»Wieso denn, Gouverneur? Bei der aktuellen finanziellen Lage war ich überrascht, wie leicht es war, das Projekt zu finanzieren. Und dabei ist das Geld von Firmen oder privaten Spendern noch gar nicht mitgerechnet.«

»Davon rede ich nicht. Mir ist es scheißegal, was aus diesem Zentrum wird.« Preston drehte sich zu Bain um. »Sie wissen verdammt gut, dass es nur eine Frage der Zeit ist, bis Tiffanys Verschwinden bei der Presse durchsickert. Wie sieht das dann aus? Ich bin weiter herumgelaufen und habe so getan, als wäre alles in bester Ordnung. Die Öffentlichkeit und die Medien werden mich dafür grillen, wenn sie erfahren, dass meine Tochter vermisst wird.«

»Sie können immer noch behaupten, die Polizei habe Ihnen gesagt, Sie sollten so weitermachen wie bisher.«

»Dann sehe ich wie ein Trottel von einem Gouverneur aus, dem man sagen muss, was er tun und lassen soll.«

»Was schlagen Sie also vor?«

»Ich glaube, ich muss sehr bald das Verschwinden von Tiffany und Brenda öffentlich machen. Vielleicht sogar schon direkt nach der GGG-Präsentation morgen Mittag.«

»Ja, Sir.«

»Und Bain – lassen Sie es uns gründlich vorbereiten. Ich will einem öffentlichen Missfallen so gut es geht entgegenwirken.«

»Selbstverständlich, Sir. Ich kümmere mich darum. Wollen Sie die Pressekonferenz morgen Mittag denn trotzdem abhalten?«

Preston dachte darüber nach. Wenn er absagte, nachdem Pilar und Bain die Sache angeleiert hatten, würde Pilar ihm das nie verzeihen. »So wie es im Moment aussieht, ja. Aber sollte ich etwas Neues über Tiffany erfahren, könnte sich das jederzeit ändern und Sie müssten mich dann bei Bürgermeisterin Luna entschuldigen.«

»Natürlich, Sir.«

»Haben Sie die Krankenakte von Heather McCall an die Detectives vom LAPD gefaxt?« An Bains überraschtem Blick erkannte Preston sofort, dass er es vergessen hatte. »Herrgott, Bain, kümmern Sie sich darum. Sie sollen meine rechte Hand sein und kriegen nicht mal die einfachsten Dinge auf die Reihe.« Er klappte eine Akte auf und kritzelte wütend seine Unterschrift auf ein Dokument, knallte den Aktendeckel zu und griff nach dem nächsten.

»Tut mir leid, Gouverneur. Ich bin mit dem, was hier im Moment los ist, etwas überfordert, aber ich kümmere mich sofort darum. Und, ähm, noch was.«

Preston blickte auf.

»Es tut mir leid. Ich werde mich bessern.«

»Das sollten Sie auch, verdammt nochmal. Es gibt einen Haufen Leute, die liebend gern Ihr Gehalt beziehen würden.«

38 – TIFFANY

Nach dem Ausflug in die Pornofabrik zeigte Drejohn ihr die Poollandschaft. Sie war schon in vielen Hotels gewesen, aber keines konnte sich mit der Oase messen, die Drejohn auf seinem Anwesen erschaffen hatte. Nirgends hatte sie einen so riesigen Pool gesehen. Es gab sogar einen gechlorten Fluss, der um das Außengelände herum verlief. In der brütenden Hitze ließen sich einige Leute – zumeist junge Frauen – durch Wasserrutschen in eine Felsgrotte gleiten. Von den Felsformationen stürzten Wasserfälle in kleine Flüsse, die wiederum in weitere Pools mündeten. In der Mitte der ganzen Wasserlandschaft war eine Insel mit Palmen, deren Highlight eine Tiki-Bar mit Sandstrand war, auf dem mindestens ein Dutzend breite Liegen standen.

Sie zeigte auf eine andere große Hütte, die zwischen dem Pool und der rückwärtigen Mauer des Grundstücks stand. »Was ist in dem Gebäude?«, fragte sie.

»Das ist das Generatorhäuschen. Hier draußen gibt's keinen Strom, darum erzeugen wir ihn selbst. Ich hab die größten, dreckigsten Dieselgeneratoren und Notstromaggregate, die's gibt. Könnte eine kleine Stadt damit versorgen«, brüstete sich Drejohn.

Nachdem sie ausgiebig die Größe von Drejohns Paradies bewundert hatte, ermunterte er sie, sich ein bisschen im Pool abzukühlen. Er erklärte, er habe noch was zu erledigen und würde später wiederkommen.

Dann rief er Ginger hinzu und erklärte ihr, er müsse weg und sie solle sich »um seine Prinzessin kümmern«.

Dann gingen er und Big M zu einem schwarzen SUV mit dunkel getönten Scheiben. Big M glitt hinter das Lenkrad und Tiffany sah Drejohn durch die Windschutzscheibe angeregt telefonieren.

»Komm mit«, sagte Ginger. Ihre Stimme klang rau. »Du bist wohl der neueste Leckerbissen des Tages. Willst du am Pool abhängen oder lieber in dein Zimmer zurück?«

Tiffany erinnerte sich noch lebhaft an das laute Hämmern an die Zimmertür, das ihr so große Angst eingejagt hatte. »Ich gehe an den Pool.« *Vielleicht hat ja jemand am Pool ein Handy dabei oder ich kann jemanden fragen, wo zur Hölle ich hier eigentlich bin.*

Ginger führte sie zurück in das kühle Haupthaus. »Geh rauf in dein Zimmer, such dir einen Badeanzug aus und komm sofort wieder runter, ja? Ich muss gleich arbeiten, darum habe ich nicht so viel Zeit.«

Tiffany eilte die Treppe hinauf. Ob Ginger sie allein im Haus ließ, wenn sie trödelte? Vielleicht konnte sie ja so einen Ausweg finden oder ein Telefon suchen, um Hilfe zu rufen.

Sie stürmte in das Zimmer, in dem sie übernachtet hatte, trat an die Kommode und durchwühlte die Sachen nach einem möglichst braven Bikini. Dann kramte sie im Schrank nach einem anständigen Kleid und riss es vom Bügel. Sie überlegte erst, ob sie sich im Zimmer in den neonbunten Bikini zwängen sollte, aber unten gab es bestimmt Umkleiden. Und vielleicht hatte ja eines der Mädchen im Poolhaus sein Handy liegen gelassen und Tiffany konnte es sich »leihen«.

Gingers Stimme schallte die Treppe hoch, als Tiffany durch den Flur zurückrannte. »Beweg deinen Arsch hier runter, ich hab nicht den ganzen Tag Zeit. Ich lass mir keine verpassen, weil ich wegen dir zu spät zur Arbeit komme.«

Tiffany polterte die Stufen herunter und kam schlitternd vor Ginger zum Stehen.

Sie eilten zum Pool und Ginger führte sie in eine Ecke des Geländes, wo ein riesiger weißer Kerl, gebräunt und muskelbepackt, unter einem regenbogenbunten Sonnenschirm mit Sprinkleranlage saß und sich von feinem Sprühnebel berieseln ließ.

Ginger schubste Tiffany in seine Richtung. »Tank, das ist Prinzessin. Sie gehört Drejohn, er hat sie gestern Nacht aufgegabelt.« Tiffany fühlte sich von dem neugierigen Blick des Mannes einfach nur angewidert. Sie würde mehr als eine Sprinkleranlage brauchen, um die Lüsternheit aus seinem Blick zu waschen.

»Sieht heiß aus«, bemerkte der Riese.

Tiffany winkte halbherzig.

»Du kannst dich da drin umziehen.« Ginger zeigte hinter den fleischigen Wachposten. »Wenn du irgendwas brauchst, fragst du Tank.« Ohne sich zu verabschieden, ging Ginger quer über den Hof Richtung Außengebäude.

»Arbeitet sie auch für *NTL*?«, fragte Tiffany in dem Bemühen, eine Verbindung zu ihrem neuesten Wachhund aufzubauen.

Tank kniff die Augen zusammen und musterte sie von oben bis unten. »Lass mich dir einen Rat geben. Mach dir keinen Kopp drum, was die anderen hier machen. Sorge einfach dafür, dass Dre glücklich ist, und dir geht's gut. Bring ihn nicht gegen dich auf, tu was er sagt und er behandelt dich gut. Baust du Scheiße, gibt er dich an einen anderen weiter. Und ehrlich, ich mag so süße Dinger wie dich. Du hast Klasse, das sieht man sofort.«

Das Gerede des Mannes war ihr unangenehm. Tiffany senkte den Kopf und marschierte an ihm vorbei zum Poolhaus. Sobald sie drin war, schloss sie die Tür und verriegelte sie. Ihr war klar, dass, wenn Tank reinkommen wollte, er die Tür würde eindrücken können wie ein Footballspieler, der das Banner vor einem Aufwärmspiel durchriss. Aber sie hoffte, die Verriegelung würde alle destruktiven Gedanken, die er vielleicht hegte, im Keim ersticken.

Sie schaute sich um. Gleichmäßig angebrachte Oberlichter beleuchteten das Innere. Es gab eine Couch, einen Kamin und eine kleine Bar. Neben dem Kamin waren links und rechts zwei Türen. Auf der einen stand »Schlampen«, auf der anderen »Hengste«.

Sie öffnete die Tür zur Umkleide für Frauen und war erleichtert: Der Raum war leer. An einer Seite waren offene Schränke und sie tastete rasch die Klamotten nach einem Handy ab. Weil sie fürchtete, Tank könnte nach ihr schauen, zog sie rasch ihre Sachen aus und schlüpfte in den neonpinken Bikini. Sie zog das Kleid darüber.

Danach ging sie zurück in den Hauptraum und hatte eine Idee. Wenn die Mädchen hier festgehalten wurden, war es nur logisch, wenn keines ein Handy besaß. Aber die Männer schienen hier alle Privilegien zu genießen. Vielleicht hatte einer von ihnen sein Handy bei den Klamotten gelassen. Sie zitterte vor Angst, doch es führte kein Weg daran vorbei. Vorsichtig öffnete sie die Tür zur Männerumkleide.

Ihr Herz hämmerte so laut, dass es wie Donner in ihren Ohren klang. Sie versuchte, sich zu beruhigen, damit sie hörte, falls jemand näher kam, doch ihre Angst war zu stark. Fieberhaft durchwühlte sie die Sachen der Männer. Als sie eines der letzten Kleiderbündel betastete, erfasste sie ein Hochgefühl. Doch ihre Freude riss jäh ab, als Tiffany einen Luftzug spürte, weil irgendwo eine Tür geöffnet wurde.

»Hab ich mir doch gleich gedacht, dass du Schwierigkeiten machst«, sagte Tank. Er ließ einen Schlüssel an der Kette kreiseln.

39 – MADDIE

»Hat Bain dich schon zurückgerufen, Darius?«, fragte ich.

»Nein. Und inzwischen überlege ich, ob ich nicht lieber Lieutenant Keever im Büro des Chiefs kontaktieren soll, um die Sache zu beschleunigen. Das ist verdammt ärgerlich. Sicher ist er ein vielbeschäftigter Mann, aber wir benötigen alles, was sie über Heather McCall wissen. Zum jetzigen Zeitpunkt sind sie für uns die einzige ergiebige Quelle.«

»Ruf einfach Granitgesicht an und bring die Sache voran«, sagte ich. Mein Partner musterte mich nachdenklich, doch dann griff er zum Telefon.

Ich saß an meinem Schreibtisch und starrte auf den Computermonitor. Warum war Heather McCall so ein Mysterium? Sie war nicht nur spurlos verschwunden, sondern schien auch vorher wie ein Geist gewesen zu sein. Ich nahm einen Ordner aus dem Regal und blätterte zu den wenigen Informationen, die wir bisher im McCall-Fall gesammelt hatten. Im Grunde hatte ich nichts außer diese Fakten: Die junge Frau besaß einen Führerschein und hatte einen Strafzettel bekommen. Mehr gaben die Behörden nicht her. Höchste Zeit also, mal die sozialen Medien zu durchforsten.

Ich tippte ein paar Worte in meine Lieblingssuchmaschine. Die Resultate waren entmutigend. Es gab so viele Heather McCalls, dass es ewig dauern würde, *unsere* Heather zu finden. Ich versuchte es mit »Heather McCall Nanny«. Ein paar Homepages, die vielversprechend aussahen, aber kein direkter Treffer. Dann kam mir eine Idee. Ich schränkte die Suche auf Bilder ein und schon füllten die Heather McCalls dieser Welt meinen Bildschirm. *Das sieht schon besser aus. Ich weiß ja nicht viel über dich, Miss McCall. Aber ich weiß, wie du aussiehst. Irgendwer muss doch ein Foto von dir gemacht und es im Internet gepostet haben.*

So ging es viel leichter. Ich konnte in weniger als einer Minute eine ganze Seite durchgehen. Jetzt brauchte ich nur noch ein Foto zu finden, das dem Filmsternchen-Porträt ähnelte, das der Gouverneur uns ausgehändigt hatte. Vielleicht fand ich ja heraus, wer das Foto gemacht hatte und warum. Ich meine: Warum sollte eine Nanny ein Werbefoto brauchen?

»Lieutenant Keever hat sich zurückgemeldet«, sagte Darius. »Bain wird mich in den nächsten zehn Minuten anrufen.«

»Das will ich auch hoffen. Wir brauchen endlich eine Spur. Ich kann mir natürlich auch eine Woche lang diese Fotos von unterschiedlichen Heathers angucken, ohne unsere Frau zu finden.«

Larry der Frauenschläger kam in unsere Richtung. Ich wandte ihm den Rücken zu und blickte weiter angestrengt auf den Computerbildschirm.

»Cutter, ich will Sie in meinem Büro sehen.«

Darius stand auf. »Kannst du alle Anrufe annehmen, Maddie? Nicht, dass wir Bain verpassen.«

»Na klar«, sagte ich. Warum wollte Larry mit Darius sprechen und nicht mit uns beiden? Wir waren schließlich Partner.

Ich hatte mich gerade wieder meinem Bildschirm zugewandt, als das Telefon auf Darius' Schreibtisch klingelte. Ich sprang auf und meldete mich gewohnt professionell. Es war Bain.

»Detective Divine. Ist Ihr Partner Detective Cutter zu sprechen?«

Ich schaute zum Büro des Frauenschlägers. Die Tür war geschlossen. »Im Moment nicht, aber ich weiß, was er wollte.«

»Was kann ich für Sie tun?«

Ich setzte mich auf Darius' Stuhl und zog einen Notizblock heran. »Danke für den Rückruf. Sie haben bestimmt viel zu tun.« Es konnte ja nie schaden, einem Politiker zu schmeicheln, wenn man was von ihm wollte. »Detective Cutter und ich fragen uns, wer Gouverneur Truesdale mitgeteilt hat, dass Heather verschwunden ist?«

»Das war ich.«

Ich wartete ein paar Sekunden, ob er die Antwort weiter ausführen würde. Doch er schwieg. »Und von wem wussten Sie es?«

»Von der Fallmanagerin im Krankenhaus, die die Vorbereitungen für die Knochenmarkspende von Heather McCall an Tiffany Truesdale vorbereitet hat.«

Wieder wartete ich, dass er mehr sagte. Heiliger Strohsack, dem Typen irgendwelche Informationen zu entlocken war, als säße man während der Rushhour auf dem Freeway 405 fest.

Ich hatte jedenfalls keine Zeit für Spielchen mit dem Laufburschen des Gouverneurs. »Könnten Sie mir bitte auch den Namen des Krankenhauses und den der Fallmanagerin sagen?«

»St. Peter in Santa Monica und ihr Name lautet ...« Ich hörte, wie er mit Papieren raschelte. »Candice Murphy.«

»Haben Sie ihre Telefonnummer?« Ich setzte Bain auf die lange Liste von Vollidioten, die ich kannte. Er ratterte die Nummer runter, und ich schrieb sie neben die Notizen, die ich bereits gemacht hatte. »Hervorragend, vielen Dank. Ach ja, Mr. Bain. Könnten Sie uns die Krankenakte schnell rüberfaxen?« Ich ging jede Wette ein, dass er das noch nicht erledigt hatte. Wenn wir die Unterlagen schon hätten, wüsste ich das.

»Ähm, also ... ich glaube, da gibt's ein kleines Problem.«

»Ach ja? Und welches wäre das?«

»Datenschutz. Ohne ihr Einverständnis darf ich Ihnen Heather McCalls Unterlagen gar nicht zuschicken.«

In Gedanken zählte ich bis fünf. »Es wird nur etwas schwierig, ihre Erlaubnis zu bekommen, da sie ja *vermisst* wird. Denken Sie nicht, sie würde wollen, dass die Polizei ihre Unterlagen hat, wenn es uns hilft, sie zu finden?«

»Detective, ich weiß nicht, was Miss McCall wollen würde. Aber ich kann Ihnen ohne ihre Autorisierung die Unterlagen nicht zufaxen.«

»Also schön, Mr. Bain. Danke für Ihre Hilfe.« Ich fragte mich, ob Darius und ich einen richterlichen Beschluss für die Einsicht in die Krankenakte erwirken konnten.

»Sie halten uns doch über die Ermittlungen auf dem Laufenden?«

»Wir sind am Austausch der Informationen genauso interessiert wie Sie«, sagte ich und legte auf. Bain war ein kluges Kerlchen und wusste sicher, was ich damit sagen wollte.

40 – PILAR

»Preston, Liebling«, hauchte Pilar ins Telefon. »Wir haben die Pressekonferenz für morgen Mittag im Rathaus angesetzt.«

»Welche Pressekonferenz?«

Pilar verkniff sich die sarkastische Antwort, die ihr auf der Zunge brannte. »Die, bei der du und ich Zepeda Sorriano einen Scheck über zwei Millionen Dollar für sein *Gemeinsam-Gegen-Gewalt*-Zentrum zur Rehabilitation von Gangmitgliedern in L. A. übergeben werden.«

»Ach ja, richtig, richtig.«

»Du klingst irgendwie durcheinander. Haben sie Tiffany noch nicht gefunden?«

Der Gouverneur seufzte. »Nein, und je mehr Zeit vergeht, umso schwerer fällt es mir, mich auf irgendwas zu konzentrieren.«

»Das ist doch nur verständlich. Vielleicht solltest du in L. A. bleiben, bis sie gefunden wird.« Kurz war es still in der Leitung. Pilar fürchtete schon, er habe aufgelegt. »Bist du noch dran, Preston?«

»Ja, bin ich. Ich denke nach. Weißt du, das ist keine so schlechte Idee. Ich habe heute früh mit Bain geredet und ich glaube, es war ein Fehler, so zu tun, als wäre nichts passiert.«

»Warum glaubst du das?«

»Weil die Medien mich deswegen fertigmachen werden, sobald sie von Tiffanys Verschwinden erfahren.«

Jetzt war Pilar für ein paar Sekunden stumm. Sie dachte über die unterschiedlichen Möglichkeiten nach. »Hmmm. Ich denke, du könntest recht haben. Vielleicht könntest du ja die morgige Pressekonferenz zum Anlass nehmen, um von Tiffanys Verschwinden zu erzählen. Wenn wir mit der Präsentation für das Zentrum fertig sind, meine ich.«

Pilar konnte Stimmen im Hintergrund hören.

»Ich muss los«, sagte Preston. »Ich werde darüber nachdenken und dir später Bescheid geben.«

»Preston, eins noch. Weder Zepeda Sorriano noch seine Organisation haben das Geld, ihn für die Pressekonferenz einfliegen zu lassen. Könntest du da was für ihn organisieren?«

»Lass ihn doch fahren«, sagte Preston verärgert.

Pilar sprach betont ruhig. »Ich dachte, es wäre eine schöne Geste des guten Willens, wenn du ihn mit deinem Privatjet einfliegen ließest. Außerdem könnte Bain ihn während des Flugs noch etwas vorbereiten.« Als es in der Leitung still blieb, legte sie einen bittenden Ton in ihre Stimme. »Denkst du darüber nach, bitte? Und gibst mir später Bescheid?«

»Ich denke schon. Aber diese GGG-Sache wird langsam ziemlich nervig.«

Pilar ignorierte sein Grummeln. »Ich melde mich später, Liebling. Und wenn du dich entscheiden solltest, etwas Zeit hier zu verbringen, verspreche ich dir, dass es sich lohnen wird.«

41 – TIFFANY

Mit der Hand in der Hosentasche einer 300-Dollar-Männerjeans musste Tiffany vor allem eines: schnell nachdenken. Tanks Gesichtsausdruck war genauso hart wie sein Bizeps.

»Mir ist übel«, sagte sie. »Ich hab nach Medikamenten gesucht«, fügte sie hinzu. Immerhin hatte sie sich eine Ausrede überlegt, bevor sie in die Männerumkleide gegangen war.

Verunsicherung flackerte in seinen Augen auf. »Warum hast du nicht einfach gefragt? Drejohn hat 'ne ganze verfluchte Apotheke hier. Die Mädchen kriegen alles, was sie wollen, solange sie sich keine Überdosis reinpfeifen.«

Tiffany zuckte mit den Schultern. »Hat mir keiner gesagt.«

»Was brauchste denn?«

»Vicodin«, antwortete sie. Das war das erste Medikament, das ihr in den Sinn kam. Sie zog die Hand aus der Hosentasche und hielt beide Hände hoch, damit er sah, dass sie leer waren. Dann nahm sie die Jeans und strich darüber, als wollte sie sie glätten, um sie dann aufzuhängen. In Wahrheit suchte sie nach irgendeiner Möglichkeit, das Handy aus der Hose zu bekommen, ohne dass Tank es merkte.

Tank bedeutete ihr, ihm zu folgen. »Scheiße, die Dinger werden hier wie Süßigkeiten verteilt. Ich besorg dir welche.« Ein verschlagener Ausdruck huschte wie ein Scheinwerferlicht über sein Gesicht. »Aber das kostet dich was. Drejohn wird dich grün und blau schlagen, wenn er erfährt, dass du die Sachen der Jungs durchsuchst.«

Tiffany dachte fieberhaft nach. Doch dann zwang sie sich zu einer Selbstsicherheit, die sie so nicht spürte. »Ich denke, Drejohn würde es noch viel weniger gefallen, wenn er erfährt, wie du mit seinem neuesten Mädchen umspringst«, sagte sie und legte die Jeans mit dem Handy beiläufig über den Arm.

Tanks Brust weitete sich und er ballte die Hände zu Fäusten. Sein gebräuntes Gesicht lief knallrot an. Er trat in die Umkleide und schloss leise die Tür hinter sich.

Tiffanys Herz raste und sie musste sich zwingen, Ruhe zu bewahren und zu atmen. Sie hatte keine Chance, sich an diesem Goliath vorbeizudrängen. Was sie jetzt brauchte, war ein Wunder.

Sie behielt ihn im Auge und bewegte sich langsam rückwärts und damit weiter in den Raum. Ein schiefes Lächeln erhellte Tanks zornige Miene.

»Hat Drejohn es überhaupt schon mit dir getan?« Langsam kam er auf sie zu, während sie weiter zurückwich. »Er wartet sonst immer ein paar Tage, bevor er ihn reinsteckt.« Das Lächeln wurde zu einem lüsternen Grinsen. »Sieht ganz so aus, als bekäme ich eine erstklassige Muschi, bevor der Boss sie kriegt. Und du wirst ihm nichts davon sagen oder ich erzähle ihm, dass du eine diebische Hure bist.«

»Und du denkst, das glaubt er dir?«

»Eins muss ich dir lassen, *Prinzessin*, du hast echt Mumm. Du wirst sehen, wie's hier läuft«, sagte er beiläufig. »Natürlich wird er mir glauben. Du bist doch für ihn nichts weiter als ein hübscher Arsch.« Er neigte den Kopf. »Und auch wenn du sogar ein ziemlich geiler Arsch bist, wird Drejohn auf keinen Fall auf dich hören, wenn dein Wort gegen meins steht.«

Tiffanys Rücken stieß gegen die Tür zu den Duschen.

Tank grinste breiter. »Du kannst nirgendshin, Süße.«

Mit einer raschen Bewegung drehte Tiffany sich um und riss die Tür hinter sich auf. Als sie die Tür zuzog, wäre sie vor Erleichterung fast in Ohnmacht gefallen, denn es gab einen Riegel. Nur Millisekunden bevor Tank an der Türklinke rüttelte, schaffte sie, ihn vorzuschieben.

»Du verdammte Schlampe, mach lieber sofort die Tür auf! Ich werde dein Gesicht so zurichten, dass nicht mal deine Mama dich wiedererkennen würde!«

Tiffany wusste, ihr Verfolger würde nicht lange brauchen, um sich Zugang zu ihrem Zufluchtsort zu verschaffen. Sie musste also einen Weg hinaus finden. Ihre Erleichterung, Tank ausgesperrt zu haben, schwand in dem Moment, als sie bemerkte, dass sie in einem Raum ohne Fenster und zweiten Ausgang stand. Während er weiter gegen die Tür hämmerte, schaute sie hoch und entdeckte Oberlichter wie im Hauptraum. Gab es irgendwas, worauf sie sich stellen konnte? Sie war nicht sicher, ob sie auf die Wand zwischen den Klokabinen klettern und lange genug das Gleichgewicht halten konnte, um das Fenster einzuschlagen, das sie von der Freiheit trennte.

Plötzlich hörte das Hämmern auf. Und dann hörte sie ein metallisches Knallen, als würde etwas Schweres gegen die Tür, den Knauf und das Schloss geschmettert. Ihr lief die Zeit davon. *Denk nach, Tiffany, denk nach! Dir muss doch was einfallen!*

Dann kam ihr die Idee. Das Handy! Sie tastete in den Taschen der Jeans, zog das Handy heraus und schloss sich in einer der Klokabinen ein. Sie wusste, wenn sie den Notruf wählte, brachte sie das nicht weiter; sie hatte keine Ahnung, wo sie war. Stattdessen durchsuchte sie mit vor Aufregung tauben Fingern das Adressbuch und fand die Nummer, die sie suchte.

Sie konnte hören, wie das Holz um das Türschloss splitterte. Tank war fast durch!

»Jo, Buster, was ist los?«

»Drejohn! Hier ist Tiffany ... deine Prinzessin von letzter Nacht. Ich bin im Poolhaus eingeschlossen, weil Tank hinter mir her ist. Bitte hilf mir!« Sie hielt das Handy so, dass Drejohn hörte, wie die Tür splitterte. Dann drückte sie den Anruf weg. Dass Tank die ganze Zeit wie ein Bulle brüllte, während er sich gegen die Tür warf, schadete vermutlich auch nicht. Die Wände der Kabine erbebten.

Sie erinnerte sich an etwas, das sie mal in einem Film gesehen hatte. Unter dem Kleid zog sie das Bikinihöschen aus und verbiss sich mit den Zähnen im Saum, bis der Stoff riss. Sie warf das Höschen auf den Boden. Ihr blieb höchstens noch eine Minute Zeit. Also riss sie das Kleid vorne auf und hob eine ihrer Brüste aus dem Bikinioberteil.

Sie hörte Tank, der an der Tür zerrte und zog, um den Riegel herauszureißen. Weitere Stimmen vor der Tür schrien Tank an und fragten ihn, was los war. Tiffany konnte sich lebhaft vorstellen, was er mit ihr anstellte, wenn er sie in die Finger bekam.

Sie packte ihre nackte Brust und riss grob daran, bis ihr Tränen in die Augen stiegen. Dann fuhr sie mit den Fingernägeln quer über ihre Brust, wobei sie vier deutliche Kratzer hinterließ, die vom Schlüsselbein bis unterhalb der Brust verliefen. Danach packte sie die Innenseite ihrer Schenkel genauso grob an und hinterließ noch mehr rote Male auf ihrer Haut, die schon bald zu Blutergüssen nachdunkeln würden.

Sie atmete tief durch und versetzte sich dann einen Schlag ins Gesicht. Beim ersten Mal war sie wie betäubt. Erst beim zweiten Schlag schmeckte sie Blut. Sie wusste, dass sie vorsichtig sein musste. Mit ihrem schlechten gesundheitlichen Grundzustand durfte sie eine zu heftige Blutung nicht riskieren. Aus einem kleinen Cut in ihrem Mund sickerte ein wenig Blut und sie staute es mit der Zunge auf. Als sich genug angesammelt hatte, ließ sie es aus dem Mundwinkel rinnen. Die Läsion würde hoffentlich von allein wieder aufhören zu bluten.

Tiffany hörte draußen weitere aufgeregte Stimmen. Dann gab die Tür endlich nach und sprang auf. Sie drückte sich hinter der Toilette mit dem Rücken an die Wand, als Tank die Kabinentür zu Kleinholz trat. Das obere Scharnier brach aus der Angel. Einen kurzen Moment zögerte Tank, als er sie sah. Die Leute, die sich hinter ihm versammelt hatten, beäugten misstrauisch ihr zerschundenes Gesicht.

»Er hat versucht, mich zu vergewaltigen!«

Tank wollte sie packen, aber drei andere Typen, die riesig und muskelbepackt wie Footballer waren, zerrten ihn aus der Kabine.

»Lasst mich los! Sie lügt! Ich hab sie nicht angefasst. Sie hat eure Sachen durchsucht.«

Tiffany fing an zu weinen, und die Tränen waren echt. Sie hatte Todesangst, dass die Männer, die sich jetzt um sie drängten, ihren Plan durchschauten.

Sie drehte sich um, damit alle das offene Kleid sehen konnten, obwohl sie es hasste, eine Peepshow abziehen zu müssen. »Ja genau, und das hier bilde ich mir auch alles ein«, sagte sie und zeigte die Verletzungen, die sie sich selbst zugefügt hatte. Sie schaute an den Leuten vorbei zum Spiegel und zuckte innerlich zusammen, weil sie so übel zugerichtet aussah. Sie ließ ihrem Schock in einem besonders herzerweichenden Schluchzer freien Lauf.

Dann suchte sie die Blicke der Schaulustigen und fuhr fort: »Ich wollte mich nur umziehen. Aber Tank ist mir gefolgt. Er meinte, ich wäre eine erstklassige Muschi, die er sich nehmen würde, bevor Drejohn die Gelegenheit dazu hätte. Er sagte, wenn ich jemandem davon erzähle, würde er mich als diebische Hure bezichtigen und Drejohn erzählen, ich hätte ihn angemacht.«

Die Leute bewegten sich unbehaglich und Tiffany schöpfte Hoffnung. Vielleicht glaubten sie ihr die Geschichte? Doch dann entstand am hinteren Ende des Raums Bewegung und jemand stellte eine Frage.

»Sag mir, Bruder, stimmt es, was sie sagt?«

Drejohn war zurück.

Wie das Rote Meer teilte sich die Menge. Drejohn kam in den Duschraum. Die drei Kolosse ließen Tanks Arme los.

»Ich fragte, ob es stimmt, was sie sagt?«

»Drejohn, du musst mir glauben. Ich hab sie nicht angerührt.« Tanks anklagender Blick traf Tiffany. »Ich habe sie dabei erwischt, wie sie die Sachen der Jungs durchsuchte. Sie sagte, sie sucht nach Medikamenten, aber ich glaube, sie wollte ein Handy.«

Tiffany geriet in Panik, weil Drejohn ihr einen misstrauischen Blick zuwarf. Sie musste in die Offensive gehen.

»Das ist Bullshit und das weißt du!« Sie hoffte, ihr Fluchen und die Verletzungen würden Drejohn letztlich überzeugen, dass sie die Wahrheit sagte. Sie trat aus der Kabine auf ihn zu.

»Ich war in der Frauenumkleide. Tank folgte mir und begann darüber zu reden, was für einen hü... hübschen Arsch ich hab. Er sagte, es sei nicht fair, dass Drejohn die neuen Mädchen immer als Erster bekommt, und es wäre an der Zeit, dass er sich auch mal eine hochkarätige Muschi gönnen dürfte.« Tiffany wusste, in Drejohns Augen war sie kein Mädchen, das solche Begriffe verwendete. Darum hoffte sie, dass ihre Geschichte überzeugend klang.

»Ich habe versucht, an ihm vorbeizukommen, und er hat mich gepackt und ...«

»Du verfluchte Schlampe! Das ist nicht wahr!«

»Halt's Maul, Tank«, befahl Drejohn.

»Ich hab mich losgerissen und bin hier rein. Ich hab irgendwie die Tür verriegelt, aber er hat sie eingeschlagen.« Vergeblich versuchte Tiffany, die Fetzen ihres Kleids über die Brüste zu ziehen. Sie verschränkte die Arme vor der Brust und ließ heulend den Kopf hängen.

»Bringt ihn ins Loch«, sagte Drejohn harsch mit einem Blick auf Tank.

»Drejohn, du kannst unmöglich dieser Schlampe glauben. Ich habe nichts gemacht!« Die drei großen Typen packten Tank und raunten ihm zu, er solle sich beruhigen, während sie ihn abführten. Tiffany hob leicht den Kopf, nachdem Tank verschwunden war.

Drejohn winkte den anderen, dass sie verschwinden sollten. »Raus hier. Kümmert euch um euren eigenen Scheiß.« Die Menge zerstreute sich wie auseinanderstiebende Kakerlaken. Während sie gingen, hörte Tiffany, wie sie leise unterschiedliche Versionen des Vorfalls diskutierten.

Jetzt war sie dran. Drejohn trat zu ihr und blieb stehen. Musterte sie von oben bis unten. Fast nackt stand sie vor ihm und versuchte verzweifelt, ihr hämmerndes Herz zu beruhigen. Doch es gelang ihr nicht. Sie fürchtete, er könne ihre Angst sehen und es würde ihn erregen.

»Tank ist schon sehr lange bei mir. In all den Jahren hat er mich nie betrogen.« Drejohn hob den Finger zu ihrem Gesicht und berührte sanft ihren Mundwinkel, ohne sie dabei aus den Augen zu lassen, als könnte er so bis auf den Grund ihrer Seele blicken. »Ich werde ihn dafür sehr hart bestrafen müssen.«

Er bewegte seine Hand, bis ihr Kinn in ihr ruhte, und drückte fest zu, als wollte er seine Abdrücke in ihrer Haut hinterlassen. Wieder traten ihr Tränen in die Augen. Morgen würde sie mit noch mehr Blutergüssen aufwachen.

»Wenn ich herausfinde, dass du mich angelogen hast, bekommst du dasselbe wie Tank. Und danach überlasse ich dich ihm.«

42 – MADDIE

Darius kehrte mit undurchdringlicher Miene aus dem Büro von Larry dem Frauenschläger zurück und setzte sich an den Schreibtisch.

»Was wollte er denn?«, fragte ich und legte auf.

»Nichts.«

Glaubte Darius wirklich, das reichte mir als Antwort? »Was denn? Habt ihr zwei jetzt schon Geheimnisse?«

»Maddie, es ist nichts. Es hat nichts mit dir zu tun.«

»Mit dir denn?«

Er zuckte die Schultern. In den knapp drei Jahren, die ich mit Darius zusammenarbeitete, hatte ich mich an seine maulfaule Art schon längst gewöhnt. Aber ich mochte es nicht, ausgeschlossen zu werden, und es ist ein armseliges Verhalten gegenüber seinem Partner. Aber das war wahrscheinlich jetzt nicht der Punkt, an dem ich am besten ansetzen sollte.

»Was es auch ist, wenn es dir Sorgen bereitet, geht es mich sehr wohl was an.«

»Du lässt nicht locker, was?«

Wow, das war ja einfach. »Natürlich nicht.«

»Es ist wirklich keine große Sache.«

Das würde ich gern selbst beurteilen, dachte ich. Und wenn es tatsächlich keine große Sache wäre, würdest du dich nicht so verhalten. Ich warf ihm einen scharfen Blick zu und er fuhr fort: »Er denkt, wir üben einen schlechten

Einfluss aufeinander aus. Wir arbeiten schon zu lange zusammen. Sobald wir die Fälle McCall und Truesdale abgeschlossen haben, versetzt er mich in die Fallanalyse.«

»Das kann er nicht machen!«

»Doch, kann er. Die Fallanalyse unterliegt auch seinem Befehl, weshalb er mich dorthin setzen und jemand anderes von dort in die Einheit für Vermisstenfälle holen kann.«

»Und warum musst du gehen? Warum nicht ich?«

Ein Lächeln huschte über die sonst so ernste Miene meines Partners. »Er wusste, dass du sehr viel mehr Aufhebens um so eine Versetzung machen würdest. Darum hat er den Weg des geringsten Widerstands gewählt. Außerdem fürchtet er, du würdest daraus so ein Frauending machen.«

»Weißt du, was ich glaube? Ich glaube, er ist noch viel mehr eine Pussy, als ich es je sein werde.« Ich schaute auf die Notizen, die ich beim Telefonat mit Candice Murphy gemacht hatte. »Bis wir die Fälle gelöst haben, kann noch eine Menge passieren. Lass uns diese Mädchen finden und danach kümmern wir uns um Larry.«

Ich brachte Darius über Bains Spielchen auf den neuesten Stand. Dann berichtete ich ihm von meinem Gespräch mit Candice Murphy, der Fallmanagerin aus dem Krankenhaus.

»Mrs. Murphy hatte leider nicht viele Informationen, die sie mir geben konnte. Sie sagt, sie hätten versucht, Heather zu erreichen, um ein paar letzte Tests durchführen zu können, die vor einer Transplantation notwendig sind. Nach einer Woche, in der sie Heather nie an den Apparat bekam, rief sie in Truesdales Büro an und wurde zu Bain durchgestellt.«

»War sie bereit, uns die Krankenakte zukommen zu lassen?«

Ich schüttelte den Kopf. »Sie hat auch auf den Datenschutz-Quatsch verwiesen. Aber sie hat mir die Adresse mitgeteilt, die Heather als Arbeitsstelle angegeben hat. Ich wollte das gerade prüfen.«

»Wo arbeitet sie?«

»In West L. A. Ein ziemlich weiter Weg, um auf ein paar Kinder aufzupassen. Gibt's denn keine Jobs als Nanny im Valley?«

Ich besorgte mir per Computer das Satellitenbild der Adresse, die Heather als Arbeitsplatz angegeben hatte. »Oh, oh.«

Darius stand auf und umrundete meinen Schreibtisch, um auf den Monitor zu sehen. »Scheiße.«

Ich vergrößerte den Bildausschnitt. Eine Tankstelle.

»Und was jetzt?«, fragte Darius.

»Ich hasse es, das sagen zu müssen, aber ich fürchte, wir müssen trotzdem dorthin fahren und Heathers Foto herumzeigen. Niemand wird sagen können, wir hätten unseren Job nicht gemacht.« Ich schaute auf die Uhr und seufzte. »Echt scheiße. Wir geraten auf dem Rückweg in den Feierabendverkehr.«

Darius schüttelte den Kopf. »Nachdem wir die Tankstelle geprüft haben, können wir die Küste noch ein Stück weit hochfahren. Ich kenne ein echt tolles minikleines Restaurant direkt am Meer. Ich lad dich zum Abendessen ein.«

»Warum solltest du das tun?«

»So können wir die Zeit totschlagen, bis der Verkehr nachlässt. Und wer weiß, wie oft wir noch als Partner essen gehen können.«

Ich nickte. Darius hatte recht. Und ungefähr zum hundertsten Mal an diesem Tag sagte ich mir, dass Larry der Frauenschläger ein echter Arsch war, ein Idiot, der nicht die Scheiße wert war, die er jeden Tag absonderte.

43 – TRAVIS

Andrea Bocelli sang auf Italienisch über Liebe und Leidenschaft und füllte das Esszimmer und die Küche mit seiner vollen Stimme. Travis war überrascht, doch zum ersten Mal seit Daves Tod empfand er so etwas wie Freude. Er hatte die Schürze mit dem Spruch »Nacktes BBQ – zeig deine Backen« angelegt und sang sogar mit, obwohl seine Fremdsprachenkenntnisse etwas zu wünschen übrig ließen. Aber wen zur Hölle kümmerte das?

Er schnitt die italienische Wurst in kleine Stücke und gab sie in die Spaghettisoße. Maddie wusste bestimmt zu würdigen, wie viel Mühe er sich mit dem Essen gab. Travis gönnte sich noch einen Schluck Wein. Ein hervorragender Cabernet. Er betrachtete die Flasche einige Sekunden lang, ehe er einen großzügigen Schuss in die Soße gab.

Er rührte um, zog einen Löffel aus der Schublade und probierte. »Divine, du bist ein verdammt guter Koch«, sagte er laut zu sich selbst. »Ich hoffe nur, Maddie kommt bald nach Hause. Ich bin am Verhungern.« Er konnte nicht anders und probierte ein zweites Mal. Die Soße war das Leckerste, was er je gegessen hatte. »Ah, Maddie, Liebling, wenn ein bisschen Wein, gutes Essen und eine längst überfällige Kuschelnacht uns nicht wieder in die Spur bringen, weiß ich's auch nicht.«

Er drehte die Gasflamme herunter, gab noch einen winzigen Schluck Wein in sein Glas und setzte sich hin, um auf Maddie zu warten.

44 – MADDIE

Darius und ich fuhren auf dem Freeway 10 Richtung Westen nach Santa Monica. Er fuhr. Wenn ich sauer war, fuhr ich wie eine Verrückte. Der Verkehr war nicht so schlimm wie befürchtet, aber Geschwindigkeitsrekorde konnte man auch keine brechen. Ich sah bereits, dass sich der Verkehr Richtung Osten zu stauen begann.

Etwas Merkwürdiges lag in der Luft. Vermutlich weil wir uns beide über die Nachricht des Frauenschlägers aufregten, dass, sobald der Fall gelöst war, wir uns trennen sollten. Keiner von uns hatte besonders viel zu sagen. Für Darius war das ja normal, aber nicht für mich. Schließlich gab ich mir einen Ruck. »Ich frage mich, warum Heather die Adresse einer Tankstelle als Arbeitsplatz angegeben hat.«

»Weil sie nicht wollte, dass jemand erfährt, wo sie tatsächlich arbeitet«, sagte Darius. Er ließ die vor uns fahrenden Autos nicht aus dem Blick, die nach Lust und Laune beschleunigten, sich gegenseitig schnitten und hart bremsten. Niemand in L. A. fuhr so, wie es sich gehörte.

»Und was heißt das? Ist sie Drogendealerin oder Stripperin? Ehrlich gesagt, glaube ich, wir verschwenden unsere Zeit. Der Typ an der Tankstelle wird Heathers Foto nicht wiedererkennen. Naja, wenigstens haben wir dann keine Spur ausgelassen.«

»Wir können noch in den umliegenden Geschäften nachfragen, um hundertprozentig sicherzugehen. Wenn dort auch niemand sie kennt ... Naja, dann fahren wir die Küste hoch und essen zu Abend.«

Wir verließen den Freeway am Lincoln Boulevard. Die Tankstelle befand sich direkt an der Ecke. Wir brauchten keine zehn Minuten, um mit dem Mitarbeiter dort zu sprechen, ihm Heathers Foto zu zeigen und zu erfahren, was wir ohnehin wussten: Er hatte sie noch nie gesehen. Wir ließen ihm eine Kopie des Fotos und unsere Visitenkarten da und baten ihn, seine Kollegen und die Kunden zu fragen, ob jemand sie kannte. Die Befragung in den umliegenden Geschäften ergab wie erwartet ebenfalls nichts.

Wir gingen zurück zum silbernen Crown Vic und waren ziemlich schweigsam, als wir uns wieder anschnallten.

»Willst du jetzt nach Hause oder hast du Hunger?«, fragte Darius.

Ich dachte kurz darüber nach. »Ich bin verdammt hungrig, aber ich sollte lieber nach Hause. Travis wartet.«

Darius nickte. »Weißt du, wir sollten beide nach Hause und uns ausschlafen. Ich hab das Gefühl, dass wir uns morgen ganz schön den Arsch aufreißen müssen.«

Ich mochte nach Hause gehen, aber so wie die Dinge mit Travis standen, bezweifelte ich, dass ich heute Nacht Schlaf finden würde.

Nach der nervenaufreibenden Fahrt im Feierabendverkehr auf dem Freeway 10 erreichten Darius und ich schließlich gegen halb neun den Parkplatz des Polizeipräsidiums. Schwungvoll lenkte er den Crown Vic in eine Parklücke, die den Mitarbeitern der Einheit für Vermisstenfälle vorbehalten war.

Darius schaltete den Motor aus und wandte sich an mich. »Wir gehen beide nach Hause, ruhen uns heute Nacht gut aus und machen uns morgen wieder an die Arbeit, richtig?«

Ich nickte. Ich war müde, und obwohl ich wusste, dass mein Mann auf mich wartete, wollte ich nicht nach Hause. Nur zögerlich stieg ich aus.

»Also gut«, sagte mein Partner. »Gehst du noch mal hoch ins Büro? Kannst du die Schlüssel mitnehmen und uns beide austragen?«, fragte er und warf mir über das Autodach den Schlüssel zu.

Ich lächelte. »Du hast es so eilig, von hier zu verschwinden. Ich wette, du hast wieder eine Barry-White-Verabredung.«

»Nur wenn ich großes Glück habe.« Er lächelte, doch dann zögerte er. »Weißt du, wenn ich mit dir in das kleine Restaurant am Strand gefahren wäre, hätte ich keine Zeit gehabt für den guten, alten Barry.«

»Tja, aber wenn ich nicht nach Hause zu meinem Mann gehe, singe ich bald ein ganz anderes Lied, das da heißt ›Scheiden tut weh‹ ...«

»Ach, Maddie. Einer der Gründe, weshalb ich dich so gern als Partner habe, ist dein sonniges Gemüt.«

»Wenigstens bist du so klug, es zu erkennen.« Ich wedelte mit der Linken, als wollte ich ihn verscheuchen. »Und jetzt ab mit dir. Was auch immer du heute Abend vorhast, du solltest morgen trotzdem fit genug sein, um Heather oder Tiffany zu finden.«

Der Gedanke an unseren Fall hatte einen ernüchternden Effekt auf unsere gute Laune. Darius nickte, winkte mir noch einmal zu und lief die Rampe zur Straße hoch, wo er seinen Privatwagen geparkt hatte.

Ich nahm den Fahrstuhl in unser Büro, gab den Schlüssel ab und trug uns beide aus. Es hatte schon was, die nächtliche Atmosphäre in den oberen Stockwerken des Präsidiums. Nur noch wenige Leute saßen in ihren Bürowürfeln. In unserer Abteilung befanden sich noch zwei Detectives in dem Raum gegenüber von meinem Schreibtisch. Sie kümmerten sich um das Telefon, gaben Hinweise an die Streifenpolizisten weiter und nahmen die Anrufe derer, die Vermisste meldeten, entgegen. Ich winkte ihnen auf dem Weg zu meinem Schreibtisch zu, wo ich uns beide für halb neun in unser Zeiterfassungssystem eintrug.

Den Schlüssel für den Dienstwagen warf ich auf meinen Tisch und ließ mich noch einmal auf meinen Stuhl fallen. Ich war wirklich noch nicht bereit, nach Hause zu gehen, und war mir nicht sicher, ob ich das Treffen mit Travis hinauszögern wollte oder ob es daran lag, dass wir im Fall Heather McCall und Tiffany Truesdale so wenige Fortschritte gemacht hatten.

Ich schaute noch einmal auf die Uhr und gab mir noch eine halbe Stunde Zeit, um online nach Heather McCall zu suchen. Wieder die Bildersuche, aber dieses Mal ergänzte ich meine Suchparameter um den Begriff »Schauspielerin«. Auch dieser Versuch ergab Dutzende Treffer, ohne dass die richtige Heather darunter war. Ich probierte es mit »Model« als Zusatzbegriff.

Zumindest warf die Suchmaschine jetzt andere Bilder aus. Leider gab es anscheinend auch unzählige Heather McCalls, die modelten. Ich überflog die Seiten, klickte rasch weiter und behielt im Hinterkopf, dass mein Mann mit dem Essen auf mich wartete.

Ich wollte schon aufgeben, als ein Foto mein Interesse weckte. Weniger wegen der Frau auf dem Foto, als wegen des Mannes an ihrer Seite. Es war mein Partner Darius Cutter. Und neben ihm, mit kaum mehr als nichts bekleidet, stand niemand anderes als *unsere* Heather McCall.

45 – TIFFANY

Tiffany ging nach oben in ihr Zimmer, um zu duschen und das zerfetzte Kleid auszuziehen. Sie musste außerdem die Schäden untersuchen, die sie sich bei der vorgetäuschten Attacke von Tank zugezogen hatte. Sie war so verängstigt gewesen, dass sie sich unter dem Einfluss des Adrenalins sehr viel heftigere Verletzungen beigebracht hatte als beabsichtigt.

Sie hatte keinen Zweifel an Drejohns Worten, dass er sie hart bestrafen würde, sollte er sie beim Lügen ertappen. Sie musste schleunigst von hier verschwinden – wenn sie nur wüsste, wie sie das anstellen sollte.

Nachdem sie geduscht hatte, zog sie eine kurze Hose und ein Tanktop an. Dann inspizierte sie den Riss an der Innenseite ihrer Lippe. Ein Bluterguss breitete sich an ihrem Kinn aus, dort, wo Drejohn sie gepackt hatte. Ein Klopfen an der Tür schreckte sie auf.

Sie öffnete die Tür und war überrascht. Vor ihr stand Ginger mit ein paar Kühlpacks und einem Waschlappen in der Hand. »Drejohn sagt, ich soll dir das hier bringen. Außerdem sollst du was gegen die Schmerzen nehmen«, sagte sie und hielt mit der anderen Hand ein Pillenfläschchen mit Schmerztabletten hoch. »Wenn du willst, ich hab hier Paracetamol.«

Tiffany öffnete die Tür weiter und ließ Ginger eintreten. Vielleicht konnte sie Informationen über ihren genauen

Aufenthaltsort bekommen oder irgendeinen Fluchtweg finden, wenn sie sich mit dem Mädchen gut stellte. »Danke. Ich glaube, eine Aspirin wäre nicht schlecht. Mein Kopf fühlt sich an, als wollte er gleich explodieren.«

»Alle reden über das, was passiert ist. Keiner kann glauben, dass Tank so respektlos gegenüber Drejohn ist.« Sie starrte Tiffany an. »Einige glauben, du hast Tank verführt.«

»So was würde ich nie tun!«

Ginger zuckte mit den Schultern. »Jedenfalls werden dich jetzt alle ganz genau im Auge behalten. Ich würde an deiner Stelle möglichst viel im Zimmer bleiben. Aus den Augen, aus dem Sinn.« Ginger legte die Kühlpacks und die Pillen auf die Kommode und wandte sich zum Gehen.

»Kann ich dich was fragen, Ginger?«

Das Mädchen zuckte wieder mit den Schultern.

»Wie lange bist du schon hier? Wolltest du nie weg? Zum Shoppen oder ins Kino?« Tiffany sah, wie Ginger Tränen in die Augen stiegen. Zugleich musterte sie sie, als überlegte sie, ob sie Tiffany vertrauen konnte. Das blonde Mädchen schluckte schwer.

»Ich hab auf der Straße gelebt, als Drejohn mich fand. Ich war so zugedröhnt, dass ich auf den Strich gegangen bin, um ein paar Dollar für den nächsten Schuss zu bekommen. Er hat mich hergebracht, hat mir ein Dach über dem Kopf und was zu essen gegeben, und alles, was ich dafür tun muss, ist hier auf dem Gelände zu arbeiten. Wenn er eine Anfrage bekommt, mache ich eine Internetshow, und etwa dreimal im Jahr muss ich spezielle Gäste unterhalten. Aber ich werde dafür immer reichlich belohnt.« Das Mädchen holte eine Kette unter ihrem Shirt hervor und hielt den Anhänger für Tiffany hoch.

»#1 Bitch«, las Tiffany.

»Das sind alles echte Diamanten!«

»Drejohn muss ja wirklich große Stücke auf dich halten«, sagte Tiffany und nickte. Sie brachte es nicht übers Herz, der Rotblonden zu sagen, dass sie höchstwahrscheinlich billige Zirkoniasteine um den Hals trug. »Nimmt er dich auch mal mit nach draußen?«

»Nur wenn ich mal besondere Gäste bediene«, sagte Ginger.

»Wo gehst du denn hin, wenn du ... bedienst?«

»Ach, überallhin. Meistens in ein schickes Hotel. Einmal war ich in einem riesigen Haus in Beverly Hills.«

»Wow, das war bestimmt cool. Fährt Drejohn dich selbst?«

»Nein, aber meistens kommt er mit. Ich glaube, er guckt gern zu und passt auf, dass es mir gut geht. Wenn Drejohn es einrichten kann, werden versteckte Kameras installiert. Ich weiß davon, aber der Gast nicht, glaube ich. Drejohn schärft mir immer ein, das Gesicht des Gasts nicht vor der Kamera zu verdecken. Das ist nicht schwer. Mein Kopf ist meistens nicht in der Nähe von deren Gesichtern.« Ginger kicherte.

»Und das ist für dich in Ordnung?«

»Klar, was soll mich daran stören? Denselben Scheiß hab ich auf der Straße für 'n Appel und 'n Ei gemacht. Keine Sorge, du kommst auch noch dran. Ich hab gehört, wie Drejohn mit den anderen über dich geredet hat. Er hat große Pläne mit dir.«

Ginger zwinkerte ihr verschwörerisch zu. »Dass Tank dich geschlagen hat, hat Drejohn echt sauer gemacht. Er wollte eine große Party schmeißen, um dich einigen seiner besten Kunden vorzustellen. Einige von den Stammkunden kennt man sogar aus dem Fernsehen.« Ginger schnipste mit den Fingern. »Oh, da fällt mir was ein! Ich habe heute mal ein bisschen rumgezappt und in den Nachrichten war ein Mädchen, das aussah wie du und das Kartoffelbrei an Obdachlose verteilt hat. Du bist nicht berühmt oder so was?«

Tiffanys Herz begann zu rasen. Sie schüttelte den Kopf. »Nein. Was haben sie über das Mädchen erzählt?«

Ginger zuckte mit den Schultern. »Keine Ahnung. Ich hatte den Ton abgedreht.« Sie wirkte jetzt irgendwie schuldbewusst. »Eigentlich durfte ich gar nicht fernsehen. Du verrätst mich doch nicht bei Drejohn, oder?«

»Nein, keine Sorge. Aber erzähl lieber nichts den anderen, sonst plappert das noch eine bei Drejohn aus. Ich hab gehört, dass ein paar der Mädchen dich nicht mögen, weil du Drejohns Liebling bist.« Tiffany war überrascht, wie leicht ihr die Lüge über die Lippen kam. Aber irgendwie musste sie verhindern, dass Ginger irgendwem gegenüber das soeben Gesagte wiederholte. »Du hast doch noch niemandem gesagt, dass du ferngesehen hast, oder?«

»Teufel, nein! Wenn ich so eine Regel breche, werde ich aus dem großen Haus geworfen und muss wieder ins Wohnheim rüber!«

»Dann behalten wir das Geheimnis für uns. Ich bin froh, dass wir uns anfreunden, Ginger. Du kannst mir zeigen, welche Fallstricke es gibt, damit ich keine Probleme kriege. Und ich verspreche dir etwas. Ich werde nie versuchen, dir Drejohn wegzunehmen. Du bist schon länger hier und verdienst es, die Nummer eins zu sein.«

Ginger hob überrascht die Brauen. »Mensch, ich hab dich völlig falsch eingeschätzt. Ich dachte, du würdest alles tun, um meinen Platz einzunehmen.«

»Sei beruhigt, Ginger. Ich habe nicht den geringsten Wunsch, die Bitch Nummer eins zu werden.«

46 – TRAVIS

Das Geräusch der Dusche weckte Travis. Er hatte bis Mitternacht auf Maddie gewartet ... und getrunken. Er hatte nicht gehört, wie sie hereinkam, und ebenso wenig, wie sie aufstand. »Nicht die Nacht, die du dir erträumt hast, was Divine?«, sagte er leise zu sich selbst und rollte aus dem Bett. Er hatte wohl nicht so viel getrunken, denn er fühlte sich nicht verkatert. Trotzdem hatte er keine Ahnung, was er seiner Frau sagen sollte. Ob sie wütend war, weil er eingeschlafen war, bevor sie nach Hause kam? Und wann war sie überhaupt heimgekommen?

Sie öffnete die Badezimmertür und eine Dampfwolke waberte ins Schlafzimmer. Mit einem zu einem Turban gewickelten Handtuch auf dem Kopf und einem weiteren um den Körper trat Maddie durch den Dampf ins Zimmer. Travis fand, dass sie verdammt heiß aussah, und überlegte kurz, ihr das Handtuch einfach wegzureißen. Aber er wusste es besser.

Die übliche Spannung lag wieder zwischen ihnen, heute noch etwas verstärkt, weil er keine Ahnung hatte, was gestern Nacht passiert war.

»Ich, äh, ich wollte auf dich warten, aber es ist ganz schön spät geworden«, sagte er.

Maddie schaute ihn nicht mal an, sondern zog Unterwäsche aus der Kommode und begann sich anzuziehen. »Tut mir leid, ich hätte wohl anrufen sollen. Aber bei der

Arbeit war's ziemlich stressig. Als ich nach Hause kam, hast du schon geschlafen. Ich dachte, ich wecke dich lieber nicht.«

Erleichterung erfasste Travis. Sie schien nicht im Geringsten verärgert, weil er gestern Abend schon geschlafen hatte, und auch nicht, weil er die Nacht davor in Daves Hütte verbracht hatte. Sie zog eine marineblaue Hose und eine korallenfarbene Bluse an, die das Blau ihrer Augen betonte.

»Es sieht jedenfalls aus, als hättest du das ganze Haus geputzt. Und ich habe die Spaghetti im Kühlschrank gesehen«, fuhr sie fort. Sie huschte an ihm vorbei ins Badezimmer und fuhr mit einem grobzinkigen Kamm durch die Haare und putzte sich die Zähne.

Er zuckte mit den Schultern. »Das Gute an Spaghetti ist, dass sie am nächsten Tag noch mal so gut schmecken.« Er folgte ihr in die Küche, wo sie Essen in ihre Lunchbox warf. »Bist du mit deinem Fall weitergekommen?«

»Kann schon sein ... Vielleicht ist es aber auch nichts.«

Travis hörte Unsicherheit in ihrer Stimme, was so ganz und gar untypisch war für seine Frau. Er wollte sie fragen, was los war, hatte aber Angst, sie zu verärgern, und hielt lieber den Mund.

Maddie legte den Dienstgürtel mit Marke, Waffe und anderer Ausrüstung an. »Ich werde das heute klären.« Sie nahm Handtasche und Lunchbox. »Ich muss los.«

Sie zögerte und blickte ihn an. Früher hatten sie sich immer geküsst, wenn einer von ihnen das Haus verließ. Aber diese Küsse gab es schon seit über einem Jahr nicht mehr. Travis sah, wie sie überlegte, zu ihm zu kommen. Doch dann entschied sie sich anders und hastete aus der Tür.

47 – MADDIE

Ich trank meinen heißen Espresso macchiato auf dem Weg zur Arbeit und fragte mich, wie es sein konnte, dass mein Leben so aus der Spur geraten war. Worüber ich auch nicht hinwegkam, war, meinen Partner jetzt als potenziellen Verdächtigen betrachten zu müssen. Er kannte offenbar die kurvenreiche Heather McCall gut genug, um mit ihr für ein Foto zu posieren, auf dem sie halb nackt war. Die Tatsache, dass er diese Information vor mir geheim gehalten hatte, war bestenfalls verstörend. Ich wusste im Moment nicht, was ich damit anfangen sollte.

Das war so ein Moment, in dem ich mich liebend gern meinem Mann anvertraut hätte, so wie ich es früher immer getan hatte. Doch er schien die Verbindung zu mir, zu unserer Ehe verloren zu haben. Wir waren schon so lange auf diesem Weg unterwegs, dass wir verlernt hatten, miteinander in Kontakt zu treten. Gestern Abend hatte ich mich mit ihm hinsetzen wollen. Ihm von dem Foto mit Darius und Heather McCall erzählen. Ich brauchte seine Perspektive als Mann und seinen Rat. Doch er hatte schon geschlafen – oder sich ins Koma gesoffen.

Dann fiel mir wieder ein, was er bei unserem Streit im Restaurant gesagt hatte. Dass er mich seit »dem Vorfall« unterstützt hatte. Die Wahrheit war: Wir waren beide völlig fertig und sein Kommentar traf mich wie ein Hieb mit der Machete. Meine Finger schlossen sich fester um das Lenkrad.

Ich sag dir was, Travis Divine. Ich werde dir nicht noch mehr Munition liefern, dass ich angeblich nicht mehr auf eigenen Füßen stehen kann. Ich finde selbst heraus, was ich mit dem Foto anfange.

»Scheiße«, murmelte ich, als ich eins der zahllosen Schlaglöcher dieser Stadt erwischte und mir der Kaffee auf die Hose schwappte.

Eins wusste ich mit absoluter Sicherheit. Larry dem Frauenschläger würde ich nichts von dem Foto sagen. Aber die eigentliche Frage war: Sollte ich Darius damit konfrontieren?

Nachdem ich meinen Wagen geparkt hatte und die wenigen Blocks zum Büro gelaufen war, hatte ich einen Plan gefasst. Ich würde Darius bitten, mir bei der Bildersuche nach Heather zu helfen. Ich hoffte, er würde das Foto selbst finden und es mir dann erklären. Wenn er das nicht tat, konnte ich es immer noch selber finden und ihn damit konfrontieren. Nicht der beste Plan, aber mehr hatte ich nicht.

Mein Partner war nicht an seinem Platz, aber ich war früh dran, weshalb mich das nicht überraschte. In Larrys Büro war auch noch alles dunkel. Ein paar andere Detectives saßen an ihren Schreibtischen, aber sie nahmen keine Notiz von mir.

Vielleicht habe ich mich ja geirrt. Rasch loggte ich mich in meinen Computer ein und ging wieder zur Bildersuche. Nach wenigen Minuten schaute ich wieder auf meinen Partner und die fast nackte Heather McCall.

Am Vorabend hatte mich das so erschüttert, dass ich kaum mehr von dem Foto wahrgenommen hatte als Darius. Jetzt konnte ich in aller Ruhe die Details betrachten. Zunächst hatte Heather auf dem Foto platinblond gefärbte Haare. Ich kniff die Augen zusammen. Vielleicht war es sogar eine Perücke. Merkwürdig, das Detail war mir gestern entgangen. Erstaunlich, dass ich sie überhaupt erkannt hatte.

Sie standen vor einem braunen Stuckbau. Darius trug ein knallbuntes Hawaiihemd und Cargoshorts. Er hatte den Arm um Heather gelegt und sie an sich gezogen, wobei ihre Brüste aus dem knappen, pinken Top mit Strasssteinen zu purzeln drohten. Mit der freien Hand hob er eine Flasche Bier hoch. Er sah außerdem aus, als hätte er mehr als ein Bier intus.

Heather trug einen zum Oberteil passenden Stringtanga und reckte ihren Hintern in einer übertriebenen Pose weit weg von der Hüfte meines Partners. Ihre glänzenden Lippen waren zu einem Schmollmund verzogen.

Plötzlich kam Darius in den Raum geschlurft. Ich tastete blind nach der Maus und minimierte das Browserfenster. »Morgen«, sagte ich und versuchte, fröhlich zu klingen.

»Sag mir, was daran gut sein soll.«

»Auweia. Du hattest entweder noch keinen Kaffee oder die Sache mit Barry lief völlig schief«, sagte ich und versuchte, so zu klingen, als wäre alles in bester Ordnung. Doch ich sah ihn jetzt mit völlig anderen Augen. Ich musterte meinen Partner mit den Augen eines Cops und war insgeheim erleichtert, nichts Ungewöhnliches zu erkennen.

Von seinem Schreibtisch aus warf Darius mir einen Blick zu. Ihm war heute nicht nach Geplänkel zumute, das merkte ich. »Ich habe von einem Kumpel beim FBI gehört, dass sie jetzt auch eigene Ermittlungen zu Heather McCall, Tiffany Truesdale und Brenda Fielding aufgenommen haben. Offenbar waren die Feds nicht besonders glücklich, nachdem der Chief sie aus dieser Sache ausgeschlossen hat.«

Ich seufzte und öffnete den Browser wieder, um die unzähligen Fotos von unzähligen Heather McCalls zu durchsuchen. Ich hatte mir gemerkt, wo das verfängliche Foto war, und suchte weiter, ob sich nicht doch noch mehr über die vermisste Nanny finden ließ.

»Was willst du als Nächstes im Truesdale-Fall unternehmen?«, fragte Darius.

»Was denn, wir lassen McCall fallen und kümmern uns um Truesdale?«, fragte ich und scrollte immer schneller durch die Fotos.

»Wir sind bei Heathers Fall mit der Tankstelle in die Sackgasse geraten. Bis wir die Resultate von der Spurensicherung bekommen, was fremde Fingerabdrücke oder DNA in ihrer Wohnung angeht, stecken wir fest.« Er nahm einen pinken Notizzettel vom Tisch und wedelte damit. »Ich hab hier eine Nachricht vom Labor und sie sagen, selbst wenn sie der Sache absolute Priorität einräumen, kann es Tage dauern, ehe alles analysiert ist.«

»Na, wie großar... Heilige Scheiße, ich hab sie!«

Darius beugte sich vor. »Wen?«

»Heather.«

Er stand auf, umrundete den Schreibtisch und beugte sich über meine Schulter. War das Erleichterung auf seinem Gesicht, weil das Foto nur eine Nahaufnahme von Heathers sinnlichem Gesicht war? Ich klickte auf das Foto, das mich zur Homepage von *Chester's Closet* führte. Offenbar eine Pornoseite.

»Ich glaub, das ist sie. Denkst du nicht auch?«, fragte ich.

Mein Partner spitzte die Lippen und wiegte den Kopf von links nach rechts. »Vielleicht, vielleicht auch nicht. Schwer zu sagen.« Ich war fast versucht, ihm das belastende Foto von gestern Abend zu zeigen. Aber erst wollte ich sehen, wohin uns das neue Foto führte.

Ich starrte auf den Monitor. Das war sie. Heather lag auf

dem Rücken auf einem Bett. Sinnliche Augen, rauchig geschminkt. Einladend wie der Hauch von einem Lächeln auf ihren vollen Lippen. Ihr Kopf ruhte auf einem amethystfarbenen Satinkissen und hing unten links im Bild fast von der Matratze, während ihr linker Arm das volle, dunkelbraune Haar umfasste. Eine lange Perlenschnur führte ihr Dekolleté entlang; der eine Strang lag zwischen ihren Brüsten, während der zweite ihren rechten Nippel verdeckte. Unterhalb der Taille verlor sich Heathers Körper im Ungefähren und dort, wo alles verschwommen war, stand in pflaumenfarbener Schrift, wenn man mit »Heather M.« *interagieren* wolle, müsse man nur die Homepage von *NTL Productions* besuchen, wo selbstverständlich eine Gebühr zu entrichten sei. Dieses Foto war jedenfalls so ganz anders als das Porträt, das uns der Gouverneur übergeben hatte.

»Ich bin sicher, das ist sie«, sagte ich und musterte dabei aufmerksam den Gesichtsausdruck meines Partners. »Die Ähnlichkeit ist jedenfalls so groß, dass wir uns diese *NTL Productions* mal genauer anschauen sollten.«

»Erst mal müssen wir wissen, wo die überhaupt sitzen«, sagte Darius.

Wollte er Zeit schinden? Meine Finger flogen über die Tastatur und es dauerte nur eine Sekunde, bis die Adresse erschien. »Wo sonst als in Chatsworth, Kalifornien? Die Hauptstadt der Pornoindustrie.«

»Und«, fügte Darius hinzu, »weniger als fünf Meilen von Heathers Wohnung in Northridge entfernt.«

48 – TIFFANY

Tiffany tigerte im Zimmer auf und ab und dachte über ihr Gespräch mit Ginger am Vorabend nach. Ginger hatte im Fernsehen offenbar einen Bericht über Tiffanys Arbeit im Frauenhaus gesehen. Was, wenn noch jemand auf dem Gelände den Bericht gesehen hatte und sie erkannte? Was würde Drejohn tun, wenn ihm klar wurde, dass er die Tochter des Gouverneurs von Kalifornien entführt hatte?

Ihr Kidnapper hatte viel zu verlieren und war kein Idiot. Und Tiffany auch nicht. Wenn Drejohn herausfand, wer sie war, selbst wenn er ein Lösegeld für sie erpresste, würde er sie danach umbringen und ihre Leiche so schnell wie möglich loswerden. Ihr lief die Zeit davon. Sie musste entkommen.

Sie trat ans Fenster und schob die dünne Gardine beiseite. Von hier oben sah sie die verschiedenen Gebäude auf dem Gelände. Irgendwo musste es doch einen Ausgang geben!

Sie hatte gehört, wie einige Mädchen sich beklagten, weil in Kürze wieder ein Hundekampf stattfinden sollte. Offenbar mussten nach der Veranstaltung immer alle Mädchen dem blutdürstigen Mob zur Verfügung stehen. Die Mädchen hassten es, weil die Männer von der scheußlichen Beißerei aufgeputscht waren und ihre Aggressionen dann an ihnen ausließen.

Tiffany fragte sich, ob sie sich irgendwie in einem der Autos verstecken konnte, die auf das Gelände kamen. Aber sie wusste nicht mal, wann genau der Hundekampf stattfand. Und ihre Identität konnte jeden Moment auffliegen. Das taugte vielleicht als Notfallplan, aber sie musste sich noch etwas Besseres einfallen lassen.

Während sie am Fenster stand, suchte ihr Blick nach einer Lücke in der hohen Mauer, die das Grundstück einfasste. Mindestens drei Meter war sie hoch und ziemlich massiv. Darum schaute Tiffany sich das große Holztor genauer an, die einzige Lücke in der Einfassung. Tiffany hatte das Tor bisher nie offen gesehen. Sie musste wissen, wie der Mechanismus funktionierte. Vielleicht konnte sie entwischen, wenn ein Fahrzeug aufs Grundstück fuhr. Was hinter der Mauer war, wusste sie nicht. Aber wenigstens wäre sie dann runter vom Gelände. Sie wich vom Fenster zurück und begann wieder, auf und ab zu tigern.

»Denk nach, Tiffany, denk nach!«, sagte sie leise zu sich selbst. Sie dachte an Gingers Warnung, dass sie lieber im Zimmer bleiben sollte. Tiffany fand auch, dass das klüger wäre, aber ihre Situation war brenzlig. Wenn sie untätig in ihrem Zimmer blieb, würde vermutlich früher oder später jemand von ihrer Identität erfahren. Dann brachte man sie am nächsten Tag um, wenn nicht noch früher.

Dann kam ihr eine Idee. Sie musste irgendwie das Kabel oder die Satellitenschüssel manipulieren, die die Fernsehbilder in das Gelände übertrugen. Wenn es kein Fernsehen gab, war es unwahrscheinlich, dass man sie als die Tochter des Gouverneurs erkannte. Der Plan war nicht perfekt, aber vielleicht verschaffte er ihr genug Zeit, um einen guten Fluchtplan zu schmieden.

Tiffany trat an den Schrank und holte die Sneakers heraus, die sie gestern schon getragen hatte. Dann suchte sie ihr Zimmer nach irgendwas ab, das ihr bei der Sabotage der

Fernsehanlage helfen konnte. Das Einzige, was sie fand und das eventuell von Nutzen sein könnte, war eine Flasche Nagellackentferner. Sie steckte die Flasche in ein Täschchen, das sie im Schrank fand. Vielleicht fand sie unterwegs ja noch etwas Besseres.

Sie war erleichtert, dass sie inzwischen nicht mehr in ihrem Zimmer eingesperrt war. Entweder Drejohn oder Ginger vertrauten ihr inzwischen. Sie ging leise durch das Haus und widerstand der Versuchung, sich mit der Suche nach einem Telefon oder weiterem Werkzeug aufzuhalten. Sie wollte nach draußen und das Gelände gründlich erkunden. Vielleicht hatte sie ja Glück und das Tor öffnete sich wie von Zauberhand und ermöglichte ihr die Flucht. Sie verließ das Haus durch eine Tür, durch die sie die anderen Mädchen hatte gehen sehen, wenn sie ins Studio gingen.

Obwohl die Sonne sich gerade erst über den Horizont hob, war die Hitze bereits drückend. Sie versuchte, möglichst desinteressiert zu wirken, als sie an den schweren Toren vorbeiging. Ihr Mut sank. Die Tore wurden elektronisch geöffnet. Nicht nur das; Überwachungskameras waren auf jeder Seite des Eingangs platziert und würden jeden unbeobachteten Fluchtversuch vereiteln. Ihre Hoffnung, auf diesem Weg hinauszugelangen, schmolz dahin. *Du wirst dir etwas anderes ausdenken müssen.*

Sie beschleunigte ihre Schritte und machte sich an den zweiten Teil ihrer Mission – das Ausschalten der Fernseher. Tiffany hatte während ihrer Erkundungstour keine Menschenseele gesehen und ging davon aus, noch weniger Aufmerksamkeit zu erregen, sobald sie in der Nähe des Wohnheims war. Immerhin kamen und gingen die Mädchen ständig in Richtung Studio, um die Internetshows dort am Laufen zu halten.

Sie ging in aller Ruhe, aber betont selbstbewusst am Wohnheim vorbei Richtung Hauptgebäude. Auf dem Dach war eine Satellitenschüssel installiert. Ein kratzendes Geräusch ließ sie herumfahren. Sie folgte dem Geräusch und entdeckte ein Mädchen, das mit dem Rücken zu ihr im Dreck hockte und mit einem langen Stecken in der Erde grub. Die junge Frau bemerkte Tiffany nicht und hieb mit voller Kraft auf den Boden ein. Um das Mädchen nicht zu erschrecken, räusperte Tiffany sich leise. Der Kopf des Mädchens fuhr herum und Tiffany schnappte nach Luft. Es war ihre Freundin Brenda.

»Brenda?«

Tiffanys Freundin ließ den Stock fallen und stand auf.

Tiffany rannte auf ihre Freundin zu und warf sich ihr in die Arme, wobei sie vor Schmerz zusammenzuckte. Die blauen Flecken von gestern taten immer noch weh. »Mein Gott, ich bin so froh, dich zu sehen! Ich hab mich schon gefragt, was mit dir passiert ist.«

»Tiffany?« Das Mädchen löste sich aus ihrer Umarmung. »Was machst du denn hier?«

»Brenda, was ist mit dir los?«

Ihre Freundin schnaubte. »Als ob du das nicht wüsstest.«

»Ich weiß es wirklich nicht. Was ist los?«

»Dieser Scheißkerl Drejohn hat mir alles erzählt.«

»Alles erzählt? Worüber? Ich habe keine Ahnung, wovon du redest.« Tiffany stiegen Tränen in die Augen. *Warum freute sich ihre Freundin nicht, sie zu sehen?*

Brenda bückte sich wieder, nahm den Stock und kratzte weiter an der zementartigen Erde. »Drejohn hat mir erzählt, du wüsstest, dass er auf solche Partys geht, um Mädchen zu finden. Er behauptet, du hast ihn geschickt, damit er mich von den anderen Kerlen wegholt.«

Tiffany dachte daran, wie betrunken ihre Freundin auf der Party gewesen war. Wie die jungen Männer hinter ihr Richtung Schlafzimmer getrottet waren. Drejohn, der ihr erklärt hatte, es sei keine gute Idee, Brenda der Gnade einer Horde geiler Typen auszuliefern. Tiffany hatte ihre Freundin retten wollen, aber Drejohn hatte darauf bestanden, allein zu gehen. Weil Tiffany nicht widersprochen hatte, stimmte es, technisch betrachtet, dass sie Drejohn geschickt hatte, um Brenda zu holen. »Du warst echt so hinüber, es war für dich nicht sicher.«

»Haha! Und du dachtest, es wäre sicherer, wenn ich hier zur Sexsklavin gemacht werde?« Brenda hörte auf, im Erdreich zu kratzen, und hob den Blick. »Nein, warte, das hab ich ja vergessen. Du bekommst vierzig Prozent von dem, was Drejohn für meine ›Vorstellungen‹ gezahlt bekommt. Ich bin dir doch scheißegal.«

Tiffany war wie betäubt. »Das würde ich dir niemals antun! Ich werde hier auch gegen meinen Willen festgehalten.«

Unsicherheit huschte über Brendas Gesicht. »Und warum habe ich dich weder im Studio noch im Wohnheim gesehen?«

Egal, wie ich das formuliere, es wird immer falsch klingen. Tiffany fuhr sich mit der Hand durch die Haare. »Sie halten mich im Haupthaus fest.«

Brenda schnaubte wieder und bearbeitete den Boden weiter mit dem Stock. Sie schüttelte ungläubig den Kopf.

»Brenda, sieh mich an«, sagte Tiffany und hockte sich neben ihre Freundin. Sie senkte ihre Stimme zu einem Flüstern. »Siehst du die Schnitte und Blutergüsse?« Sie zog das Top beiseite, damit Brenda ihre Brust sah. »Die habe ich mir selbst zugefügt, um hier rauszukommen. Ich musste

Drejohn erzählen, einer von seinen Leuten hätte versucht, mich zu vergewaltigen.«

Eine tiefe Erschöpfung zeichnete sich auf Brendas Gesicht ab. »Wie soll dir das denn helfen, hier rauszukommen?«

»Ich wurde erwischt, als ich auf der Suche nach einem Handy die Sachen der Typen durchwühlt habe.« Tiffany erzählte, wie Tank sie dabei erwischte und dann drohte, sie zu vergewaltigen. Wie sie ihm völlig verängstigt entkam. »Jetzt suche ich überall nach einem Weg hier rauszukommen. Mir läuft die Zeit davon, denn niemand weiß, dass ich die Tochter des Gouverneurs bin. Sobald sie das rausfinden, werden sie ein Lösegeld erpressen wollen. Und danach bringen sie mich um.«

Brenda riss die Augen auf. »Glaubst du echt, die würden das machen?«

Tiffany nickte. »Auf jeden Fall.« Sie zeigte auf den Boden. »Und warum wühlst du hier im Dreck?«

Brenda schaute sich erst nach allen Seiten um, ehe sie leise sprach. »Manchmal finde ich Geld, das hier rumliegt. Ich vergrabe es. Ich hoffe, genug Geld zusammenzukriegen, um mich freizukaufen oder mir die Flucht zu ermöglichen.«

Zum zweiten Mal umarmte Tiffany sie. »Ich bin so froh, dass wir uns wiedergetroffen haben. Zusammen finden wir bestimmt einen Weg hier raus.« Nach ein paar Sekunden lösten sich die Mädchen voneinander. »Ich glaube, es ist besser, wenn uns niemand zusammen sieht.«

Brenda nickte. »Aber wie kommen wir hier raus?«

»Ich weiß es nicht. Warum guckt sich nicht jeder nach einem Ausweg um und wir treffen uns später wieder hier? Einverstanden?«

»Ich versuch's.« Brenda runzelte die Stirn. »Dieser Drejohn behauptet immer wieder, er hätte große Pläne mit mir.« Ihre Augen füllten sich mit Tränen. »Gestern Nacht sagte er das …« Sie räusperte sich. »Ich … ich musste es mit fünf seiner Freunde machen.«

49 – TRAVIS

Travis zappte unmotiviert durch die Fernsehkanäle. Es gab heute nicht viel Hausarbeit zu erledigen, weil er gestern schon so gewirbelt hatte. Natürlich könnte er das Abendessen planen und kochen, aber das würde allenfalls eine halbe Stunde dauern. Was sollte er bloß mit dem ganzen Tag anfangen? Das Telefonklingeln unterbrach seine Gedanken. Er schaltete den Fernseher aus.

»Kann ich mit Travis sprechen?«

Er erkannte die Stimme nicht und war sofort hellwach und angespannt. »Wer ist da?«

»Hier spricht Angela Stevens. Spreche ich mit Travis?«

»Kenne ich Sie?«

»Officer Divine, ich bin Dr. Angela Stevens von der verhaltenstherapeutischen Abteilung. Ihr Vorgesetzter will, dass Sie mich treffen. Haben Sie heute Nachmittag Zeit? So gegen zwei?«

Wie hatte es dazu kommen können? Gehörte er jetzt auch zur Matschbirnen-Fraktion? Okay, nach Daves Tod war er wütend gewesen und vielleicht auch ein wenig neben der Spur. Aber Herrgott nochmal, deshalb mussten sie ihn doch nicht zum Seelenklempner schicken! Er brauchte einfach etwas Zeit für sich, ohne Stress und Verpflichtungen.

»Officer Divine, sind Sie noch dran?«

Die Stimme der Psychologin riss ihn aus den Gedanken. »Ja, ich bin hier. Wo soll ich mich melden?«

»Ich wurde ausgewählt, weil ich auch außerhalb Ihrer Bezirksdienststelle arbeite. Dann müssen Sie nicht den ganzen Freeway runter. Haben Sie Papier und Stift?«

Nachdem er die Adresse notiert hatte, legte er auf.

Was für ein Schlamassel. Als er nach Daves Tod wieder zur Arbeit kam, hatte er die Unsicherheit in den Augen seiner Kollegen gesehen. Nicht nur in seinem eigenen Team, sondern auch bei den anderen. Sie glaubten, er hätte eine Grenze überschritten, über die kein Mann je unbeschadet trat. Der in Situationen geriet, wo Verrückte wild um sich schossen. Seine Teamkollegen glaubten, er hätte Angst. Sie dachten, sein Mut sei gestorben, als Dave ermordet wurde.

Sie dachten wohl auch, er würde es nicht merken, wenn sie ihn jetzt bei den Einsätzen nicht mehr als Ersten durch die Tür schickten, sondern ihn in die hinterste Reihe stellten. Sie dachten, er könnte seinen Job nicht mehr machen. Jemand hatte ein falsches Wort über ihn fallenlassen und jetzt musste er zu Hause bleiben und sich mit der Psychologin treffen. *Sie irren sich. Ich bin immer noch ein guter Cop.*

Weder die Abteilungsleitung noch seine Kumpel vom S.W.A.T. hatten eine Ahnung davon, welche Probleme er zu Hause hatte. Seine Frau war nur noch ein Schatten der Frau, die er geheiratet hatte. Er wusste, Maddie hatte ihn auch deshalb geheiratet, weil er ein Kämpfer war. Sie hatte von ihm erwartet, dass er sie beschützte und alles in Ordnung brachte, was in ihrer beider Leben falsch lief. Aber es gab Dinge, die konnte er nicht in Ordnung bringen. Er war gescheitert – wieder einmal.

50 – MADDIE

Ich fuhr vor dem Einkaufszentrum auf den Parkplatz und suchte noch nach einer Parklücke, als Darius schon zu stöhnen begann.

»Warum glaube ich bloß, dass *NTL Productions* ein Postfach in der Postfiliale da vorne sein wird?«

Ich gab die Hoffnung auf einen freien Parkplatz auf und stellte den Zivilwagen auf der Feuerwehrzufahrt ab. »Darum stelle ich mich auch illegalerweise hier hin. Ich glaube, wir brauchen keine fünf Minuten.«

Das Klingeln eines Glöckchens kündigte dem altersschwachen Mitarbeiter unsere Ankunft an. Mit gelangweilter Miene musterte er uns. »Was kann ich für Sie tun, Officers?« Der Mann schlurfte heran und ließ die Münzen in der Hosentasche seiner Arbeitshose klimpern.

»Herrje, ist das so offensichtlich?«, fragte Darius und hielt seinen Dienstausweis hoch.

»War bloß eine Vermutung.«

»Dann kommen wohl viele Cops hier vorbei, was?«, erkundigte sich Darius.

Der Mann nickte. »Zwielichtiges Pack mietet gerne ein Postfach.«

Das schien mein Stichwort zu sein. Ich schaute auf sein Namensschild. »Also gut, Cliff. Was können Sie uns über *NTL Productions* sagen? Würden Sie die auch zwielichtig nennen?«

Er musterte mich von oben bis unten und spitzte den

Mund. Ich beugte mich über den Tresen und zeigte ebenfalls meinen Dienstausweis. Dann legte ich den Kopf schief und lächelte ihn an.

Ich bemerkte, wie sein Blick in meinen Ausschnitt huschte, in der Hoffnung, einen Blick zu erhaschen. »Also, wie sieht's aus? Was wissen Sie über *NTL*?«

Der Mann zuckte mit den Schultern. »Sie zahlen ihre Miete jeden Monat pünktlich wie ein Uhrwerk.«

Ich neigte kokett den Kopf und lächelte. »Wie wär's mit dem Namen der Person, die das Postfach gemietet hat?«

»Also, ohne richterlichen Beschluss darf ich keine Informationen herausgeben.«

Ich senkte meine Stimme zu einem verführerischen Flüstern. »Es wird unser Geheimnis bleiben.«

»Das sollte ich wirklich nicht tun.«

»Nur der Name der Person, die das Fach gemietet hat«, lockte ich. Er schwankte.

»Der Name hilft uns, eine vermisste junge Frau zu finden. Sie könnten uns den großen Durchbruch bringen.«

»Hmmm, überrascht mich nicht, dass eines dieser Mädchen verschwunden ist. Ich bin nicht doof, ich weiß, was für Geschäfte die machen.«

»Dann helfen Sie uns. Nennen Sie mir den Namen.«

Stumm rasselte Cliff mit dem Schlüsselbund. Er schaute Darius an. »Haben Sie was zu schreiben?«

Darius griff in die Innentasche seiner Jacke und zog Notizbuch und Stift heraus. »Dann los.«

»John Smith.«

Mein Partner sagte nichts, sondern starrte ihn nur ungläubig an.

»Hm, ich glaube, wir brauchen zu dem Namen auch eine Adresse«, sagte ich.

Mein neuer Kumpel schien sich extrem unwohl zu fühlen. »Ich glaube, das kann ich nun wirklich nicht machen.«

Ich versuchte es weiter mit Süßholzraspeln. »Wollen Sie wirklich für den Tod eines Mädchens verantwortlich sein?«

Zu meiner Überraschung zuckte Cliff mit den Schultern. »Juckt mich nicht. Diese Mädchen zeigen alles, die verhalten sich wie Huren. Ihr verschwundenes Mädchen ist vermutlich jetzt besser dran.«

Darius ergriff das Wort. »Sehen Sie, Cliff, wir können einen Durchsuchungsbeschluss besorgen, aber das wird uns Zeit kosten. Zeit, die wir nicht haben. Wir kommen so oder so an die Informationen. Warum sind Sie kein braver Bürger und geben uns die Adresse von John Smith?«

Cliff richtete sich unwillkürlich auf. Nicht als guter Bürger angesehen zu werden, schien ihn zu treffen. »Ich sag Ihnen eins, junger Mann. Ich war in Vietnam. Ich habe für dieses Land mein Leben aufs Spiel gesetzt und bin mit Sicherheit ein besserer Bürger als dieses Gesocks von Gangs, das heutzutage auf der Straße rumläuft.« Er packte den Monitor seines Computers und drehte ihn zu uns um. Er zeigte die Adresse von John Smith. Ohne ein Wort wandte Cliff sich ab und ging mit der Würde eines Generals nach der Schlacht ins Hinterzimmer.

Darius schrieb die Adresse ab und drehte den Monitor zurück in die ursprüngliche Position. Er schaute auf seine Notizen und sagte: »Leichter wird's nicht. Noch ein Postfach, diesmal in Chatsworth. Ich fürchte, deine Flirtkünste werden bei den Bundesbeamten nicht wirken.«

Ich lächelte meinen Partner verschwörerisch an. »Darum mache ich mir keine Sorgen. Dieses Mal finden wir eine Mitarbeiterin, bei der *du* deinen Sex-Appeal einsetzen kannst.«

Zwanzig Minuten später standen wir neben der Schlange

vor einem der Schalter im Postamt in der Devonshire Street in Chatsworth und warteten, dass eine Mitarbeiterin ihren Kunden abfertigte, damit wir uns dann vordrängeln konnten. Das Dutzend Leute, das brav in der Schlange wartete, beäugte uns misstrauisch. Einige gingen bereits in Gedanken durch, wie sie uns in die Schranken weisen könnten, weil wir uns nicht hinten anstellten. Wie ich die Menschen kannte, würde jeder einzelne seine aufgestaute Aggression aus dieser Situation später am Tag woanders ablassen.

Schließlich blickte eine gebeugte Mitarbeiterin mit Flaschenbodenbrillengläsern uns aus vergrößerten Augen an. Darius trat vor den Schalter, während ich den Wartenden rasch meine Dienstmarke zeigte. Die aufgestaute Empörung in der Schlange entwich wie Luft aus einem angestochenen Luftballon.

»Ich bin Detective Cutter und dies ist Detective Divine vom LAPD«, sagte Darius und zeigte ihr seine Dienstmarke. »Wir suchen nach der physischen Adresse zu diesem Postfach.« Er legte seinen Notizblock auf den Tresen und drehte ihn so, dass die Frau die Nummer sehen konnte.

Sie schüttelte nur den Kopf. »Tut mir leid. Ich darf ohne Genehmigung meines Vorgesetzten keine Informationen herausgeben.«

»Dann holen Sie ihn«, sagte ich achselzuckend. Langsam wurde ich stinkig. Diese ganze Suche dauerte schon zu lange, und ich hatte Zweifel, ob wir so überhaupt an eine Adresse kamen.

»Ich werde schauen, ob Miss Malatesta gerade frei ist«, sagte sie und starrte mich durch die dicken Brillengläser an. Sie schlurfte vom Schalter weg. Hinter uns ging ein kollektives Seufzen durch die Schlange.

»Gut gemacht, Divine. Bring erst mal die Postbeamten gegen uns auf, bevor unser Ziel überhaupt in Reichweite ist.«

»Ja und? Du bringst die alte Schachtel im Leben nicht dazu, sie rauszurücken. Und niemand wird uns ohne Durchsuchungsbeschluss etwas sagen.«

Die Mitarbeiterin kam wieder zum Schalter, dicht gefolgt von ihrer Vorgesetzten, einer Filipina mit dichtem Haar und großen, melassebraunen Augen.

Darius richtete sich auf und rückte seine Krawatte zurecht, während die kleine Frau uns bedeutete, an einen freien Schalter zu gehen. Ich lächelte in mich hinein. Mein Partner spielte jetzt wieder seine Paraderolle als charmanter Detective. Mein Part sah vor, die Klappe zu halten und Darius' gutes Aussehen und seine Silberzunge ungehindert wirken zu lassen.

Nachdem er sich vorgestellt und Miss Malatesta seinen Ausweis gezeigt hatte, erklärte er ihr, was wir brauchten. Zwischen den großen braunen Augen erschien eine steile Falte.

»Detective Cutter, ich will Ihnen ja helfen, doch ohne Beschluss bin ich nicht befugt, diese Informationen herauszugeben.«

Darius beugte sich vor und schenkte der hübschen Frau sein umwerfendes Lächeln. Fast wortwörtlich wiederholte Darius das Sprüchlein, mit dem ich auch den alten Vietnamveteranen herumgekriegt hatte. Wir könnten einen Beschluss besorgen, aber das Leben eines jungen Mädchens hinge an dieser Information, bla, bla, bla.

Weil ich vermutete, dass meine Anwesenheit sie nervös machte, trat ich vom Schalter weg zu einem Bereich, in dem Verpackungsmaterial, Geschenkkarten und Luftpolsterfolie ausgestellt waren. Außer Hörweite von Darius und der Postbeamtin beobachtete ich die Wartenden in der Schlange.

Was für eine bunte Mischung. Die Ungeduldigen trommelten auf die Pakete, die sie verschicken wollten, und starrten immer wieder auf die Uhr. Die Gelangweilten redeten miteinander oder spielten mit ihren Handys. Die Geduldigen standen schweigend dabei und warteten, bis sie dran waren. Diese Warteschlange war wie ein perfekter Querschnitt der Gesellschaft. Ich hörte die Postbeamtin leise lachen. Darius nickte und lächelte ebenfalls. Vielleicht hatte ich mich geirrt. Vielleicht bekamen wir doch, was wir brauchten.

Mein Handy vibrierte. Ich schaute nach – eine Nachricht von Larry dem Frauenschläger. *Wir haben eine Leiche. Wahrscheinlich McCall.*

51 – PRESTON

Preston hatte beschlossen, die bittere Pille zu schlucken und das frühere Gangmitglied Zepeda Sorriano in seinem Privatjet nach L. A. fliegen zu lassen. Pilar hatte recht. Man würde das als Geste des guten Willens deuten, und er würde alle positiven Schwingungen brauchen, die er kriegen konnte, sobald die Medien von Tiffanys Verschwinden erfuhren.

Prestons Leute brachten Sorriano auf den neuesten Stand, damit er wusste, wie die Präsentation ablief. Bain nahm derweil die letzten Änderungen an der Rede vor, mit der Preston das Verschwinden von Tiffany öffentlich machen würde. Und Preston? Er machte sich vor allem Sorgen. Er versuchte, ein paar Dinge zu erledigen, aber alles in ihm drängte danach, da draußen nach seiner Tochter zu suchen. Wie lange konnte sie ohne eine Bluttransfusion überleben? Lag sie irgendwo krank herum und konnte nicht um Hilfe rufen? Inzwischen waren es zwei Tage, und er war dabei, den Verstand zu verlieren.

Er stand auf dem Vorplatz zum Rathaus in der Spring Street und schaute sich um. Die Kameras waren wie ein Exekutionskommando auf die Bühne gerichtet. Auf dem Podium bastelte ein Techniker an dem Strauß Mikrofonen herum.

Zwanzig Minuten später stand er auf den Stufen vom Rathaus Los Angeles und wurde von Pilar vorgestellt. Die versammelten Journalisten wünschten ihm im Chor einen guten Morgen.

Die Pressekonferenz wurde im Eiltempo abgehalten, da die Hitze in der Innenstadt selbst zu dieser frühen Stunde kaum auszuhalten war.

Preston bemerkte, dass Pilar es schaffte, in ihrem lavendelblauen Kostüm so kalt und knackig wie ein Eisbergsalat zu wirken. Er hoffte derweil, seine Anzugjacke nicht durchzuschwitzen. Er hätte das Jackett ausgezogen, aber das Hemd darunter war ziemlich zerknittert. Irgendwie hatte Bain vergessen, ein paar zusätzliche Hemden zum Wechseln in der Limousine zu hinterlegen. Preston wusste nicht, was mit Bain los war. Das war nur einer von vielen kapitalen Fehlern, die Bain in letzter Zeit unterliefen. Langsam verlor Preston die Geduld.

Nachdem er das Podium betreten hatte, hielt Preston eine kurze Rede. Er sprach darüber, wie wichtig es war, den Gangmitgliedern die Hand zu reichen und sie zu wertvollen Mitgliedern der Gesellschaft zu machen. Er dozierte über die Vorteile eines GGG-Zentrums in Los Angeles, der Stadt, in der täglich unschuldige Menschen im Bandenkrieg ihr Leben verloren. Das kleine Publikum applaudierte heftig. Wahrscheinlich tat es das nur, um ihn zur Eile anzutreiben, damit es aus der elenden Hitze herauskam. Schließlich war der Moment gekommen, um die großen Pappschecks an Zepeda Sorriano zu übergeben.

Preston und Pilar überreichten dem Leiter der Initiative jeweils einen Scheck über eine Million Dollar. Wie üblich behielten die drei ihre Pose bei, bis die Presse ihre Fotos und Filmbeiträge im Kasten hatte.

Da sie die Pressekonferenz hiermit für beendet hielten, begannen einige der Journalisten bereits, ihre Sachen zu packen. Preston trat wieder ans Mikro. Pilar hielt sich dicht neben ihm.

»Über meine Unterstützung für das GGG-Zentrum hinaus gibt es noch einen Grund, warum ich Sie heute hierher eingeladen habe. Etwas Schreckliches hat sich in meinem Privatleben ereignet.« Preston konnte förmlich sehen, wie sich die Zuhörer vorbeugten, weil sie hofften, die Titelstory des Tages zu bekommen. »Meine sechzehnjährige Tochter Tiffany wird vermisst.« Ein gedämpftes Raunen ging durch die Menge.

»Zum jetzigen Zeitpunkt wissen wir nicht, ob sie vielleicht nur weggelaufen oder ob Fremdeinwirkung im Spiel ist. Ich bitte jeden in diesem Staat – nein, jeden im ganzen Land! –, bitte nach ihr Ausschau zu halten. Wie einige von Ihnen vielleicht wissen, hat Tiffany gesundheitliche Probleme und braucht regelmäßig Behandlungen. Wenn sie die nicht bekommt, könnte sie ...« Prestons mühsam aufrechterhaltene, kontrollierte Fassung fiel in sich zusammen. Er trat vom Mikro zurück.

Chief Fryer kam nach vorn und lieferte eine Beschreibung von Tiffany, während die Kameras auf die Vergrößerung von Tiffanys Schulfoto zoomten, das auf einer Staffelei auf die Bühne gestellt wurde. Fryer berichtete außerdem, dass Tiffanys Freundin Brenda Fielding ebenfalls verschwunden war. Keever stellte Brendas Foto auf eine zweite Staffelei. Der Chief verlas die Nummer einer Hotline, die rund um die Uhr besetzt war, und rief jeden, der etwas wusste, auf, sich zu melden. »Sie können auch anonym bleiben«, setzte er hinzu.

Die aufgeregten Medienvertreter riefen Fragen in Richtung Podium. Aber die Pressekonferenz war vorbei und Preston wurde in einen kleinen Korridor gezogen, der direkt in die Tiefgarage des Rathauses führte.

52 – PILAR

Die Pressekonferenz war vorbei und alle bewegten sich in Richtung der Stadthalle hinter der Bühne. In dem Gang war es kühl, aber beengt. Der Gouverneur und seine Entourage, der Polizeichef und seine Leute sowie Pilar mit ihrem Stab marschierten mit Zepeda Sorriano zu einer Tür, die direkt in die Tiefgarage führte. Sorriano gab die Pappschecks einem uniformierten Polizeibeamten, der zufällig neben ihm stand.

Prestons Stretchlimousine hatte in der Enge der Garage nicht manövrieren können, aber der Van, mit dem Pilar kleinere Gruppen beförderte, hatte gerade so unter die Betondecke gepasst.

»Gouverneur? Wir können Sie und Ihren Stab mit dem Van zu Ihrer Limousine bringen. Sie können ebenfalls bei uns mitfahren, Mr. Sorriano.« Sie schenkte dem Chief ihr strahlendstes Lächeln und streckte die Hand aus. »Ich danke Ihnen so sehr, Chief Fryer. Sie haben das hier möglich gemacht. Wir haben die beste Polizei der Welt, und ich bin sicher, es dauert nicht mehr lange, bis alle drei Frauen gefunden werden.« Wie sie erwartet hatte, suhlte der Chief sich in ihrem Lob.

Sie beobachtete, wie sich die Männer zum Abschied die Hände gaben. Als sie genug davon hatte, stieg sie in das Fahrzeug – ein dezenter Hinweis, dass sie jetzt losmussten. Ihre Leute folgten und kurz darauf auch Preston und sein Stab.

Ganz selbstverständlich ließen alle den Platz neben ihr für Preston frei. Er sank in den Ledersitz.

»Ich bin froh, es hinter mir zu haben«, flüsterte er.

Sie machte ein mitfühlendes Gesicht und legte ihre Hand auf seine. »Das glaub ich dir. Ich kann mir vorstellen, was du gerade durchmachst.«

»Ich habe eine Entscheidung getroffen.«

Sie richtete sich unwillkürlich etwas auf. »Ja? Inwiefern?«

Sein Mund war jetzt ganz dicht an ihrem Ohr. »Ich überlasse die Amtsgeschäfte dem stellvertretenden Gouverneur und mache mich selbst auf die Suche nach meiner Tochter.«

Pilar war nicht oft sprachlos, aber dies war eine der seltenen Ausnahmen. Sie wich zurück und starrte ihn überrascht an.

Preston blickte sie fragend an. »Was ist? Du findest das keine gute Idee?«

»Ich denke, das ist politischer Selbstmord«, sagte sie zischend.

»Warum? Andere Eltern legen auch eine Pause ein, um nach ihren vermissten Kindern zu suchen.«

Pilar schluckte eine harsche Reaktion herunter und versuchte stattdessen, Preston sanft auf den Weg der Vernunft zurückzubringen. »Niemand im Land kannte Beth Holloway oder John Walsh, bis ihre Kinder verschwanden. Du warst Schauspieler, Oscargewinner noch dazu, und bist jetzt Gouverneur von Kalifornien, verdammt nochmal!« Sie sah die Verwirrung in seinem Blick und sprach hastig weiter. »Du wirst jedenfalls nichts erreichen, wenn du versuchst, Tiffany auf eigene Faust zu finden. Überlass das der Polizei. Sie wissen, was sie zu tun haben.«

Preston wirkte geschlagen. »Du denkst also, ich soll weiterhin dasitzen und gar nichts tun?«

»Ich denke, du solltest dich vor den Kameras zeigen. Lass sie deine Sorge und deine Verzweiflung sehen! Aber du wärst ein Narr, wenn du den Staat in die Hände deines Stellvertreters legst. Lass Bain die meiste Arbeit machen. Wir zwei werden jeden Abend in den lokalen und landesweiten Nachrichten an die Herzen der Menschen da draußen appellieren und um Tiffanys Rückkehr bitten.«

»Das ist doch das Einzige, was ich will, dass sie sicher nach Hause kommt«, sagte Preston.

»Ich doch auch, Baby. Ich doch auch ...« Pilar streichelte seine Stirn. In dem Moment bemerkte sie, dass Zepeda Sorriano sie beobachtete.

53 – MADDIE

Nachdem ich Larrys Nachricht auf meinem Handy gelesen hatte, machte ich Darius wilde Zeichen, dass er sich mit der Postangestellten beeilen solle.

Er stellte sofort das Flirten mit der Filipina ein und kam zu mir. »Himmel, Maddie. Ich war gerade kurz davor, den Sack zuzumachen.«

»Welchen denn? Sie zum Abendessen einzuladen oder uns die Adresse zu besorgen?«

»Ich habe an beidem gearbeitet, aber sie hätte die Adresse rausgerückt.«

»Super.« Ich hielt mein Handy hoch, damit er die Nachricht lesen konnte.

»Ist es Heather?«, fragte er.

»Woher zur Hölle soll ich das wissen?«, erwiderte ich. »Wenn es nur nicht die Tochter des Gouverneurs ist.«

»Kein Grund, so empfindlich zu reagieren. Gehen wir zum Wagen und rufen den Boss an.«

Wir stiegen in die brütende Hitze unseres Dienstwagens. Während Darius wählte, drehte ich die Klimaanlage voll auf. Mein Partner starrte mich finster an, weil heiße Luft aus den Luftschlitzen strömte und er sich kaum auf sein Telefonat konzentrieren konnte.

Ich hörte nur Darius' Seite des Gesprächs, und das brachte nicht viel, weil Larry der Frauenschläger pausenlos redete, während Darius nur gelegentlich nickte, »hm, hm« machte und etwas auf seinen Block schrieb. Nachdem er aufgelegt hatte, wandte er sich resigniert an mich. »Wie sieht's aus mit einer langen Fahrt am Nachmittag?«

»Kommt drauf an, wohin.«

»Hast du schon mal von einem kleinen Außenposten der Zivilisation namens Big Valley oben in der Wüste gehört?«

Ich schüttelte den Kopf.

»Auf dem Freeway 5 Richtung Norden. Etwa siebzig Meilen. Ab da sage ich dir, wo's langgeht.« Er studierte seine Notizen. »Wenn wir die dritte Pfirsichplantage nach der S-Kurve verpassen, haben wir uns verirrt.«

»Und wenn wir dieses Big Valley finden, werden wir womit belohnt?«

»Der Leiche von Heather McCall.«

54 – TRAVIS

Er lenkte den großen Pick-up in den Parkplatz hinter dem nichtssagenden Bürogebäude am Ventura Boulevard und blieb vor dem arabisch aussehenden Parkplatzwärter stehen. Der trat neben die Fahrertür.

»Wo wollen hin?«, fragte er in gebrochenem Englisch.

Travis musterte den Mann. »Büro 123.«

»Oh, LAPD. Hier, Parkschein für Sie«, sagte der Mann und gab Travis eine orangefarbene Karte. »Lassen Sie entwerten und bringen Sie danach wieder mit.«

Der Cop in Travis fühlte sich nicht wohl damit, dass dieser Parkwächter wusste, dass er vom LAPD kam. Vermutlich wusste er auch, was in Büro 123 war. Natürlich konnte der Mann nicht wissen, dass seine Abteilung den Glauben an ihn verloren hatte und ihn zum Psychiater schickte. Aber Travis glaubte, ein verständnisvolles Blitzen im Blick des Mannes zu entdecken. Wortlos nahm er das Parkticket.

»Sie gehen da durch, zweite Tür auf linke Seite.« Die weißen Zähne blitzten in dem sonnengebräunten Gesicht auf. Er war fast schon übertrieben hilfsbereit. Travis fragte sich, ob schon mal ein unausgeglichener Cop diesem Kerl mit der Waffe gedroht hatte.

Im Flur hing ein schaler, säuerlicher Geruch, als hätte ein Obdachloser nachts dort geschlafen und wäre am Morgen wieder vertrieben worden. Der Geruch trug nicht zur Besserung des unangenehmen Gefühls in der Magengegend bei, das Travis ohnehin schon plagte. In den zwölf Jahren, die Travis jetzt diesen Job machte, war er noch nie beim psychosozialen Dienst gewesen. Das war was für Schwächlinge und Weicheier. Er gehörte nicht hierher.

Behutsam öffnete er die Tür mit der 123. Er war erleichtert, dass das Wartezimmer leer war. Die Möbel sahen aus, als stammten sie vom Flohmarkt, und waren weiß angepinselt und mit gestreiften Polstern versehen worden. Auf einem niedrigen Tischchen lagen Zeitschriften, allesamt mindestens ein Jahr alt.

Auf einem anderen Tisch an der Wand lag ein Klemmbrett. Darüber klebte an der Wand ein Schild. WENN SIE EIN NEUER PATIENT VON DR. STEVENS SIND, BITTE FORMULAR AUSFÜLLEN.

»Das bin ich wohl«, sagte Travis zu sich selbst. Nachdem er das Klemmbrett mit dem Bogen an sich genommen hatte, versuchte er herauszufinden, welcher Stuhl ihm die größtmögliche Anonymität gewähren würde, wenn noch jemand reinkam. Doch da war nichts zu machen, alle zeigten zur Tür. Darum nahm er den Platz, der am weitesten von der Tür entfernt war, und begann, die Papiere auszufüllen. Nachdem er damit fertig war, brachte er das Klemmbrett zurück zum Tisch. Dann sah er, dass hinter den beiden Lichtschaltern zwei verschiedene Visitenkarten steckten. Daneben klebte noch eine handschriftliche Notiz: DRÜCKEN SIE DEN SCHALTER FÜR DEN DOKTOR, BEI DEM SIE EINEN TERMIN HABEN.

Die typische Visitenkarte vom LAPD von Dr. Stevens mit dunkelblauer Schrift hing links. Er drückte den Lichtschalter. Ein rotes Licht, das an dem Deckenpaneel aus Fiberglas angebracht war, leuchtete auf. Vermutlich kündigte im Büro der Ärztin ein ähnliches Lämpchen seine Ankunft an.

Er ließ die Tür nicht aus den Augen. Was sollte er tun, wenn der Patient, der vor ihm bei der Ärztin war, ihn erkannte? Was würde der von ihm denken? Würden sich bald alle das Maul darüber zerreißen, dass ein hochdekorierter S.W.A.T.-Offizier verrückt geworden war und zum Psychiater musste?

Travis hörte Stimmen hinter der Tür. Sein Herzschlag beschleunigte sich, als das Gespräch lauter wurde. Komischerweise öffnete niemand die Tür. Durch die dünne Wand konnte Travis zwei Frauen lachen hören. Sie klangen, als würden sie sich verabschieden. Dann hörte er eine Tür, die geöffnet und geschlossen wurde.

Er nickte zufrieden. Offenbar hatte die Polizei einmal was Kluges gemacht. Das Büro war so konstruiert, dass die Patienten, die das Büro der Ärztin verließen, nicht an den Wartenden vorbeimussten. Travis wünschte, er wäre die Person, die gerade durch die unsichtbare Tür wieder gehen durfte.

Plötzlich ging die Tür zum Wartezimmer auf.

»Travis? Ich bin Dr. Stevens.«

55 – PILAR

Sie war froh, dass der Medienzirkus, den Preston um das Verschwinden seiner Tochter inszeniert hatte, vorbei war. Pilar stürmte in ihr Büro und holte eine Flasche Mineralwasser aus dem kleinen Kühlschrank in der Zimmerecke. Es ging ihr nicht aus dem Kopf, dass Preston bereit war, sein Amt als Gouverneur ruhen zu lassen, solange seine Tochter verschwunden war. Sie hoffte, es gelang ihr, ihm diesen dämlichen Gedanken auszureden.

Allmählich wurde ihr klar, wie begrenzt Prestons Führungsqualitäten waren. Bain musste derjenige sein, der die Staatsgeschäfte am Laufen hielt. Sobald Preston und sie verheiratet waren, musste sie behutsam darauf hinwirken, die rechte Hand ihres Mannes loszuwerden. Es konnte nur eine Person geben, die Preston die Strategien einflüsterte, die sie ins Weiße Haus bringen würden. Und diese Person war sie selbst.

Pilar trat an ihren Schreibtisch, sank in den maßgefertigten Stuhl und verzog das Gesicht beim Anblick der Aktenberge, die sich im Posteingang stapelten. Sie zog die erste Akte heran, öffnete sie und kritzelte ihre Unterschrift unter ein Dokument. Fast eine Stunde später schaute sie überrascht auf, als ihre Assistentin Crystal klopfte und ein riesiges Blumenbouquet hereintrug.

»Oh, was für eine schöne Überraschung«, sagte Pilar. »Von wem kommen die?«

Crystal stellte die Vase in Pilars Reichweite auf den Schreibtisch und zuckte mit den Schultern. »Keine Ahnung, aber die Sicherheitsleute haben sie überprüft und keine Bombe drin ticken hören. Aber eine Karte gibt es.«

»Danke. Ich liebe es, Blumen zu bekommen, und diese hier sind besonders schön.«

Nachdem ihre Assistentin das Büro verlassen hatte, nahm Pilar die Karte aus dem Umschlag. Sie erwartete eine Nachricht von Preston. Doch die Blumen kamen von Zepeda Sorriano. *Frau Bürgermeisterin, ich wollte Ihnen für Ihre Hilfe bei der Finanzierung des GGG-Zentrums danken. Ich freue mich schon auf die Zusammenarbeit bei dem ersten von hoffentlich vielen Zentren in der Stadt der Engel, in der Sie der schönste Engel von allen sind! Immer der Ihre, Z. Sorriano.*

Pilar war leicht beunruhigt. Die Botschaft war für jemanden in ihrer Position alles andere als angemessen. Andererseits hatte sie es mit einem bekehrten Gangmitglied zu tun. Er wusste es wahrscheinlich nicht besser. Oder er dachte, er würde mehr Geld bekommen, wenn er sich bei ihr einschleimte. Sie rief Crystal über die Telefonanlage an und bat sie, ihr Sorriano ans Telefon zu holen.

Während sie den Hörer ans Ohr gedrückt hielt, streichelte Pilar über die samtigen, violetten Blütenblätter der Iris, die in der Mitte des Bouquets platziert war. Lange brauchte sie nicht zu warten. »Mr. Sorriano, ich wollte mich nur für das hübsche Blumenarrangement bedanken. Eine wunderschöne, aber unnötige Geste.«

»Pilar – ich darf Sie doch beim Vornamen nennen, Bürgermeisterin Luna? Die Blumen sind nur ein kleiner Beweis meiner Dankbarkeit für das Geld, das Sie unserer guten Sache zur Verfügung stellen.«

Sorriano könnte ein Problem werden. Sie biss die Zähne zusammen. Das ehemalige Gangmitglied nahm sich eine irritierende Vertrautheit heraus. Sie massierte ihre Schläfe, weil sich dort ein Spannungskopfschmerz ausbreitete. »Also, es freut mich, dass ich helfen konnte. Das Ergebnis wird die Mühe sicher wert sein. Natürlich werden der Gouverneur und ich bei der Grundsteinlegung Ihres neuen Zentrums dabei sein. Und bei der Eröffnung.«

»Nichts würde mich glücklicher machen ... *Pilar.*«

Höchste Zeit, das Gespräch zu beenden. »Natürlich. Sie sind bestimmt mit Ihren Zentren rings um Frisco sehr beschäftigt und können vermutlich nicht allzu oft nach Los Angeles kommen.«

Eine winzig kleine Pause, bevor Sorriano sprach. »Unterschätzen Sie mich nie, Pilar. Niemals.« Dann war die Leitung tot.

56 – TRAVIS

Travis beäugte Dr. Stevens. Sie saß in einem braunen Ohrensessel vor ihm und hatte einen gelben Notizblock auf ihren breiten Oberschenkeln. Sie sichtete die Unterlagen, die er im Wartezimmer ausgefüllt hatte. Nachdem sie sich überzeugt hatte, dass er keine Krankheit hatte, die ihn stark beeinträchtigte, und wirklich keiner seiner direkten Verwandten jemals in einer Anstalt war, schien sie bereit, sich an die Arbeit zu machen.

»Dann erzählen Sie mal, Travis. Was glauben Sie, warum Sie hier sind?«

»Ich habe keine Ahnung«, sagte er und warf die Hände in die Luft.

»Wirklich? Absolut keine Idee?«

»Nö.«

Die Ärztin seufzte und kniff den Mund zusammen. Ihr Starren sollte ihn vermutlich einschüchtern. Er brachte es nicht übers Herz, ihr zu sagen, dass er schon häufiger den Tod niedergestarrt hatte, als sie arme, junge Bullen getröstet hatte, die ihr die Ohren volljammerten, weil ihre baldigen Exfrauen ihre Pensionen einstrichen und das Sorgerecht für die Kinder bekamen. Wenn sie versuchte, Travis Divine Angst einzujagen, konnte sie das gleich aufgeben.

Die Ärztin lächelte gezwungen. »Ich sage Ihnen jetzt etwas, das Cops ständig zu Verdächtigen sagen. Wir können das hier auf die harte Tour machen oder auf meine Art. Aber egal, wie wir's machen, wir müssen da durch. Liegt ganz bei Ihnen, wie lange es dauert.« Ihre schokoladenbraunen Augen forderten ihn offen heraus.

Im Zimmer war es unglaublich still. Er konnte das Ticken der Uhr hören, die auf dem Schreibtisch der Ärztin am anderen Ende des Raums stand. Tick, tick, tick. Travis stellte eine einfache Rechnung auf. Wenn er nicht kooperierte, würde die Psychiaterin einen unvorteilhaften Bericht an seinen Captain schicken und er würde nie wieder zur S.W.A.T. zurückkehren. Wenn er ihr das lieferte, was sie hören wollte, konnte er vielleicht schon Ende des Monats wieder arbeiten. So einfach war das. »Was möchten Sie denn gerne hören?«

»Erzählen Sie mir, was Ihrer Ansicht nach der Grund war, weshalb Ihr Captain Sie hergeschickt hat.«

»Ich glaube, ich soll bestraft werden.«

»Bestraft wofür?«

»Dafür, dass ich meinen Partner Dave habe sterben lassen.«

Die Ärztin kritzelte etwas auf den gelben Notizblock. »Können Sie mir erzählen, was passiert ist?«

Travis richtete den Blick auf die Schreibtischuhr. Das rhythmische Ticken tröstete ihn, während er das zweitschlimmste Erlebnis seines Lebens noch einmal durchlitt. Die Ärztin drängte ihn nicht, was ihm auch ganz lieb war. Vor seinem geistigen Auge spielte er jede Bewegung, jedes Betätigen des Abzugs und den Horror, zu sehen, wie sein bester Freund ermordet wurde, noch einmal durch. Tick, tick, tick.

»Travis.« Die Stimme der Ärztin war kaum mehr als ein Flüstern. »Können Sie mir davon erzählen?«

»Es war ein Raubüberfall. Streifenpolizisten haben einen Mann bis in ein Fabrikgelände verfolgt. Als der Verdächtige mit einer Waffe wedelte, sind die Fabrikarbeiter rausgerannt. Die Polizisten haben ihn zu Fuß verfolgt, und einer der Beamten wurde angeschossen. Daraufhin haben sie das S.W.A.T.-Team hinzugerufen. Wir wussten nicht, ob der Kollege noch lebte. Wir wussten nicht mal, ob der Verdächtige eingekesselt war oder ob er das Fabrikgebäude bereits verlassen hatte.«

Travis verstummte. Vor seinem inneren Auge tauchte die Szenerie wieder auf. Tick, tick, tick. Er durchlebte die Geschehnisse jeden Tag aufs Neue einige Dutzend Mal. Er wusste nicht, was er hätte anders machen können. Aber bestimmt gab es irgendwas. Tick, tick, tick.

»Und was ist dann passiert?«

Er hatte die Ärztin fast vergessen.

Travis seufzte schwer und fuhr fort: »Wir riefen dem Verdächtigen zu, er solle mit erhobenen Händen rauskommen. Dann haben wir die Hunde reingeschickt.« Travis ballte die Faust und hieb auf die Sofalehne. »Der Scheißkerl hat zwei unserer besten Hunde getötet.«

»Was geschah dann?«

»Wir sollten warten, bis er müde wurde und vielleicht aufgab, aber dann bemerkte jemand, dass der verletzte Officer über sein Funkgerät Morsezeichen versendete. Er ließ uns wissen, dass er immer schwächer wurde, und beschrieb uns seine Position in dem Gebäude und welche Waffen der Verdächtige hatte.«

»Und dann?«

»Wir trafen die Entscheidung, reinzugehen und ihn zu bergen. Dave und ich waren die Ersten von unserem Team, die mit zwei anderen Kollegen reingingen.«

»Erzählen Sie weiter«, sagte Dr. Stevens.

Tick, tick, tick. »Wir haben Blendgranaten gezündet und

sind durch die Tür.« Travis spürte, wie ihm die Brust eng wurde. Er schnappte nach Luft. Seine Finger zuckten, als lägen sie wieder am Abzug. »Ich ging als Erster durch die Tür. Dave war hinter mir. Eine Salve aus einer MAC-10 begrüßte uns. Ich wurde in den linken Knöchel getroffen und fiel um wie ein Sack Ziegelsteine. Ohne jegliche Deckung.« Travis schloss die Augen. Er spürte wieder die Wut, den Frust und die unbändige Angst jener Sekunden. Tick, tick, tick.

»Es ist in Ordnung, Travis. Erzählen Sie, was dann geschah.«

Er hörte das gequälte Atmen eines Lungenkranken, der gerade einen Marathon gelaufen war. Erschrocken stellte er fest, dass dieses abgehackte Geräusch von ihm kam. Tick, tick, tick.

»Travis, Sie sind in Sicherheit. Es ist okay, mir alles zu erzählen.«

Tick, tick, tick. Er versuchte, dagegen anzukämpfen. Grub die Finger in seine Augenwinkel, um den Tränenfluss aufzuhalten. Er schämte sich so sehr. Seine Stimme war nur ein monotones Flüstern und er ließ den Kopf hängen. »Der Schütze lauerte oben in den Dachsparren. Er war überlegen. Dave sah, dass ich verletzt war, und hat seine Deckung aufgegeben, um mich in Sicherheit zu bringen.« Tick, tick, tick. »Er zog mich hinter eine Betonwand und dieser Wichser hat Dave einfach das Gesicht weggeschossen.«

Tick, tick, tick.

57 – PRESTON

Nicht zum ersten Mal war Preston erleichtert, Pilars Klauen entkommen zu sein. Sie schien zu glauben, sie könnte ihm sagen, was er zu tun und zu lassen hatte. Was einst als großartige Möglichkeit begonnen hatte, positive Presseresonanz und fantastischen Sex zu vereinen, war inzwischen zu etwas geworden, das sie vermutlich für eine Beziehung hielt. Und es wurde öde. Aber es würde sehr schwierig werden, sich aus der Sache herauszuziehen, ohne einen Medienrummel auszulösen und sie wütend zu machen. Er würde viel Taktgefühl und ein gutes Verhältnis zur Presse brauchen, um heil aus der Sache herauszukommen. Froh, nach der emotionalen Pressekonferenz in sein Haus in Bel Air zurückzukehren, setzte er sich mit Bain im Wohnzimmer zusammen.

»Martin, ich möchte gerne Ihre Meinung zu etwas hören«, sagte Preston.

Bain zuckte mit den Schultern. »Klar.« Dann sank er auf das butterfarbene Sofa.

Preston lockerte die Krawatte und trat an die Bar. Obwohl er Bain in den letzten Tagen gehörig den Marsch geblasen hatte, brauchte er jetzt seinen Rat und musste sich ein wenig versöhnlich zeigen. Preston schaute auf die Uhr und stellte widerstrebend die Scotchflasche zurück, öffnete den Kühlschrank und nahm sich stattdessen eine Limo. Er hielt die Dose fragend hoch.

Bain schüttelte nur den Kopf. Preston öffnete die Dose

und nahm einen großen Schluck. »Ich glaube, Pilar wird langsam etwas zu ...«

»Engagiert?«, half Bain.

Preston musste lächeln. »Eigentlich wollte ich anhänglich sagen, aber engagiert ist vermutlich die bessere Wortwahl.«

»Und was wollen Sie jetzt unternehmen?«

»Das weiß ich eben nicht. Es wird nicht leicht und ich *weiß*, dass Pilar eine Trennung auf keinen Fall gut aufnehmen wird.«

Bain zuckte mit den Schultern. »Ich kann dem Stab sagen, sie sollen die Anrufe von ihr abfangen, und ich könnte die Veranstaltungen minimieren, an denen Sie gemeinsam teilnehmen. Natürlich müssen Sie zusehen, dass Sie aufhören, sie zu vögeln.«

»Also, *das*, mein Freund, wird für mich der eigentliche Verlust werden.«

»Ich bin sicher, es gibt viele andere *talentierte* Frauen da draußen, die alles dafür geben würden, mit Ihnen auszugehen.«

Preston setzte sich gegenüber von Bain in einen Sessel. »Ha! Im Moment brauche und will ich keine andere Frau in meinem Leben. Meine einzige Sorge ist, wie die Medien auf eine Trennung von Pilar reagieren würden.«

Bain winkte ab. »Machen Sie sich darum keine Sorgen. Unsere PR-Abteilung kann die Sache mit Sicherheit irgendwie ins Positive drehen.«

Preston dachte über die Auswirkungen seines Plans nach. »Wir sagen jetzt noch nichts davon. Aber seien Sie darauf vorbereitet, wenn der Zeitpunkt kommt.«

»Gerne. Sagen Sie einfach Bescheid.«

»Da ist noch etwas, das ich mit Ihnen besprechen wollte.« Bain blickte ihn erwartungsvoll an.

»Ich kann nicht einfach herumsitzen, ohne nach Tiffany zu suchen. Ich würde gern die Amtsgeschäfte meinem Stellvertreter übergeben und alles tun, was nötig ist, um meine Tochter zu finden.«

Bain runzelte die Stirn. Er fand die Idee vermutlich genauso schlecht wie Pilar. »Was ist los? Warum glauben Sie, dass das keine gute Idee ist?«

Bain spitzte den Mund. »Sie haben hart darum gekämpft, Gouverneur zu werden. Nach Reagans Amtszeit und insbesondere nach Schwarzenegger dachten viele, dass nicht noch einmal ein Schauspieler Gouverneur von Kalifornien werden sollte. Nichtsdestotrotz haben Sie viele Leute überzeugt, dass Sie der richtige Mann sind, um den Staat zu führen. Wenn Sie jetzt den Schlüssel an den stellvertretenden Gouverneur übergeben, untergraben Sie genau diesen Vertrauensvorschuss, den Sie sich so hart erarbeitet haben.« Bain stand auf und lief unruhig auf und ab. »Es lässt Sie vor den Wählern schwach wirken. Als würden Sie Ihr Privatleben über die Probleme des Staates stellen.«

»Mir ist es im Moment scheißegal, wie es um den Staat steht. Meine sechzehnjährige Tochter ist irgendwo da draußen. Höchstwahrscheinlich krank, vielleicht stirbt sie sogar! Seit Monica gestorben ist, ist Tiffany alles, was ich noch habe.« Preston knallte die leere Getränkedose auf den Couchtisch. Es klapperte metallisch. »Nur weil ich Gouverneur bin, heißt das nicht, dass ich mich nicht um meine Familie kümmere. Unter diesen Umständen wird jeder Verständnis haben, wenn ich eine Auszeit brauche.«

Bain sagte nichts, sondern tigerte weiter auf und ab und rieb sich nachdenklich das Kinn. Nach einigen Sekunden drehte er sich zu Preston um.

»Es ist so: Sie haben mir zwei Probleme präsentiert, und

jedes wird ein hohes Medieninteresse wecken.« Bain setzte sich direkt vor ihm auf die Couch. »Sie könnten Tiffanys Verschwinden nutzen, um eine gewisse Distanz zwischen Pilar und Ihnen herzustellen. Sie merkt vielleicht eine Zeitlang gar nicht, was vor sich geht.«

Preston schüttelte den Kopf. »Verlassen Sie sich lieber nicht darauf. Sie plant, mir tränenreich bei allen Medienereignissen zur Seite zu stehen.«

Bain neigte den Kopf und dachte nach. »Das könnten Sie auch zu Ihrem Vorteil nutzen. Sie wissen, die Presse liebt Pilar. Sie könnten eine Menge Aufmerksamkeit bekommen, wenn Sie sie benutzen. Aber dann wird es für Sie schwerer, sie loszuwerden, nachdem Tiffany gefunden wurde. Und die Presse macht Sie zum bösen Buben, weil Sie die Frau fallenlassen, die so unverbrüchlich an Ihrer Seite stand, als Sie sonst niemanden hatten.«

Preston seufzte, ließ sich zurücksinken und schloss die Augen. »Na wunderbar.«

»Vielleicht sieht es mit Pilar an Ihrer Seite ganz natürlich aus, wenn Sie eine Pause von den Staatsgeschäften nehmen. Aber ich persönlich halte das für einen Fehler. Ich meine, Sie können das machen, aber Sie brauchen nicht anzukündigen, dass Sie es machen. Ich springe für Sie ein, und so brauchen Sie nicht Ihren Stellvertreter einzubeziehen. Er ist sowieso ein Idiot.« Bain schaute auf die Uhr. »Gleich kommen die Nachmittagsnachrichten. Mal sehen, was die Medien aus Ihrem Auftritt von heute Morgen gemacht haben.«

Bain nahm die Fernbedienung vom Couchtisch und zielte auf den Flachbildfernseher am Ende des Raums. »Übrigens, wie Ihnen die Stimme gestockt hat und Sie mitten in der Pressekonferenz fast zusammengebrochen sind – das war ein Geniestreich.«

58 – TIFFANY

Die Dämmerung senkte sich über die Wüste, als Tiffany zu dem Treffen mit Brenda eilte.

Sie erreichte den Platz, auf dem sie sich am Morgen getroffen hatten, und Brenda stand fast genauso da. Sie kauerte über einem Loch im Boden und stieß einen Stock in die festgebackene Erde.

Dieses Mal hörte Brenda sie kommen. Sie richtete sich mit dem Stock in der Hand auf. »Hi«, sagte sie und schaute an Tiffany vorbei in die Dunkelheit. Tiffany zog Brenda in ihre Arme. Doch ihre Freundin krümmte sich und wurde in ihren Armen ganz steif vor Angst. »Was ist los?«

Brenda löste sich aus ihrer Umarmung und wandte Tiffany den Rücken zu. »Nichts, was du verstehen würdest.«

Tiffany spürte abermals einen Knoten in ihrem Bauch, als sie erkannte, dass Brenda vermutlich gezwungen worden war, Drejohn und/oder seinen Freunden zu Willen zu sein. »Brenda, das tut mir so leid«, sagte sie und streckte die Hand nach ihr aus.

»Fass mich nicht an!«, rief sie und heulte. »Ich will nicht berührt werden.«

Tiffany wusste nicht, was sie tun sollte. Also stand sie einfach nur da und biss sich verunsichert auf die Unterlippe.

»Ich hatte keine Zeit, nach einem Fluchtweg zu suchen. Mir waren im wahrsten Sinne des Wortes die Hände gebunden«, sagte ihre Freundin trotzig.

»D… das ist schon okay«, antwortete Tiffany und unterdrückte ein Schluchzen. »Ich konnte mich nur kurz an der Mauer umsehen, aber auch dort habe ich keinen Ausgang gefunden.« Ihre Gedanken rasten. Was sollte sie nur tun? Ihre Freundin wurde hier drin regelmäßig missbraucht und sie selbst … »Ich weiß nicht, vielleicht kann ich dich in meinem Zimmer verstecken.«

»Hast du den Verstand verloren? Denkst du nicht, sie würden mich zuerst bei dir suchen?«

»Aber ich muss doch was tun. Das kann nicht so weitergehen.« Sie hielt die Reisetasche mit ihrem Fluchtgepäck hoch. »Ich hab versucht, ein paar Sachen zu sammeln, die uns helfen, hier rauszukommen.«

»Du kannst absolut nichts tun. Wir sind gefangen.« Brenda starrte sie im Abendlicht an. »Bald bist du auch dran.« Plötzlich erstarrte sie. »Wie spät ist es?«, fragte sie hektisch.

Tiffany blickte in den Himmel. Das Tageslicht schwand immer schneller. »Ich schätze, so halb neun.«

Brenda ließ den Stock in das Loch fallen, das sie gegraben hatte, und zerrte einen großen Stein darüber, damit es nicht auf den ersten Blick zu erkennen war. »O mein Gott, o mein Gott, o mein Gott«, flüsterte sie und rieb die Hände aneinander, um den Staub zu entfernen. Sie stand auf. »Ich muss um neun im Studio sein. Drejohn hat gesagt, er hat für meine Show mehr Vorverkäufe generiert als für jedes andere Debüt.«

Tiffany war erschüttert. War das wirklich Stolz, den sie aus der Stimme ihrer Freundin heraushörte? Sie schluckte den Ärger herunter und fragte: »Wenn mir heute Abend nichts einfällt, um uns hier rauszubringen, können wir uns dann morgen wieder hier treffen? Vielleicht schon morgens? Dann ist niemand hier.«

»Ich versuch's. Ich muss jetzt los«, sagte Brenda und lief mit der Eleganz einer Gazelle am Wohnheim entlang zur Tür.

Erst nachdem ihre Freundin so überhastet aufgebrochen war, merkte Tiffany, wie froh sie über die Begegnung mit Brenda war. Sie erschauderte bei der Vorstellung, was Brenda in den vergangenen Tagen durchgemacht hatte. Die Vorstellung, dass ihre Freundin zum Sex gezwungen wurde und jetzt auch noch eine Liveshow abliefern sollte, brachte Tiffany plötzlich auf eine Idee.

Sie würde sich zum Generatorhäuschen schleichen und herausfinden, wie man hineingelangte. Vielleicht konnte sie den Strom abstellen und so Brendas Show unterbrechen. Sie ging in Richtung Hütte, aber da der Mond nur zu einem Viertel voll war und kaum Licht spendete, verlangsamte sie ihr Tempo. Es wäre kaum nützlich, wenn sie sich so weit entfernt vom Haupthaus den Knöchel brach.

Sie erreichte das Holzhäuschen und trat an die Tür. Angestrengt starrte sie in die Dunkelheit und fand schließlich das Schloss, das vor der Tür hing. Sie brauchte einen Bolzenschneider, und die lagen hier nicht an jeder Ecke herum. Ihre Finger fuhren über das Holz zu den Scharnieren. Im Fernsehen hatte sie gesehen, dass Einbrecher manchmal die Türscharniere wegbrachen, um so in ein Gebäude zu kommen. Nach dem, was sie ertastete, ging sie davon aus, auch für diese Befestigungen Werkzeug zu brauchen. *Du wirst dir wohl etwas anderes einfallen lassen müssen. So kommst du nicht weiter.*

Sie hörte Männerlachen vom Haupthaus herüberschallen und hielt in der Bewegung inne. Sie fasste einen Plan, doch damit der gelingen konnte, musste sie sich vor allem beeilen. Langsam joggte sie in die Dunkelheit.

59 – MADDIE

Die Sonne verschwand hinter den Gebirgsausläufern und der Verkehr kroch Stoßstange an Stoßstange im Schritttempo voran. Erschöpfte Fahrer kämpften sich durch den Newhall Pass, der das San Fernando Valley mit dem nördlich gelegenen Los Angeles County verband.

Ich war tief in Gedanken versunken und machte mir zugleich Sorgen um Darius und Heather McCall. Darum zuckte ich zusammen, als mein Partner mich spielerisch in den rechten Bizeps boxte. »Wofür war der denn?«

»Ich rede jetzt schon seit zwei Minuten auf dich ein, und du warst mit den Gedanken überall, nur nicht hier.«

»Tja, tut mir leid. Mir geht gerade viel im Kopf herum.«

»Ich hab vorgeschlagen, wir könnten es uns etwas einfacher machen, sobald wir auf dem Freeway 405 sind, indem wir das Blaulicht anwerfen und vorbeibrausen. In diesem Tempo brauchen wir sonst bis Mitternacht zum Tatort.«

Ich folgte dem Vorschlag meines Partners und wir segelten gemütlich an den Pendlerströmen vorbei. Ich war überzeugt, dass wir die anderen Autofahrer frustrierten, aber wenn sie wüssten, wie sehr ich mich konzentrieren musste, um auf dem Seitenstreifen zu fahren, wären sie vermutlich etwas gnädiger gestimmt. Selbst in gemäßigtem Tempo kann dieses Surfen auf der Abflussrinne gefährlich sein, denn auf dem Seitenstreifen liegt immer allerhand Müll rum.

Zwanzig Minuten später war die Straße vor uns frei und

mit achtzig Meilen pro Stunde rollten wir die Interstate 5 entlang.

Wir hatten alle Zeit der Welt und wir waren allein. Jetzt oder nie. Ich räusperte mich. »Warum erzählst du mir nicht von dir und Heather McCall?« Ich hielt den Blick auf die Straße gerichtet, aber aus dem Augenwinkel beobachtete ich die Reaktion meines Partners. Für einen Moment wirkte er angespannt, doch dann entspannte er sich wieder.

»Worüber redest du da, bitte?«

»Ich habe im Internet ein Bild von ihr und dir gefunden. Du bist offenbar betrunken und sie trägt kaum mehr als ihr Evaskostüm.«

Darius drehte sich im Beifahrersitz um und starrte mich an. »Ich weiß nicht, was du gesehen hast, aber du irrst dich.«

Ich drehte den Kopf zu ihm und unsere Blicke trafen sich. »Tatsächlich? Ist das deine Verteidigungslinie?«

»Weißt du was, Maddie, du rennst durch die Gegend, als würdest du deinen Scheiß geregelt kriegen. Aber in Wirklichkeit bin ich derjenige, der hinter dir aufräumt, wenn du Scheiße baust oder dir beim Boss die Zunge verbrennst. Ich habe deinen Arsch mehr als einmal gerettet und ich kann nicht glauben, dass du, nur weil du was im Internet gesehen hast, *mich*, deinen Partner, beschuldigst, mit jemandem rumzumachen, nach dem wir suchen.«

Das lief gar nicht gut. Ich hatte alle möglichen Antworten erwartet, aber dumpfes Leugnen stand ganz unten auf der Liste möglicher Reaktionen.

»Ich sag dir mal was, Partner. Ich gestehe dir den berühmten Zweifel zu, solange, bis wir wieder im Büro sind und ich dir das Foto zeige. Sobald wir sicher wissen, dass da draußen Heather McCalls Leiche gefunden wurde, fahren wir zurück, schauen uns das Foto an und reden dann darüber, wessen

Scheiße aufgeräumt werden muss. Vergiss erst mal, dass ich überhaupt was gesagt habe.« Es fiel mir schwer, Darius' Reaktion auf die Anschuldigung zu vergessen, aber das Letzte, was ich im Moment wollte, war bei den anderen Ermittlungsgruppen den Eindruck zu erwecken, dass mein Partner und ich nicht miteinander auskamen.

Der Tatort lag ganz weit südlich in Kern County, genauer im Antelope Valley, und damit unterstanden wir der Zuständigkeit des Sheriffs von Kern County. Ich war schon einmal da draußen gewesen und erinnerte mich an das Valley; es war breit und tief und erstreckte sich sanft abfallend bis zu den Tehachapi Mountains. In der Dunkelheit war es in dem flachen Valley dank der leistungsstarken Scheinwerfer rings um den Tatort leicht für uns, unser Ziel schon Meilen im Voraus zu sehen. Aber wenn wir nicht auf die Straße geachtet hätten, wären wir an dem verwitterten weißen Holzschild vorbeigebraust, das die 254th Street West anzeigte. Kaninchen huschten über die Asphaltstraße und verschwanden im Gebüsch, als unsere Scheinwerfer die Schwärze durchschnitten.

»Das nenne ich mal dunkel«, kommentierte ich und blickte in den tintenschwarzen Himmel, an dem die Sterne funkelten. Ich versuchte, auch auf der unbekannten Straße das hohe Tempo zu halten.

»Ja und? Hast du Angst?«

»Ich will jedenfalls nicht die ganze Nacht hier draußen sein. Wir haben schon anderthalb Stunden gebraucht, um hier rauszukommen, und keiner kann sagen, was wir am Tatort vorfinden, wenn wir erst mal da sind.«

»Wird bestimmt schlimm«, sagte Darius. »Die Dorfpolizisten werden uns nicht gerade mit offenen Armen willkommen heißen, wenn wir uns in ihre Mordermittlung einmischen.«

»Tja, das ist wirklich schade für sie. Aber Heather McCall ist unser Vermisstenfall und jetzt ist sie tot.« Ich ging voll in die Eisen. »Ach du Scheiße.« Der Asphalt war zu Ende und ein Feldweg begann. Ich lenkte unseren Wagen über eine fünf Zentimeter hohe Schwelle auf die staubige Piste. Jahrzehntelang waren die Fahrzeuge der Wüstenbewohner über diesen festgebackenen Weg gebraust und hatten eine geriffelte Oberfläche wie bei einem Waschbrett geformt.

»Ich hoffe, unser Stadtgefährt bricht uns nicht auseinander.« Darius zog eine Grimasse, während der Wagen vorwärtshüpfte und eine dichte Staubwolke aufwirbelte.

Wir fuhren etwa anderthalb Meilen weiter und erreichten schließlich die mobile Einsatzzentrale mit den goldenen Lettern KCSD, der Abkürzung für Kern County Sheriff Department, auf grünem Grund. Einige Streifenwagen parkten in den schrägsten Winkeln, damit andere Autos noch durchkommen konnten. Dasselbe traf auf mindestens ein halbes Dutzend Zivilfahrzeuge zu.

»Na, dann wollen wir uns der Party mal anschließen«, sagte ich und fuhr von der Straße direkt in den Wüstensand.

Darius schaute sich um. »Der perfekte Ort, um eine Leiche loszuwerden«, kommentierte er und gab mir meine Taschenlampe und eine Flasche Wasser. Obwohl die Dunkelheit längst eingesetzt hatte, war es hier draußen in der Wüste noch über dreißig Grad warm.

Als wir uns der mobilen Einsatzzentrale näherten, trafen wir auf mehrere Deputies in Polohemden und Khakihosen. Mir fiel sofort auf, dass sie alle Kampfstiefel trugen. Der Mann, der sich uns als leitender Mordermittler vorstellte, bemerkte meinen neugierigen Blick.

»Das ist wegen der Schlangen, dass wir hier so hohe Stiefel tragen.«

Mein Blick ging zu dem Boden rings um meine Füße.

»Keine Sorge«, sagte ein anderer Deputy. »Wir sind schon seit Stunden hier draußen. Wir haben vermutlich alle Klapperschlangen längst vertrieben.«

Darius machte sich bestimmt Sorgen, dass ich ausflippen und ihn blamieren könnte, deshalb startete er sogleich mit der großen Vorstellungsrunde. Als wir fertig waren, hatten wir alle Visitenkarten ausgetauscht, auch mit ein paar FBI-Agenten, die schon vor uns eingetroffen waren. Ich erkannte sie nicht von den früheren Meetings in L. A. und fragte sie, wie es kam, dass sie vor uns hier draußen waren.

»Eigentlich waren wir auf dem Rückweg von einer Fortbildung in Bakersfield. Einer der Agenten aus dem L. A.-Büro rief uns an und bat uns, auf dem Rückweg mal vorbeizuschauen. War nur ein Umweg von dreißig Meilen. Hat ihnen erspart, hier rauszufahren.«

Darius wandte sich an die Deputys. »Wie wär's, wenn Sie uns jetzt den Tatort und die Leiche zeigen?«

»Also, würden wir ja gerne. Aber die Leiche ist nicht mehr da.«

»Was!«, rief ich und schloss frustriert die Augen.

»Ja, der Wagen des Coroners ist ungefähr eine halbe Stunde vor Ihnen weggefahren.«

Vielleicht in dem Versuch, meinem drohenden Ausraster zu entgehen, verabschiedeten die FBI-Agenten sich überstürzt und sagten, sie hätten alles gesehen, was sie sehen mussten.

Die wären wir los, dachte ich und beobachtete, wie sie zu ihrer Limousine gingen. Die Gruppe, die den Fall bearbeitete, war ja sogar zu faul gewesen, selbst zum Tatort zu fahren.

Einer der Deputys spürte meinen Ärger und bemühte

sich, unsere lange Anfahrt nicht ganz umsonst gewesen sein zu lassen. »Ich glaube, die Feds haben befürchtet, wir lassen sie noch am Tatort rumkriechen. Wir waren fast versucht, genau das zu tun, aber wir wussten, dass uns das nicht weiterbringt.« Er bedeutete uns, ihm zu folgen. »Ich bringe Sie zur Fundstelle der Leiche und wir können Ihnen die Fotos zeigen, die wir gemacht haben. Zusätzlich zu denen, die unsere Techniker gemacht haben. Ist aber ein Stück zu laufen.«

Wir trotteten über den sandigen Weg. Ich hielt die Augen offen. Nicht dass mich doch noch eine Klapperschlange erwischte.

»Haben Sie bei der Leiche noch andere Spuren gefunden?«, fragte Darius. Er ließ die Taschenlampe in einem weiten Radius kreisen.

Die Frage meines Partners war absolut logisch. Trotzdem fragte ich mich, ob es einen besonderen Grund gab, warum er sie stellte.

Der Deputy schüttelte den Kopf. »Wenn Sie den Fundort sehen, werden Sie verstehen.«

Jeder Cop weiß, wie es riecht, wenn man eine Leiche findet, die schon eine Weile gelegen hat. Keiner vergisst diesen Geruch. Doch der Gestank, der von diesem Fundort aufstieg, war so widerwärtig, dass ich mir nicht vorstellen konnte, wie ein einzelner verwesender Frauenkörper dafür verantwortlich sein konnte.

Unsere Taschenlampen schnitten Lichtschneisen in das Gelände vor uns. Plötzlich machte die Straße einen Knick und fiel steil ab. Ich erkannte das Problem. Heather McCall war auf einer Mülldeponie abgelegt worden.

»Igitt«, machte ich und drückte die Hand auf Mund und Nase. »Niemand verdient es, wie Müll weggeworfen werden.«

Der Deputy nickte. »Diese Schlucht wird von den Einheimischen benutzt, um illegal alles Mögliche abzuladen, das sie nicht mehr wollen. Das machen sie schon seit Jahrzehnten. Das Opfer ist bestimmt nicht die erste Leiche, die hier abgelegt wurde. Und sie wird auch nicht die letzte bleiben.«

»Wie hat man sie gefunden?«, fragte ich und musterte die verrottenden Berge aus Müll, Möbeln und Bauschutt.

»Ein paar Teenager haben hier rumgelungert. Haben auf die alten Kühlschränke und Waschmaschinen geschossen. Plötzlich rannte ein Kojote die Schlucht hinauf und hatte einen Arm im Maul. Die Kids hörten auf zu schießen, kletterten runter und wollten sich das genauer ansehen. Sie sahen den Kopf des Opfers und sind schnurstracks nach Hause gelaufen, von wo aus sie uns angerufen haben. Hier draußen gibt's nämlich keinen Handyempfang«, sagte er und bedeutete uns, ihm zurück zur Einsatzzentrale zu folgen. Der Gestank trug zum Glück nicht bis hierhin.

»Unser Boss sagt, sie wurde in den Kopf geschossen. War das die einzige Verletzung?«, fragte Darius.

»Soweit wir es bisher gesehen haben. Allzu viel war nicht von ihr übrig.«

»Wie wurde sie identifiziert?«, fragte ich.

»Als die Kids anfingen zu schreien, hat der Kojote den Arm fallen gelassen. Von einem ihrer Finger war noch genug für einen Fingerabdruck übrig. Wir haben die Daten direkt nach Bakersfield durchgegeben, um sie durchs System laufen zu lassen. Vor einigen Jahren hat das Opfer einen Kinderbetreuungsschein beantragt.«

»Das stimmt. In ihrem Vorstrafenregister habe ich den Hinweis gesehen«, erinnerte ich mich. »War sonst noch etwas am Tatort, das von dem Täter hinterlassen worden sein könnte?« Ich wusste, die Frage war dumm, aber es war die einzige, die mir einfiel.

Der Ermittler grinste. »Detective Divine, Sie haben Glück, dass wir genug von Ihrer vermissten Person hatten, um sie zu identifizieren.« Seine Miene wurde wieder ernst. »Wir hatten alle Detectives aus Bakersfield hier draußen. Außerdem bekamen wir Hilfe von den Highway Patrols und vom L. A. County Sheriff. Wenn ihr Körper hundert Meter weiter südlich abgelegt worden wäre, hätte das L. A. County den Fall am Hals gehabt. Wir haben die Schlucht in unmittelbarer Nähe des Opfers durchsucht, aber wir haben nichts gefunden, das auf den Täter hindeutet.«

Ich wollte mir gar nicht ausmalen, wie es war, sich bei 35 Grad im Schatten durch eine illegale Mülldeponie zu wühlen. Die Suchteams hatten dabei vermutlich ihre Anzüge getragen, die sich im Hochsommer in der Wüste wahrscheinlich eher wie ein Bratschlauch anfühlten. Unbeirrt versuchte ich es erneut. »Hat irgendwer was gesehen? Einen Schuss oder Schreie gehört?«

Der Deputy schüttelte den Kopf.

»Keine Spuren von anderen Leichen, richtig?«

»Nope. Und wir haben den Müll jeweils eine halbe Meile in jede Richtung durchwühlt.«

»Können Sie abschätzen, wie lange sie schon hier draußen lag?«, fragte Darius.

»Bei der Hitze und in dem Zustand ist das schwer zu sagen«, erklärte er und führte uns zurück zu den Fahrzeugen. »Die Leute hier draußen kümmern sich vor allem um ihren eigenen Kram. Autos kommen und gehen die ganze Nacht und keiner guckt ein zweites Mal, wenn ein Wagen sich der Müllkippe nähert. Und wenn doch, vergessen sie lieber, was sie gesehen haben. So ist das hier draußen.«

»Vielleicht gibt uns die Kugel in ihrem Kopf einen Hinweis«, sagte Darius. Doch seine Stimme verriet, dass er daran selbst nicht glaubte. »Was für Fotos haben Sie für uns?«

Nachdem der Ermittler uns die Fotos gezeigt hatte, wussten wir, dass der Fall von dieser Seite nicht gelöst werden würde. Der Sheriff hatte nichts als ein paar spärliche Überreste von dem, was einst Heather McCall war. Es war also an uns, Heathers Mörder zu finden, indem wir tiefer in ihr Leben eintauchten und herausfanden, wer ihren Tod hätte wollen können.

Nachdem wir uns bei jedem bedankt und alle Hände geschüttelt hatten, stiegen wir wieder in den Wagen und fuhren zurück in die Stadt der Engel. Im Wagen herrschte angespannte Stille. Ich wollte nur schleunigst zurück ins Büro, um Darius das Foto zu zeigen, das ich gefunden hatte. Ich wollte von ihm eine logische und überzeugende Erklärung, warum er mir nicht erzählt hatte, dass er Heather McCall kannte.

Meine Gedanken rasten und meine Knöchel waren weiß, weil ich das Lenkrad so heftig umklammerte. Wir flogen förmlich über die Interstate 5 zurück nach Los Angeles. Ich war wütend auf Darius. Wenn wir den Mörder von Heather fassten, konnte uns der ganze Fall trotzdem wegen der wie auch immer gearteten Beziehung, die er zu ihr unterhalten hatte, um die Ohren fliegen. Wir arbeiteten jetzt seit über drei Jahren zusammen, wir respektierten einander und hin und wieder kam auch die gegenseitige Anziehung zum Vorschein, von der wir dann aber immer beide so taten, als bemerkten wir sie nicht. Wir waren nicht nur Partner, wir waren Freunde. Aber im Moment verhielt sich mein Freund wie ein Verdächtiger, und ich wurde immer wütender und wäre fast geplatzt, als er schließlich sprach.

»Technisch betrachtet wurde unsere vermisste Person gefunden und wir können den Fall abschließen«, sagte Darius über das Geräusch der Klimaanlage hinweg.

»Machst du Witze? Das hier könnte mit Tiffany Truesdales Verschwinden zusammenhängen.«

»Dafür haben wir keinen Beweis.«

»Wie groß ist die Chance, dass zwei Frauen, die in direkter Verbindung zum Gouverneur stehen, innerhalb weniger Tage verschwinden?«, fragte ich. »Außerdem glaube ich nicht, dass Mr. Mordermittler allzu eifrig an dem Fall arbeiten wird. Er hat nichts, von dem er ausgehen kann.«

»Wie ich vorhin schon sagte, Partner. Der perfekte Ort, um eine Leiche loszuwerden.«

Den Rest des Wegs nach Downtown fuhren wir schweigend.

60 – TIFFANY

Nachdem Brenda weggelaufen war, machte Tiffany sich auf den Weg zum Haupthaus und versteckte sich hinter einem Baum. Drejohn und ungefähr ein Dutzend seiner Männer waren auf der Veranda und sammelten gerade ihre mit Gras versetzten Zigarrenstumpen und die Flaschen mit Alkohol ein und gingen ins Haus. Nach dem, was sie vom Gespräch belauscht hatte, war das wohl eine kleine Party, auf der Brendas Debüt als Pornostar geschaut werden sollte. Durch die Glaswand an der rückwärtigen Seite des Hauses beobachtete sie, wie die Männer lachten und sich mit ihren eigenen sexuellen Heldentaten brüsteten. In der Küche gab es hinter einer Holzwand eine Treppe, die in den Keller führte. Wahrscheinlich gab es dort ein schickes Heimkino.

Was ihr noch mehr Sorgen bereitete: Es klang ganz so, als würde Drejohn Zeit mit Brenda auch nach ihrer Vorstellung verkaufen. Tiffany war aber nicht sicher, denn die Männer unterhielten sich in einem ganz eigenen Jargon, den sie nicht verstand. So oder so, sie musste auf jeden Fall etwas unternehmen.

Sie verließ das Versteck hinter dem Baum und traute ihren Augen nicht. Einer der Männer aus Drejohns Gruppe hatte ein teuer aussehendes Feuerzeug auf dem Tisch liegen lassen. Sie rannte los und schnappte es sich, bevor er das Fehlen bemerkte und zurückkam. *Das kann ich gut gebrauchen. Jetzt benötige ich nur noch ein paar mehr Dinge.*

Sie schlich durch die Seitentür ins Haus und ging auf direktem Weg zur Speisekammer. Sie brauchte etwas Brennbares. Sie nahm zwei Dosen Bratspray vom Regal und ließ sie zu dem Nagellackentferner in die Tasche gleiten. Als sie Stimmen hörte, lief sie eilig zum Kühlschrank und öffnete die Tür, als suchte sie was zu essen.

Es waren Ginger und Vegas. »Hi Tiffany«, sagte Ginger. »Von dir war ja heute nicht viel zu sehen, sag mal.«

Sie nickte. »Ich verhungere«, sagte sie, nahm ein fettiges Stück Pizza und biss davon ab.

»Vegas und ich gehen rüber zum Wohnheim«, sagte Ginger. »Sie haben da einen großen Flachbildfernseher. Das neue Mädchen mit den Riesentitten hat heute die erste Show. Willst du mitkommen? Alle, die nicht arbeiten, gucken sich das an. Beim ersten Mal versagen sie meistens, aber bei den dicken Titten, denke ich, kann sie ja gar nicht viel falsch machen.«

Tiffany schüttelte den Kopf. »Ich glaube, ich höre auf deinen Rat und mache mich momentan lieber ein bisschen rar. Außerdem«, fügte sie hinzu und rieb ihre Schulter, »tut mir nach der Sache mit Tank immer noch alles weh.« Sie schloss den Kühlschrank, nahm die Pizza und ging Richtung Treppe. Sie verzog sich ins Badezimmer und lauschte, wie die Mädchen sich ein paar Snacks nahmen und gingen.

Nachdem sie die Pizza in den Müll geworfen hatte, durchsuche Tiffany den Schrank unter dem Waschbecken und fand Reinigungsalkohol. Inzwischen hatte sie so viel Zeug beisammen, dass ihr die Riemen der Tasche in die Schulter schnitten. Als sie zurück in die Küche ging, tauchte plötzlich ein dünner, blasser Typ in der Tür auf. Der Gestank nach Alkohol und Marihuana stieg wie eine Wolke hinter ihm auf. Tiffany duckte sich blitzschnell hinter die riesige

Kochinsel. Sie hielt den Atem an. Hatte er sie gesehen? Offensichtlich nicht, denn er ging an ihr vorbei nach draußen.

Auf allen vieren kroch sie zur Ecke und schaute nach draußen. Der Typ suchte draußen den Tisch und den Boden der Veranda ab. Ihm gehörte also das Feuerzeug. Sie kroch rasch zurück Richtung Badezimmer, weil sie fürchtete, er könnte sie sehen. Dort stopfte sie die brennbaren Flüssigkeiten in den Schrank, für den Fall, dass jemand ins Bad wollte und sie dort fand. Sie stand leise auf und durchwühlte den Mülleimer. Dort fand sie Zeitungen, die sie ebenfalls unter dem Waschbecken verstaute.

Etwa eine Minute später hörte sie, wie die Terrassentür aufging. Aus dem Keller klangen Rufe und begeistertes Johlen. Der dünne Typ war wohl wieder nach unten gegangen.

Sie holte ihre Tasche wieder hervor und eilte Richtung Studio. Während sie sich im Badezimmer versteckt hielt, war ihr der Gedanke gekommen, dass es wahrscheinlich besser war, irgendwo im Studio Sabotage zu betreiben. Vielleicht könnte sie damit auch irgendwie die Übertragung behindern. Wenn sie den Ort zerstörte, wo der Porno gedreht wurde, wäre *NTL Productions* für eine Weile aus dem Geschäft. Und wenn das Feuer groß genug war, würde die Feuerwehr kommen und vielleicht sogar die Polizei.

Sie rannte zur Rückseite des Studios. Hier musste sie nicht fürchten, von irgendwem gesehen zu werden, denn die einzigen Fenster im Gebäude waren jene im Eingangsbereich vorne. Sie bemerkte außerdem, dass es hier hinten keine Sicherheitskameras gab. Sie schaute sich um und entdeckte eine Tür. Vielleicht führte sie in ein Lager oder, was sie im Stillen hoffte, sie gelangte so an den Sicherungskasten. Sie riss die Tür auf. Bingo!

Das Herz schlug ihr bis zum Hals und ihre Hände zitterten, als sie die Zeitungen zusammenfaltete und sie in die Lücken zwischen den Sicherungen steckte. Sie hatte Todesangst und fürchtete sich am meisten davor, sich selbst in die Luft zu jagen. Jetzt musste sie nur noch die entflammbaren Flüssigkeiten hinzufügen. Sie beschloss, das Papier mit dem Backspray einzusprühen und die anderen brennbaren Flüssigkeiten noch über die Fotos und Berichte von den Reichen und Schönen zu gießen. *Da sind die egozentrischen Stars einmal für etwas gut.* Jetzt musste sie ihr Werk nur noch in Brand setzen. Mit zitternden Fingern ließ sie das Feuerzeug aufschnappen.

61 – TRAVIS

Er lenkte den Pick-up in die Garage. Maddies Wagen stand nicht auf seinem Platz. Travis war nicht überrascht. Wenn es in ihrem Fall neue Spuren gegeben hatte, würde sie vielleicht sogar die Nacht durcharbeiten.

Travis fühlte sich wie erschlagen. Er hatte ein paar Stunden im Fitnessstudio verbracht, und nachdem er geduscht und sich angezogen hatte, noch er ein paar Besorgungen gemacht. Er dachte wieder an seinen Termin mit Dr. Stevens und schüttelte verärgert den Kopf. Er hatte nicht vorgehabt, so emotional zu reagieren und der Psychiaterin zu erzählen, wie er Dave umgebracht hatte. Trotzdem hatte er sein Innerstes nach außen gekehrt wie ein jugendlicher Straftäter bei seiner ersten Verhaftung.

Travis sah zu, wie das Metalltor der Garage langsam wie der rote Samtvorhang im Theater nach unten glitt. Er war emotional erschöpft, aber seine Überlebensinstinkte funktionierten noch. Man schaut immer hin, um sicher zu sein, dass niemand in die Garage folgt, nachdem man seinen Wagen abgestellt hat.

Travis ging ins Haus und schaltete die Lichter ein, während er wie gewohnt seine Runde drehte – die Waffe in der Hand, bereit, jede mögliche Bedrohung im Notfall einfach wegzupusten. Alles war in Ordnung, und er steckte die Pistole wieder ins Holster und ging in die Küche, um sich was zu essen zu suchen. Nach einem gründlichen Blick in den

Kühlschrank, entschied er sich für einen Salat und die Reste von den Spaghetti, die er gestern Abend für Maddie gekocht hatte. Er schenkte sich ein großzügiges Glas Rotwein ein, setzte sich an den Tisch und dachte während des Essens über seinen Termin bei der Psychiaterin nach.

Nachdem er wie ein Vierjähriger geheult und der Ärztin alles über Dave erzählt hatte, hatte vor allem sie geredet. Über seinen Beruf. Sie sagte, alle Polizisten, vor allem die Männer vom S.W.A.T.-Team, wüssten um die Gefahren ihres Jobs und akzeptierten diese Tatsache vom ersten Akademietag an.

Sie hatte ihn gefragt, wie er zurechtkam. Er hatte ihr nicht die ganze Wahrheit darüber gesagt, wie viel er trank, und war dem Problem ausgewichen, dass er ständig das Gefühl hatte, jederzeit explodieren zu können. Er sagte kein Wort über die Probleme, die Maddie und er seit über einem Jahr ignorierten. Es hätte sich falsch angefühlt, darüber zu reden.

Er nahm den Teller mit zur Spüle und wusch ihn ab, bevor er ihn in die Spülmaschine stellte. Ob er Maddie anrufen sollte? Auf dem Freeway 405 war ein großer Stau gewesen, weshalb seine Rückfahrt aus Sherman Oaks, die sonst nur fünfundvierzig Minuten dauerte, fast anderthalb Stunden gedauert hatte. Komischerweise war er nach dem Treffen mit Dr. Stevens so ausgelaugt, dass er sich nicht wie sonst maßlos über die anderen Verkehrsteilnehmer aufgeregt hatte, sondern stattdessen wie alle anderen Trottel, die zu doof waren, aus L. A. rauszukommen, langsam nach Hause geschlichen war.

Um zu verhindern, dass Maddie ebenfalls in den Stau geriet, griff er nach dem Handy. Sein Anruf landete direkt auf der Mailbox. Er hinterließ ihr eine kurze Nachricht und legte auf.

Er beschloss, heiß zu duschen und dann früh ins Bett zu gehen. Zwanzig Minuten später trug er nur noch die Boxershorts und glitt unter die kühlen Laken. Und kurz danach schlief er tief und fest.

Er hörte Schüsse! Travis schoss in die Höhe, rollte aus dem Bett und prallte schmerzhaft auf den Boden. Die Pistole hatte er bereits im Anschlag. Er strengte sich an, um in der Dunkelheit etwas zu erkennen. Sein Herz hämmerte wie ein Maschinengewehr. Er konnte nichts hören außer diesem Pochen in seiner Brust. Er hätte vielleicht gedacht, dass er alles nur geträumt hatte, wenn nicht der ätzende Geruch nach Schießpulver in der Luft gehangen hätte. Er überlegte, ob er das Taschenlicht an seiner Pistole einschalten sollte. Doch er wollte dem Eindringling auf keinen Fall seine Position verraten.

Erst nachdem Travis' Augen sich an das fehlende Licht gewöhnt hatten, nahm er allmählich die Formen der Möbel wahr. Die rot leuchtenden Ziffern auf seinem Wecker zeigten an, dass es kurz nach Mitternacht war. Einige Minuten lang lag er einfach reglos da. Seine Gedanken klärten sich langsam und auch sein Herzschlag normalisierte sich. Er lauschte weiterhin nach irgendwelchen ungewöhnlichen Geräuschen, doch es gab keine. Er kroch zwischen Bett und Wand zur Schlafzimmertür und schloss ab. Erst dann stand er auf und drückte sich gegen den Sessel und begann, systematisch das Schlafzimmer abzusuchen.

Nachdem er sich überzeugt hatte, dass Schlafzimmer und angrenzendes Badezimmer leer waren, ging er methodisch durchs Haus und untersuchte sorgfältig alle Räume bis hin zur Garage. Als er fertig war, schlurfte er zurück ins Schlafzimmer. Offensichtlich hatte ihn ein schlechter Traum so aufgeschreckt.

Als er wieder im Schlafzimmer stand, schaltete er das Licht an. Und da sah er es. Ein Einschlagloch in der Decke, direkt über seinem Bett. Er schaute auf die Waffe in seiner Hand, löste das Magazin und zählte die Patronen darin. Eine fehlte. Es gab keinen Eindringling. Er selbst hatte im Schlaf in die Decke geschossen.

62 – TIFFANY

In der Dunkelheit des klaustrophobisch engen Häuschens mit dem Sicherungskasten musste Tiffany gegen die Müdigkeit ankämpfen. Ob der Stress nach ihrer Entführung ihre Aplastische Anämie verschlimmert hatte? Der enge Raum und der chemische Gestank der Flüssigkeiten forderten ihren Tribut. Sie ließ das hübsche gestohlene Feuerzeug aufschnappen und hielt die Flamme an das mit Aceton getränkte Papier, das sofort in orangefarbenen Funken zum Leben erwachte. Wie erstarrt, beobachtete sie, wie die Flammen das Papier auffraßen und sich Richtung Schaltkasten hochzüngelten. *Ich verschwinde besser.*

Rückwärts verließ sie die Hütte und ließ die Tür einen Spalt offen, um zu verhindern, dass die Flammen aus Sauerstoffmangel erstickten. Danach eilte sie vom Studio weg und zur Rückseite des Wohnheims.

Bisher hatte niemand den dunklen Rauch bemerkt, der aus dem Raum mit dem Sicherungskasten aufstieg. Sie lief schnell am Wohnheim vorbei und eilte weiter zur Seitentür des Haupthauses. Ich muss zurück in meinem Zimmer sein, bevor jemand das Feuer bemerkt, dachte sie.

Als sie das Haus betrat, hörte sie die ersten Rufe vom Studiokomplex hinüberschallen und gleich darauf hektische Schritte auf der Kellertreppe – Drejohn und seine Freunde wussten also schon Bescheid. Tiffany hatte keine Möglichkeit mehr, sich zu verstecken. Sie raste auf die Kellertür zu und drückte sich gegen die Wand dahinter, sodass sie von der Tür verdeckt wurde, als die Männer sie aufstießen. Zumindest hoffte sie das.

Die Tür sprang auf und sie musste das Gesicht zur Seite wenden, um sie nicht gegen die Nase geknallt zu bekommen. Drejohn kam als Erster nach oben. Seine Stimme übertönte alle anderen. »Was soll der Scheiß? Fuck, das Studio steht in Flammen!« Die anderen Männer polterten hinter ihm die Treppe hoch. Jeder stieß die Kellertür auf und verbarg Tiffany dahinter. Nachdem die Männer draußen verschwunden waren, rannte sie zu ihrem Zimmer. Doch dann ging ihr auf, dass die anderen es bemerken würden, wenn sie nicht nach draußen ging, um zu sehen, was los war.

Ehe sie das Haus verließ, brachte sie die fast leeren Dosen Backspray zurück in die Speisekammer. Dann rannte sie zwei Stufen auf einmal nehmend nach oben, füllte Wasser in die leere Nagellackentfernerflasche und stellte sie unter das Waschbecken in ihrem Badezimmer. Sie legte die Tasche zurück in den Schrank und ging wieder nach unten, wo sie sich auf die Veranda schlich und das Feuerzeug wieder auf den Tisch legte. Als sie alle belastenden Beweise losgeworden war, rannte sie so schnell wie möglich in den Hof, damit man sie dort sah.

Zu ihrem Ärger stellte sie fest, dass Drejohn und die anderen Männer schon mit Wasserschläuchen gegen die Flammen ankämpften. Erst als sie sicher war, dass die Männer den Kampf verloren, war sie zufrieden. Doch sie bemerkte auch, dass niemand telefonierte. *Niemand ruft die Feuerwehr. Also auf diesem Weg gibt es keine Rettung.* Trotzdem war sie recht erfolgreich gewesen, denn sie hatte die Studioproduktion vollständig lahmgelegt. Dutzende Mädchen mit leblosen Gesichtern standen herum oder liefen auf und ab, manche mehr oder weniger bekleidet, andere unter den Bademänteln eindeutig nackt. Tiffany suchte die Menge nach Brenda ab. Sie hoffte, mit ihrer Sabotage Brendas Livedebüt unterbrochen zu haben.

Während der schwarze Rauch in dichten Wolken von dem Gebäude in den Nachthimmel aufstieg, warf Drejohn seinen Wasserschlauch beiseite und schrie die umstehenden Leute an. »Wie zum Teufel ist das passiert?« Seine Augen traten fast hervor, die Muskeln an seinem Hals waren zum Zerreißen gespannt. Die anderen Männer kämpften weiter gegen die Flammen, während der Rest der Menge nur stumm zusah.

Tiffany begutachtete zufrieden ihr Werk. Sie war eine Brandstifterin. *Du hättest jemanden umbringen können.* Am liebsten hätte sie Drejohn gebeten, durchzuzählen, ob alle da waren. Doch sie traute sich nicht. *Das ist kaum der richtige Zeitpunkt, ihn auf dich aufmerksam zu machen, Tiffany. Drejohn ist ein schlauer Kerl. Er wird zwischen den Zeilen lesen können.*

Mit Ausnahme der Front stand fast das komplette Gebäude in Flammen. Die Männer setzten ihren chancenlosen Kampf fort und spritzten Wasser gegen das Gemäuer. Sogar ein paar Mädchen warfen aus kleinen Eimern Wasser auf die Flammen. Sie brauchten sich nicht anzustrengen – das Gebäude war nicht zu retten. Sie überlegte, ob jemand Brandstiftung vermuten würde.

Ginger kam näher. Ihre Miene war finster. »Das ist schrecklich. Wenn wir hier nicht länger senden können, müssen wir wieder auf die Straße.«

»Auf die Straße? Was heißt das?«, fragte Tiffany.

Ginger starrte sie verblüfft an. »Du bist mir vielleicht ’ne Prinzessin. Die Straße heißt, wir Mädchen müssen wieder auf den Strich gehen und es in Autos oder billigen Motels machen.« Sie schüttelte den Kopf. »Einige von uns müssen nach Oakland oder vielleicht nach Seattle. Die anderen müssen nach Vegas. Die ganze Sache ist echt scheiße.«

Nicht für mich. Tiffany fühlte sich von ihrem Erfolg beflügelt und schmiedete bereits Pläne für ihre Flucht. »Was denkst du, wann wir umziehen?«

»Vermutlich schon morgen früh, spätestens aber übermorgen. Wenn wir hier rumsitzen, verdienen wir für Drejohn kein Geld.«

»Ruft vorher noch jemand die Feuerwehr, damit sie den Brand endgültig löscht?«

»Wo denkst du denn hin? Drejohn kann unmöglich Feuerwehrleute oder Cops aufs Gelände lassen.«

»Mich überrascht nur, dass keiner von den Nachbarn den Notruf wählt. Die haben den Rauch und die Flammen bestimmt gesehen.«

Ein abschätziges Grinsen huschte über Gingers Gesicht. »Hör mal, Cinderella, du bist hier mitten im Nirgendwo. Das nächstgelegene Haus ist locker fünf Meilen von hier entfernt. Die Leute hier kümmern sich um ihren eigenen Kram. Und das solltest du auch.«

»Glaubst du, es haben alle rechtzeitig aus dem Gebäude geschafft?«

Das erdbeerblonde Mädchen schüttelte den Kopf und zuckte gleichzeitig mit den Schultern. »Denke schon.« Sie kam einen Schritt auf Tiffany zu. »Tu dir selbst einen Gefallen und geh Drejohn aus dem Weg. Er wird das hier an jemandem auslassen, und du willst bestimmt nicht diejenige sein, die es trifft.«

Tiffany drückte kurz Gingers Hand. »Danke. Hast du Brenda gesehen? Das Mädchen, das heute die Liveshow gemacht hat?«

Ginger schüttelte den Kopf. »Nein, und wenn ich an ihrer Stelle wäre, würde ich mich ebenfalls möglichst wegducken. Drejohn ist sehr abergläubisch.« Sie nickte zu dem brennenden Gebäude und fügte hinzu: »Er könnte sie dafür verantwortlich machen.«

Alarmiert blickte Tiffany über die Menge. Etwa siebzig Menschen hatten sich versammelt. Wo war ihre Freundin? Hatte Drejohn Brenda bereits gefunden und sie ins »Loch« geschickt, wie er es schon mit Tank getan hatte? Sie musste Brenda finden, um ihr von dem bevorstehenden Umzug zu erzählen. Wenn man sie alle vom Gelände fortbrachte, war Tiffany sicher, dass sie zusammen fliehen konnten.

Zumindest war das ihr Plan.

63 – PRESTON

Preston saß in der Dunkelheit am Schreibtisch in seinem Arbeitszimmer und obwohl zahlreiche Dokumente darauf ausgebreitet waren, arbeitete er nicht. Sein Kopf ruhte an der Rückenlehne seines Lederstuhls und er starrte nach oben und machte sich Sorgen um Tiffany.

Nach einem kurzen Klopfen trat Bain ein. Er schaltete das Licht ein. »Leitung eins. Chief Fryer vom LAPD.«

Preston fuhr hoch und schnappte den Telefonhörer. »Truesdale hier.«

»Gouverneur, ich habe Neuigkeiten für Sie.« Die Stimme des Chiefs klang dringlich. »Wir haben die Leiche von Heather McCall in der Wüste in der Nähe von Lancaster gefunden.«

Preston ließ die Luft entweichen, die er automatisch angehalten hatte. Also keine guten Neuigkeiten zu seiner Tochter. Dann dachte er an Heather und was sie ihm bedeutet hatte. *Lieber Gott, wo soll ich denn jetzt nur einen Knochenmarkspender für Tiffany finden?* »Wie wurde Miss McCall ermordet? Wissen Sie schon, wer es war?«

»Bis zum jetzigen Zeitpunkt weiß ich nur, dass sie durch einen Kopfschuss getötet wurde. Es ist ziemlich kompliziert, denn die Leiche wurde streng genommen in Kern County gefunden und unterliegt dem Verantwortungsbereich des dortigen Sheriffs. Das FBI war ebenfalls vor Ort und natürlich unsere Leute von der Abteilung für Vermisstenfälle, schließlich wurde sie ja hier vermisst gemeldet.«

»Gibt es schon Verdächtige?«

»Nein, bisher nicht. Ich halte Sie aber über alle Entwicklungen weiter auf dem Laufenden.«

»Ich danke Ihnen.« Selbst nach der Nachricht vom Mord an Heather wollte Preston den Chief daran erinnern, was ihm wichtig war. »Sie wissen, es gibt nichts, das Sie jetzt noch für Miss McCall tun können, Chief. Ich möchte, dass Sie alle verfügbaren Ressourcen darauf verwenden, Tiffany zu finden. Werden Sie das veranlassen?«

»Nun, also, natürlich.« Der Chief klang nicht sehr begeistert. »Kern County kümmert sich um die Mordermittlung, solange wir nicht nachweisen, dass der Mord innerhalb der Stadtgrenzen verübt wurde. Natürlich arbeiten unsere Detectives und das FBI Hand in Hand mit dem Sheriff von Kern County zusammen.«

»Vielleicht muss ich mich deutlicher ausdrücken, Chief. Überlassen Sie dem Sheriff Heathers Mordermittlung. Ich will, dass alle *Ihre* Leute nach Tiffany suchen.«

»Gouverneur, bei allem Respekt«, sagte Fryer und klang ziemlich verschnupft. »Eine Verbindung zwischen den beiden Fällen konnte bisher nicht ausgeschlossen werden. Es wäre dumm, diese Ermittlung ohne weitere Informationen fallenzulassen. Cutter und Divine sind deshalb im Moment am Tatort. Nach ihrer Rückkehr weiß ich mehr und melde mich.«

Ein Klicken, dann war die Verbindung unterbrochen.

»Der Bastard hat einfach aufgelegt«, sagte er zu Bain.

»Und was haben Sie erfahren?« Bain saß auf dem Sofa und ließ einen Bleistift zwischen den Fingern tanzen, als würde er einen Zaubertrick vorführen.

Preston erzählte das Wenige, was der Chief ihm mitgeteilt hatte.

»Das ist definitiv nicht der Ausgang, auf den wir gehofft haben. Jetzt müssen Sie auch noch einen neuen Spender für Tiffany finden«, sagte Bain.

»Ja«, sagte Preston, stützte den Ellbogen auf die Stuhllehne und vergrub das Gesicht in den Händen. »Heather war ein Geschenk des Himmels, daran besteht kein Zweifel.«

64 – PILAR

Sie schob den beunruhigenden Anruf von Sorriano beiseite und summte still vor sich hin, während sie in eine Designerjeans schlüpfte. Sie hatte sich entschieden, heute kein Höschen zu tragen. Preston brauchte etwas zusätzliche Ablenkung. Ihre Hose ließ sich spielend leicht schließen und sie musste lächeln. Zum Glück gehörte sie zu den Menschen, die in Stresssituationen nur wenig aßen. Sie besprühte sich mit ihrem Lieblingsduft und zog ein gerüschtes Chiffonoberteil an. Flache Sandalen komplettierten den lässigen und schicken Look.

Das würde ein guter Abend werden. Sie hatte Preston früher am Abend angerufen und vorgeschlagen, dass er in ihre Wohnung kam, die sie unterhielt, wenn sie mal nicht Bürgermeisterin sein wollte. Zu ihrer Überraschung war er einverstanden gewesen. In den letzten Tagen hatte er seltsam distanziert gewirkt. Nach dem Verschwinden von Tiffany und ihrer Freundin sowie der Knochenmarkspenderin hatte sie schon gedacht, er würde sich herausreden und absagen. Aber offenbar brauchte auch Preston etwas Zeit für sich.

Ein diskretes Klopfen an der Tür. Sie schaute durch den Türspion und erkannte trotz der braunen Baseballkappe, die er tief ins Gesicht gezogen trug, Prestons attraktive Gestalt. Er bewegte sich vor und zurück und hob gerade die Hand, um ein zweites Mal zu klopfen.

Sie entriegelte die Tür und er stürmte an ihr vorbei.

»Sie haben Heather McCall gefunden. Sie ist tot«, sagte er, wischte die Kappe vom Kopf und fuhr sich mit der Hand durchs Haar.

»Was? Wann? Wo?«

Preston wiederholte rasch, was er von Chief Fryer erfahren hatte.

»Okay, beruhige dich erst mal. Komm, wir setzen uns. Gib mir die Kappe«, sagte sie und legte die Baseballkappe auf den Tresen und ging weiter in die Küche. »Was möchtest du trinken?«

»Zwei Fingerbreit Scotch. Lass die Flasche gleich draußen.«

Pilar blickte ihn fragend an.

»Himmel, Pilar. Sieh mich gefälligst nicht so an. Heather ist verschwunden und jetzt ist sie tot. Tiffany ist auch verschwunden und ich habe Angst, sie könnte die Nächste sein.«

»Ich verurteile dich auch gar nicht, Preston. Aber es gibt keinerlei Hinweis darauf, dass die beiden Ereignisse zusammenhängen. Versuch einfach, dich zu entspannen.« Sie schenkte drei Fingerbreit Scotch ein und gab ihm das Glas. Für sich schenkte sie ein Glas Chardonnay ein. »Komm, setzen wir uns erst mal auf die Couch und du erzählst mir alles in Ruhe. Vielleicht hilft uns das, es irgendwie zu verstehen.«

Er hatte den Scotch bereits runtergekippt und sie schenkte nach. Diesmal nicht so viel. Er sollte nicht betrunken werden. Heute Nacht wollte sie flachgelegt werden, und wenn er unbedingt vorher über diese McCall-Frau reden wollte, umso besser. Sollte er sich alles von der Seele reden.

»Ah«, machte er, nahm dieses Mal nur einen kleinen Schluck Scotch. »Jetzt fühle ich mich schon besser.«

Sie lächelte ihn an und setzte sich neben ihn. »Ich wusste, dass das wirkt. Und jetzt erzähl mir alles, was Chief Fryer gesagt hat.«

»Heute bekam ich am späten Nachmittag einen Anruf von Fryer. Er wusste noch nicht viel. Nur dass Heather McCalls Leiche in der Nähe von Lancaster gefunden wurde. Anscheinend wurde sie in den Kopf geschossen.«

»Und?«

»Nichts und. Mehr weiß ich nicht.«

»Sie haben keine Ahnung, wer das gewesen ist?«

»Das sagte ich doch schon. Sie wurde in den Kopf geschossen. Tot.«

Pilar lehnte sich zurück und dachte angestrengt nach. »Das ist eine unglückliche Wendung. Du wirst einen anderen Spender für Tiffany brauchen. Trotzdem verstehe ich nicht ganz, warum du so aufgebracht bist.«

Preston starrte sie verblüfft an. »Hast du eigentlich eine Ahnung, wie lange wir nach einer passenden Spenderin gesucht haben?« Er wartete ihre Antwort nicht ab. »Zwei Jahre!«

Pilar sagte nichts. Sie wollte ihn nicht auf das Offensichtliche stoßen – dass nämlich seine Tochter, wenn sie nicht lebend gefunden wurde, keinen Spender mehr brauchen würde. Die ganze Angelegenheit bereitete ihr Kopfschmerzen. Der Abend war für sie ruiniert.

»Lass uns nicht länger über diese McCall-Frau reden. Nichts, was wir sagen, wird etwas an den Tatsachen ändern.« Sie betrachtete sein leeres Glas. »Möchtest du noch mehr Scotch? Ich nehme noch ein Glas Wein und ... nun, ich trage kein Höschen.« Sie musste sich ein Lächeln verkneifen, weil sein Blick sich jetzt mit wachsendem Interesse auf ihr Honigtöpfchen richtete.

Einige Zeit später, nachdem sie sich einen Joint gegönnt hatten, tobten sie eine Runde durchs Bett. Jeder von ihnen strebte aus unterschiedlichen Gründen das Nirwana an. Prestons gekonntes Liebesspiel löste die Anspannung, unter der er litt. Und Pilars energische, manchmal geradezu athletische Beteiligung diente vor allem dazu, ihren Liebhaber zu erschöpfen. Sie wollte, dass er danach selig einschlummerte. Sie musste einen Anruf erledigen ... mit einem anderen Mann sprechen.

65 – MADDIE

Als wir zum Präsidium zurückkehrten, schlug mir das Herz bis zum Hals, so gespannt war ich, wie Darius auf das Foto mit Heather McCall reagieren würde. Tagsüber herrschte in der Tiefgarage ein ständiges Kommen und Gehen, aber um Viertel vor zwölf nachts ging es hier sehr viel ruhiger zu. Unsere Schritte hallten in der Stille von den Betonwänden wider, als wir zu der schweren Sicherheitstür aus Metall gingen, durch die wir ins Gebäude gelangten. Wir schwiegen immer noch.

Wir traten aus dem Fahrstuhl und ich war überrascht, als Darius das Wort an mich richtete. »Ich muss mal wo hin. Bin in einer Minute zurück.«

»Okay, ich schaue derweil, ob ich das Foto finde«, sagte ich. Doch ich wusste nicht, ob er mich hörte. Seine Schritte waren weit ausgreifend und schnell. Musste er wirklich so dringend? Oder gab es einen anderen Grund, schleunigst aus meinem Sichtfeld zu verschwinden? Ein Teil von mir wollte ihm folgen und vor der Männertoilette auf ihn warten. Stattdessen ging ich in unseren Einsatzraum.

Ich war nicht überrascht, dass das Büro fast leer war. Die Einzigen, die noch da waren, waren die üblichen zwei Kollegen für die Notrufhotline. Sie schauten nicht mal auf, als ich reinkam.

Ich ging zu meinem Schreibtisch und loggte mich in meinen Computer ein. Innerhalb einer Minute hatte ich das gesuchte Foto gefunden. Nichts hatte sich geändert. Darius trug immer noch ein albernes Hawaiihemd und war offensichtlich betrunken. Heather war immer noch fast nackt und lächelte geziert in die Kamera. Ich klickte auf das Foto und es wurde auf Bildschirmgröße vergrößert.

Ich schaute auf die Uhr. Wo steckte Darius nur so lange? Trödelte er absichtlich? Wie um mich zu beruhigen, tauchte mein Partner just in diesem Moment auf. Er kam zu meinem Schreibtisch, zog den Stuhl vom Arbeitsplatz nebenan heran und ließ sich darauf fallen. Er starrte auf den Monitor.

Ich beobachtete ihn aufmerksam und folgte seinem Blick, während er das Foto musterte.

»Las Vegas. Juli 2010. Roger Selnicks Junggesellenabschied. Ich erinnere mich nicht, dass dieses Foto gemacht wurde, aber ich weiß noch, wie unglaublich betrunken ich war. Bist du sicher, das ist Heather?«

»Ja, das ist Heather McCall. Damals wohl noch in Blond.« Ich klang gegen meinen Willen verärgert. »Wenn du dich nicht an das Foto erinnerst, wie kannst du so genau sagen, wann und wo das war?«

»Weil ich bei dem Junggesellenabschied dieses wunderschöne Hemd zum letzten Mal gesehen habe. Roger und ich gerieten in eine Rauferei mit einem Türsteher vor einem Stripclub in der Fremont Street. Meine Hommage an den Aloha-Staat wurde mir regelrecht vom Leib gerissen. Dieser Trip ist seither bekannt als ›das Vegas-Ding‹, bei dem Cutter sein Hemd verlor.«

Ich blickte ihn an. Ich wusste nicht, ob das stimmte oder gelogen war. Schlimmer noch, es gab keine Möglichkeit, zu überprüfen, ob er sich tatsächlich nicht daran erinnerte, dass das Foto von Heather McCall und ihm gemacht worden war.

»Okay«, sagte er und sah mich vielsagend an. »Wenn das alles ist, was du hast, können wir jetzt ja unsere Überstunden aufschreiben und endlich von hier verschwinden.«

Ich war noch nicht überzeugt, aber ich war auch nicht bereit, die interne Ermittlung einzuschalten.

Es war fast ein Uhr in der Früh, als ich langsam in die von Bäumen gesäumte Straße bog, in der Travis und ich lebten. Ich kam immer gerne heim, wenn fast alle anderen schon schliefen. In langsamem Tempo konnte ich in den Gärten der Nachbarn sehen, ob irgendwas Ungewöhnliches in den Schatten lauerte. Es gab mir ein gutes Gefühl, selbst in den frühen Morgenstunden auf andere aufzupassen, während sie schliefen.

Doch heute Nacht schien alles ruhig zu sein – bis ich zu meinem eigenen Haus kam. Adrenalin schoss durch meine Adern, als ich das elektronische Rolltor der Garage weit offen und das Innere hell erleuchtet sah. Travis würde die Garage niemals so offen stehen lassen. Irgendwas stimmte hier nicht. Meine Kehle zog sich vor Angst zusammen. Wenn ein Eindringling in meinem Haus war, sollte er lieber bereit sein, seinem Schöpfer gegenüberzutreten.

Ich zog die Smith-and-Wesson 9mm aus dem Holster an meinem Gürtel und legte sie auf den rechten Oberschenkel. Ich fuhr jetzt nur noch in Schrittgeschwindigkeit, nahm das Handy aus der Handtasche und wählte die 911, ohne bereits den Anrufknopf zu drücken. Mein Plan sah so aus, zuerst am Haus vorbeizufahren, als würde ich gar nicht dort wohnen, und zu sehen, was dort vor sich ging. Ich verlangsamte den Wagen noch mehr, indem ich den Fuß vom Gas nahm. Der Wagen kroch die Straße entlang.

Plötzlich sah ich das untere Ende unserer Leiter, das zur Innenwand der Garage schwang. War das ein Einbrecher, der unsere eigene Leiter benutzte, um an eines der Fenster im oberen Stockwerk zu gelangen? Die Person, die die Leiter trug, kippte sie und hängte sie offenbar zurück an die Haken, wo sie hingehörte. Travis.

Ich atmete erleichtert aus. *Was machte er zu dieser späten Stunde mit einer Leiter?* Noch beunruhigender war eigentlich nur, dass mein Mann in Boxershorts in der Garage herumlief, wo ihn alle Nachbarn beobachten konnten.

Ich lenkte den Wagen abrupt in die Einfahrt und blendete ab – ein alter Reflex aus meiner Zeit als Streifenpolizistin. Was auch immer hier los war – ich wusste, es würde mir ganz und gar nicht gefallen.

Ich lenkte den Sportwagen neben seinen Pick-up, schaltete rasch den Motor ab und stieg aus. »Was ist denn hier los?« Der Gesichtsausdruck meines Mannes erinnerte mich an den eines Diebes, der auf frischer Tat beim Klauen erwischt wurde. Man konnte förmlich sehen, wie es in seinem Gehirn ratterte, wie er nach einer plausiblen Erklärung suchte. *Was zum Teufel hatte er dieses Mal getan?* Ich verstaute meine Pistole wieder im Holster. »Was machst du hier mitten in der Nacht mit der Leiter?«

Mein Mann starrte durch mich hindurch, während er nachdachte. Wenn ich es nicht besser wüsste, würde ich glauben, er sei auf PCP. Er hatte diesen leeren, »staubigen« Gesichtsausdruck.

»Verdammt, Travis! Was zum Teufel ist hier los?«

»Lass uns reingehen«, sagte er und wandte sich von mir ab und ging ins Haus.

Schweigend schloss ich das Garagentor und folgte ihm. Ich lehnte mich gegen den Küchentresen, während er barfuß zum Kühlschrank tappte und sich ein Bier nahm. Er drehte den Deckel ab und nahm einen großen Schluck.

Dann ließ er sich auf einen Küchenstuhl fallen und stellte die braune Flasche auf den Tisch. »Maddie, ich bin völlig fertig. Du wirst nicht glauben, was mir heute Abend passiert ist.«

Er klang niedergeschlagen. Ich ging zu ihm und setzte mich neben ihn. Als er erzählte, wie er sich unter Beschuss gewähnt und anschließend das Haus durchsucht hatte, ging ich zum Kühlschrank und goss mir ein Glas Wein ein. Ich konnte nicht glauben, was ich hörte.

»Also habe ich hier erst im Dunkeln gesessen und gewartet, falls einer der Nachbarn die Cops ruft. Ich wollte nicht, dass jemand herkommt und Fragen stellt.« Er nahm noch einen Schluck Bier aus der bereits fast leeren Flasche. »Nach einer Weile war mir klar, dass niemand außer mir wach war, und ich dachte, es wäre das Beste, den Schaden so schnell wie möglich zu reparieren. Ich hab die Leiter und Spachtelmasse geholt, und zehn Minuten später hätte man meinen können, es wäre nie etwas passiert. Ich war gerade fertig, als du nach Hause kamst.«

»Kannst du dich denn an einen schlechten Traum erinnern? Ich meine, wenn du früher Alpträume hattest, bist du schreiend aufgewacht, aber das hier ...« Ich verstummte, weil ich nicht wusste, was ich sagen sollte. Das war schrecklich. Wirklich schlimm.

»Ich war heute bei dieser Psychiaterin. Wir haben viel über das geredet, was mit Dave passiert ist.«

Offensichtlich bemerkte er eine Reaktion, die über mein Gesicht huschte.

»Keine Sorge, wir haben nicht ... über irgendwas anderes gesprochen.«

»Nun ja, wenn das das Ergebnis ist, wenn wir zur Betriebspsychologin gehen, weiß ich nicht, ob die wissen, was sie tun.« Es war mies von mir, das zu sagen, aber Travis' Gespräch mit der Psychiaterin machte mich nervös, weil ich fürchtete, dass meine eigenen Probleme ans Licht kommen könnten.

»Nein, Maddie. Die Ärztin war nett und ich fühlte mich danach wirklich besser. Nicht mal der Megastau auf dem Rückweg konnte mich aus der Ruhe bringen.«

»Na schön, während der Rushhour mag das helfen, aber jetzt habe ich so ein bisschen das Gefühl, als müsste ich mit meiner schusssicheren Weste schlafen.«

Travis schüttelte den Kopf. »Nein, offensichtlich bin ich im Moment nicht in der rechten Verfassung, um Schusswaffen in meiner Nähe zu haben, wenn ich schlafe. Ich habe meine Waffen bereits im Waffenschrank in der Garage eingeschlossen.« Er stand auf und sah mich an. »Aber ich denke, du solltest eine Waffe in deiner Nachttischschublade haben. Nicht nur, damit ich ruhig schlafen kann, sondern vor allem für dich. Einer von uns muss vorbereitet sein, wenn jemand einbricht. Und wenn ich schlafwandeln sollte, wachst du bestimmt früh genug auf, bevor ich auch nur in die Nähe deiner Waffe komme.«

Ich wusste, dass er versuchte, mir ein Gefühl von Sicherheit zu vermitteln, doch seine Worte erreichten das genaue Gegenteil. Aber Travis' Wohlergehen war wichtiger als der Kampf mit meinen eigenen inneren Dämonen. Ich hatte gelernt, meine Wut und meine Ängste beiseitezuschieben. Ich schluckte darum meine Gefühle herunter und trat zu meinem Mann, um ihn in den Arm zu nehmen.

66 – PILAR

Nackt stand Pilar in der Küche ihres kleinen Apartments und tippte mit der Spitze ihres künstlichen Fingernagels eine Nummer in eines ihrer anonymen Prepaidhandys.

»Jo, wer ist da?«

»Ich bin's, und wir haben ein Problem.«

»Sag nichts mehr. Gib mir deine Nummer und ich rufe dich direkt zurück.«

Pilar nannte die Nummer des Wegwerfhandys und legte wortlos auf. Offenbar wollte ihr Mitverschwörer nicht auf seiner Hauptleitung mit ihr reden. Er würde sie ebenfalls von einem Wegwerfhandy aus anrufen. Innerhalb von Sekunden kündigte ein leises Klingeln den Anruf an. Sie nahm ab, sagte aber nichts.

»Nun, Frau Bürgermeisterin, was bringt Sie denn zu so später Stunde dermaßen aus der Ruhe?«

»Das kann ich dir sagen: Sie haben Heather McCall gefunden!« Einen Moment lang war es in der Leitung still.

»Echt? Weißt du, wie das passieren konnte?«

»Nein, du Idiot! Ich habe gehofft, du kannst mir das sagen.«

»Respekt, Frau Bürgermeisterin, wenn ich bitten darf.«

»Du bekommst Respekt, wenn du ihn verdient hast. Das hätte nicht passieren dürfen. Du hast mir versichert, du wüsstest, wie man so etwas macht.«

In der Stimme des Mannes lag eine gewisse Schärfe. »Kein

Grund zur Panik. Nur weil sie die Leiche gefunden haben, heißt das nicht, dass sie mehr wissen. Ich weiß, wo sie abgeladen wurde. Vertrau mir, die Ermittlungen werden minimal sein.«

»Die Sache wird hoffentlich nicht auf mich zurückfallen. Sonst reiße ich dich mit in den Abgrund.«

Sie hörte, wie ihr Gesprächspartner tief einatmete. »Hör mal, du ichbezogene Prinzessin, ich habe viel zu viel zu verlieren, als dass mir durch eine unschöne Entdeckung mein Imperium zum Einsturz gebracht würde. Ich habe mir den Arsch jedenfalls zu hart abgearbeitet, um mir durch einen *Gefallen* alles kaputt machen zu lassen. Die meisten Leute, die so dumm sind, kriegen keine zweite Chance.«

»Tja, du bist aber nicht der Einzige, der was zu verlieren hat«, zischte sie. »Der Gefallen, den ich dir getan habe, hat mich 'ne Menge gekostet. Wie zum Teufel konnte das passieren? Du hast mir versichert, McCall wird nicht gefunden, und trotzdem taucht ihre Leiche nicht mal eine Woche nach ihrem Verschwinden auf?«

»Du musst dich beruhigen. Niemand kann einem von uns eine Verbindung zu McCalls Verschwinden oder der Leiche nachweisen. Halte dich an den Plan und gerate bloß nicht in Panik.« Einen Moment lang war es in der Leitung still. »Ach, und noch was, Pilar – ruf mich nicht mehr an.«

67 – TRAVIS

Travis lag im Bett und lauschte in der Dunkelheit, wie Maddie sich für die Arbeit fertig machte. Fast hätte er sich bewegt und dann hätte sie gewusst, dass er wach war. Doch er wollte den Zauber nicht brechen. Gestern Nacht hatte sie sich rührend um ihn gekümmert. Zum ersten Mal seit über einem Jahr hatte sie wirklich neben ihm gelegen und ihre weichen Brüste in seinen Rücken gedrückt. Sie hatte den Arm um ihn gelegt und das Gesicht in seinem Nacken vergraben. So hatte sie geschlafen, bis ihr Wecker klingelte. Wenn er heute tot umfiel, würde er glücklich vor seinen Gott treten, denn seine Frau hatte ihn endlich aus eigenem Antrieb wieder berührt.

Der leichte Duft ihres Parfüms erreichte seine Nase, während sie auf Zehenspitzen aus dem Schlafzimmer schlich. Er atmete tief ein. Er erinnerte sich lebhaft an die guten Zeiten, als Maddie immer nach Blumen roch und ihre Ehe stabil war. Bis zu jenem Vorfall hatten sie einander berührt, geküsst, hatten sich geliebt, ohne je einen Gedanken daran zu verschwenden, wie glücklich sie im Grunde waren.

Er lag unter dem kühlen, zerknüllten Laken und beobachtete, wie die Dämmerung silbrig hinter den Fensterläden heraufzog. Zu sehen, wie ein neuer Tag erwachte, ließ auch in ihm die Sehnsucht nach einem Neuanfang erwachen – etwas, das sie beide dringend brauchten.

Um zu beweisen, dass er für einen Neuanfang tatsächlich bereit war, stand Travis sofort auf, nachdem Maddie gegangen war. Er fuhr in den nächsten Baumarkt und kaufte neue Farbe fürs Schlafzimmer. Sie hatten es vor ungefähr einem Jahr neu gestrichen, aber weder Maddie noch Travis waren mit dem Ergebnis zufrieden. Seit Monaten dachten sie über eine Veränderung nach, und jetzt schien der richtige Zeitpunkt gekommen. Vor allem mit einem Einschussloch in der Zimmerdecke.

Er hatte gerade die Eimer mit der neuen Farbe auf dem Schlafzimmerboden abgestellt, als das Telefon klingelte. Es war die Sprechstundenhilfe aus Dr. Stevens Büro. »Officer Divine? Dr. Stevens hat mich gebeten, Sie zu fragen, ob Sie heute Zeit für einen neuen Termin hätten. Sie hatte eine Absage und hofft, dass Sie heute mit ihr weiterarbeiten könnten. Ginge das?«

Travis wusste nicht, was er darauf antworten sollte. Die gestrige Sitzung hatte eine Menge Druck rausgenommen. Aber er wusste nicht, worüber sie jetzt noch reden sollten. Er würde ihr gegenüber auf keinen Fall erwähnen, dass er im Schlaf seine Waffe abgefeuert hatte, und über Daves Tod hatte er sich bereits lang und breit ausgekotzt. Er hatte ihr alles erzählt. Nun ja, fast alles. »Ähm, ist das nicht etwas früh?«, fragte er.

»Es ist nicht ungewöhnlich, wenn der Patient gute Fortschritte macht, baldmöglichst einen neuen Termin zu vereinbaren.« Die Stimme der Frau klang professionell, aber sehr überzeugend. »Können Sie heute Nachmittag um zwei kommen?«

Er fuhr sich mit der Hand durch die Haare. Er hatte sonst nichts vor, doch Travis mochte es nicht, wenn jemand ihn unter Druck setzte. Andererseits wollte er wieder zur Arbeit.

Seinetwegen fehlte dem S.W.A.T.-Team ein Mann. »Okay, ich komme.«

»Großartig, ich gebe Dr. Stevens Bescheid.«

68 – PRESTON

Am nächsten Morgen kam gedämpftes Lachen aus dem Erdgeschoss in Prestons Haus. Leises, glockenhelles Klingeln von Gläsern, die gegen Teller stießen, und das Klappern von Besteck. Seine Leute frühstückten. *Gut. Nach der Toberei mit Pilar gestern Nacht bin ich auch halb verhungert.*

Er betrat das Esszimmer und überraschte die Leute. Alle Gespräche verstummten, als sie ihn musterten. Er trug einen Anzug und war frisch rasiert. Die Verwirrung, die er damit stiftete, ergab durchaus Sinn – in den letzten Tagen hatte er sich eher lässig gekleidet und sich im Haus versteckt.

»Guten Morgen, Gouverneur«, sagte Bain und sprang auf, um Preston einen Teller zu holen.

»Guten Morgen. Machen Sie einfach weiter. Wir haben heute einen anstrengenden Tag vor uns, darum sollten Sie reichlich essen.«

Preston freute sich, als er sah, wie ein besorgter Ausdruck über Bains Gesicht huschte. Sein Stabschef fühlte sich offenbar etwas zu wohl in seiner Rolle als Stellvertreter. Preston richtete sich einen Teller mit Essen an und setzte sich an den Tisch. Ihm entging nicht, dass die Atmosphäre im Raum sich geändert hatte. Die Leute sprachen mit gesenkter Stimme und niemand lachte. Bain saß neben ihm, zog das Handy aus der Tasche und tippte auf den Touchscreen. Preston sah, dass sein Berater die Liste mit Spendern durchsuchte. Er arbeitete wohl gerade daran, Gelder aufzutreiben.

Preston aß stumm und überlegte währenddessen, was er mit Pilar machen sollte. Ihre Beziehung gründete vor allem auf Bequemlichkeit und Imagepflege. Es gab keine wahren Gefühle – keine Liebe. Er war es leid, etwas vorzutäuschen, war es leid, zu betrügen. Er wollte aus dieser Beziehung raus. Außerdem fühlte sie sich in der Rolle als Partnerin an seiner Seite allmählich zu wohl. In Wahrheit waren sie zwei politische Heuchler, die perfekt gebotoxte Gesichter, ein bezaubernd geschnitztes Lächeln und sonst nicht viel zu bieten hatten.

Andererseits fiel ihm der Gedanke schwer, sich von ihr zu trennen, solange seine Eier noch von dem überragenden Sex schmerzten, den sie in der letzten Nacht gehabt hatten. Sie war wunderbar. Die Presse liebte sie. Ihre Bilanz als Bürgermeisterin war so gut, wie sie nur sein konnte, wenn man die finanzielle Situation in fast jeder Stadt in Amerika bedachte. Irgendwie schaffte sie es, in der Gunst der Wähler zu bleiben, obwohl sie gezwungen war, manch unpopuläre Entscheidung zu treffen. Ja, wenn er pragmatisch darüber nachdachte, gab es wirklich keinen Grund, seine Beziehung mit Pilar nicht fortzusetzen.

Er leerte die Kaffeetasse und bedeutete seinem Verwaltungsassistenten und Bain, ihm in die Bibliothek zu folgen. Nachdem sie den Raum betreten hatten, setzte er sich an den mit reichen Schnitzereien verzierten Schreibtisch und bedeutete Bain, die Tür zu schließen.

»Tiffany wird jetzt schon seit drei Tagen vermisst. Das ist absolut inakzeptabel. Sie ist vielleicht krank und braucht ihre Antibiotika, um mögliche Infektionen zu bekämpfen. Wie kommen Sie mit den Vorbereitungen für eine Belohnung voran?«

»Ich habe Ihre Bank kontaktiert und denen gesagt, dass

Sie eine ordentliche Geldsumme sofort verfügbar haben wollen sowie eine Kontaktperson, die vierundzwanzig Stunden am Tag verfügbar ist.«

Preston nickte. »Das ist gut. Ich möchte außerdem, dass Sie einen Privatdetektiv anheuern, der Tiffany findet. Ich will keinen abgehalfterten Excop. Ich will jemanden mit guten Referenzen und die Kosten spielen keine Rolle. Haben Sie die Medien über die heutige Pressekonferenz informiert?«

»Sir, bei allem Respekt, aber sie müssen die Suche der Pol...«

Preston hob die Hand und brachte Bain zum Schweigen. »Sie haben mich gehört. Machen Sie's einfach.« Er stand auf. »Die Behörden sind wertlos. Sie haben nach Heather McCall gesucht und sie ist tot. Die Cops suchen jetzt nach Tiffany, und ich will nicht, dass sie dort dasselbe Ergebnis erreichen.«

Prestons Blick blieb an seinem Verwaltungsassistenten hängen. »Ich will den ganzen Stab heute wieder in den Büros sehen. Sie sollen die Arbeit wie gewohnt aufnehmen. Wir müssen jemanden benennen, der in ständigem Kontakt mit den Medien steht. Ich muss einen Staat führen und eine Tochter finden. Ich werde beides tun – und fange mit der Suche nach meiner Tochter an.«

69 – MADDIE

Ich war im Stop-and-Go auf dem Golden State Freeway gefangen und hatte also genug Zeit, um über meine Schuldgefühle nachzudenken. Vorher war ich auf Zehenspitzen durch die Dunkelheit geschlichen und hatte mich angezogen, weil ich Travis nicht hatte wecken wollen. Ich hatte mir eingeredet, dass eine verständnisvolle Ehefrau so was machte, doch in Wahrheit wollte ich nicht mit ihm darüber diskutieren, dass wir gemeinsam geschlafen hatten. Ich wusste, er wollte jeden einzelnen Schritt analysieren. Neben ihm zu liegen und dabei die Arme um ihn zu legen, hatte mich genauso getröstet, wie es ihn entspannt hatte. Er hatte sich die ganze Nacht kaum gerührt, und ich hatte auch viel besser geschlafen. Das machte es ja so verwirrend. Aber realistisch betrachtet hing unsere Ehe nach wie vor am seidenen Faden, und ich bezweifelte, dass eine Nacht mit gesundem Schlaf ein Jahr voller Scham und Verzweiflung würde tilgen können.

Travis sagte, der Besuch bei der Betriebspsychologin habe ihm geholfen. Wenn man überlegte, dass er danach das Haus zusammengeschossen hatte, war ich nicht gerade geneigt, ihm zuzustimmen.

Je näher ich dem Präsidium kam, desto weniger dachte ich aber über Travis nach. Stattdessen dachte ich an Heather McCalls Leiche, die im Müll irgendwo in der Wüste abgeladen worden war. Ich dachte an meinen Partner und seinen ach so passenden Gedächtnisverlust. Wie hoch war die Wahrscheinlichkeit, dass es von ihm und einem Mordopfer ein Foto gab, das ein paar Jahre vor ihrem Tod aufgenommen wurde? Für mich fühlte sich das einfach nicht richtig an.

Ich hatte mich kaum hingesetzt, als Darius neben dem Schreibtisch auftauchte. »Wir sollen in Larrys Büro kommen.«

Mein Magen zog sich zusammen. *Hatte etwa noch jemand das Foto mit Darius und Heather entdeckt?* Ich verzog das Gesicht und nahm einen Notizblock aus dem Schreibtisch. *Hat ja keinen Sinn, sich Ärger einzuhandeln.* »Dann lass uns mal die Bestie zähmen«, sagte ich. »Aber du schuldest mir was, weil ich dem Frauenschläger vor meinem ersten Becher Kaffee gegenübertreten muss.«

»Okay. Aber bevor wir zu ihm gehen, möchte ich, dass du dir schnell noch etwas anschaust.«

Ich war überrascht, dass Darius dafür sogar unseren Boss warten ließ. Das entsprach sonst gar nicht seinem Stil.

»Hier, setz dich.« Er schob mich auf seinen Schreibtischstuhl und klickte mit der Maus. Sein Bildschirm zeigte das Foto von Heather und ihm. Dann klickte er mit der rechten Maustaste und rief die Daten zu dem Bild auf – unter anderem die Webseite, auf der das Bild hochgeladen worden war. Der Link führte zu Heathers Seite bei AllAboutMe. Unter dem Foto stand: *Ich häng mit dem LAPD ab.*

»Ich vermute, Roger muss ihr erzählt haben, dass wir Cops sind, als er das Foto gemacht hat«, sagte Darius. Nachdem er die Seite geschlossen hatte, blickte er mich an. »Du kannst Roger gerne anrufen, aber dann wird er in diese Ermittlung reingezogen, und das ist vollkommen unnötig. Es macht keinen Sinn, die Aufmerksamkeit auf ein Foto zu lenken, das mit unserem Fall nichts zu tun hat.« Er zog meinen Stuhl zurück. Zeit, zum Boss zu gehen.

Was Darius sagte, ergab durchaus Sinn ... Aber auch nur, wenn er die Wahrheit sagte.

In diesem Moment steckte Larry der Frauenschläger den Kopf durch die offene Bürotür und bedeutete uns, wir sollten uns beeilen. Unser Boss hielt das Handy ans Ohr und zeigte auf ein paar Stühle an der Wand. Wir hatten uns kaum gesetzt, als er das Gespräch beendete.

»Sind Sie so weit, den McCall-Fall zu schließen? Ich muss jetzt alle Leute auf Tiffany Truesdale ansetzen.«

»Wir sind immer noch nicht sicher, ob die beiden Fälle nicht doch zusammenhängen, Lieutenant«, sagte ich. »Es gibt ein paar Spuren, denen wir noch nicht gefolgt sind.«

»Geben Sie alles an den Sheriff von Kern County weiter. Die übernehmen den Fall ab jetzt. Wenn sich herausstellt, dass sie in unserem Zuständigkeitsbereich gestorben ist, wird die Mordkommission mit ihnen zusammenarbeiten. Die Frau wird nicht länger vermisst, darum gibt es keinen Grund für uns, weiter an dem Fall zu arbeiten.«

Darius beugte sich vor. »Lieutenant, wir brauchen höchstens ein paar Stunden, um ein paar Dinge zu prüfen. Vielleicht tut sich dabei ja sogar eine Spur zu Tiffany auf.«

»Jo, genau so werde ich das dem Chief erzählen«, sagte Larry. »Meine Detectives verfolgen Spuren im Fall einer Vermissten, die bereits tot in der Wüste gefunden wurde. Und währenddessen vernachlässigen sie die vermisste Gouverneurstochter.«

Wir blickten auf, als ein weiterer Detective seinen Kopf durch die Tür steckte. Er zeigte auf den Fernseher in der Ecke. »Schalten Sie ein. Kanal neun. Sie werden's nicht glauben!«

70 – PRESTON

Zum zweiten Mal in ebenso vielen Tagen stand Preston vor dem Rathaus umringt von einer Traube Journalisten. Mindestens ein Dutzend Reporter rief ihm Fragen zu Tiffanys Verschwinden zu. Er hob die Hände und tätschelte die Luft vor sich, um sie zum Schweigen zu bringen.

»Meine Damen und Herren, ich danke Ihnen für Ihr kurzfristiges Erscheinen. Wie Sie alle wissen, wird meine Tochter Tiffany seit drei Tagen vermisst.« Preston richtete den Blick auf die Kameras, die vor ihm aufgebaut waren. »Während das LAPD, das FBI und andere Behörden unter Hochdruck die Ermittlungen vorantreiben, verstehen Sie sicher, dass ich trotzdem vor Sorge außer mir bin.«

Ein paar Reporter setzten erneut zu Zwischenrufen an, aber diesmal brachte Bain sie mit einer Handbewegung zum Schweigen.

»Auch wenn die Polizei alles unternimmt, um Tiffany zu finden, stagniert der Fall im Moment. Darum lobe ich hiermit eine Belohnung von einer Million Dollar für die sichere Rückkehr meiner Tochter aus.« Die Journalisten wurden wieder extrem unruhig. »Bitte lassen Sie mich ausreden, bevor ich einige Ihrer Fragen beantworte.« Die Medienmeute verstummte. Er sprach weiter. »Viele von Ihnen wissen vielleicht, dass gestern Nachmittag in der Wüste nahe Lancaster eine Leiche gefunden wurde. Es gibt Hinweise darauf, dass es sich um die Leiche von Heather McCall handelt – der Frau, die angeboten hat, ihr Knochenmark für Tiffany zu spenden.« Schweißtropfen rannen über seine Schläfen. Preston zog das Taschentuch heraus und betupfte sein Gesicht.

»Zum jetzigen Zeitpunkt deutet nichts auf eine Verbindung der beiden Fälle hin, doch sie kann auch nicht völlig ausgeschlossen werden.« Erneut traf der Blick des Gouverneurs auf die auf ihn gerichteten Kameralinsen. »Verstehen Sie mich nicht falsch. Die Behörden tun alles, was in ihrer Macht steht. Aber irgendjemand muss Tiffany gesehen haben oder etwas über ihren Aufenthaltsort wissen und eine Belohnung führt unter Umständen schneller zu einem Ergebnis. Wenn Sie also irgendwelche sachdienlichen Informationen haben, können Sie das LAPD jederzeit unter 555-LAPD erreichen.« Prestons Schultern lockerten sich. Er bedeutete den Presseleuten, dass sie jetzt ihre Fragen stellen konnten. Pilar, die bisher an der Seite gestanden hatte, trat neben ihn und nahm seine Hand.

»Gouverneur! Kann es nicht sein, dass Tiffany einfach nur weggelaufen ist?«

Preston schüttelte den Kopf. »Tiffany würde nicht einfach weglaufen.«

»Dann wurde sie entführt!«, riefen die Journalisten unisono.

»Zum jetzigen Zeitpunkt können wir nicht mit Gewissheit sagen, was mit meiner Tochter passiert ist.«

»Gouverneur Truesdale! Können Sie die Amtsgeschäfte überhaupt führen, solange Ihre Tochter vermisst wird?«

»Ich möchte allen Bürgern von Kalifornien versichern, dass ich absolut in der Lage bin, während der Abwesenheit meiner Tochter mein Amt auszuüben. Ein Gouverneur ist es gewohnt, mit Krisen umzugehen. Leider ist *diese* Krise sehr persönlicher Natur.«

Ein Journalist von einem Klatschmagazin beim lokalen Fernsehsender kämpfte sich in die erste Reihe vor und sprach laut und deutlich. »Gouverneur, würden Sie die Berichte kommentieren, die wir erhalten haben, wonach Heather McCall Ihre Geliebte war?«

71 – TIFFANY

Die Sonne ging hinter der hohen Mauer langsam auf. Ein paar Mädchen hatten sich vor dem abgebrannten Studio in Grüppchen zusammengefunden und redeten.

Nachdem das Feuer vergangene Nacht endlich gelöscht war, waren die Leute schließlich zu Bett gegangen. Tiffany hatte nach Brenda gesucht, sie aber gestern nicht mehr gesehen.

Um diese frühe Uhrzeit waren noch nicht viele Leute auf und sie setzte ihre Suche nach Brenda fort.

Weil sie sie aber auch jetzt nicht fand, begann Tiffanys sonst so coole Fassade Risse zu bekommen. Obwohl sie vorher noch nie im Wohnheim gewesen war, marschierte sie einfach hinein in das Gebäude, in dem Dutzende Teenager unter einem Dach lebten.

Sie hatte keine Ahnung, was sie erwartet hatte, doch sie war überrascht von der Vielzahl an Stockbetten in dem großen Hauptraum. Sie standen nicht nur an der Wand, sondern auch mitten im Raum. Das Bild erinnerte sie dunkel an Dokumentationen über Gefängnisse oder Armeebaracken. Der einzige Unterschied war, dass die Möbel hier aus Holz und nicht aus Metall waren. Locker fünfzig Betten standen dicht gedrängt in dem Raum. Zwischen den Reihen befand sich jeweils ein Toilettentisch, auf dem Dutzende Make-up-Artikel verstreut herumlagen.

»Seht mal, die neue Prinzessin aus dem Haupthaus«, sagte ein Mädchen mit feindseligem Blick.

»Wir haben schon viel über dich gehört. Was führt dich zu uns?«, fragte ein dünnes Mädchen, dem die schwarz gefärbten Haare wie Vorhänge links und rechts ins Gesicht hingen. Sie konnte nicht älter als vierzehn sein.

»Ich suche nach Brenda. Dem Mädchen, das gestern Nacht die Liveshow machen sollte.«

»Hab sie seit dem Feuer nicht mehr gesehen. Sie war gerade dabei, sich fertig zu machen«, sagte das Mädchen und zeigte auf ein Bett und den Toilettentisch daneben.

»Das ist ihr Bett?«

»Wer bist du, die Hurenpolizei?«

»Nein, ich mache mir nur Sorgen um sie.«

»Hör auf, mir doofe Fragen zu stellen. Nein, hör ganz auf, mit mir zu reden. Ich will nicht, dass jemand denkt, ich wär dicke mit der Prinzessin.«

Tiffany nickte und durchsuchte weiter den Schlafsaal. Nachdem sie dort nichts fand, suchte sie in den riesigen Waschräumen an der Rückseite des Gebäudes weiter. Vielleicht hatte Ginger Brenda ja gesehen oder wusste mehr über den bevorstehenden Umzug der Mädchen.

Sie überquerte den Hof. Der Gestank der schwelenden Ruinen hing weiterhin in der Luft und von den Überresten des Studios stieg immer noch Rauch auf. Tiffanys Angst wuchs. Was, wenn sie ihre Freundin nicht finden würde?

Sie betrat das Haus durch die Küche und wäre fast vor Schreck umgefallen. Die Stimme ihres Vaters kam aus dem angrenzenden Raum. Sie brauchte aber nur eine Sekunde, bis sie begriff, dass sie den Fernseher hörte.

»Meine Damen und Herren, ich danke Ihnen für Ihr kurzfristiges Erscheinen. Wie Sie alle wissen ...«

»Schalt gefälligst um. Mich interessiert der gelackte

Schauspieler, der jetzt den Gouverneur gibt, einen feuchten Dreck.« Die Stimme gehörte Drejohn.

Tiffany stand reglos da. *Schnell! Schalt um, schalt um!* Nach wenigen Sekunden drang die Stimme von Ricky Ricardo mit seinem Song »Babaloo« aus dem Wohnzimmer. Sie atmete tief durch, ehe sie den Raum betrat. »Oh, das ist eine meiner Lieblingsfolgen der *Lucy Show*«, sagte sie fröhlich und lenkte alle Anwesenden vom Flachbildfernseher ab. Hoffentlich gelang es ihr mit ihrem Erscheinen, die Erinnerung an das, was der Gouverneur gesagt hatte, endgültig aus dem Gedächtnis zu tilgen.

Sie blickte sich im Raum um. Big M lümmelte in einer Sofaecke, während Ginger, Vegas und Laylo es sich auf der anderen Seite gemütlich gemacht hatten. Die vier blickten nur kurz auf und starrten dann wieder auf den Bildschirm. Zwischen ihnen saß Drejohn und beanspruchte den größten Teil der Couch für sich. Er hielt den Kopf gesenkt und wirkte sehr konzentriert, während er auf einen gelben Notizblock schrieb.

»Wo hast du gesteckt?«, fragte Drejohn und blickte hoch. Er musterte sie misstrauisch. »Ich hab dich schon 'ne Weile nicht gesehen.«

Da sie vermutete, dass er es so oder so erfahren würde, erzähle sie ihm, dass sie im Wohnheim gewesen war.

Drejohn runzelte die Stirn. »Was hattest du da draußen zu suchen? Ich kann mich nicht erinnern, dir erlaubt zu haben, da hinzugehen.«

Tiffany zwang sich, möglichst entspannt zu wirken. »Ich hab mir um einige der Mädchen Sorgen gemacht und wollte nach ihnen schauen. Wusstest du, dass sie auch das Feuer bekämpft haben? Sie haben mit Mülleimern Wasser getragen.«

Er schnaubte. »Dämliche Schlampen. Wahrscheinlich hat eine von ihnen das Feuer mit einem Glätteisen oder so was verursacht.«

Tiffany wünschte, sie könnte die Fernbedienung in die Finger bekommen, falls der Sender für eine Sondersendung zu ihrem Verschwinden das aktuelle Programm unterbrach. Sie ging zum Sofa und setzte sich neben Drejohn. Irgendwie musste sie ihn vom Fernseher wegbekommen.

Sie beugte sich zu ihm und flüsterte: »Ich hab ein paar der Mädchen reden hören. Sie haben gesagt, die Kampfhundarena kommt als Nächstes dran.« Sie blickte ihn mit großen Augen an, als könnte sie damit ihre eigene Unschuld unterstreichen. »Wenn du die Hunde verlierst, steckst du echt in der Klemme. Vielleicht willst du lieber das Gebäude überprüfen.«

»Wer hat dir das erzählt?«

Sie zuckte mit den Schultern. »Keine Ahnung. Es war dunkel und ich kenne die Mädchen nicht. Aber ich weiß, was ich gehört habe.«

Sein Blick bohrte sich in ihren. Vielleicht glaubte er, mit diesem scharfen Blick könnte er ermessen, ob sie die Wahrheit sagte. Nach ein paar Sekunden, in denen fast ihr Herz stehen blieb, wandte er den Blick ab und stand auf. »Komm, M. Wir gehen ein Stück.«

Big M warf die Fernbedienung auf die Sitzfläche des Sofas, als er aufstand.

»Ginger, sag den Mädchen, sie sollen sich hier im Haus versammeln. Sie gehen auf eine Reise.« Drejohn musterte Tiffany. »Bereit, meine Gastfreundschaft zurückzuzahlen, Prinzessin? Ich denke da an eine Privatparty in Vegas, wo ich dich einigen der Jungs vorstelle, die die Stadt am Laufen halten.« Er lachte leise und bedeutete dann Big M, ihm zu folgen.

»Siehst du, ich hab's dir doch gesagt«, wandte Ginger sich an sie. »Er nimmt dich mit nach Vegas. Ich wette, er benutzt dich, um sich Zutritt zu einem der großen Hotels zu verschaffen. Er hat schon früher versucht, ein paar seiner Mädchen dort reinzubringen, aber die Sicherheitsleute vom Casino haben sie immer rausgeworfen.« Sie warf Tiffany einen taxierenden Blick zu. »Aber keins der Mädchen, die er bisher mitgenommen hat, war so erstklassig wie du.«

Ginger drehte sich um und boxte Vegas und Laylo in die Oberschenkel. »Aufstehen, wir müssen los.«

72 – PILAR

Bei der Pressekonferenz auf den Stufen des Rathauses hatte sich Pilar auf dem Podium strategisch günstig in der Nähe von Preston positioniert, kurz bevor er den anwesenden Journalisten eine Fragerunde gestattete. Sie wusste, die Kameras würden heranzoomen, damit sie nicht verpassten, wie sie seine Hand nahm, als er sich dem Sperrfeuer der Journalistenfragen ausgesetzt sah.

Es verlangte ihre ganze Willenskraft, ihren Arm nicht wegzureißen, als der wieselgesichtige Reporter nach der sexuellen Beziehung zwischen Preston und Heather McCall fragte. Noch schwerer war es, ungerührt in die Kamera zu blicken. Sie hoffte, dass sie nicht unwillkürlich das Gesicht verzogen hatte.

»Bitte«, Preston flehte fast. »Konzentrieren Sie sich auf das Verschwinden meiner Tochter und helfen Sie mir, sie zu finden.«

O Gott. Er reitet sich gerade richtig in die Scheiße.

Die Reporter witterten eine Sensation und drängten vor. Die Fragen prasselten auf das Podium ein – manche waren sogar an sie gerichtet. Zum Glück trat Bain vor und drängte Preston von der aufgeregten Journalistenmenge weg. »Der Gouverneur beantwortet keine weiteren Fragen. Vielen Dank für Ihr Kommen«, sagte er, obwohl niemand ihm Aufmerksamkeit schenkte. Die Reporter riefen weiter, während Preston und sie ins Rathaus liefen und den Fahrstuhl betraten, der sie zu ihrem Büro brachte.

Obwohl sich im Fahrstuhl Prestons Sicherheitsleute, Bain und Pilars Assistentin Crystal drängten, verlief die Fahrt schweigend. Preston starrte auf den Boden. Er sah aus, als hoffte er insgeheim, der Fahrstuhlboden möge sich auftun und ihn verschlingen. Alle anderen außer Pilar starrten auf die Leuchtziffern der Stockwerkanzeige. Ihr Blick blieb unverwandt auf Preston gerichtet. Was um alles in der Welt hatte er sich dabei gedacht? Wenn er schon irgend so ein Flittchen bumsen musste, konnte er nicht wenigstens darauf vorbereitet sein, dass es entdeckt wurde? Hatte er denn nichts von den Dutzenden Politikern gelernt, die mit heruntergelassener Hose erwischt wurden?

Als die Türen auseinanderglitten, trat erst einer der Sicherheitsleute heraus, ehe alle anderen folgten. Pilar wandte sich an Crystal. »Der Gouverneur und ich möchten ein paar Minuten lang ungestört sein. Können Sie für Mr. Bain und die Sicherheitsleute etwas zu essen besorgen? Sie sollen es sich im Konferenzraum bequem machen.«

»Ja natürlich, Bürgermeisterin.« Crystal zog den Kopf ein und eilte davon.

Wunderbar. Nicht mal meine Assistentin kann mir noch in die Augen sehen.

Preston folgte ihr in ihr Büro.

Pilar setzte sich auf das Sofa an der Wand. Preston folgte ihrem Beispiel und setzte sich ans andere Ende. »Hast du mir etwas zu sagen?«, fragte sie.

Er zuckte mit den Schultern. »Was willst du denn hören?«

Eine Welle der Wut stieg in ihr hoch. *Wie konnte er so flapsig sein?* »Machst du Witze, Preston? Ich will von dir die Wahrheit hören!« Sie wusste, dass ihre Stimme auch durch die geschlossene Tür zu hören war, aber es war ihr egal. »Ich will von dir hören, dass der Reporter unrecht hat. Ich will von dir hören, dass du das Mädchen, das deiner Tochter Knochenmark spenden wollte, nicht gevögelt hast. Oder war das auch eine Lüge?«

»Du musst dich beruhigen.«

»Beruhigen? Ich soll mich beruhigen?« Sie sprang auf und stellte sich vor ihn. »Du hast mich gerade vor der ganzen Fernsehnation wie eine Idiotin dastehen lassen! Wir werden in allen Nachrichten zu sehen sein, in den Klatschzeitungen, in den ganzen Trash-TV-Shows. Und du sagst mir, ich soll mich beruhigen? Wie konntest du mir das antun? War ich dir nicht gut genug? Was hat die kleine Schlampe für dich getan, das du bei mir nicht bekommst? Und eins will ich noch wissen, Preston. Bist du sie leid geworden? Hat sie damit gedroht, die Affäre zu enthüllen, und du hast sie umgebracht?«

»Ich ... ich hab sie geliebt.« Er sagte es in leisem, würdevollen Ton.

Das hatte sie nicht erwartet. Sie sank wieder auf das Sofa und war froh, dass niemand sie so sehen konnte. Sie fühlte, wie alle Farbe aus ihrem Gesicht wich.

»Ich habe sie geliebt, doch es gab keinen gemeinsamen Weg für uns. Sie war nur zehn Jahre älter als Tiffany und sie ... sie hatte eine bewegte Vergangenheit.«

»O mein Gott.« Pilar hatte ihr Temperament wieder unter Kontrolle, doch das Ausmaß der ganzen Situation erschütterte sie wie ein Erbeben. »Wir müssen schleunigst Schadensbegrenzung betreiben und irgendeinen Weg finden, um das anders zu drehen.«

»Pilar, es gibt keinen Weg, es ›anders zu drehen‹. Ich werde dafür öffentlich gekreuzigt werden. Aber Tatsache ist: Es ist mir egal. Das Einzige, was mir nicht egal ist, ist meine Tochter.«

»Du solltest dich aber verdammt nochmal dafür interessieren. Du bist jetzt der Hauptverdächtige für den Mord an diesem Mädchen.«

»Warum sollte ich die Frau töten, die Tiffanys Leben gerettet hätte?«

Pilar starrte verärgert an die Decke und seufzte. »Ich weiß es nicht. Ich nehme an, sie hat dich unter Druck gesetzt. Entweder du heiratest sie oder sie stellt dich bloß.« Sie blickte Preston wieder an. »Du hast deine Beziehung mit der Frau verheimlicht und jetzt ist sie tot.«

»Aber ich habe sie nicht ermordet.«

»Bist du wirklich so naiv? Weißt du noch, was mit dem Kongressabgeordneten passiert ist, dessen Praktikantin vermisst und dann tot aufgefunden wurde? Er hat sie auch nicht ermordet, aber seine Karriere war danach vorbei.«

»Pilar, du hörst mir nicht zu. Meine Karriere interessiert mich nicht mehr. Ich will nur noch Tiffany finden.«

»Das ist ja alles schön und gut für dich, aber ich mach da nicht mit. Ich bin nicht bereit, mich zum Gespött des Landes machen zu lassen oder meine Karriere vor die Wand zu fahren, weil du deinen Schwanz nicht in der Hose behalten konntest. Wir wollten doch gemeinsam ins Weiße Haus einziehen.«

»Meine Beziehung mit Heather hat nichts mit dir oder deiner Karriere zu tun.«

Es war, als hätte er ein Buschfeuer entfacht.

»Nichts mit mir zu tun? Hast du den Verstand verloren? Ich werde jetzt aussehen wie eine dieser bemitleidenswerten Politikergattinnen, die neben ihrem Mann steht, der sie betrogen hat und der nun zerknirscht seine fleischlichen Sünden beichtet.«

Preston stand auf und ging zur Tür. »Nein, wirst du nicht. Du musst gar nichts tun. Denn du scheinst eines zu vergessen: Du bist nicht meine Frau.«

73 – MADDIE

»O nein«, sagte ich und blickte Darius an, weil ich wissen wollte, wie er auf die Ankündigung des Gouverneurs reagierte, eine Belohnung für die sichere Rückkehr seiner Tochter auszuloben. »Warum hat er das nicht wenigstens vorher mit uns abgesprochen?«

»Jetzt wird uns so ziemlich jeder Spinner im Land anrufen und Hinweise geben, wo wir Tiffany finden können«, sagte Darius.

»Pssst«, machte der Frauenschläger und drehte die Lautstärke hoch.

Wir sahen dem Gouverneur zu, wie er die Fragen der Presse parierte, und ich fand, er machte seine Sache gut. Aber ich fiel fast von meinem Stuhl, als einer der Geier ihn fragte, ob er und Heather eine Affäre gehabt hätten. Ich warf Darius einen knappen Blick zu und sah, wie er die Augen zusammenkniff, als er darüber nachdachte, was diese Möglichkeit für unseren Fall implizierte.

Nachdem Bain Preston und Pilar vom Podium gescheucht hatte, sahen wir uns an.

»Wenn das stimmt«, sagte Darius, »müssen wir weiter in Heathers Vermisstenfall ermitteln.«

»Wenn das stimmt«, sagte ich, »ist der Gouverneur von Kalifornien soeben zum Hauptverdächtigen aufgestiegen.« Ich war erleichtert. Mir war lieber, dass Preston Truesdale Heather umgebracht hatte als mein Partner.

»Ich muss erst mit dem Chief reden«, sagte Larry. »Ich melde mich bei euch.«

Nachdem wir kurzerhand aus dem Büro unseres Chefs geworfen worden waren, eilten Darius und ich zurück an unsere Schreibtische. Der Fernseher im Einsatzraum lief und die anderen Detectives standen und saßen im Halbkreis um das Gerät. Wir sahen alle zu, wie der Nachrichtensprecher über die jüngste Enthüllung spekulierte.

»Hey, Cutter und Divine«, wandte sich ein Detective an uns. »Vielleicht muss der Gouverneur seinen Arsch ja in den Knast bewegen. Sagt ihm lieber vorher, dass er sich nicht nach der Seife bücken soll.« Nervöses Lachen folgte. Alle wussten, dass uns der Vermisstenfall gerade förmlich um die Ohren flog. Uns stand ein Haufen Arbeit bevor – vielleicht für Wochen.

»Wow«, sagte ich. »Das habe ich nicht kommen gesehen. Der Gouverneur vögelt also die Frau, die seiner Tochter Knochenmark spenden sollte? Ich frage mich, wie die Presse davon erfahren hat. Lässt uns jedenfalls wie ziemliche Idioten dastehen.«

Darius stupste mich an und bedeutete mir, ihm in den Flur zu folgen. »Ich denke, wir sollten lieber sofort zu *NTL Productions* fahren. Das ist die einzige Spur, die wir zu McCall haben. Der Chief wird Ergebnisse erwarten.« Er suchte sein Funkgerät, die Autoschlüssel und sein Notizbuch zusammen. »Wir können die Vegas-Spur noch überprüfen, nachdem wir bei *NTL* waren.«

Ich schob den Gedanken beiseite, dass mein Partner vielleicht mehr über Heather McCall wusste, als er zugeben wollte. Mir war klar, dass ich mich hinhalten ließ, weil ich mich davor fürchtete, was ich sonst herausfinden könnte. »Denkst du nicht, wir sollten uns erst den Gouverneur vorknöpfen und ihn verhören?«

Mein Partner schüttelte den Kopf. »Er wird jede Menge politische Winkelzüge unternehmen, bevor wir ihm auch nur eine Frage stellen dürfen. Es würde mich nicht überraschen, wenn sie den Fall an Raub & Mord abgeben, die dann mit dem FBI zusammenarbeiten.«

Ich dachte einen Moment lang darüber nach und nickte. »Okay, dann los.«

Darius nutzte seine überdurchschnittlichen Fahrkünste und lenkte den Crown Vic geschickt durch den Verkehr nach Chatsworth.

»Und was musstest du der Dame im Postamt versprechen, um die Adresse zu bekommen?«, fragte ich und erinnerte mich an die Mitarbeiterin mit den großen braunen Augen.

»Ich musste ihr gar nichts versprechen.«

Ich nickte. »Aha.«

»Du klingst, als würdest du mir nicht glauben.«

»Tu ich auch nicht.«

Mein Partner sagte nichts, sondern fing an, einen Song von Barry White zu summen.

»Wie war noch mal die Adresse?«, fragte ich, während wir den Freeway 118 entlangrasten.

»823 Canoga.«

»Ich habe eine ungefähre Ahnung, wo das ist. Ein Industriegebiet südlich von Lassen.«

Etwa zehn Minuten später fuhren wir vor einem Gebäude vor, dessen Front komplett von einem schwarzen schmiedeeisernen Zaun eingefasst war. Dahinter erhob sich ein brauner Ziegelsteinbau. Über den Glastüren waren die Buchstaben *NTL* in roter Farbe auf schwarzem Grund gepinselt. Wir hatten Glück: Das Rolltor war offen und die Mitarbeiter schienen bei der Arbeit zu sein – eine Reihe Autos stand vor dem Gebäude.

Ich schaute Darius an. »Willst du das Reden übernehmen, oder soll ich?«

»Kommt ganz drauf an, wen wir drinnen antreffen. Wenn es eine attraktive junge Dame ist, sollte die Ehre wohl mir zuteilwerden.«

»Du solltest allerdings aufpassen, dass du den armen Barry nicht überstrapazierst«, warnte ich ihn.

Das Innere des Gebäudes war so nichtssagend wie das Äußere. Billige, unbequem wirkende Sitzmöbel bildeten eine altmodische Sitzgruppe. Das Büro des Empfangs mit einem Schiebefenster, an dem Besucher sich melden konnten, war zur Rechten, doch das Büro war leer. Von der Lobby zweigten zwei Gänge ab. Ohne bestimmten Grund entschied ich mich für den linken.

Auf halbem Weg den Korridor entlang wurden wir von einer großen, blonden Frau aufgehalten, die weit über dreißig war. Sie trug enge Jeans, zehn Zentimeter hohe Absätze und ein hellgrünes Neckholder-Oberteil, das ihre riesigen Brüste umspannte. Sie war sichtlich überrascht, uns zu sehen, und fragte: »Kann ich Ihnen helfen?«

Wir zeigten unsere Dienstmarken und identifizierten uns. »Wir suchen nach einem Verantwortlichen hier.«

Verwirrt runzelte sie die Stirn. »Ich bin die Büroleiterin, aber Mondo kümmert sich um alles andere.«

Darius kam einen Schritt näher und bedachte sie mit seinem Killerlächeln. »Wo finden wir denn diesen Mondo?«

Nach dem Blick, den sie ihm zuwarf, war diese Büroleiterin ein zäher Brocken und scherte sich nicht im Geringsten um die ebenmäßigen Zähne und das hübsche Gesicht meines Partners. Ich bekam den untrüglichen Eindruck, dass sie nicht gerade begeistert war, dass jemand in ihrem Büro herumschnüffelte.

»Er ist im Moment nicht im Büro, aber wenn Sie ihm Ihre Karte dalassen wollen, kann er Sie gerne zurückrufen, wenn er wiederkommt.«

Ich beschloss, die Sache selbst in die Hand zu nehmen. »Wie heißen Sie, Miss?«

»Ich bin Pleasure Treasure. Warum?«

Ich zückte Heathers Führerscheinfoto und hielt es ihr hin. »Haben Sie diese Frau schon mal gesehen?«

Pleasure sah mich an, als wäre ich ein Alien. »Hat das nicht jeder? Das ist Swallow Longman, einer der berühmtesten Stars, die *NTL Productions* jemals hatte.«

»Hatte?«, hakte ich nach.

»Sie hat seit ungefähr fünf Jahren nicht mehr für uns gearbeitet. Aber ihre DVDs gehen immer noch weg wie nichts. Und das für dreißig Dollar das Stück.«

Ich schaute Darius an, weil mich interessierte, wie er auf diese Neuigkeiten reagierte. Er war entweder ein guter Schauspieler, oder ich hatte mich mit dem Foto geirrt. Leider war ich mir mit dem Foto absolut sicher. Wütend funkelte ich ihn an. »Du weißt schon, dass du jederzeit was fragen kannst.«

»Also, verstehe ich das richtig, dass *NTL* Erwachsenenfilme vertreibt?«, fragte er.

Erneut verdrehte die Büroleiterin nur die Augen. »Ja.«

Weil ich wusste, dass im Valley auch viele Pornofilme gedreht wurden, versuchte ich einen Schuss ins Blaue. »Und drehen Sie auch draußen?«

Sie starrte mich undurchdringlich an, antwortete aber nicht.

»Wo drehen Sie die Filme?«, fragte Darius ungeduldig.

Die Frau runzelte die Stirn und antwortete nicht.

»Wissen Sie, warum Heath... Swallow *NTL* verlassen hat?«, fragte ich.

Ein besorgtes Stirnrunzeln war die Antwort. »Warum wollen Sie das wissen? Was hat sie angestellt?«

»Nichts. Wir möchten nur mit Leuten reden, die sie vor nicht allzu langer Zeit gesehen haben.«

Die Frau seufzte und zuckte mit den Schultern. »Sie scheinen ja bereits ihren richtigen Namen Heather zu kennen. Ich weiß nur so viel, dass sie aus dem Geschäft aussteigen wollte. Ich habe gehört, dass sie nun nur noch als privates Escortgirl für jemanden drüben in Hollywood tätig ist. Keine Ahnung, ob das stimmt, da müssten Sie wohl mit Drejohn drüber reden. Er war ziemlich sauer, als Swallow ging.«

Ich versuchte, mir meine Ungeduld nicht anmerken zu lassen. Sie hatte soeben eine echte Bombe platzen lassen. Konnte der von ihr erwähnte Drejohn der »Dre« von Tiffanys Party sein? War dieser geheimnisvolle schwarze Mann die Verbindung zwischen den beiden Fällen? Ich beschloss, meine Theorie zu prüfen.

»Wie können wir Dre erreichen?«

Wieder ein ungeduldiges Seufzen. »Lassen Sie Ihre Karte hier und er ruft Sie an.«

Mein Partner und ich wechselten Blicke. Offensichtlich hatte auch er die Verbindung zwischen Dre und Drejohn hergestellt. »Nein, tut mir leid, aber das reicht uns nicht. Wir müssen mit ihm reden, und zwar sofort.« Darius zeigte auf ein Telefon auf einem der Schreibtische in dem Büro, das uns am nächsten lag. »Holen Sie ihn ans Telefon.«

Der Ausdruck auf Pleasures Gesicht machte deutlich, dass sie ihm am liebsten ins Gesicht gesprungen wäre.

»Hören Sie, Treasure. Holen Sie Drejohn ans Telefon und wir sind weg, bevor Sie sich versehen. Wie lautet übrigens sein Nachname?«

Wenn die Blondine mich mit Nägeln hätte durchbohren können, hätte sie es wohl in diesem Moment getan. »Ich heiße Pleasure und ich bin nicht befugt, seine persönlichen Daten rauszugeben. Und wenn Sie ihn kontaktieren wollen, fürchte ich, dass das nicht möglich ist. Er ist telefonisch nicht zu erreichen.«

Jetzt riss mir doch der Geduldsfaden. »Mir ist egal, wie Sie heißen. Wenn Sie uns nicht den vollständigen Namen, die Adresse und die Telefonnummer Ihres Chefs geben, kassieren wir Sie wegen Behinderung einer Strafermittlung ein. Wir machen keine Scherze, es geht hier um Leben und Tod, und langsam läuft uns die Zeit weg.«

Zu meiner Überraschung zuckte sie mit den Schultern. Ich weiß nicht, wer von uns beiden zuerst die Handschellen in der Hand hatte, aber Darius überließ mir den Vortritt und ich fesselte ihr die Hände. Ich musste sie ja sowieso abtasten.

»Sie wollen mich wohl verarschen!«, protestierte die Frau. »Das ist Bullshit, und das wissen Sie. Ich will sofort Ihre Dienstnummern haben.«

»Ja, ja, ja. Wir geben Ihnen was Besseres. Unsere Visitenkarten mit Namen und Dienstnummern, aber erst nachdem wir Sie eingebuchtet haben.«

Eine Stunde später waren wir zurück im Präsidium und der Frauenschläger war nicht besonders glücklich über uns und zitierte uns wieder mal in sein Büro. »Ich habe euch doch gesagt, ihr sollt euch vom McCall-Fall fernhalten. Und wo seid ihr direkt gelandet?«

»Aber Lieutenant«, protestierte ich, »wenn wir nicht unsere Spuren im McCall-Fall geprüft hätten, wären wir nicht auf eine mögliche Verbindung zwischen Drejohn von *NTL Productions* und einem gewissen Dre von der Party, auf der Tiffany und Brenda verschwunden sind, gestoßen.«

»Ach, seid ihr das?« Er lockerte seine Krawatte. »Wissen wir mit absoluter Sicherheit, dass Drejohn und Dre ein und dieselbe Person sind?«

Darius ergriff das Wort. »Noch nicht. Aber wir besorgen einen Durchsuchungsbeschluss, um das Telefon der Büroleiterin nach einer Kontaktnummer zu durchforsten. Und einen zweiten Beschluss, um die Büroräume von *NTL Productions* zu durchsuchen. Dort sollte sich eine Adresse finden lassen, wo sich dieser Drejohn aufhält. Sein Studio zum Beispiel.«

»Nun, wir müssen trotzdem noch entscheiden, was wir mit Ihrer Gefangenen machen«, fauchte unser Chef.

»Genau genommen ist sie nur unter Arrest. Wir haben sie durch die Datenbank laufen lassen, und es hat sich herausgestellt, dass gegen Pleasure Treasure ein Strafbefehl wegen eines unbezahlten Bußgeldes vorliegt.«

»Okay, dann sperren Sie die Frau weg. Vor dem Verhörraum herrscht ein regelrechter Auflauf an Kollegen, die alle ihre ›Reize‹ besichtigen wollen, sodass der Arbeitsablauf gestört ist.« Er schaute zur Bürotür und schüttelte den Kopf. »Ich habe Chief Fryer über diesen Drejohn informiert, aber er will nicht, dass wir den Gouverneur in Kenntnis setzen, solange wir nichts Handfestes haben.«

Einer der Detectives, die sich um die Durchsuchungsbefehle kümmerten, stürmte ins Büro und wedelte mit einem Wisch, der die Unterschrift eines Richters trug. »Wir können jetzt ihr Handy durchsuchen.«

Ich nahm das Handy, das locker mehrere hundert Dollar kostete, und scrollte durch die Kontaktliste. »Hier, ich hab's.« Ich las die Nummer vor und Darius schrieb mit. »Wie wollen wir es angehen?«

»Ich denke, wir müssen die Mordermittler des Sheriffs in

Kenntnis setzen«, sagte der Frauenschläger. Mir war klar, was unser Boss wollte: uns so schnell wie möglich von diesem Fall abziehen.

Zum Glück ergriff mein Partner das Wort. »Lieutenant, Sie haben uns doch gesagt, wir sollen weiter an Tiffanys Fall arbeiten. Nun, dieser Drejohn könnte der Mann sein, mit dem sie die Party verlassen hat. Wenn es stimmt, dass der Gouverneur und McCall eine Affäre hatten, ist Truesdale im McCall-Mord ein Verdächtiger, aber es sieht so aus, als habe McCall auch zumindest ein Arbeitsverhältnis zu diesem Drejohn unterhalten. Wie wir es auch drehen und wenden, dieser Typ ist für beide Fälle wichtig. Wollen Sie wirklich, dass Kern County oder das FBI ihn zuerst in die Finger bekommt?«

Die Adern an der Stirn des Frauenschlägers traten hervor und sein gerötetes Gesicht verriet, dass er kurz vor dem nächsten Ausraster stand. »Geben Sie das Handy und das Schätzchen im Verhörraum an die Kollegen von der Mordkommission weiter.«

»Lieutenant«, protestierte Darius. »Heather McCall ist tot. An der Tatsache wird sich nichts ändern. Die Kollegen können an dem Fall gerne weiterarbeiten, sobald wir die Info haben, die wir brauchen, um Tiffany zu lokalisieren.«

»Wir wollen sie nicht auch tot finden«, fügte ich hinzu. »Hm, soll ich Ihnen ein Glas Wasser holen, Lieutenant? Sie sehen so aus, als wäre Ihnen etwas zu warm.«

74 – TIFFANY

»Steht auf. Geht in eure Zimmer und sucht eure Arbeitsklamotten zusammen. Wir fahren weg.« Die Erdbeerblonde zeigte auf Tiffany. »Du auch. In einem der Schränke findest du eine kleine Reisetasche.«

Als Ginger ihre Aufmerksamkeit wieder den anderen Mädchen zuwandte, schnappte Tiffany sich die Fernbedienung und schob sie hinten in ihre Hose. Dann folgte sie Ginger und ihren Schützlingen nach oben. Das Wichtigste für sie war jetzt, das Signal der Satellitenschüssel zu unterbrechen.

Sobald Ginger ihrerseits mit dem Packen beschäftigt war, wollte Tiffany wieder nach unten schleichen und den Satellitenreceiver ausschalten. Sie hatte keine Ahnung, wie viele Fernseher es auf dem Gelände gab, und jede Sekunde konnte ihre Identität enthüllt werden. Tiffanys Angst wuchs, dass Drejohn in Panik geriet und sie umbrachte, sobald er erfuhr, dass sie die Gouverneurstochter war.

Tiffany betrat ihr Zimmer und schloss die Tür. Sie trat zum Schrank und fand darin einen kleinen Weekender. »Ich kann genauso gut die Tasche mit ein paar Klamotten vollstopfen. Wenn jemand reinkommt und ich nicht da bin, denkt er, ich bin nur kurz weg, um noch was zu holen«, flüsterte sie zu sich selbst.

Sie warf die Tasche auf das Bett und öffnete sie. Plötzlich schnellte eine Hand unter dem Bett hervor und packte ihren

Knöchel. Sie schrie nicht, doch sie hätte sich vor Schreck fast in die Hose gemacht.

»Tiffany, ich bin's! Brenda.«

Sie entzog ihr Bein Brendas Griff und atmete langsam aus. »Scheiße, hast du mich erschreckt! Ich habe mir wahnsinnige Sorgen um dich gemacht und den ganzen Morgen nach dir gesucht. Warum bist du unter meinem Bett?« Sie trat zurück und sah in das Gesicht ihrer Freundin, das unter den Matratzenfedern hervorsah.

Brenda wand sich unter dem Bett hervor. Ihre üppigen Kurven klemmten sie fast zwischen Bett und Boden ein. »Ich habe über das nachgedacht, was du mir erzählt hast. Drejohn hat mich belogen. Also, dass du Geld für meine ... meine ... Arbeit kriegst.« Endlich schaffte Brenda es, sich zu befreien. Tiffany packte ihre Arme und half ihr, sich aufzurichten.

Sie umarmte Brenda fest. »Weil das Studio abgebrannt ist, bringt Drejohn die Mädchen auf die Straße«, flüsterte sie. »Ich glaube, er vermisst dich noch nicht, und er weiß nicht, dass ich weiß, dass du auch hier bist.«

»Glaubst du, er hält uns absichtlich getrennt?«

Tiffany nickte. »Er hat dich mir gegenüber mit keinem Wort erwähnt. Und jetzt müssen wir Mädchen umziehen. Wir müssen ihn irgendwie dazu bringen, uns zusammenzulassen. Und dann hauen wir ab.«

»Was denkst du, wohin er uns bringt?«

»Ich glaube, sein Plan ist, mich nach Vegas zu bringen. Wir müssen dafür sorgen, dass er dich auch mitnimmt.«

»Aber wie?« Brendas Flüstern klang angstvoll.

»Das weiß ich noch nicht, aber ich sag dir was. Die Flucht von dort wird definitiv einfacher sein als von hier aus.« Tiffany kaute auf ihrer Unterlippe und sah ihre Freundin an. »Vielleicht brauche ich deine Hilfe.«

»Wofür?«

»Ich muss irgendwie den Fernsehempfang ausschalten. Mein Dad war vorhin im Fernsehen. Ich schätze, er hat eine Rede gehalten, weil ich vermisst werde. Ich konnte gerade noch den Kanal wechseln, bevor er meinen Namen sagte oder ein Foto von mir gezeigt wurde. Meine einzige Überlebenschance ist, dass Drejohn nicht erfährt, wer ich bin.«

»Was soll ich machen?«

»Weißt du, wo die Satellitenschüssel ist?«

Brenda schüttelte den Kopf.

»Ich habe sie gestern Abend gesehen, als ich über das Gelände gelaufen bin. Sie befindet sich auf dem Generatorhäuschen. Du musst da raufklettern und die Schüssel beschädigen.«

Entsetzen stand in Brendas Blick. »Warum ich?«, flüsterte sie.

»Weil Ginger alle Mädchen für den Umzug vorbereitet. Sie fängt mit uns hier im Haupthaus an. Wenn sie hier fertig ist, nimmt sie sich vermutlich das Wohnheim vor. Eine Zeitlang wird dich niemand vermissen. Nach mir werden sie früher suchen. Ginger hat gesagt, Drejohn macht dich vielleicht für das Feuer verantwortlich, weil er glaubt, du hast es gelegt, um die Liveshow nicht machen zu müssen. Je weniger er von dir sieht, umso besser.«

»Aber ich hab das Feuer nicht gelegt!«

Tiffany musste sich beherrschen, damit sie nicht ungeduldig klang. »Das weiß ich. Aber Drejohn nicht.« Sie setzte sich aufs Bett und klopfte neben sich auf die Tagesdecke, damit Brenda sich setzte. Mit einem dramatischen Seufzen ließ ihre Freundin sich aufs Bett plumpsen. »Du musst Folgendes machen. Steig aufs Dach vom Generatorhäuschen und dreh die Satellitenschüssel irgendwie in eine andere

Richtung, damit sie das Signal nicht mehr empfängt. Tritt dagegen, zieh daran, reiß sie mit den Händen raus, egal. Aber sie muss danach in eine andere Richtung zeigen.« Tiffany blickte ihrer Freundin streng in die angsterfüllten Augen. »Dann gehst du besser schnell zurück ins Wohnheim, bevor sie dich vermissen.«

»Und was machst du in der Zwischenzeit?« An Brendas Tonfall erkannte Tiffany, wie wenig ihr der Gedanke gefiel.

»Ich werde Drejohn mit der Frage konfrontieren, warum er mir nicht erzählt hat, dass du hier bist. Ich halte ihn hin und sage ihm, ich hätte dich im Wohnheim gesehen. Dann schlage ich ihm vor, dass er viel mehr Geld machen könnte, wenn er uns zusammenarbeiten lässt.« Tiffany nahm die Hände ihrer Freundin. »Und dann, Brenda, wenn wir erst in Vegas sind, fliehen wir.« Sie packte fester zu. »Schaffst du das? Hilfst du mir?«

Brendas Nicken war kaum sichtbar. Es war nicht die kraftvolle Bestätigung, auf die Tiffany gehofft hatte, aber besser als gar nichts. Sie sah ihrer Freundin nach, als sie sich auf den Weg machte. Und Tiffany betete.

Dann lief sie in ihrem Zimmer unruhig auf und ab, atmete tief durch und versuchte, sich zu entspannen. Sie hatte ihre Zweifel, ob es Brenda gelingen würde, die Satellitenanlage nachhaltig zu beschädigen. Tiffany verschaffte sich so etwas Zeit. Sie wusste, es würde nicht lange dauern, bis Drejohn kapierte, dass seine Gefangene mehr war als ein gelangweilter Vorstadtteenie. Und was würde er dann mit ihr machen?

Nachdem sie die Reisetasche geschlossen hatte, die sie für die Fahrt nach Las Vegas gepackt hatte, ging Tiffany nach unten. Sie hatte Brenda versprochen, Drejohn aufzuhalten, damit wenigstens eine geringe Chance bestand, dass Brenda bei ihrem zerstörerischen Werk nicht erwischt wurde.

Sie hatte nicht erwartet, Drejohn in der Küche anzutreffen, aber dort stand er zusammen mit Big M und Ginger. Sie steckten die Köpfe über einem Klemmbrett zusammen.

»Nee, die Schlampe Vegas arbeitet gar nicht gut«, sagte Big M. »Du musst sie nach Oakland schicken. Soll sie dort lernen, wie's geht.«

Ginger nickte zustimmend.

»Okay«, sagte Drejohn. »Dann nehme ich Laylo, Destiny und Tiffany mit nach Vegas.«

»Was ist mit der Doppel-D? Sie bringt sicher eine Stange Geld«, sagte Big M und warf Tiffany einen Blick zu.

»Sie hat Wahnsinnstitten, aber seit sie hier ist, gab's nichts als Probleme. Das will ich nicht riskieren. Nach Vegas kann sie unmöglich mit. Nachher brennt sie noch das Hotel ab.«

»Drejohn«, meldete sich Tiffany zu Wort, »ich weiß, dass Brenda hier ist. Und ich finde, sie sollte mit mir nach Vegas gehen.«

Der große Mann drehte sich langsam zu ihr um. Tiffany versuchte, die aufsteigende Angst in den Griff zu bekommen.

»Weißt du, *Prinzessin*, ich bin nicht mal sicher, ob es mich *interessiert*, was du denkst. Also, was zur Hölle glaubst du, wer du bist, mir zu sagen, wie ich meine Geschäfte zu erledigen habe?«

Sie schluckte. »Ich habe tatsächlich eine Menge Kurse zu dem Thema belegt und grad kürzlich einen Kurs in Marketing abgeschlossen. Mit das Wichtigste, wenn man etwas verkaufen will, ist, dass der Verkäufer sich wohlfühlt. Wenn er nur das kleinste bisschen nervös oder unsicher ist, ruiniert das die Verkaufsergebnisse.« Was sie da erzählte, war Unsinn, aber sie nahm an, dass Drejohn das nicht wusste.

»Sehen wir doch mal die Fakten an«, fuhr sie fort. »Weder Brenda noch ich haben diese Arbeit bisher jemals gemacht. Aber zusammen würden wir uns viel wohlerfühlen, es würde uns leichterfallen. Wenn du ein Smartphone hast, könnte ich dir wilde Sachen zeigen, die wir in unserem Highschool-Abschlussjahr gemacht und ins Intranet der Schule gestellt haben. Ist vermutlich ungefähr das, was du auf deiner Website verkaufst.«

»Echt?« Das kam von Big M. Er machte einen Schritt auf Tiffany zu. Er war anscheinend schon ganz wild auf den heißen Streifen, den er sich mit den zwei adretten Teenagern vorstellte. »Da sagt sie was Wahres, Dre. Hier ist die Eisprinzessin. Wenn du sie zusammentust mit den riesigen Titten von Doppel-D, wette ich, du kannst mit denen jede Nacht drei Riesen machen.«

»Halt dein verdammtes Maul, Big M. Ich sag hier, wo's langgeht, nicht du.«

»Ich sag's ja nur.«

»Wenn du nicht bald dein Maul hältst, kannst du deiner Mama was erzählen.« Er richtete seine Aufmerksamkeit wieder auf Tiffany. »Wo steckt Brenda überhaupt?« Er sagte ihren Namen, als bereitete er ihm Schmerzen.

»Zuletzt habe ich sie im Wohnheim gesehen.«

Plötzlich erklang ein schriller Schrei, der Tiffany an einen kreischenden Pfau erinnerte. Eines der Mädchen aus dem Wohnheim kam mit weit aufgerissenen Augen in die Küche gestürmt.

»Das neue Mädchen, diese Doppel-D, hat sich am Generatorhäuschen aufgehängt!«

75 – MADDIE

Es war fast zu einfach. Nachdem wir die Kontakte auf Pleasure Treasures Handy durchsucht hatten, kannten wir die Telefonnummer von Drejohn. Er war ohne Nachnamen abgespeichert. Vielleicht war er ja der Bono oder Usher der Pornoindustrie und jeder kannte nur seinen Vornamen. Wir hatten also nicht besonders viel, aber uns lief die Zeit davon.

»Ich rufe ihn an und frage nach einem Mädchen, auf das Tiffanys Beschreibung passt«, sagte Darius.

»Denkst du nicht, wir sollten erst mit der Sitte Rückfrage halten, ob sie diesen Typen kennen?«, fragte ich.

»Bei der Sitte ist heute niemand da, weil sie das Wochenende durchgearbeitet haben und es kein Geld gibt, um ihre Überstunden zu bezahlen. Was glaubst du, wie dieser ›Dre‹ reagiert, wenn er erfährt, dass er die Gouverneurstochter in seiner Gewalt hat?«

»Wir wissen doch gar nicht, ob er das nicht längst weiß. Hoffen wir einfach, er hat sie nur entführt. Das Letzte, was wir brauchen können, ist, dass er in Panik gerät.«

Darius versuchte, den Coolen zu spielen, doch er war nervös. Zum ersten Mal überhaupt sah ich, wie er auf und ab tigerte und mit sich selbst redete. Er schien schon mal zu üben, was er sagen wollte, sobald er Drejohn an der Strippe hatte.

Wir zogen uns in einen kleinen Verhörraum zurück. Darius atmete tief durch und nutzte eine Leitung, die nicht zurückverfolgt werden konnte, und wählte Drejohns Nummer. Ich hatte ein Headset auf, mit dem ich das Gespräch ohne Rückkopplungen durch den Lautsprecher belauschen konnte.

»Jo, wer ist da?«

»Hey Dre, hier ist der Cut Man. Hab deine Nummer von meiner Freundin Pleasure. Sie meinte, du könntest mir mit einem erstklassigen Mädel aushelfen.«

»Ich weiß nicht, wovon du sprichst, Alter.«

»Pass auf, *Alter*, ich hab keine Zeit für Spielchen. Ich bin nur ein paar Stunden in L. A. und hab gerade ein großes Geschäft abgewickelt. Ich bin etwas angespannt und muss Zeit totschlagen. Ich kenn Pleasure von früher. Sie sagte, sie arbeitet nicht mehr, aber sie könnte mir eine super Muschi besorgen. Sie sagte mir, ich solle dich anrufen. Also, kannst du was für mich tun oder nicht?«

»Ich will dir mal was sagen, *Cut Man*. Ich weiß absolut nicht, wer zum Teufel du bist. Ich muss erst mein Mädel anrufen, damit sie mir bestätigt, was du mir sagst. Wonach genau suchst du denn?«

Darius lieferte eine detailgetreue Beschreibung von Tiffany und warf dann den Köder aus. »Hör mal zu, Dre. Ich suche nach unverdorbener Ware. Eine erstklassige Jungfrauenmöse, aber kein kleines Mädchen. Sie sollte mindestens sechzehn sein. Verstehen wir uns? Mir ist die Sache fünfundzwanzig Riesen wert.«

»Gib mir deine Nummer.«

Darius ratterte die Nummer des Telefons runter, von dem er anrief.

»Ich melde mich bei dir«, sagte Drejohn. Dann war die Leitung tot.

»Fünfundzwanzigtausend Dollar?«, fragte ich und hob die Augenbrauen.

»Weißt du eigentlich, wie schwer es heutzutage ist, eine Jungfrau zu finden?«

»Ich muss zugeben, dass ich darüber noch nie nachgedacht habe«, antwortete ich.

»Sagen wir's mal so: Es wäre einfacher, dich und Larry den Frauenschläger zu einem Date zu überreden, als eine Sechzehnjährige zu finden, die nicht bereits defloriert wurde.«

»Es würde den Frauenschläger jedenfalls sehr viel mehr als fünfundzwanzig Riesen kosten, wenn er mit mir ein Date will.« Unser Geplänkel wurde vom Klingeln von Pleasure Treasures Handy unterbrochen. Das überraschte mich nicht. Die Melodie stammte aus »Fluch der Karibik« und ich sang mit »yo ho, yo ho, a pirate's life for me«.

76 – TRAVIS

Kurz vor zwei lenkte Travis seinen Pick-up auf den Parkplatzwächter zu, der ihn wie einen alten Freund begrüßte. Travis ging zum Wartezimmer und war erleichtert, es abermals leer vorzufinden. Schon wenige Minuten später winkte Dr. Stevens ihn in ihr Büro. Sie nahmen dieselben Plätze ein wie am Vortag und kaum, dass sie sich hingesetzt hatten, stellte die Ärztin schon die erste Frage.

»Erzählen Sie mal, Travis – wie fühlten Sie sich, als Sie gestern nach Hause fuhren?«

»Gut.«

Sie blickte ihn erwartungsvoll an und spitzte die Lippen, als er nicht weiter auf die Frage einging. »Haben Sie mit Ihrer Frau über unsere Sitzung gesprochen?«

Bei der Erwähnung von Maddie verspannte er sich unwillkürlich. Er hatte nicht die Absicht, hier über seine Frau zu sprechen. »Ja, ein wenig.« Erneut trat eine lange Pause ein.

»Was hat sie dazu gesagt?«

»Hören Sie, Doc, ich will nicht über meine Frau reden. Sie ist hier nicht das Thema.« Er wollte gar nicht so schroff klingen. Travis sah, wie die Therapeutin überrascht die Brauen hob.

»Warum?«

»Ich bin hier wegen der Sache, die mit Dave passiert ist. Maddie hat damit absolut nichts zu tun.« Er schnappte nach Luft und hoffte, dass es der Ärztin nicht auffiel. »Ich bin komplett daneben, weil Dave tot ist. Das hat mit ihr nichts zu tun.«

»Sie scheinen geradezu krampfhaft bemüht zu sein, Ihre Frau zu schützen. Gibt es einen Grund, weshalb sie Schutz braucht?«

Er wandte den Blick ab, weil er nicht wollte, dass die Ärztin seinen Gesichtsausdruck sah.

»Travis, wovor haben Sie Angst? Was ist mit Ihrer Frau los, das Sie mir nicht anvertrauen wollen?«

Das abgehackte Ticken der Uhr auf Dr. Stevens Schreibtisch gab Travis das Gefühl, ein Kandidat in einer Spielshow zu sein, dem nur noch wenige Sekunden für die richtige Antwort blieben.

Das Problem war das Versprechen, das er Maddie gegeben hatte. Er hatte ihr geschworen, niemals einer Menschenseele von der Nacht zu erzählen, die ihrer beider Leben für immer verändert hatte. Doch wenn er das Geheimnis länger für sich behielt, zerstörte er damit ihre Ehe.

Wenn er der Diskussion aus dem Weg ging oder sie einander nicht trösten konnten, fügten sie damit ihrer Liebe nur weiteren Schaden zu. Ihre Ehe brauchte lebenserhaltende Maßnahmen. Vielleicht konnte die Psychiaterin ihnen helfen. Oder sie würde sich mit dem Chief in Verbindung setzen und ihm erzählen, dass sowohl Travis als auch Maddie am Ende waren und keiner von beiden mehr im Dienst sein durfte.

»Travis ... Ich sehe, wie schwer Ihnen das alles fällt. Glauben Sie, Maddie wäre sauer, wenn Sie mit mir über Ihren Beschützerinstinkt sprechen?«

Er wollte jetzt keinen Fehler machen. Für ihn waren Polizeipsychologen und interne Ermittlungsbeamte immer ein und dasselbe unzuverlässige Pack gewesen. Seit seinen ersten Tagen in Uniform hatte man ihm eingetrichtert, dass diese beiden Einheiten nie das Wohl eines Polizisten im Sinn hatten. Hinter vorgehaltener Hand erzählte man sich im Kollegenkreis auf dem Parkplatz oder im Umkleideraum, Psychiater und »Headhunter« seien immer hinter einem her. Je weniger man ihnen erzählte, umso besser.

»Ich habe Ihnen schon gesagt, Maddie steht hier nicht zur Diskussion. Wir können gerne über mich, Dave und alles andere reden, aber ich werde nichts über Maddie erzählen.« Er wollte aufstehen. »Wenn's das jetzt war, gehe ich dann mal.«

»Bitte bleiben Sie, Travis. Warum erzählen Sie mir nicht von Ihrer Kindheit? Wie haben Sie als Kind Ihre Rolle in Ihrer Familie wahrgenommen?«

Er setzte sich wieder und zuckte mit den Schultern. Dabei wusste er genau, welchen Platz er in seiner gestörten Familie einnahm. *Aber will ich das mit der Psychiaterin teilen?* Er stützte den Ellbogen auf die Armlehne der Couch und sagte schließlich: »Ich war der Mittelsmann. Weder meine Mom noch mein Dad kamen mit der Tatsache zurecht, dass mein Bruder mit Downsyndrom zur Welt kam. Wenn Mom oder Dad aufeinander oder auf einen von uns sauer waren, habe ich die Sache in Ordnung gebracht. Und wenn jemand Hilfe brauchte, war ich zur Stelle.«

»Aber Sie sind das jüngste Kind, nicht wahr?«

Er nickte.

»Das ist eine ziemlich große Verantwortung für den Kleinsten in der Familie.«

Wieder zuckte er mit den Schultern. »So war es eben.«

»Was passiert, wenn Sie mal eine Sache nicht in Ordnung bringen können?«

»Das passiert nicht oft. Eigentlich ...« Er verstummte.

»Ja?«

»Ich wollte nichts weiter sagen.«

Dr. Stevens beugte sich vor. »Sie haben mir von Dave erzählt. In dem Moment konnten Sie die Dinge nicht in Ordnung bringen. Gab es andere Vorfälle wie diesen, Travis? Haben Sie es auch zu anderen Zeitpunkten nicht vermocht, etwas in Ordnung zu bringen?« Tick, tick, tick. Der rhythmische Schlag der Uhr zerhackte die Sekunden, während Travis das Für und Wider einer ehrlichen Antwort abwog. Gab es abgesehen von Daves Tod Situationen, in denen er nicht hatte helfen können?

Letztlich ging es um Vertrauen und Treue. Er hatte Maddie ein Versprechen gegeben, und jetzt verlangte die Psychiaterin von ihm, seine Frau zu verraten. Er wusste, wenn Maddie das herausfand, würde sie sich scheiden lassen. Aber obwohl sie sich letzte Nacht wieder so nahe waren, dachte sie vielleicht schon länger über eine Scheidung nach. Warum sollte sie bei ihm bleiben? Er war nicht für sie da gewesen, als sie ihn am meisten brauchte. Und jetzt saß er hier, weil seine Vorgesetzten glaubten, er sei verrückt geworden. Seine Ehe war ein Trümmerhaufen. Was konnte schon passieren, wenn er Dr. Stevens erzählte, was passiert war? Was konnte schlimmstenfalls geschehen? Seine Ehe wäre vorbei – aber die steuerte ohnehin schon auf den Untergang zu.

»Travis, geht es Ihnen gut?«, fragte die Ärztin.

Er verlagerte sein Gewicht und zog eines der dekorativen Kissen hinter seinem Rücken hervor und drückte es gegen seinen Bauch. Er dachte nach. Vielleicht verschaffte es ihm Erleichterung, wenn er über Maddie redete. So wie das Gespräch über Dave ihm geholfen hatte. Er ließ den Blick auf der Psychiaterin ruhen und atmete langsam aus. Tick, tick, tick.

»Es geschah am 30. August. Ein richtig heißer Tag, weit

über dreißig Grad, und das noch morgens um drei. Ich war zu einem Einsatz des S.W.A.T.-Teams gerufen worden, weil sich ein Verdächtiger verbarrikadiert hatte. Ich pfiff aus dem letzten Loch, nicht nur wegen der Hitze, sondern weil wir in der Nacht mehrere Einsätze nacheinander hatten. Die Nacht davor hatten wir auch schon lange gearbeitet und ich hatte tagsüber nicht besonders viel Schlaf nachgeholt. Ich hätte nicht zu dem Einsatz ausrücken müssen, ich hätte auch nach Hause fahren können. Aber ich war beim S.W.A.T. Da war es selbstverständlich, die Jungs nicht im Stich zu lassen.« Er hob die rechte Hand und rieb das Kinn. Sein Körper durchlebte erneut die Erschöpfung, die er in jener Nacht empfunden hatte. »Ich rückte also mit aus, obwohl ich eigentlich nur nach Hause wollte, um eine kalte Dusche zu nehmen und ins Bett zu kriechen.

Nachdem wir den Verdächtigen endlich in Gewahrsam genommen hatten, wollte ich schleunigst heim. Ich komme also zu unserem Haus und alles sieht normal aus. Ich öffne die Garage, sehe Maddies Wagen und weiß, dass sie auch zu Hause ist. Ich parke neben ihrem Wagen. Alles ist in Ordnung. Ich schließe das Garagentor und gehe ins Haus.« Tick, tick, tick.

»Travis, egal, was es ist, Sie können mir davon erzählen. Sie sind in Sicherheit.«

Er schloss die Augen und sprach weiter. »Ich stehe in der Küche und hole ein Bier aus dem Kühlschrank. Da ist so ein Bauchgefühl. Das habe ich schon früher gehabt. Meist dann, wenn ein Verdächtiger mich übervorteilen will. Ich stelle das Bier hin und ziehe meine Waffe.« Er öffnete die Augen und blickte die Psychiaterin an. »Doc, so ein Gefühl hatte ich noch nie in meinem Haus. Ich wusste, dass irgendwas nicht stimmte.«

»Okay. Wenn Sie bereit sind, erzählen Sie mir, was dann geschah.«

Er stand auf und lief im Zimmer auf und ab. Er bewegte sich vorsichtig, wie in jener Nacht. »Ich schlich durchs Haus und suchte überall. Ich weiß nicht, wonach genau ich suchte, aber mein Herz fühlte sich an, als wollte es mir aus der Brust springen. Direkt hinter der Küche liegt das Familienzimmer. Dort brannte kein Licht, aber dank des Lichts in der Küche konnte ich sehen, dass hier ein Kampf stattgefunden hatte. Eine Lampe lag kaputt am Boden, ein Stuhl war umgefallen und unser Hochzeitsfoto war umgekippt. Ich wollte nach Maddie rufen, wusste aber nicht, was los war. Wenn noch jemand im Haus war, wollte ich wenigstens die Chance haben, ihm den Arsch wegzupusten. Ich ging den Flur entlang. Die Tür zu unserem Schlafzimmer war geschlossen. Das ist sie sonst nie.« Tick, tick, tick.

»Fahren Sie fort.«

Ungewollt stiegen ihm Tränen in die Augen. Er wollte das nicht erzählen. Er wollte sich nicht daran erinnern.

»Travis, Sie machen das prima. Bitte reden Sie weiter.«

»Ich ... Ich versuchte, den Türknauf zu drehen. Die Tür war nicht abgeschlossen.« Er räusperte sich. »Also drehte ich den Knauf und stieß die Tür auf.«

Die Tränen fielen jetzt und sein Atem kam in abgehackten Schluchzern. »Es war Maddie.« Tick, tick, tick. »Sie war mit gespreizten Gliedern ans Bett fixiert. Über Mund und Augen klebte Klebeband ...« Er verstummte. Er konnte es einfach nicht aussprechen. Nur Schluchzen kam über seine Lippen.

Die Ärztin ließ ihn gefühlt stundenlang weinen, aber wahrscheinlich dauerte es kaum länger als eine Minute. Er zog eine Handvoll Taschentücher aus der Box, die vor der Ärztin auf dem Tisch stand, und putzte sich die Nase.

»Ich hätte zu Hause bei meiner Frau sein müssen. Stattdessen war ich unterwegs, weil ich die Welt retten wollte. Und meine Frau wurde in der Zwischenzeit in unserem Haus von so einem degenerierten Perversen vergewaltigt.« Er warf die Taschentücher in den Mülleimer und setzte sich wieder gegenüber der Ärztin aufs Sofa.

»Wie soll ich das jemals wieder in Ordnung bringen, Doc?«

77 – TIFFANY

Drejohn rannte Richtung Generatorhäuschen. Tiffany, Big M und Ginger folgten ihm. Das Blut hämmerte in Tiffanys Ohren, während sie immer wieder betete, dass Brenda nicht tot war. Sie hatte ihre Freundin bedrängt, damit diese die Satellitenschüssel außer Gefecht setzte. Vielleicht war sie zu weit gegangen.

Obwohl Tiffany so schnell wie möglich rannte und hörte, wie der Kies dabei unter ihren Schuhen aufflog, hatte sie das Gefühl, nur im Schneckentempo voranzukommen. Als das Generatorhäuschen in Sicht kam, wäre sie vor Erleichterung fast zusammengebrochen. Ja, Brenda hing am Gebäude, allerdings baumelte sie nicht am Hals, wie es alle vermutet hatten. Brenda hing mit dem Kopf nach unten über der Dachkante, während sie die Oberschenkel mit aller Kraft gegen das Dach drückte. Die Arme hielten die Satellitenschüssel umklammert, die wie eine übergroße Sonnenblume wirkte. Brenda hatte es tatsächlich getan! Damit waren alle Fernseher auf dem Gelände außer Gefecht.

»Halte durch, Bren! Wir holen dich da runter!«, rief Tiffany.

»Was zum Teufel machst du da oben, Bitch?«, brüllte Drejohn.

»Ich ... ich kam aufs Dach, weil ich allein sein wollte. Dann bin ich abgerutscht und habe mich an der Schüssel festgehalten.«

»Big M, hol diese verrückte Nutte da runter«, befahl Drejohn. Sofort machte Big M sich auf die Suche nach einer Leiter. Drejohn wandte sich an Tiffany und bedeutete ihr, ihm zu folgen. Tiffany zwinkerte ihrer Freundin ein letztes Mal zu. »Weißt du, deine Freundin macht echt mehr Ärger, als sie wert ist. Direkt vor ihrer ersten Liveshow ist das Studio abgebrannt. Hast du eine Ahnung, wie viel mich das kostet? Und jetzt hat sie meine Fernsehanlage zu Schrott gemacht. Mir doch egal, wie groß ihre Titten sind. Sie soll verschwinden. Sie bringt nur Unglück. Ich schicke sie nach Oakland.«

Tiffany wurde bewusst, dass ihr Entführer ihr vertraute. Sonst hätte er sie kaum in seine Pläne eingeweiht. Das war ein Vorteil, den sie nutzen musste. »Drejohn, sie hat doch bloß Angst. Lass mich mit ihr reden, dann kriegt sie sich wieder ein. Vergiss nicht, wie viel Geld wir dir einbringen können. Lass uns einfach am Anfang zusammenarbeiten, dann lernen wir es schon.«

Drejohn fummelte an seinem Diamantstecker im Ohr herum und dachte über ihre Worte nach. Schließlich ergriff er das Wort. »Denkst du, sie kann sich als Jungfrau ausgeben? Sie hat mich bei der Party damals voll angegraben.«

Tiffany wusste nicht, was sie darauf antworten sollte. Tatsache war, dass Brenda ihre Jungfräulichkeit bereits mit dreizehn verloren hatte. Schon damals hatte sie Körbchengröße D und ein notgeiler fünfzehnjähriger Nachbarsjunge hatte sie davon überzeugt, dass er sie liebte. Also hatten sie »es« bei ihm in der Garage gemacht. Danach hatte Brenda die Sache runtergespielt, aber Tiffany wusste, dass ihre Freundin immer, wenn sie glaubte, in einen Jungen verknallt zu sein, mit ihm auch Sex hatte. Sie wusste, dass von ihrer Antwort abhing, ob Drejohn sie trennte oder nicht.

»Das kann sie bestimmt. Ich wusste nicht, dass du auch schon Sex mit ihr hattest.«

»So'n Quatsch. Das hat sie dir bestimmt erzählt.«

Tiffany schüttelte den Kopf. »Sie hatte bestimmt Angst, ich könnte eifersüchtig werden.«

Drejohn nickte. Die Antwort schien ihn zufriedenzustellen. »Also, eins sage ich dir jedenfalls. Wie ein Amateur hat sie sich nicht angestellt.«

»Muss am Alkohol und an den Drogen gelegen haben. Naja, sie tut immer großspurig, aber sie ist in Wahrheit ein süßes, schüchternes Mädchen.«

Drejohn seufzte. »Schon klar.« Er schaute zum Generatorhäuschen, wo Big M Brenda inzwischen vom Dach holte. »Okay, deine Freundin hat ihren ersten großen Auftritt. Ich habe einen Kunden an der Hand, der einen Haufen Geld für ein Mädchen ausgibt, das es noch nie getan hat. Du überzeugst sie, die Jungfrau zu spielen, während ich noch einen Anruf mache.«

»Und wenn sie den Job ausführt, dürfen wir zusammen nach Vegas? Ich verspreche dir, wir legen eine Show hin, nach der sich die Leute die Finger lecken.«

»Ich denke darüber nach. Vielleicht macht sie ja nichts kaputt, wenn du dabei bist.« Drejohn schob sie in Richtung ihrer Freundin. »Na los, teil ihr schon die große Neuigkeit mit.« Er zückte das Handy und wählte. »Ach, noch was, Prinzessin ... Ich werde von dir naschen, während deine Freundin für mich groß Kasse macht. Wird also für uns alle ein guter Tag.«

78 – TRAVIS

Es war für Travis völlig untypisch, ins Präsidium zu kommen, ohne vorher seine Frau anzurufen. Aber er musste sie jetzt unbedingt sehen. Nachdem er Dr. Stevens von Maddies Vergewaltigung erzählt hatte, war Travis schier überwältigt von dem Wunsch, seine Frau in den Armen zu halten, selbst wenn es nur für einen Moment war. Er wusste, das Bedürfnis, Maddie zu treffen, rührte vor allem daher, dass er ihr gemeinsames Geheimnis verraten hatte. Weil es mitten am Tag war, herrschte auf den Straßen Richtung Downtown nicht so viel Verkehr. Er wusste, die Chancen waren gering, dass er Maddie an ihrem Schreibtisch antraf, aber er war bereit, das Risiko einzugehen. Außerdem hatte er im Moment nichts anderes vor.

Er war bisher nur einmal in Maddies Büro gewesen, als das neue Präsidium gerade eingeweiht worden war. Anders als seiner Frau gefiel ihm das Gebäude und er fand, ein neues Polizeirevier war überfällig. Nachdem er seinen Besucherausweis an der Hemdtasche befestigt hatte, fuhr Travis in den sechsten Stock. Er war angenehm überrascht, Maddie tatsächlich an ihrem Schreibtisch sitzen zu sehen. Sie wandte ihm den Rücken zu und blickte ihren Partner an. Auf Cutters Gesicht zeigte sich Überraschung, als er Travis hereinkommen sah. Da ihr Partner plötzlich so unruhig war, drehte Maddie sich in ihrem Stuhl um.

Eine Vielzahl von Gefühlen huschte über das Gesicht seiner Frau: Schock, Freude, dann Sorge. Sie stand auf und kam ihm entgegen. »Was ist los?«, fragte sie und runzelte die Stirn.

»Nichts. Ich dachte, ich komme mal vorbei und frage, ob du mit mir einen Happen essen willst.« Er blickte an ihr vorbei zu Cutter. »Du bist natürlich auch eingeladen.«

»Danke, aber wir haben gerade eine Verdächtige festgenommen.« Cutter blickte Maddie an. »Vergiss nicht, wenn Pleasure mal aufs Klo muss, kann ich sie zwar hinbringen, aber du musst auf sie aufpassen«, sagte er und ließ die beiden allein.

»Hier geht gerade alles drunter und drüber, Travis. Ich hab keine Ahnung, wann wir zum Essen kommen.«

Er umarmte sie und sog den fruchtigen Geruch ihrer Haare ein. »Maddie, ich weiß, wie viel du zu tun hast«, flüsterte er ihr ins Ohr. »Ich vermisse dich. Nach gestern Nacht wollte ich dich einfach sehen.« Er ließ sie los und hielt sie auf Armeslänge. »Wie wär's, wenn ich dir und Darius ein paar Sandwiches von Philippe's hole?« Er sah an ihrem Blick, wie sie mit sich rang.

»Klar, das wäre super. Wirklich nett von dir.« Sie gab ihm einen flüchtigen Kuss.

»Gut. Ich bin in ungefähr einer halben Stunde wieder da.«

Darius kam zurück und führte eine junge Frau vor sich her, deren gewaltige Oberweite den Stoff ihres Neckholders arg strapazierte. Die Hände waren hinter ihrem Rücken mit Handschellen gefesselt, was ihre ausladenden Brüste noch mehr betonte. Travis ertappte sich dabei, wie er sie anstarrte. Es war schwer, *nicht* hinzusehen.

Maddie packte den Oberarm der Frau und führte sie zu den Toiletten.

»Wer ist denn der heiße Typ mit dem Körper aus Stahl?«,

hörte er die Frau fragen, während sie ihn prüfend musterte.

Seine Frau neigte den Kopf und musterte ihn ihrerseits wohlwollend. »Bringen wir dich erst mal in den Waschraum. Danach erzähle ich dir alles über ihn.«

Er wusste nicht, wie er die Worte seiner Frau verstehen sollte. Doch ihm gefiel ihr Tonfall. Ihre Stimme hatte einen Unterton, den er schon sehr lange nicht mehr gehört hatte. Darin schwangen Zuneigung und Anerkennung mit. Nachdem er ihr Büro verlassen hatte, wartete er auf den Fahrstuhl und begann dabei zu überlegen, ob er Maddie wirklich gestehen sollte, dass er ihr Geheimnis bei der Polizeipsychologin ausgeplaudert hatte. Schließlich schien doch alles in bester Ordnung zu sein. Warum sollte er das jetzt kaputt machen?

79 – PILAR

Pilar stand auf der Treppe vor dem Rathaus und verfluchte Preston im Stillen. Seine Affäre mit Heather McCall beherrschte die gesamte Berichterstattung. Während Preston sich zurückgezogen hatte, war sie gezwungen, ein Lächeln aufzusetzen und die Hände von allen vierunddreißig Vorsitzenden der Stadträte im San Fernando Valley zu schütteln und ihnen für ihren Einsatz für ihre Gemeinden im vergangenen Jahr zu danken. Eine nicht unerhebliche Anzahl Journalisten rief ihr peinliche Fragen zu. Nachdem sie das mitleidige Lächeln und die gemurmelten Aufmunterungen ihrer Gäste über sich hatte ergehen lassen, warf sie der aufgeregten Presse ein strahlendes Lächeln zu und winkte fröhlich, ehe sie sich wieder in die Enklave ihres Büros zurückzog.

Sie bedachte den Wachmann, der an einem Tischchen neben ihrem privaten Fahrstuhl saß, mit einem knappen Nicken. Die Türen des Aufzugs standen offen, damit sie schleunigst in ihr Büro zurückkehren konnte.

Ihre Assistentin Crystal war dicht hinter ihr und tippte in schwindelerregendem Tempo Textnachrichten in ihr Handy. »Die Mädchen im Büro sagen, dieser bekehrte Gangster, Zepeda Sorriano, hat den ganzen Nachmittag für Sie angerufen. Er sagt, er müsse ganz dringend mit Ihnen sprechen.«

Pilar setzte eine überraschte Miene auf. »Ich kann mir nicht vorstellen, was er so Dringendes wollen könnte.« Sie verließ den Fahrstuhl. »Geben Sie mir ein paar Minuten Zeit, mich zu sammeln. Dann können Sie ihn durchstellen.«

»Das mache ich«, sagte Crystal. »Kann ich Ihnen noch einen Tee oder so bringen?«

»Nein danke. Gib mir nur etwas Zeit, mich frisch zu machen.«

Pilar betrat ihr Büro, ging zu dem gepolsterten Sofa rüber und ließ sich hineinfallen. Mit den Fingerspitzen massierte sie ihre Schläfen. Die Tatsache, dass Sorriano sie nach dem letzten angespannten Telefonat kontaktierte, war ein schlechtes Zeichen. Irgendwas schien gründlich schiefzulaufen.

Sie stand vom Sofa auf und ging in die Ecke ihres Büros, in dem ein kleiner Kühlschrank und ein paar Schränke standen, die mit nützlichen Vorräten bestückt waren. Sie riss die Kühlschranktür heftig auf, sodass die offene Weinflasche in der Tür ihr fast entgegenfiel. Ein trockener Chardonnay war nicht unbedingt ihr Lieblingsgetränk, doch das war jetzt egal. Sie musste ihre Nerven in den Griff bekommen, ehe sie mit Sorriano sprach.

Rasch goss sie sich etwa vier Fingerbreit von der hellen Flüssigkeit in einen Kaffeebecher. Der Wein war angenehm kalt, trotzdem musste sie sich von dem bitteren Nachgeschmack schütteln. Sie wollte nicht von Crystal ertappt werden, wie sie heimlich Wein in sich hineinkippte, daher legte sie den Kopf in den Nacken und leerte schnell den Becher. Anschließend spülte sie ihn am Waschbecken aus, ehe sie zu ihrem Schreibtisch ging und sich setzte. Sie zog die oberste Schublade auf und nahm ein Döschen mit Pfefferminz heraus, von denen sie eins in den Mund steckte.

Gedankenverloren malte sie Quadrate auf einen Notizblock und überlegte, wie die schlechte Neuigkeit aussehen mochte, die Sorriano liefern würde. Was konnte noch schiefgelaufen sein? Sie ging den ganzen Prozess von Anfang bis Ende durch und konnte keinen Fehler entdecken. Es sei denn, Tiffanys Verschwinden hing irgendwie mit ihrem Plan zusammen. Wenn das aus unerfindlichen Gründen der Fall war, war ihr Plan im Eimer.

Sie starrte ihr Telefon an. *Jetzt klingel schon, verdammtes Ding!* Zu ihrer Überraschung passierte genau das. Sie nahm den Hörer ab.

»Bürgermeisterin, ich habe Mr. Sorriano für Sie auf Leitung eins.«

»Danke, Crystal.«

Pilars Herz schlug ihr bis zum Hals, als sie die Taste für die entsprechende Leitung wählte. »Bürgermeisterin Luna«, meldete sie sich. »Mr. Sorriano, sind Sie das?«

»Guten Tag, Frau Bürgermeisterin.«

»Ich habe gehört, Sie haben etwas Wichtiges zu besprechen.«

»Ja. Ich habe Probleme mit der Finanzierung für das GGG-Zentrum in Los Angeles. Darum würde ich Sie gerne treffen. Sind Sie zufällig heute Abend für ein Dinner frei?«

Von allen möglichen Szenarien wäre Pilar nie darauf gekommen, dass Sorriano mehr Geld fordern und sie zum Essen einladen würde. In Gedanken wägte sie rasch alle Vor- und Nachteile ab.

»Es tut mir furchtbar leid, Mr. Sorriano, aber ich bin heute Abend mit dem Polizeichef beim Pacific Islander Forum vom LAPD verabredet. Und vorher ist ein Abendessen mit Chief Fryer anberaumt.«

»Nun, *Frau Bürgermeisterin*, ich denke, Sie sollten sich beim Chief entschuldigen lassen und stattdessen mich treffen. Ich bin nicht mehr lange in der Stadt und meine Sache kann wirklich nicht warten.«

Du traust ihm nicht und du kannst ihn nicht leiden. Aber es ist besser, ihn an einem öffentlichen Ort zu treffen als privat.

»Ich weiß nicht, ob es so spät noch möglich ist, ihm abzusagen, Mr. Sorriano.« Einen Moment lang war es in der Leitung still.

»Du enttäuschst mich, *Pilar*. Immerhin bist du die Bürgermeisterin der zweitgrößten Stadt im Land. Wenn du ein Mann wärst, würdest du bestimmt einen Weg finden. Es ist wichtig.«

Wenn ich ein Mann wäre, würde ich deinen Schwanz in einen Schraubstock stecken, bis du schreist wie ein kleines Mädchen. »Okay, ich treffe Sie. Aber erst nach dem Event beim LAPD. Wie wäre es mit der Bar in den Temple Street Towers? Das ist nicht allzu weit von meinem anderen Termin entfernt.«

»Wagen Sie es nicht, mich sitzen zu lassen, *Frau Bürgermeisterin.* Habe ich mich klar ausgedrückt?«

»Auf jeden Fall, Mr. Sorriano. Ich werde da sein. Ach, und noch etwas – Sie werden zahlen.«

80 – MADDIE

Ich stand neben der offenen Klokabine, während Pleasure Treasure pinkelte. Ich bin immer wieder erstaunt, wie es festgenommene Frauen schaffen, ihr Geschäft zu verrichten, während eine Polizistin ihnen zusieht, damit sie nicht heimlich Drogen, Waffen oder andere Beweismittel loswerden. Selbst in meinen Anfangstagen auf Streife war ich nur selten jemandem begegnet, der nicht unter Aufsicht pinkeln konnte. Das habe ich nie verstanden, weil ich das mit Sicherheit niemals könnte.

»So«, sagte Pleasure und wickelte das Toilettenpapier ab. »Wer ist der Süße mit dem hübschen Sixpack?«

»Das ist Travis Grant«, sagte ich und ersetzte den Nachnamen meines Mannes durch den mittleren. »Er ist auch einer meiner Partner.«

Pleasure lächelte. »Haben Sie ein Glück! Mir gefällt dieser Travis auf jeden Fall besser als der schwarze Kerl. Zwar ist der auch ein leckerer Anblick, aber er legt ein beschissenes Verhalten an den Tag.« Sie zog ab und verließ die Kabine. Ich wies auf die Waschbecken.

»Ich denke, ich kann schon dafür sorgen, dass Travis Ihre Geschichte aufnimmt. Detective Cutter und ich müssen noch eine Menge Papierkram erledigen.«

»Gut. Machen Sie, was immer nötig ist, Hauptsache, ich komme hier bald raus. Ist doch scheiße hier«, sagte sie und trocknete mit dem rauen Papiertuch ihre Hände ab. Ohne dass ich es ihr sagen musste, drehte Pleasure mir anschließend den Rücken zu und hielt die Hände nach hinten, damit ich ihr die Handschellen wieder anlegen konnte.

»Ich werde sehen, was ich tun kann«, sagte ich und begleitete sie zurück ins Verhörzimmer. Nachdem ich ihr die Handschellen abgenommen und sie auf einen unbequemen Stuhl gesetzt hatte, schloss ich die Tür und bedeutete Darius, er solle mal rüberkommen.

Ich redete leise auf ihn ein. »Hör mal, Pleasure fährt total auf Travis ab. Vielleicht können wir ihn die Befragung machen lassen. Wir schreiben ihm rasch ein paar Fragen auf, und wenn wir Glück haben, bringt er sie dazu, mit uns zusammenzuarbeiten und uns zu Drejohn zu führen.«

Darius sah mich an, als hätte ich gerade auf der Damentoilette Crack geraucht. »Hast du den Verstand verloren? Travis arbeitet nicht mal in dieser Abteilung. Jede Form der Mitwirkung von ihr, zu der er sie überredet, könnte vor Gericht angezweifelt werden.«

Ich empfand Gewissensbisse, denn es war ja sogar noch schlimmer. Travis war vom Dienst suspendiert. Aber wir mussten Pleasure unbedingt zum Reden bringen und wenn Travis uns zum Erfolg führen konnte, dann sollte es eben so sein. »Hier steht Tiffany Truesdales Leben auf dem Spiel. Travis ist auch Cop. Darum gibt es keinen Grund, warum er sich nicht mit Pleasure gut stellen kann, damit sie mit uns kooperiert.«

Mein Partner schüttelte den Kopf. »Ein ziemlicher Schuss ins Blaue, aber vielleicht einen Versuch wert. Hat Travis denn eingewilligt?«

»Noch nicht. Ich dachte, du könntest ihn fragen.«

Darius warf mir einen vernichtenden Blick zu. »Großartig.«

Ich kritzelte ein paar Fragen auf den Block, aber im Grunde ging es gar nicht in erster Linie um diese Aussagen. Mit Travis' Charme wollten wir uns vor allem Pleasures Wohlwollen erkaufen.

Kurze Zeit später tauchten Travis und Darius auf. Mir ging durch den Kopf, dass Pleasure recht hatte. Beide Männer waren würdige Vertreter ihres Geschlechts.

»Okay, Folgendes«, sagte ich und nahm meinem Mann die Tüte mit den Sandwiches ab. »Wir halten sie wegen eines nicht bezahlten Strafzettels fest, und darüber gibt es nichts zu verhandeln. Wir glauben aber, dass sie vielleicht weiß, wo wir die Tochter des Gouverneurs finden können. Dein Job wird es sein, sie dazu zu bringen, Drejohn am Telefon zu bestätigen, dass sie Darius alias Cut Man kennt und ihm vertraut. Glaubst du, das schaffst du?« Ich blickte meinem Mann in die Augen und erschrak, weil ich zum ersten Mal seit einem Jahr Selbstvertrauen in diesem Blick entdeckte. Ich drängte die Tränen zurück, die mir in die Augen stiegen.

»Ich habe dich ja auch überzeugt, mich zu heiraten, oder?«, sagte er und grinste. »Mit Pleasure sollte ich leichtes Spiel haben ...«

»Ach, herrje! Denk bitte dran, dass alles aufgezeichnet wird.« Ich tätschelte seine Schulter und schob ihn zum Verhörraum. Insgeheim frohlockte ich ob seiner Veränderung, die diese wichtige Aufgabe in ihm hervorgerufen hatte.

Nachdem die Tür sich hinter ihm geschlossen hatte, ging Darius voran zum Videoraum, von dem aus wir alles beobachten konnten. Falls irgendwas aus dem Ruder laufen sollte, würden wir schnell eingreifen können.

Mein Mann setzte sich Pleasure gegenüber an den Tisch und stellte sich ihr lächelnd vor. Die ehemalige Nutte fuhr sich durchs Haar und erwiderte das Lächeln.

»So weit, so gut«, flüsterte ich Darius zu. Er nickte.

Travis schaute auf den Notizblock, auf dem meine Notizen standen. »Also, Miss Treasure. Ich möchte Ihnen versichern, dass Sie nicht verhaftet wurden. Sie können jederzeit gehen.«

»O Gott«, stöhnte ich und ließ den Kopf hängen. Das stand definitiv nicht in meinen Notizen.

»Aber ich hoffe, das tun Sie nicht«, fuhr Travis fort. »Denn etwas ziemlich Ernstes ist im Gange und wir brauchen Ihre Hilfe. Im Moment sind Sie sogar die Einzige, die uns helfen kann.«

Ich stöhnte erneut auf.

»Wobei brauchen Sie denn meine Hilfe ... Travis.«

»Herrje«, murmelte ich.

»Läuft«, konterte Darius. »Er kommt klar. Gib ihm 'ne Chance.«

Mein Blick heftete sich wieder auf den Monitor.

»Hier ist der Deal. Wissen Sie, wer der Gouverneur von Kalifornien ist?«

Pleasure neigte den Kopf zur Seite und runzelte die Stirn, als sie über die Frage nachdachte. »Ist das nicht dieser alternde Schauspieler? Truesman oder so.«

Travis strahlte das Mädel an und nickte enthusiastisch. »Ganz genau! Preston Truesdale.«

Pleasure senkte den Kopf und lächelte meinen Mann an. Sie klimperte sogar mit den Wimpern.

»Wir glauben, dass eines der Mädchen, die Drejohn bei sich hat, Preston Truesdales Tochter ist.«

Es dauerte einen Moment, bis sein Satz bei Pleasure durchsickerte. Dann riss sie überrascht die Augen auf. »Wirklich? Wow, dafür könnte er sicher einen Batzen Geld bekommen!«

»Sehen Sie, Pleasure – das ist ja das Problem. Wir wollen

nicht, dass Drejohn die Tochter des Gouverneurs auf den Strich schickt. Das will der Gouverneur nicht und wir sind ziemlich sicher, dass Tiffany es auch nicht will. Und hier kommen Sie ins Spiel.«

Die Aufregung, die Pleasure bei der Aussicht auf die Tochter des kalifornischen Gouverneurs als Nutte erfasst hatte, machte einem Stirnrunzeln Platz. »Was soll ich tun?«

»Wir möchten, dass Sie Drejohn anrufen und ihm sagen, dass Sie Detective Cutter schon eine Weile kennen und es in Ordnung ist, ihm ein Mädchen zu schicken.«

»Sind Sie irre? Wenn Drejohn rauskriegt, dass ich ihn gelinkt habe, lässt er mich umbringen.«

»Nein. Das lassen wir nicht zu, Pleasure. *Ich* werde es nicht zulassen, denn Drejohn wird für ziemlich lange Zeit eingesperrt werden«, sagte Travis und tätschelte Pleasures Hand.

»Ach du scheiße«, sagte Darius.

Eine Welle der Erleichterung überkam mich, als Travis endlich aufhörte, Pleasure zu berühren.

»Es wäre doch gut möglich, dass Sie Detective Cutter bei einem Undercover-Einsatz getroffen haben und Sie ihn früher bereits mit anderen Mädchen versorgt haben. Sie haben keine Ahnung, was er sonst treibt. Behalten Sie das einfach im Hinterkopf, wenn Sie mit Drejohn reden. Tun Sie so, als würden Sie diesem Mann, den Sie den Cut Man nennen, absolut vertrauen.«

»Aber ich hab Angst. Versprechen Sie mir, mich zu beschützen?«, fragte die vollbusige Blondine mit weit aufgerissenen Augen.

»Ich gebe Ihnen mein Wort«, antwortete mein Mann und nahm wieder ihre Hand.

»Okay«, sagte ich und ging zur Tür. »Wir müssen ihn da rausholen. Er steigert sich da zu sehr rein.«

»Warte!«, rief Darius hinter mir her.

»Ich habe Angst, aber ich werde es machen«, sagte Pleasure.

»Gutes Mädchen«, sagte Travis und strahlte die Frau an. Er schien ehrlich stolz auf sie zu sein. Das eifersüchtige Piksen, das ich bei ihrem Gespräch empfunden hatte, zerstach mir jetzt fast das Herz. *Wann hat er aufgehört, mich so anzusehen?*

81 – PILAR

Pilar saß in ihrem geheimen Apartment und verfolgte im Fernsehen die politische Rhetorik, die in der Berichterstattung rund um Prestons Affäre mit Heather McCall ins Kraut schoss. Die Medien waren noch nicht auf den Zug aufgesprungen, den Gouverneur für Heathers Tod verantwortlich zu machen, aber sie begannen zu jammern und zu klagen wie eine Horde unzufriedener Filmkritiker. Natürlich milderten sie ihre anspielungsreichen Berichte durch die dramatisch überhöhte Sorge um Tiffany ab, die nun einen neuen Knochenmarkspender brauchte.

Fasziniert sah sie den heute aufgezeichneten Ausschnitt an, weil sie wissen wollte, ob ihr Gesicht verriet, wie sehr sie die Frage des Reporters getroffen hatte, ob Preston und Heather ein Liebespaar waren. Die Kamera hatte erst auf Prestons Gesicht gehalten, dann aber auch Pilar in Großaufnahme gezeigt.

Sie hatte Contenance bewahrt. Nur das leichte Heben einer Braue verriet ihre Überraschung, doch mit der Professionalität einer echten Politikerin hatte sie sich ihren wahren Unmut nicht anmerken lassen. Bis jetzt hatte sie sich einfach wie die Freundin eines Politikers verhalten, die von einer unangenehmen Nachricht überrascht wurde.

Selbstbewusst hatte sie alle nötigen Vorkehrungen getroffen, um nicht in die McCall-Mordermittlung hineingezogen zu werden. Sie nippte am Chardonnay und genoss es, wie die Nachrichtensprecher wie auf rohen Eiern um die Möglichkeit herumschlichen, dass der Gouverneur von Kalifornien seine junge Geliebte ermordet haben könnte.

Das Festnetztelefon klingelte und sie wusste, dass es Preston war. Er gehörte zu den wenigen Menschen, die diese Nummer kannten. Sie rang kurz mit sich, dann nahm sie ab.

»Hallo?«

»Ich bin's. Bitte leg nicht auf. Ich schulde dir eine Entschuldigung.«

Und wie du das tust, Skippy. Das Problem ist nur, dass es zu spät ist.

»Ich hätte das nicht sagen dürfen. Also, dass du nicht meine Frau bist. Bestimmt fühlst du dich deswegen jetzt schlecht.«

Das tat ihm also leid? Dafür war es jetzt leider zu spät. »Weißt du, Preston, wenn ich an deiner Stelle wäre, würde ich mir etwas mehr Sorgen über den Umstand machen, dass deine angebliche Geliebte ermordet wurde. Denkst du nicht, die Öffentlichkeit könnte glauben, dass du es warst?«

»Aber ... ich war es nicht.«

»Nun, wenn du *ein* Geheimnis hast, wer sagt denn, dass du nicht gleich einen ganzen Keller voller Leichen hast? Hm?«

»Denkst du so über mich?«

»Ich weiß nicht, was ich denken soll, Preston. Ich dachte, wir haben eine Beziehung. Du hast mich belogen und betrogen. Das ganze Land lacht jetzt über mich.«

»Pilar, ich brauche dich an meiner Seite. Wenn du ihnen zeigst, dass du an mich glaubst, werden das auch alle anderen tun.«

»Und was springt für mich dabei raus? Ich weiß, du liebst mich nicht. Also was bekomme ich, wenn ich stoisch an deiner Seite stehe und alle denken, ich sei eine verzweifelte Frau ohne Rückgrat?«

»Pilar ... Ich mag dich.«

»Preston, die Leute mögen ihre Hunde, ihre Kinder und ihre Eltern. Aber sie schlafen nicht mit ihnen.«

Sein Schweigen dröhnte in ihrem Ohr.

»Es tut mir leid, Pilar. Ich hoffe, du wirst irgendwann erkennen, dass ich dir nicht wehtun wollte. Ich habe Gefühle für dich. Ich wollte mich nicht in Heather McCall verlieben. Es ... ist einfach passiert.«

»Ich hoffe, sie war ein echt guter Fick, Preston. Denn sie wird dich eine Menge kosten. Zusammen hätten wir es ins Weiße Haus schaffen können. Jetzt muss ich wohl allein dorthin kommen.«

82 – MADDIE

Ich ließ den Monitor nicht aus den Augen. Mir gefiel nicht, wie nah Travis bei Pleasure Treasure saß. Er schien viel zu viel in dieser vollbusigen Schönheit zu sehen. Okay, es schien nicht an ihrem hübschen Gesicht und den großen Brüsten zu liegen, aber der Blick, mit dem er sie bedachte, während sie mit Drejohn telefonierte, bereitete mir Sorgen. Seine nüchterne Miene verriet mir, wie er ihre Antworten analysierte und in Gedanken eine sinnvolle Antwort auf jede nur denkbare Frage ihres Chefs formulierte, falls dieser sie stellte. Wie Darius und ich hörte Travis das Gespräch über Kopfhörer mit.

Ich gab das nur ungern zu, aber das Mädchen war echt gut. Sie erzählte Drejohn, sie habe seinen Anruf im Büro erhalten, habe ihn aber nicht direkt zurückrufen können, weil die Polizei da gewesen sei, um einen Streit zwischen zwei Pornosternchen zu schlichten. Sie erklärte ihm, sie habe es geschafft, alle vor dem Gefängnis zu bewahren, und die »dämlichen« Cops hätten den Vorfall nur aufgenommen.

Sobald Drejohn ihr die Story vom erfundenen Streit glaubte, fragte er sie nach »Cut Man«. Ich hielt die Luft an, denn davon, wie sie ihm die Story verkaufte, konnte abhängen, ob wir Tiffany Truesdale tot oder lebendig finden würden.

Pleasure starrte auf das Skript, das wir ihr gegeben hatten. »Ja, den kenne ich. Den hab ich schon ein paarmal mit unseren Mädchen versorgt. Kein Stammkunde. Er ruft nur an, wenn er in der Stadt ist – und das passiert nicht so häufig.«

Ich rückte den Kopfhörer zurecht.

»Warum kann ich mich an keinen Kunden namens ›Cut Man‹ erinnern? Wie kommt's, dass er noch nie nach einer Jungfrau gefragt hat?«

Ich hielt die Luft an, weil Pleasure jetzt vom Text abwich. »Weil du normalerweise nicht derjenige bist, der die Termine macht.« In ihrer Stimme schwang genau das richtige Maß an Entrüstung mit. »Der einzige Grund, warum ich ihm deine Nummer gegeben habe, ist der Haufen Geld, den er loswerden will. Und ich kenne, ehrlich gesagt, keine Jungfrauen. Ich dachte, einen Deal von der Größe machst du lieber selber.«

»Glaubst du, er würde für zwei Jungfrauen das Doppelte zahlen?«

Travis begann, etwas auf den Block vor sich zu kritzeln, doch Pleasure ignorierte ihn.

»Wo zum Teufel glaubst du, gleich *zwei* frische Mädchen zu finden?«

»Mach dir darum mal keine Sorgen. Ich hab sie. Glaubst du, er zahlt dafür?«

Ich beobachtete, wie Pleasure die Augen zusammenkniff, um die Schrift auf Travis' Block zu lesen. *Gott, lass ihn ihr eine gute Antwort geben.*

»Also, das sollte ich jetzt nicht sagen, aber einmal hat er einem Mädchen das Doppelte zugesteckt, damit er sie in ihren Hintereingang vögeln konnte.« Pleasure sah meinen Mann bewundernd an. »Ich bin sicher, er hat das Geld«, fügte sie hinzu und grinste Travis noch breiter an.

Ich war wie erstarrt, während mein Gesicht warm wurde.

Eine andere Frau flirtete mit meinem Mann. Darius schaute direkt auf den Monitor der versteckten Kamera und lächelte still.

»Also schön. Der Kerl darf bei mir buchen. Aber Pleasure, wenn das nicht sauber ist, wirst du dafür bezahlen. Das weißt du, oder?«

Mein Travis streckte die Hand aus und legte sie auf Pleasures.

»Ich habe nichts zu befürchten, Drejohn. Gar nichts«, wiederholte sie und blickte meinem Mann tief in die Augen.

83 – TRAVIS

Stark. Er fühlte sich wieder stark. Diese Frau, Pleasure Treasure, hatte ihm etwas zurückgegeben, von dem er geglaubt hatte, es wäre tot. Sie zählte auf ihn. Sie kannte seine Vergangenheit nicht und glaubte, bei ihm sicher zu sein ... und er war fest entschlossen, genau dafür zu sorgen. Er war jetzt in diesen Fall involviert und er würde Maddie so lange helfen, bis dieser Drecksack Drejohn in Gewahrsam war.

Maddie stürmte das Verhörzimmer. Zwischen ihre Brauen grub sich eine steile Falte. »Miss Treasure, das haben Sie toll gemacht. Vielen Dank. Leider ist da immer noch die Sache mit dem Strafzettel.« Das war wieder die grenzenlos professionelle Maddie. »Dafür werden Sie noch belangt werden.«

»Travis, können Sie mich nicht zurück ins Büro begleiten?«, jammerte Pleasure. »Ich habe Angst vor Drejohn.«

»Nein, kann er nicht«, fauchte seine Frau. »Officer Div... äh, Grant hat noch andere Dinge zu tun. Ich werde ein paar Streifenpolizisten abstellen, die Sie rüber ins Valley-Gefängnis bringen. Sie werden morgen früh dem Richter vorgeführt, und weil unsere Gefängnisse überfüllt sind, werden Sie wahrscheinlich auf freien Fuß gesetzt. Sie halten sich einfach an die Story, die Sie Drejohn erzählt haben. Dann sollte Ihnen nichts passieren.«

Warum verwendete Maddie seinen mittleren Namen als Nachnamen? Schämte sie sich, dass sie verheiratet waren?

»Maddie«, sagte er. »Ich fahre Pleasure zurück nach Chatsworth. Ich muss ohnehin in die Richtung. Ich will nach Hause.«

Er wusste, dass er das Falsche sagte, denn Maddie biss die Zähne zusammen, wobei ihre Kiefermuskeln zuckten.

Seine Frau zeigte auf die Tür. »Kann ich kurz mit Ihnen sprechen, Officer ... Grant?«

Stumm ging er zur Tür und trat auf den Korridor.

Maddie folgte ihm und schloss die Tür hinter sich. »Bist du verrückt?«, zischte sie. »Du kannst die Frau nicht nach Hause fahren. Du darfst überhaupt keine Polizeiarbeit machen. Eigentlich solltest du zu Hause sitzen und dich um deine psychische Gesundheit kümmern.«

»Ich glaube, das Argument passt dir nur dann in den Kram, wenn du gerade nicht meine Hilfe brauchst.«

Maddie fuhr mit der Hand durch ihre wilden Locken. »Sieh mal, Travis, ich weiß dein Engagement echt zu schätzen. Deinetwegen hat Pleasure mit uns kooperiert. Aber du hast ihr alle möglichen Versprechen gemacht, zu denen du gar nicht befugt bist. Du hast dem Mädel gesagt, du sorgst für ihre Sicherheit, und das kannst du einfach nicht garantieren. Du bist emotional einfach zu sehr involviert.«

Die Erkenntnis traf ihn wie ein Schlag. Maddie war eifersüchtig. Seine Frau war auf Pleasure Treasure eifersüchtig! Stolz durchfuhr seinen Körper.

»Wie wär's damit?«, schlug er vor. »Du und ich bringen Pleasure gemeinsam ins Gefängnis. Ich fahre und du kannst sie instruieren, was sie Drejohn noch sagen soll.«

Er beobachtete, wie sich die finstere Miene auf dem Gesicht seiner Frau entspannte, als sie über den Vorschlag nachdachte. »Ich fürchte, ich kann hier im Moment nicht weg. Vermutlich geht jetzt alles ganz schnell und dann kann ich Darius nicht allein lassen. Falls Drejohn ihn anruft«, fügte sie hinzu.

»Okay. Dann fahre ich Pleasure und du bleibst bei deinem Partner.«

»Nein, du darfst sie nicht selber fahren. Sie könnte uns später wegen Amtsvergehen mit Klagen überziehen. Das können wir uns jetzt nicht leisten.«

In seinem Bauch regte sich der Frust. »Was genau willst du überhaupt, Maddie? Wir schulden dem Mädel, dass wir sie in Sicherheit bringen, und ich muss ohnehin in die Richtung und kann sie absetzen. Kein Grund, deshalb eine Streife einzusetzen. Du kannst mitkommen oder hierbleiben. Du kannst deinen Partner mitnehmen oder nicht. Mir ist das scheißegal. Aber Pleasure hat euch bei dem Fall geholfen und ich habe ihr versprochen, auf sie aufzupassen. Und du weißt, ich halte mein Wort. Also, Miss Super-Detective, entscheide dich endlich.«

»Gib mir noch eine Minute«, sagte sie und ging den Korridor entlang zu ihrem Büro. Er vermutete, sie würde sich mit Cutter besprechen.

In der Zwischenzeit ging er zurück in den Verhörraum, wo Pleasure vor dem Einwegspiegel stand und ihre üppigen Brüste nach oben schob und zusammendrückte. »Fahren Sie mich nach Hause, Travis? Das würde mir ein besseres Gefühl geben.«

»Das weiß ich noch nicht. Der Fall gehört Detective Divine und sie trifft hier die Entscheidungen.«

»Wissen Sie, was ich glaube? Ich glaube, Detective Divine mag Sie. Und sie mag Sie sogar sehr, darum gefällt es ihr nicht, dass wir uns angefreundet haben.« Pleasure nahm seinen Arm und hakte sich bei ihm unter, wobei sein Unterarm ihre linke Brust berührte. »Aber ich *will* mit Ihnen befreundet sein, Travis. Das will ich sogar sehr.«

84 – PRESTON

Preston tigerte den Flur im Erdgeschoss seines Hauses entlang, ohne sich darum zu scheren, was andere über sein merkwürdiges Verhalten dachten. Die Mitarbeiter hatte er nach Hause geschickt. Alle. Er hatte sogar die Sicherheitsleute an die Grundstücksgrenzen beordert. Er wollte niemanden in der Nähe wissen, nicht mal Bain – besonders Bain nicht. Er musste alleine sein.

Früher an diesem Tag war Bain zu ihm gekommen und hatte ihm unterbreitet, dass er etwas getan hatte, das auf den ersten Blick wie eine gute Idee aussah, rückblickend betrachtet allerdings negativ auf das Büro des Gouverneurs zurückfallen könnte.

»Sobald ich erfahren hatte, dass Heather McCall vermisst wurde, habe ich ihre Wohnung aufgesucht.«

Preston richtete sich auf und beugte sich vor. *Was zum Teufel?*

Sein Stabschef fuhr fort: »Wissen Sie, meiner Erfahrung nach hat eine junge Dame, die mit einem berühmten Mann eine Beziehung hat, oft die Angewohnheit ... nun, Erinnerungsstücke zu sammeln. Fotos, E-Mails und dergleichen.«

»Sprechen Sie weiter«, drängte Preston und versuchte, seine Wut im Zaum zu halten.

»Also fuhr ich zu ihr«, erzählte Bain. »Der Hausmeister ließ mich in die Wohnung. Der Kerl ist doof wie Stroh, weshalb es nicht schwer war, ihn zu überzeugen, dass ich ein Cop bin und in die Wohnung muss.«

»Haben Sie völlig den Verstand verloren?« Preston war überrascht, denn Bain wirkte direkt verlegen.

»Ich ... ähm, ich habe ihre Wohnung durchwühlt, ob irgendwas dort auf eine Verbindung zu Ihnen hindeuten könnte.«

»Und haben Sie etwas gefunden?«

Bain seufzte. »Nein. Da war nichts.« Dann fügte er hinzu: »Ich war vorsichtig, aber heutzutage weiß man nie, welche Spuren man hinterlässt. Es tut mir leid, Gouverneur.«

»Das sollte es auch, Bain. Jetzt muss ich diesen Schlamassel in Ordnung bringen, den ich Ihrem falschen Urteilsvermögen verdanke. Ich rufe gleich morgen früh Chief Fryer an, erkläre ihm die Situation und überzeuge ihn, die Sache mit größtmöglicher Diskretion zu behandeln.« Preston richtete seinen stählernen Blick auf Bain. »Machen Sie so etwas nie wieder, ohne vorher mit mir Rücksprache zu halten. Habe ich mich klar ausgedrückt?«

»Ja, Sir!«

»Okay. Ich will, dass Sie alle Mitarbeiter zusammenrufen – und ich meine wirklich alle. Schicken Sie sie nach Hause. Ich will jetzt allein sein.«

Preston hatte die Besorgnis in Bains Blick bemerkt, aber er war klug genug gewesen, dem Gouverneur in diesem Augenblick keine Fragen zu stellen.

Jetzt, ein paar Stunden später, ertappte Preston sich dabei, wie er in dem Haus umherging, das er gekauft hatte, als Monica und er geheiratet hatten. Er durchlebte noch einmal jeden Wendepunkt: seine erste Hauptrolle und die darauf folgende Oscarverleihung. Der Weg zum Ruhm auf der Überholspur, die zahlreichen Abstürze mit Frauen, Alkohol und Drogen. Monica war bei all seinen Eskapaden unverbrüchlich an seiner Seite geblieben. Dann die Geburt seiner Tochter Tiffany und die Erkenntnis, dass er Frau und Kind gegenüber eine Verantwortung hatte. Als er zur Ruhe kam, ging es mit seiner Schauspielkarriere im Sinkflug bergab. Er war kein großer Name mehr in Hollywood. Man ist immer nur so gut wie der letzte große Film oder die letzte Berühmtheit, die man gevögelt hat. Beides hatte er jahrelang nicht getan. Und dann beschloss er, eine andere Bühne zu betreten – die politische.

Er erinnerte sich lebhaft an Monicas Aufregung, als er ihr erzählte, er wolle die Schauspielerei hinter sich lassen. Und an den tapferen Gesichtsausdruck, als er ihr erklärte, er wolle in die Politik gehen. Sie war stets die loyale und treue Ehefrau und hatte ihn auf jede nur erdenkliche Weise unterstützt. Monica war die geborene Strategin, sie hatte Bain für ihn aufgetrieben und gemeinsam hatten sie Preston zum Gouverneur von Kalifornien gemacht – und das trotz ihrer Krankheit.

Preston setzte sich aufs Bett und ließ die Hand über die Matratze gleiten. Damals hatte er geglaubt, alles erreicht zu haben. Doch zwei Monate nach der Wahl war sie tot. Er hatte nicht gedacht, dass er sich jemals vom Verlust seiner Frau erholen würde. Und beinahe wäre es auch nicht gelungen. Er wurde ein Workaholic und schuftete sechzehn, achtzehn, manchmal zwanzig Stunden am Tag.

Dann lernte er Pilar kennen und sie begannen ihre Affäre. Aber auch wenn sie außergewöhnlich gut im Bett war, gelang es ihm nie, eine tiefere Verbindung zu ihr herzustellen. Für ihn überraschend zeichneten die Medien bald ein Bild von ihm und Pilar als den JFK und die Jackie ihrer

Zeit. Er sagte sich immer, die Aufmerksamkeit, die sie beide auf sich zogen, würde dem Wohle des Staats dienen. Aber in Wahrheit hatte er nicht das Gefühl, irgendjemandem viel geben zu können. Und dann bekam Tiffany die niederschmetternde Diagnose Aplastische Anämie. Pilar schien die Hingabe, mit der er sich um seine Tochter kümmerte, zu missbilligen.

Er konnte es einfach nicht mehr ertragen. Er brauchte einen Ausweg, und Bain hatte ihm von einer Frau erzählt, die er kannte. Eine junge Dame, die darauf spezialisiert war, prominenten Männern diskret Erleichterung zu verschaffen. So traf er Heather McCall und verliebte sich in sie.

Innerhalb einer Woche kündigte sie all ihren anderen Kunden, und als sie von Tiffany und der Suche nach einem Knochenmarkspender erfuhr, bestand Heather darauf, sich testen zu lassen. Niemand war überraschter als Preston, als sie mit der Nachricht zu ihm kam, sie sei ein geeigneter Spender.

Preston hatte Heather einen Deal vorgeschlagen. Er würde ihr 250 000 Dollar für ihr Knochenmark zahlen und außerdem eine Wohnung in Beverly Hills für sie einrichten. Er hatte Heather noch nie wütend erlebt, aber an jenem Abend erfuhr er, wie viel Temperament in ihr steckte. Sie erklärte ihm, dass sie ihn liebte und es für sie eine Ehre sei, Tiffany mit ihrem Knochenmark zu helfen. Preston sollte sich zum Teufel scheren und sein Geld gleich mitnehmen. Das war der Moment, in dem er wusste, dass er sie liebte. Weil sie sein Geld ablehnte. Die einzige Frau, die ihn je so bedingungslos geliebt hatte, war Monica.

Er stand vom Bett auf und trat an den Schrank. *Du hast erst Monica verloren, dann Heather. Und jetzt ist Tiffany schon so lange verschwunden, dass sie vermutlich auch tot ist.* Er holte den

Waffenkoffer vom obersten Brett. Sein Leben war vorbei. Es gab nichts, wofür er noch leben wollte. Er hatte nichts mehr zu verlieren.

85 – TIFFANY

Brenda warf Klamotten und persönliche Sachen in eine Reisetasche, während Tiffany hinter dem billigen Vorhang aus Baumwolle aus einem der Fenster im Schlafsaal schaute.

»Der Deal sieht so aus: Drejohn will dich mit einem Kunden verkuppeln, der eine Jungfrau will«, sagte Tiffany.

»Pah! Hast du ihm gesagt, dass er dafür etwas zu spät dran ist?«

»Nein. Ich habe ihm gesagt, du wärst Jungfrau gewesen – zumindest, bis er sich an dich rangemacht hat.« Tiffany verließ das Fenster und trat zu ihrer Freundin. Sie umarmte Brenda. »Es tut mir so leid, Bren. Das muss schrecklich für dich gewesen sein.«

Brenda löste sich mit einem Schulterzucken aus der Umarmung. »Er muss mich auf der Party unter Drogen gesetzt haben. Als ich zu mir kam, waren wir in einem Schlafzimmer und er steckte mir sein Ding zwischen die Brüste. Als er bemerkte, dass ich wach war, hat er mich gezwungen, ihm einen zu blasen. Mir war schlecht vom Alkohol und dem Zeug, mit dem er mich ausgeknockt hat, und ich musste kotzen. Da wurde er richtig sauer und hat mich gezwungen, einen Haufen seiner Freunde zu bumsen.«

Tiffany wusste nicht, was sie sagen sollte. Ihr Blick ging zu Boden.

»Hat er dich auch schon gevögelt?«, fragte Brenda mit brüchiger Stimme.

Tiffany schüttelte den Kopf.

»Du hast immer ein behütetes Leben geführt, Tiff. Aber erspar mir dein Mitleid. Bin schon drüber hinweg.«

»Ich bemitleide dich gar nicht«, sagte Tiffany und hob den Kopf. »Ich fühle mich deinetwegen schrecklich und mir tut leid, was mit dir passiert ist. Aber das Beste, was wir im Moment tun können, ist, Drejohn glauben zu lassen, dass wir bei seinem Plan mitmachen. Wir müssen auf jeden Fall zusammenbleiben, damit wir gemeinsam fliehen können. Sobald uns das gelungen ist, lassen wir seinen Arsch ins Gefängnis bringen und dort verfaulen.«

Schwere Schritte ließen die beiden Mädchen verstummen. Sie blickten zur Tür, die so heftig aufsprang, dass sie gegen die Wand knallte. Big M betrat den Raum.

Er zeigte auf Brenda. »Dre will mit dir reden. Du kommst mit.« Der Riese von einem Mann richtete seinen Blick auf Tiffany.

»Du sollst Ginger suchen, damit sie dich in Dres Privatwohnung bringt. Er will, dass du badest und dich vorbereitest. Ginger zeigt dir, was zu tun ist.«

Tiffany rutschte das Herz in die Hose. Das war's. Drejohn würde sie vergewaltigen. Sie musste irgendwas unternehmen. »Ähm, denkst du, ich könnte vorher noch mit Drejohn reden? Ich muss ihm was Wichtiges mitteilen.«

Brenda riss die Augen weit auf. Ihr Blick ging zwischen Big M und Tiffany hin und her.

»Mädel, du magst eine Platinpussi haben, aber wenn du nicht tust, was Dre dir sagt, wird er echt sauer.« Big M runzelte die Stirn. »Er wird mir die Eier zerquetschen, wenn du seine Befehle nicht befolgst.« Der große Mann zog ein Taschentuch hervor und wischte sich übers Gesicht. »Nein. Du machst dich fertig, wie er's befohlen hat, und ich sage ihm, dass du mit ihm reden willst.« Er zog an Brendas Arm. »Komm mit. Deinen Scheiß nimmst du besser mit«, fügte er mit Blick auf ihre Reisetasche hinzu.

Tiffanys Gedanken rasten. Sie biss sich auf die Unterlippe. Irgendwie musste sie ihn aufhalten. Darum folgte sie Big M und Brenda, die Richtung Haus gingen.

Der große Kerl redete auf ihre Freundin ein. »Er ist unten im Kellerkino. Wenn ich dir 'nen Rat geben darf, mach ihn bloß nicht wütend. Hat mir bereits gesagt, dass du ihm den letzten Nerv raubst. Erst das Feuer, dann die Sache mit der Satellitenschüssel. Sei einfach mit allem einverstanden, was er sagt, dann passiert dir nichts.« Sie betraten das Haus und er führte Brenda zu der Tür, die in den Keller führte. Er öffnete sie und wies sie an, nach unten zu gehen. Dann wandte er sich an Tiffany.

»Such Ginger, damit sie dich fertig macht.«

Tiffany nickte und ging langsam Richtung Treppe. Sie beobachtete Big M, der vom oberen Ende der Treppe Brenda zusah, wie sie ins Kino ging. Er blickte ihr noch kurz nach, schloss dann zufrieden die Tür und verließ die Küche durch die andere Tür. Sie rang die Hände. Was sollte sie jetzt bloß tun? Schließlich traf sie eine Entscheidung und öffnete die Tür zum Keller.

Ihr Herz hämmerte laut wie eine Kesselpauke, während Tiffany sich zentimeterweise die Treppe runterschob und versuchte, dabei kein Geräusch zu machen. Sie wollte hören, was Drejohn zu Brenda über den Job sagte, den er für sie hatte. Irgendwie musste Tiffany ihren Entführer davon überzeugen, auch sie zu dem Termin zu schicken. Sie blieb auf einer Stufe stehen, wo sie vom Kinosaal aus nicht gesehen werden konnte.

»Wenn du das schaffst, kaufe ich dir was richtig Hübsches

oder ich nehme dich vielleicht sogar mit auf eine Reise. Mit deinen riesigen Titten bringe ich ihn vielleicht sogar dazu, mehr zu bezahlen. Da ich jetzt gezwungen bin, alle Mädchen wegzuschicken, brauche ich noch mehr Geld, um die Ausgaben zu decken.« Ein Rascheln und ein leiser Schrei von Brenda verrieten ihr, dass Drejohn ihre Freundin gepackt hatte. »Dieser Typ zahlt einen Haufen Geld für Sex mit einer Jungfrau. Also versau es nicht. Hast du verstanden, Schlampe?«

Erneut ein Schmerzensschrei von ihrer Freundin. Tiffany schoss die Treppe herunter, bevor sie überhaupt wusste, was sie tat.

»Was zur Hölle ...«, sagte Drejohn. »Was zum Teufel hast *du* denn hier zu suchen? Ich habe Big M aufgetragen, dich in mein Zimmer zu bringen.«

»Tut mir leid, Drejohn. Ich habe noch mal über diese Jungfrauensache nachgedacht. Wäre es nicht toll, wenn du ihm zwei Jungfrauen gibst? Dann könntest du dem Kunden locker das Doppelte berechnen.«

Die Augen des Mannes verengten sich und sein Gesicht verzog sich zu einem übertriebenen Grinsen. »Ach, ach, Prinzessin. Bist du jetzt auch schon eine kleine Zuhälterin geworden?«, fragte er und kam auf Tiffany zu. Er beugte sich zu ihr herunter, sodass sie Nase an Nase voreinander standen.

Tiffanys Herz raste, weil sie merkte, dass sie in diesem Spiel überreizt hatte. Der faulige Geruch nach Alkohol und Gras in seinem Atem stieg ihr in die Nase.

Er stieß sie mit so viel Kraft von sich, dass sie stolperte. »Daran habe ich längst gedacht, Bitch! Wer zur Hölle glaubst du, dass du bist? Wieso sagst du mir, wie ich mein Geschäft führen soll?«

Sie war erleichtert, weil sie allein im Kinosaal waren. Auf keinen Fall sollte Drejohn sich genötigt fühlen, vor Publikum an ihr ein Exempel zu statuieren.

Tiffany erkannte, dass sie sein Ego streicheln musste. Er musste das Gefühl haben, alles unter Kontrolle zu haben.

»Tut mir leid. Mir fiel nur ein, dass du bei einem so wichtigen Kunden bestimmt sicherstellen willst, dass Brendas Performance wie geschmiert läuft. Sie hat so was noch nie gemacht. Und zu zweit könnten wir uns gegenseitig helfen und dem Kunden entspannter entgegentreten. Es wäre also auch in seinem Sinne die bessere Lösung.«

Drejohn machte einen halben Schritt nach hinten und entspannte sich. Tiffany konnte sehen, wie er in Gedanken ihre Worte abwägte. Sein Blick wanderte zu Brenda. »Denkst du, du schaffst das auch allein?«

Brenda blickte rasch zu Tiffany. »Ich ... denke schon ... Aber mir wäre wohler, wenn Tiff dabei ist. Wenn ich was nicht hinkriege, könnte sie übernehmen und umgekehrt.«

Drejohn wandte sich von den beiden Mädchen ab und tigerte im Raum auf und ab. Nach kurzem Hin und Her blieb er stehen und richtete seine Augen auf Tiffany. »Es gibt bei eurem kleinen Plan nur ein Problem. Brenda muss für ihren Job sofort los, und du und ich hatten unser erstes Treffen noch nicht.«

Ein schiefes Grinsen verzerrte seine untere Gesichtshälfte. »Hab mich bisher gebremst, dich zu meinem Mädchen zu machen, weil es mich erregt hat, mir all diese Dinge mit dir vorzustellen. Aber jetzt bin ich bereit, siehst du?« Er zog die Jogginghose runter, entblößte seinen geschwollenen Ständer und ließ anzüglich die Hüften kreisen.

Tiffany zwang sich, nicht den Blick abzuwenden oder die Augen zu schließen. Das könnte ihn wütend machen. Allerdings sah sie zum ersten Mal das Geschlechtsteil eines Mannes und stellte mit Entsetzen fest, dass sie neugierig war.

Nach wenigen Sekunden zog er die Hose wieder hoch und lachte. »So ein Clown da draußen zahlt einen Haufen Schotter, um eine Jungfrau zu vögeln, die keine ist, während ich es mit einer Jungfrau mache und keinen Penny dafür bezahle. Und dein erstes Mal wird der Ritt deines Lebens werden, Prinzessin, verlass dich drauf.« Drejohn lachte wieder und schüttelte den Kopf. »Das zeichnet einen guten Geschäftsmann aus. Er macht alle glücklich!«

Ein plärrender Hip-Hop-Klingelton von Drejohns Handy unterbrach sein Lachen. Er schaute aufs Display, ehe er den Anruf annahm. »Pleasure, wo zur Hölle hast du gesteckt, Mädel?«

86 – MADDIE

Ich fand meinen Partner an seinem Schreibtisch, wo er gerade seine Dienstmails abrief. »Wie machen wir weiter?«, fragte ich. »Pleasure ist gerade voll ausgerastet, weil wir sie mit einem Streifenwagen ins Gefängnis bringen wollen. Für sie ist nur Travis gut genug. Ich finde aber, er sollte das nicht alleine machen. Ehrlich gesagt, denke ich, er sollte hier gar nichts mehr machen.«

»Eifersüchtig, hm?«

»Ähm, nicht wirklich.« Es war an der Zeit, meine Sünden zu gestehen. Ich senkte meine Stimme, damit niemand außer Darius mich hören konnte. »Travis sollte eigentlich zu Hause sein. Auf keinen Fall darf er mit uns an diesem Fall arbeiten. Ehrlich gesagt, darf er eigentlich gar nicht arbeiten.«

Darius stand vom Schreibtisch auf und forderte mich auf, ihm zu folgen. Mit wütenden Schritten führte er mich aus dem Büro den Flur entlang. Er stieß die Tür zum Treppenhaus auf, das in die Tiefgarage führte. Er wusste, wie hellhörig das ganze Gebäude war, weshalb seine Stimme nur ein Zischen war. »Wunderbar. Willst du mir damit sagen, dein Mann ist offiziell vom Dienst angewiesen, zu Hause zu bleiben, und wir haben unseren ganzen Fall aufs Spiel gesetzt, indem wir ihn da mit reingezogen haben?«

Ich biss mir auf die Innenseite der Lippe und nickte. Die Wahrheit war, mein Bestreben, Tiffany schnell zu finden, hatte mein Urteilsvermögen benebelt, und inzwischen wünschte ich, Travis wäre nie aufgetaucht.

Wut funkelte in den Augen meines Partners. »Wie konntest du das zulassen? Warum hast du mir nicht vorher gesagt, dass Travis im Moment zur Matschbirnen-Fraktion gehört?« Er fuhr sich mit der Hand über den blanken Schädel. »Wir müssen uns überlegen, wie wir mit dieser Situation umgehen.«

»Eigentlich macht es ja keinen Unterschied. Pleasure war einverstanden, Drejohn anzurufen, wer sie dazu überredet hat, ist doch letzten Endes egal.«

»Ist dir eigentlich klar, dass wir beide wegen der Sache den Job verlieren können? Und das hier ist nicht irgendein kleiner Fall, für den sich außer uns niemand interessiert. Hier geht es verdammt nochmal um einen Vermisstenfall, in den der Gouverneur von Kalifornien verwickelt ist!«

Der ernste Unterton in seiner leisen Stimme ließ mich fast wünschen, dass er mich anschrie. »Ich lasse mir was einfallen«, sagte ich. »Aber ich glaube, wir müssen Pleasure so schnell wie möglich wieder in Gewahrsam nehmen. Ich hab so ein Gefühl, als könnte uns die Sache um die Ohren fliegen. Und zwar bald.«

»Okay, dann sag ich dir, wie's läuft. Die Streife bringt Pleasure ins Valley-Gefängnis. Dein Mann wird nach Hause geschickt. Bis dahin sollte ich den Namen des Hotels haben, in dem das Rendezvous mit Drejohn und den Mädchen stattfindet. Ich benachrichtige Larry den Frauenschläger und er kann die Sondereinheit, das S.W.A.T. oder das FBI hinzuziehen.«

Ich erwiderte nichts, sondern nickte nur. Ich hatte es diesmal gründlich versaut und wusste nicht, wie ich das wieder in Ordnung bringen konnte. Ich hatte nicht nur meinen eigenen Job aufs Spiel gesetzt, sondern auch Darius' Kopf die Schlinge umgelegt. Wenn ich ein Mann wäre, hätte Darius mir wahrscheinlich eine reingehauen, weil ich so dämlich war. Als Polizistin hätte ich es besser wissen müssen. Und ich wusste es ja besser. Ich wollte einfach unbedingt Tiffany finden.

87 – PILAR

Pilar marschierte in ihre Privatwohnung und schleuderte die High Heels von den Füßen. Seit dem Telefonat mit Zepeda Sorriano war sie in schlechter Stimmung. Was bildete der sich eigentlich ein, sie so herumzukommandieren?

Er ist der Mann, der deine Welt aus den Fugen heben kann, wenn du nicht aufpasst. Er ist gefährlich. Du musst deinen Plan überdenken.

Sie hatte sich bei der Veranstaltung vom LAPD mit einer fadenscheinigen Begründung entschuldigen lassen. Doch die Sache gefiel ihr nicht. Frauen mit Macht waren stets die Zielscheibe harscher Kritik, und wenn sie einen lange geplanten Termin so kurzfristig absagte, wirkte das wankelmütig. Es war egal, dass Chief Fryer aus ihrer Absage keine große Sache gemacht hatte. Pilar wusste, es gab genug Experten da draußen, die genau das taten.

Nachdem sie ungefähr eine Stunde vor sich hin gebrütet hatte, beschloss sie, dass es zu gefährlich war, sich ein zweites Mal als Bürgermeisterin mit Sorriano zu treffen. Sie war in ihre Wohnung gegangen, um ihre Verkleidung als »einfache Bürgerin« anzulegen. Dafür blieb ihr nicht viel Zeit.

Rasch stülpte sie die kastanienrote Perücke über ihr Haar. Dann riss sie die Tür des begehbaren Kleiderschranks auf, trat hinein, schob die Kleiderbügel über die Stange und betrachtete die Kleider unter dem Gesichtspunkt der Tarnung. Da sie wusste, dass eine Jeans und ein T-Shirt für das Luxushotel kaum passend waren, entschied sie sich schließlich für ein kastenförmig geschnittenes, schwarzes Kleid mit schwarzer Strumpfhose und einer langen Perlenkette. Damit sah sie wie eine Geschäftsfrau aus der Provinz aus. Sie wollte sich gerne einen breiten, roten Gürtel um die Hüfte legen, um dem Kleid etwas mehr Form zu geben, doch fürchtete sie, dass das zu auffällig sein könnte. Zum Schluss kramte sie in ihren Sachen, bis sie die Schildpattbrille mit Fensterglas fand, und setzte sie auf. Sie konnte zwar keine Sonnenbrille tragen, aber diese hier war perfekt, um den Anschein einer Stadtfremden zu vermitteln, die sich nach einem anstrengenden Tag entspannen wollte.

Sie nahm die Handtasche mit dem gefälschten Ausweis und ihren wichtigsten Dingen an sich und rief Sorriano an.

Er ging nach dem ersten Klingeln dran.

»Ich bin unterwegs«, sagte sie.

»Sehr gut, *Pilar*. Ich freue mich schon auf dich. Aber ich fürchte, wir haben ein kleines Problem.«

Ihr Herz rutschte ihr in die Hose. Das war nicht gut. Er hatte ihr versichert, es werde keine Probleme mehr geben. Aber es hatte keinen Sinn, jetzt eine Szene zu machen. Es ging um Schadensbegrenzung, nicht mehr und nicht weniger. »Ich bin in einer halben Stunde da.«

»Ich warte.«

Sie klappte das Wegwerfhandy zu und kehrte zum Kleiderschrank zurück. Aus dem Schrank zerrte sie eine große Kiste und hob den Teppichboden darunter an. Dort war im Boden ein kleiner Safe verborgen. Trotz ihrer tauben Finger schaffte sie es ohne Probleme, die Kombination einzugeben. Als der Safe aufging, griff sie nach hinten rechts und fand, wonach sie suchte. Sie zog den kurzläufigen Smith-and-Wesson-Revolver aus dem Versteck und schob ihn in ihre Handtasche.

Hoffentlich musste sie die Waffe nicht benutzen. Aber Schadensbegrenzung konnte viele verschiedene Formen annehmen. Und manchmal konnte sie teuer werden – sehr teuer.

88 – TRAVIS

Travis saß im Familienzimmer und starrte gedankenverloren auf noch so eine angeblich realistische Cop-Doku-Serie. Er konnte die Wut nicht vergessen, die über das Gesicht seiner Frau gehuscht war, als sie ihn aus dem Verhörraum zerrte. Sie hatte ihm unmissverständlich klargemacht, dass er nach Hause gehen sollte. Verwirrt fragte er sich, was passiert war. Eine Minute zuvor war Maddie noch begeistert gewesen über die Arbeit, die er geleistet hatte, und im nächsten Augenblick konnte sie ihn nicht schnell genug aus dem Polizeigebäude befördern. Als er fragte, was da los sei, sagte sie ihm nur, sie wolle verhindern, dass man sie beide feuerte und dass sie Pleasure selber nach Chatsworth bringen würde.

»Wann kommst du nach Hause?«, hatte er gefragt.

Ihre Antwort war alles andere als befriedigend gewesen. Sie glaubte, dass der Fall unmittelbar vor der Auflösung stehe, weshalb sie überhaupt nichts sicher sagen könnte.

Eine Schusssalve aus dem Flatscreen-Fernseher riss ihn aus seinen melancholischen Überlegungen. Er stöhnte laut, als im Film ein Cop auf einen bewaffneten Verdächtigen schoss, der im Zickzack vor dem Gesetzeshüter weglief und beim Klang der Schüsse die Waffe fallen ließ und die Hände hob.

Travis drückte den Aus-Schalter auf der Fernbedienung. »So läuft das nicht!«, schrie er den Bildschirm in seinem leeren Haus an. »Schüsse werden abgegeben und dann explodiert das Gesicht deines Partners vor deinen Augen!« Er war von sich selbst genervt, weil er diese Serie überhaupt eingeschaltet hatte, und stapfte in die Küche, um sich ein Bier zu holen. Das Handy in seiner Tasche kündigte mit einem Klingeln eine Textnachricht an.

Sorry, wenn ich so eine Idiotin war. Cutter hat mich zusammengestaucht.

Er tippte mit beiden Daumen. *Sag deinem Partner, er kann mich mal. Lieb dich. Kommst du heim?*

Maddie antwortete: *Sitze hier fest, bis der Fall erledigt ist.*

Seine Freude über den Umstand, dass Maddie und er offensichtlich ihre Kommunikationsfähigkeit zurückerlangten, wurde von der Enttäuschung gedämpft, dass sie wohl erst in vielen Stunden nach Hause kam. Er verwandelte seine Unzufriedenheit in Wut auf Cutter. In Gedanken nahm er sich vor, mal ein ernstes Wort mit dem Partner seiner Frau zu reden.

Dann erreichte ihn wenige Sekunden später noch eine Nachricht. *Wieso kommst du nicht her? Temple Street Towers, Lobby Bar.*

Sein erster Impuls war Ablehnung, doch dann überlegte er es sich anders. Sie bot ihm einen Olivenzweig, und es war lange her, dass sie ihm ein Friedensangebot wie dieses gemacht hatte.

Unterwegs, tippte er. Dann schnappte er sich die Schlüssel von der Anrichte und pfiff den alten Klassiker von Buck Owens. »Together Again!« Gutgelaunt verließ er das Haus.

89 – TIFFANY

Tiffany hatte keine Ahnung, wer Pleasure war, aber sie würde ihr auf ewig dankbar sein, weil sie Drejohn in diesem Moment angerufen hatte. Sie belauschte Drejohns Seite des Gesprächs und fand heraus, dass ihr Entführer Informationen über den Typen wollte, der nach einer Jungfrau verlangte. Diese Pleasure schien zu behaupten, dass der Kunde öfter bei ihr bestellte oder zumindest bekannt war. Nachdem Drejohn aufgelegt hatte, wandte er sich an Brenda und sie.

»Okay, ich habe eine Entscheidung getroffen. Ich werde dem Kunden euch beide anbieten.«

Hoffnung keimte in Tiffany auf. Sie würden endlich von diesem Gelände runterkommen und die Welt da draußen wiedersehen. Eine Welt, in der Brenda und sie flüchten konnten. Vielleicht konnten sie dem Kunden sogar erzählen, dass sie gekidnappt wurden, und er half ihnen.

»Aber«, fuhr Drejohn fort, »ich werde ihm sagen, dass ich euch erst in ein paar Stunden nach L. A. bringen kann.« Ihr Geiselnehmer stierte sie lüstern an. »Erst haben wir unseren Spaß. Danach kannst du immer noch so tun, als wäre es dein erstes Mal.« Er grinste, als hätte er gerade in der Lotterie gewonnen, und tippte etwas in sein Handy.

»Hey, Cut Man. Ich habe alles arrangiert. Problem ist nur, dass es zwei Stunden dauert, bis ich die Ware nach Downtown bringen kann.«

Tiffany lauschte angestrengt, um die Antwort des Kunden zu hören.

»Großartig. Mieten Sie sich in den Temple Street Towers ein und ich rufe an, sobald die Mädchen auf dem Weg in Ihr Zimmer sind.« Einen Moment herrschte Stille. »Machen Sie sich darüber mal keine Sorgen.«

Wieder Stille. »Ja, ich schicke meinen Mitarbeiter Big M. Er nimmt das Geld entgegen und liefert die Ware ab. Ich möchte kleine Scheine, höchstens Hunderter. Sie sind ein glücklicher Mann, Mr. Cut Man. All diese Terroristen, die sich für vierzig Jungfrauen in die Luft jagen. Und Sie kriegen zwei und dürfen weiterleben und dieses Erlebnis in die Welt hinausposaunen.«

Drejohn beendete das Telefonat und blickte Brenda finster an. »Los, such dir 'ne Beschäftigung. Deine Freundin und ich haben jetzt Spaß.«

Brenda warf Tiffany einen Blick voller Mitgefühl zu, ehe sie sich umdrehte und die Treppe hochging. Sobald sie außer Sichtweite war, packte Drejohn Tiffany und zog sie an seine breite Brust. Er vergrub die Faust in ihren Haaren, riss ihren Kopf nach hinten und drückte seine Lippen auf ihre.

Tiffany war im Küssen keine Anfängerin, aber das war ein Angriff. Der Druck, den Drejohn auf ihr Gesicht ausübte, sollte sie einschüchtern. Sie sollte wissen, wer hier der Chef im Ring war. Sie hoffte, sie würde sich nicht übergeben müssen. Sie war schon kurz davor.

Plötzlich löste ihr Entführer sich von ihr. »Komm mit, wir gehen nach oben in mein Zimmer. Ich will das nicht hier unten auf dem Kinosessel machen. Außerdem sollst du erst duschen oder baden. Ich hasse schmutzige Schlampen.«

Tiffanys Gedanken rasten, als sie Drejohn vom Keller die

Treppe hoch ins Erdgeschoss und weiter ins Obergeschoss folgte. Wenn ihr nicht bald etwas einfiel, wurde sie von diesem Wahnsinnigen vergewaltigt. Konnte sie ihn die Treppe runterstoßen und hoffen, dass er sich dabei ernsthaft verletzte und sie davonkam? Aber ... wo sollte sie hin? Tiffany kämpfte gegen Tränen der Verzweiflung, als sie den Flur entlang zu einer Tür gingen, hinter der offenbar Drejohns Schlafzimmer lag.

Er öffnete die Tür mit einem Schlüssel und warf ihr einen verlegenen Blick zu. »Meine Sachen gehören mir und ich mag's nicht, wenn Leute herumschnüffeln«, sagte er und bedeutete ihr, das Zimmer zu betreten. Er folgte ihr und packte ihren Arm.

O mein Gott, o mein Gott! Gleich passiert's. Du wirst vergewaltigt. Bloß nicht in Panik geraten. Irgendwie muss ich hier rauskommen ... aber wie?

Drejohn zeigte auf einen Schuhschrank mit mehreren Paaren Schuhe, die ordentlich in den Fächern standen. Auf dem Boden lagen in einem Korb Papierüberschuhe, wie Chirurgen sie trugen. »Zieh die Schuhe aus und nimm die da. Ich mag es nicht, wenn jemand anderes über meinen Teppich geht.«

Komisch, dass er diese Phobie im Rest des Hauses nicht zeigt. Während sie seiner Anweisung gehorchte, schaute sie sich im Schlafzimmer um. Das Farbspektrum entsprach dem im Rest des Hauses und in den Büros von *NTL* – Rot, Schwarz und Silber. Sie schüttelte den Kopf, als sie das Bett entdeckte, aus dessen Kopfteil ein Samtbezug unter einem Zebraprintüberwurf hervorguckte. Das Bett stand auf einem Podest etwa einen halben Meter über dem Teppich. Über dem Bett hing ein moderner Lüster in Form einer Sternschnuppe.

Sie streifte die steifen Papierschuhe über. In diesem bordellartigen Raum sollte sie also ihre Jungfräulichkeit verlieren. Sie zwang ihren Magen, sich vor Ekel und Angst nicht umzudrehen. »Das nenne ich mal ein Zimmer.«

»Jo, ich hab extra eine Innenausstatterin kommen lassen. Sie hat mir geholfen, es genau so einzurichten, wie ich es wollte.« Er zeigte auf eine andere Tür. »Dahinter ist das Badezimmer. Ich will, dass du da reingehst und dich gründlich wäschst. Deine Haare sollen sauber sein, dein Gesicht und auf jeden Fall darf deine Muschi nicht stinken. Ich hasse nichts mehr als eine dreckige Fotze.«

Tiffany bewegte sich in die Richtung, in die er zeigte.

»Da drin ist auch ein Schrank und eine Kommode. Da findest du Sachen, die du anziehen kannst. Aber zieh dich nicht wie eine Schlampe an.« Er trat an einen Tisch und nahm eine Fernbedienung in die Hand, mit der er die riesige Hi-Fi-Anlage einschaltete. Hämmernde Musik mit dröhnenden Bässen drang aus den Lautsprechern, die in der Decke versenkt waren. Ihr Geiselnehmer ließ sich in einen dick gepolsterten Sessel sinken und nickte rhythmisch mit dem Kopf.

Als Tiffany das Badezimmer betrat und sich umdrehte, um die Tür zu schließen, sah sie, wie Drejohn einen Joint aus einer Holzschatulle nahm, die neben seinem Sessel auf einem Tischchen stand. Hastig schloss sie die Tür und tastete fast automatisch, ob der Türknauf sich irgendwie verriegeln ließ. Natürlich nicht.

Sie nahm den Raum in allen Details wahr. Er spiegelte das kitschige Dekor des Schlafzimmers wider. Eine Badewanne mit Whirlpool stand unter einem breiten Fenster. Die Wanne bot locker Platz für vier Personen und für sie bestand kein Zweifel, dass auch schon mal so viele Leute darin gesessen hatten. Auf der Ablage rings um die Wanne standen Dutzende silberne und schwarze Kerzen, die in einer rubinroten Flüssigkeit schwammen.

Sie setzte sich auf die Kante und versuchte, logisch zu denken. Sie brauchte einen Plan.

»Was zum Teufel treibst du da drin, Mädel? Wir haben nicht den ganzen Tag Zeit.«

Beim Klang von Drejohns Stimme vor der Tür sprang sie auf und trat zu der Dusche, um das heiße Wasser aufzudrehen, das aus mindestens einem Dutzend Düsen strömte. Das Geräusch des rauschenden Wassers übertönte ihre Bewegungen, während sie das Badezimmer nach einem Telefon oder einer möglichen Waffe absuchte. Nichts.

Sie warf die Klamotten ab und trat unter die dampfende Dusche. Ihr Herz hämmerte in der Brust, jeder Schlag schien ihr zuzurufen: Denk! Denk! Denk! In die Wand war ein gekacheltes Regalfach eingelassen, in dem Duschgels und Shampoos in allen erdenklichen Farben standen. Sie nahm einige Flaschen zur Hand und schnupperte daran, bis sie einen Duft fand, der nicht allzu aggressiv war. Sie drückte die grüne Flüssigkeit auf die Hand und schäumte sich am ganzen Körper ein. Dabei rutschte ein Tropfen vom Duschgel von ihrer Hand und floss gemächlich Richtung Ausfluss. Sie beobachtete, wie das verdünnte Gel im Ausfluss verschwand, und ihr kam eine Idee. Keine großartige Idee, aber im Moment musste sie nehmen, was kam. Hastig duschte sie fertig, verließ die Kabine und ließ das Wasser weiterlaufen, um ihre Bewegungen zu verschleiern. Sie trocknete sich ab und wickelte sich in das dicke Badetuch in Übergröße.

Auf Zehenspitzen schlich sie zum Waschbecken und musterte im Spiegel ihr Gesicht. Furcht und Panik standen ihr ins Gesicht geschrieben. Sie trat zum Waschtisch und nahm eine der Schwimmkerzen in die Hand. Die knallrote, auf Öl basierende Flüssigkeit wackelte in dem Glasbehälter und duftete nach Zimt. Sie griff ein paar Kosmetiktücher aus dem Spender und legte sie auf den Waschtisch, dann hob sie die Schwimmkerze aus dem Behälter und legte das Wachsstück auf die Kosmetiktücher.

Dann nahm sie den zylinderförmigen Kerzenhalter mit der roten Flüssigkeit und ging zur Toilette. Sie hatte nur eine Chance, das hier richtig zu machen. Sie neigte den Behälter und goss etwas von der blutroten Flüssigkeit in die Kloschüssel. Die Substanz rutschte nach unten und sammelte sich dort. Es sah genau richtig aus.

Sie brachte den Kerzenhalter wieder zum Waschbecken, ließ die Schwimmkerze hineingleiten und stellte alles wieder an seinen Platz. Anschließend beeilte sie sich, die Dusche abzudrehen. Sie ging zum Klo und setzte sich darauf. Nach ein paar Sekunden rief sie nach Drejohn. »Oh, Drejohn! Ich hab gerade meine Periode bekommen. Ist das ein Problem?«

Sie hörte eine Bewegung und dann schwere Schritte, die in ihre Richtung kamen. Er riss die Badezimmertür auf.

»Willst du mich verarschen?«, fragte er und baute sich vor ihr auf. Mit wenigen Schritten war er bei ihr und stieß sie zu Boden. Als er in die Schüssel sah, fluchte er. »Also, ich fass dich garantiert nicht an, wenn du blutest. Frauen die bluten, sind eklig und schmutzig.«

Er zog sie hoch und gab ihr eine heftige Ohrfeige. Tiffany spürte, wie echtes Blut sich in ihrer Mundhöhle sammelte. Sie schluckte und wartete auf den nächsten Schlag.

»Scheiße! Das versaut mir alles. Ich weiß nicht, ob dieser Cut Man auch eine blutende Bitch nehmen wird.« Drejohn fixierte sie mit hartem Blick. »Glaubst du, du kannst ihn täuschen, sodass er nicht merkt, was los ist?«

Die Frage war nicht so leicht zu beantworten. Wenn sie

sagte, sie würde gar nicht so viel bluten, könnte Drejohn vielleicht seine Abneigung gegen menstruierende Jungfrauen überwinden. Aber wenn sie seine Pläne durchkreuzte, mit denen er fünfzigtausend Dollar machen wollte, könnte er sie noch mal schlagen oder sogar umbringen. Außerdem wollte sie unbedingt zu diesem Termin. Er war Brendas und ihre einzige Hoffnung zur Flucht.

»Ich ... ich denke, es wird nicht einfach, aber ich schaffe das. Ich benutze einen Tampon bis kurz vor ... du weißt schon. Brenda kann ihn ablenken, während ich kurz im Bad verschwinde und ... ihn loswerde.«

»Das ist echt scheiße. Ich wollte dich für mich«, sagte Drejohn. Sein Blick fuhr über ihren Körper.

Tiffanys Herz begann zu rasen. Sie konnte sehen, wie er mit sich rang, ob er sie jetzt nicht doch noch vergewaltigen sollte.

»Scheiß drauf. Ich ruf den Typen an und sehe mal, ob wir das Treffen nicht schon früher arrangieren können.«

Tiffany ließ langsam die Luft entweichen, die sie unwillkürlich angehalten hatte. Sie wollte nicht, dass Drejohn ihre riesige Erleichterung sah. »Ist es okay, wenn ich mich anziehe?«

Ihr Entführer winkte mit einer Hand ab, während er bereits eine Nummer ins Handy tippte. »Ja, geh schon und brezel dich mit Brenda auf. Du musst nach viel Geld aussehen. Das wird bei Brenda nicht gerade leicht. Such ihr was Klassisches raus. Und wenn du schon dabei bist, mach auch was gegen die ganzen blauen Flecken, die du hast.« Drejohn wandte sich von ihr ab, als sein Gesprächspartner ans Telefon ging.

»Jo, Cut Man. Es hat sich gerade eine Terminverschiebung ergeben.«

90 – PRESTON

Er saß allein in seinem Schlafzimmer und hielt die .40er Glock in der Hand. Preston wusste, dass er es nicht konnte. Ja, er war wegen seiner verschwundenen Tochter verzweifelt. Er wusste, es war nur eine Frage der Zeit, bis seine Affäre mit Heather McCall bestätigt wurde. Danach würde ein noch größerer Mediensturm losbrechen. Aber die Wahrheit war: Er hatte Angst. Mehr vor dem Tod als davor, sich einem Leben ohne seine Tochter zu stellen. Mehr vor dem Tod als vor der öffentlichen Bloßstellung.

Er war nicht der Einzige, der sein Kind verlor. Viele Eltern von Mordopfern engagierten sich für etwas und widmeten diesen Kampf ihren Kindern. Mit seiner Bekanntheit konnte er der Fürsprecher für all diese Kämpfer sein. Und was die Bloßstellung anging – wenn der verheiratete Präsident der Vereinigten Staaten erwischt werden konnte, wie er eine Praktikantin fickte, wo war dann das Problem bei einem alleinstehenden Gouverneur, der gelegentlich nach weiblicher Gesellschaft suchte? Dieser Teil der Geschichte wäre in Ordnung. Doch die Tatsache, dass er sich in Heather McCall verliebt hatte, könnte zum Problem werden. Die amerikanische Öffentlichkeit würde es akzeptieren, wenn er eine Prostituierte vögelte. Aber nicht, wenn er sie liebte.

Er schaltete die Nachrichten aus, als die Geier anfingen, zu mutmaßen, er könne etwas mit dem Mord an Heather zu tun haben. Die Medien suchten immer nach einer guten

Story, egal, was die Fakten sagten. Die Wahrheit war: Er hatte Heather geliebt und sie hatte seine Liebe erwidert. Ja, da war immer noch der Altersunterschied. Ja, da war der kulturelle Unterschied. Aber Liebe ist Liebe.

Er schaute auf seine Hände und fühlte sich plötzlich dumm. Fast melodramatisch, wie er da hockte und die kalte, schwarze Pistole in Händen hielt.

»Es wird Zeit, dass du nicht länger das Leben einfach passieren lässt, Gouverneur. Zeit, die Verantwortung zu übernehmen und etwas zu ändern«, sagte er zu sich selbst. Er stand vom Bett auf und legte die Pistole zurück in die Schachtel. Nachdem er den Deckel verschlossen hatte, brachte er den Koffer zurück zum Schrank und deponierte ihn auf dem obersten Regalbrett.

Preston nahm sein Handy und rief Bain an. Sein Stabschef ging nach dem ersten Klingeln dran. Manches änderte sich eben nie. »Martin, ich brauche Sie morgen früh hier bei mir. Ich werde meinen Rücktritt als Gouverneur einreichen.«

91 – TRAVIS

Travis machte es nichts aus, zum zweiten Mal an diesem Tag in die Innenstadt zu fahren, weil er dort Maddie sehen würde ... seine Maddiesüße.

Weil er Pleasure Treasure überzeugt hatte, bei Drejohn anzurufen, hatte Travis erkannt, dass seine Karriere als Cop noch nicht vorbei war. Er hatte immer noch den Instinkt von der Straße, irgendwelchen Scheiß zu erzählen und damit in der Unterwelt von L.A. den entscheidenden Unterschied zu machen.

Zum ersten Mal seit sehr langer Zeit blickte er optimistisch in die Zukunft. Er und Maddie arbeiteten gut zusammen. Sie waren Partner. Es gab nichts, das sie gemeinsam nicht bewältigen konnten. Und sie musste ähnlich empfinden. Darum hatte sie das Treffen in dem Hotel vorgeschlagen.

Er machte in Gedanken eine Liste der Dinge, die er in Ordnung bringen wollte. Zuallererst musste er wieder arbeitstauglich werden. Er würde dem S.W.A.T. noch eine Chance geben, aber wenn er nicht mehr ins Team passte, könnte er sich auch eine Karriere als Detective vorstellen. Das war das Schöne, wenn man beim LAPD arbeitete – es gab zahllose Jobs für einen Cop.

Als Zweites wollte er mit Maddie Urlaub machen. Vielleicht nach Hawaii oder nach Europa. Sie hatten die letzten anderthalb Jahre doch nur noch irgendwie existiert. Jetzt war der Moment gekommen, um zu leben.

Travis' Gedanken gingen zu der Psychiaterin Dr. Stevens. »Ich bin auf dem Weg der Besserung, Doc«, sagte er laut. »Travis Divine ist wieder da!«

92 – PILAR

Pilar war schon viele Male in den Temple Street Towers gewesen, aber sie war noch nie so nervös gewesen. Was, wenn jemand ihre Verkleidung durchschaute und sie erkannte? Wie sollte sie das erklären? *Himmel, Pilar. Du bist die Bürgermeisterin von Los Angeles, du rennst mit einer .38er in der Handtasche herum und triffst einen früheren Verbrecher, der dich zerstören könnte. Erkannt zu werden, ist noch dein geringstes Problem.*

Sie wusste nicht, ob sie erleichtert oder beleidigt sein sollte, dass ihre Verkleidung funktionierte. Nicht ein Mann warf ihr auch nur einen Seitenblick zu. Als Bürgermeisterin und attraktive Frau gefiel ihr das nicht. Sie war es gewohnt, im Mittelpunkt der Aufmerksamkeit zu stehen, und wenn man sie wie eine gewöhnliche Bürgerin behandelte, bekam sie schlechte Laune.

Sie betrat die Lobby und schaute sich nach Zepeda Sorriano um. Man konnte die Cocktaillounge gar nicht verfehlen, denn sie war im Zentrum der Halle untergebracht. Eine Handvoll Leute saß verstreut auf den modernen Sofas und Sesseln, die rings um die Bar angeordnet waren. Flaschen mit Alkohol reflektierten das Licht von den Leuchten, die an einer Schiene über den Köpfen hingen.

Zippy lautete sein Gangname. Unter diesem Namen hatte Pilar ihn gekannt, als sie zusammen im spanischsprachigen Teil von East L. A. aufgewachsen waren. Er hatte den Namen angenommen, nachdem die Kugel einer rivalisierenden

Gang seinen Schädel gestreift und eine zwanzig Zentimeter lange Fleischwunde riss, die mit Dutzenden Stichen genäht werden musste. Die daraus resultierende Narbe sah wie ein Reißverschluss quer über seiner Stirn aus. Als könnte man seinen Kopf öffnen und hineinblicken. Er trug diese Narbe wie ein Ehrenabzeichen und kämmte die Haare immer nach hinten, damit jeder diese Entstellung sehen und sich vorstellen konnte, wie knapp er dem Tod von der Schippe gesprungen war.

Sie war irritiert, dass er zu spät kam, und ging zu einem Ecktisch, der zum Teil von einer großen Säule verdeckt wurde. Sie hatte sich kaum hingesetzt, als Sorriano sich neben ihr in den freien Sessel warf. Sie musste zweimal hinsehen, denn auch er hatte sich irgendwie verkleidet. Er trug eine Jeans und ein Langarmshirt, das Baseballkäppi tief in die Stirn gezogen. Die Tatsache, dass auch er das Bedürfnis hatte, sich zu verkleiden, machte sie noch nervöser. Das hatte er noch nie getan.

»Hey Lady. Was geht ab?«

Sie starrte ihn durch die falsche Brille an und hoffte, er bemerkte ihren Unmut. »Warum sagst *du* mir das nicht? Du hast angerufen und meintest, es gibt ein Problem.«

Zepeda rutschte auf der Sitzfläche herum und suchte den Raum ab. »Hast du schon was zu trinken bestellt? Ich brauch dringend ein Corona.«

»Zippy, das ist *nicht* lustig. Wenn es ein Problem gibt, muss ich das wissen, und zwar sofort.«

»Entspann dich, Frau Bürgermeisterin. Es ist alles unter Kontrolle. Ich hatte Sorge, die Polizei könnte die Sachen zu uns zurückverfolgen. Auf dem Weg hierher habe ich etwas Faszinierendes erfahren, das nicht nur das Problem löst, sondern sogar die Schuld einem anderen in die Schuhe schiebt.«

»Erstens: Nenn mich nicht so«, zischte sie. »Haben wir uns verstanden? Für dich mag das alles ein großer Spaß sein, aber hier steht mein ganzes Leben auf dem Spiel.« Sie verstummte, als die Kellnerin auf sie zutrat und ihre Bestellungen aufnahm.

Nachdem sie verschwunden war, legte Zepeda seine Hand auf Pilars, als wollte er ihr ein paar zärtliche Liebesworte zuflüstern. »Rede nicht in diesem Ton mit mir ... *Pilar*. Du scheinst zu vergessen, dass deine Zukunft von mir abhängt. Ich müsste nur einen Telefonanruf machen und puff!, würde deine Welt zusammenbrechen.«

»Nicht, ohne dass du dich selbst dabei mit in den Abgrund ziehen würdest.«

Zepeda rutschte auf seinem Sessel herum und hielt ihre Hand so fest umklammert, dass die Blutzufuhr zu den Fingern abgeschnürt wurde. »Nur Idioten drohen mir, Pilar. Und schon gar nicht irgendeine *chica*. Ich habe wirklich gute Neuigkeiten. Willst du sie nun hören oder nicht?«

Sie gönnte ihm nicht die Befriedigung, ihn ihren Schmerz sehen zu lassen, und nickte daher nur knapp. Er ließ ihre Hand los.

»Für mich war es mehr als ärgerlich, als die Leiche von Heather McCall auf der illegalen Müllkippe gefunden wurde. Ich habe viele meiner Kumpel im Laufe der Jahre dort abgeladen und noch nie wurde eine Leiche gefunden. Ich hab ein paar Frischlinge geschickt, damit sie diesen Männerjob erledigen, und sie haben versagt.« Er bedachte sie mit einem ironischen Lächeln. »Natürlich haben sie für ihre Dummheit bezahlt.«

Die Kellnerin kam mit ihren Getränken zurück: einen Martini für sie und ein Bier für ihn. *»Gracias, señorita«*, sagte Zippy mit übertriebenem Akzent und lächelte einnehmend.

Mit einem ebenso breiten Lächeln entfernte sich die junge Frau. Pilar griff sofort nach dem dringend benötigten Drink und nahm einen großen Schluck.

»Ts, ts, Pilar. Entwickelst du etwa ein Alkoholproblem?«

»Das werde ich, wenn du nicht bald zum Grund für dieses Treffen kommst. Was zum Teufel ist los?«

Nachdem er das Limettenachtel aus dem Flaschenhals entfernt und hineingebissen hatte, nahm Zepeda einen großen Schluck von der bernsteinfarbenen Flüssigkeit. Er stellte das Bier ab und wischte sich über den Mund. »Die ganze Situation stellt sich inzwischen sehr viel besser dar, als ich befürchtet hatte.« Er beugte sich vor und senkte die Stimme. »Nachdem die Cops den Tatort freigegeben haben, bin ich hin und habe mich als Zeitungsjournalist ausgegeben. Ich habe von einem Einheimischen erfahren, dass es einen Typen gibt, der eine Kampfhundarena und ein Pornostudio betreibt, keine Meile von dem Fundort von Heathers Leiche entfernt. Wir müssen nur einen Weg finden, die Cops auf diesen Typen namens Dre anzusetzen. Bei seiner Vergangenheit werden sie ihn mit Kusshand als Täter nehmen.«

Pilar schöpfte ein wenig Hoffnung. Vielleicht würde sich dieser verrückte Plan doch noch irgendwie zum Guten wenden lassen. Doch ihre Hoffnung schwand sofort wieder, als sie aufblickte und die altbackene Detective Divine sah, die gerade den Raum betrat und sich an die Bar setzte. »Oh, scheiße, was hat die denn hier zu suchen?«, sagte Pilar. Sie konnte kaum Luft holen. Kalter Schweiß brach ihr aus den Poren.

Zepedas Blick folgte Pilars. »Wer ist das?«

»Sie gehört zu den Detectives, die den McCall-Fall bearbeiten.«

»Was zum Teufel ...?«

»Wir müssen verschwinden, bevor sie uns entdeckt«, flüsterte Pilar hektisch.

Zepeda hob leicht den Kopf. »Nein. Entspann dich einfach und verhalte dich ganz normal. Sie rechnet nicht damit, uns hier zu sehen, und wir sehen wie ein ganz normales Paar aus, das Cocktails schlürft.« Er schob Pilars Glas in ihre Richtung. »Trink aus. Wir verschwinden voneinander getrennt, sobald wir fertig sind.«

»Ich muss hier raus. Ich glaube nicht, dass es Zufall ist, wenn diese Frau in derselben Bar auftaucht wie wir.« Pilar wollte sich von ihrem Sessel erheben.

»Setz dich«, flüsterte er.

Sofort sank sie wieder auf die Sitzfläche.

»Ich werde dich eine Zeitlang nicht kontaktieren, es sei denn, irgendwas läuft falsch. Oder wenn ich mehr Geld brauche. Ich finde einen Weg, um den Verdacht von uns weg auf diesen Hundekampfidioten zu lenken.« Zepeda ließ den Blick durch die Lounge schweifen. »Steh auf und geh an der Rückseite der Bar zum zweiten Ausgang.«

Pilar stand auf und ging los.

»Es war mir ein Vergnügen, mit Ihnen Geschäfte zu machen, Frau Bürgermeisterin«, sagte er in einer Lautstärke, sodass nur sie ihn hören konnte. Er lachte leise, als sie die Schultern straffte.

Nachdem Pilar fort war, winkte Zippy Sorriano der Kellnerin, ihm noch ein Bier zu bringen. Er ließ die Ermittlerin nicht aus den Augen, die an der Bar saß und eine SMS in ihr Handy tippte.

93 – TIFFANY

Sie fuhren in einem schwarzen Escalade mit getönten Scheiben und Tiffany starrte in die Dunkelheit draußen. Sie hatte keine Ahnung, wo sie war, doch sie konnte die Lichter einer Stadt durch die Windschutzscheibe erkennen. Big M fuhr den SUV über den verlassenen, zweispurigen Highway und Drejohn saß auf dem Beifahrersitz. Beide Männer trugen teuer wirkende Anzüge. Sie war überrascht, kommentierte die Kleiderwahl aber lieber nicht.

Auf der Rückbank hielten Tiffany und Brenda sich an den Händen, während die Männer auf den Vordersitzen einen Joint hin- und herreichten. Die dröhnende Rapmusik machte ein Gespräch unmöglich. Tiffany sah aus dem Fenster und versuchte, sich Wegmarken einzuprägen, damit sie der Polizei später einen Hinweis geben konnte, wo man sie festgehalten hatte.

Plötzlich drückte Brenda ihre Hand und nickte leicht nach vorne. Aus dem Augenwinkel sah Tiffany, dass sie auf den Freeway 14 Richtung Süden einbogen. Sie war immer noch nicht sicher, wo sie waren. Ihre Freundin warf einen Blick auf die Männer, die ihnen nicht die geringste Aufmerksamkeit schenkten. Brenda formte etwas mit dem Mund, aber im Innern des Wagens war es schwierig, etwas zu erkennen. Tiffany versuchte, das tief ausgeschnittene Korsett zurechtzurücken, das sie trug und dessen Streben sich in ihre Rippen bohrten. Der kurze schwarze Satinrock ließ sie auf dem glatten Ledersitz herumrutschen. Sogar die schwarzen Samtstilettos waren zu eng. Sie war überrascht, als Drejohn dieses Outfit für sie auswählt hatte. Er hatte gesagt, sie solle heute Abend elegant aussehen. Als gehöre sie dazu und hätte Geld. Zum Glück hatte sie es geschafft, die schlimmsten ihrer selbst zugefügten Blutergüsse mit Make-up zu kaschieren. Trotzdem sah sie genauso aus, wie das, zu dem er sie machen wollte – wie eine billige Hure.

Brenda sah fast besser aus. Sie trug ein pflaumenfarbenes Oberteil mit Fledermausärmeln und eine hautenge, schwarze Jeans. Nur die Stripperinnenschuhe mit den hohen Absätzen verdarben das Gesamtbild.

Als der SUV die Straße entlangfuhr, versuchte Tiffany, einen Plan zu fassen, der ihnen die Flucht ermöglichte. Sie war immer noch nicht sicher, ob sie lieber weglaufen oder versuchen sollten, von dem Typen Hilfe zu bekommen, der so viel Geld für zwei Jungfrauen zahlen wollte.

Nach ungefähr vierzig Minuten auf der Straße sah sie ein Schild, auf dem Canyon Country stand. Jetzt wusste sie, wo sie waren! Hier war sie mal ausgeritten. Hoffnung stieg in ihr auf. Der SUV fuhr wieder Richtung Zivilisation. Vielleicht, ach, hoffentlich gab es eine Fluchtmöglichkeit. Wenn sie wegen Geschwindigkeitsüberschreitung angehalten wurden oder tanken mussten, zum Beispiel.

Die beiden Männer nickten im Takt der Rapmusik. Tiffany beugte sich nach links und spähte zum Armaturenbrett. Die Tanknadel stand ganz rechts.

Big M drehte die Musik leise und schaute auf die mit Diamanten besetzte Uhr, die sein fleischiges Handgelenk abschnürte. »Vermutlich noch fünfundvierzig Minuten.«

Drejohn sagte daraufhin etwas, das Tiffany nicht verstand. Dann drehte er sich zu den beiden Mädchen um.

»Alles ist bereit. Ihr zwei Hübschen versaut das besser nicht.«

Tiffany und Brenda sagten nichts, woraufhin Big M die Musik wieder lauter drehte. Bei dem vibrierenden Bass fiel Tiffany das Nachdenken schwer. Fünfundvierzig Minuten. So lange hatten Brenda und sie Zeit, um einen Plan zu schmieden. Sie ließ die beiden Männer nicht aus den Augen, die sich schon den nächsten Joint anzündeten. Weil beide zu beschäftigt waren, um mitzukriegen, was hinter ihnen los war, nutzte sie die Gelegenheit und löste den Sicherheitsgurt. Nur wenige Sekunden später starrten beide Männer wütend auf die Rückbank, weil ein Alarm losging und auf dem Armaturenbrett ein Licht aufleuchtete, das anzeigte, dass ein Sicherheitsgurt nicht länger eingesteckt war.

Drejohns Miene verfinsterte sich. »Was zum Teufel treibt ihr da hinten?«

Tiffany bückte sich und fummelte am Riemen ihrer Sandale. »Meine Schuhe sind zu eng. Ich wollte sie lockern.«

»Dann beeil dich gefälligst. Das Geräusch raubt mir den letzten Nerv.«

Tiffany streifte den Stiletto ab und griff wieder nach dem Sicherheitsgurt. Hinter ihrem Rücken steckte sie ihn wieder in die Verriegelung, damit das Lärmen aufhörte. Dann beugte sie sich wieder vor und tat so, als müsste sie den anderen Schuh in Ordnung bringen. Drejohn guckte noch einmal nach hinten, bemerkte aber nicht, dass sie ihn gelinkt hatte. Sie setzte sich brav auf ihren Platz zurück. Als Drejohn und Big M anfingen, den neuesten Zinful-Song mitzusingen, schob sie sich langsam zu Brenda rüber.

Die Augen ihrer Freundin wurden groß, als sie erkannte, was Tiffany vorhatte. Sie blickte zu den Männern auf den

Vordersitzen und achtete darauf, ob einer von ihnen Anstalten machte, sich umzudrehen.

Tiffany, die hinter Drejohn saß, schob sich so weit in die Mitte der Rückbank, wie sie sich traute. Sie warf ihrer Freundin einen auffordernden Blick zu, dann schloss sie kurz die Augen und neigte den Kopf, bis er fast auf ihrer linken Schulter ruhte. In dieser Haltung öffnete sie die Augen und bedeutete Brenda, ihrem Beispiel zu folgen und den Kopf nach rechts zu neigen. Ohne den Sicherheitsgurt zu öffnen, nahm ihre Freundin dieselbe Haltung ein. So waren ihre Köpfe dicht beisammen und sie konnten miteinander flüstern, ohne von den Männern auf den Vordersitzen belauscht zu werden. Wenn ihr Entführer sich umdrehte, verließ Tiffany sich darauf, dass er nur Brendas Sicherheitsgurt sehen würde und nicht merkte, dass Tiffanys Gurt nicht länger um ihren Körper lag.

»Wir müssen unseren nächsten Schritt vor Ort machen. Ich glaub nicht, dass wir vorher anhalten.«

»Was machen wir?«, flüsterte Brenda zurück.

»Ich habe keine Ahnung. Mach mir einfach alles nach ... und bete.«

94 – MADDIE

Ich bin nicht sicher, was mich dazu gebracht hat, Travis zu schreiben, dass er mich im Hotel treffen sollte, während ich dort auf die Lieferung von zwei Jungfrauen an Darius wartete. Ich denke, es waren Schuldgefühle, weil ich Travis aus unserem Büro vertrieben hatte, nachdem er uns bei dem Fall so entscheidend weitergeholfen hatte.

Auf der Fahrt zu den Temple Street Towers habe ich beschlossen, unsere Ehe zu retten. Wenn wir dafür in eine Therapie gehen müssen, werde ich die Kröte schlucken und hingehen. Ich habe nach meiner Vergewaltigung nie Hilfe in Anspruch genommen. Es war mir peinlich. In einem anderen Beruf hätte ich die Vergewaltigung sofort gemeldet. Aber wie konnte eine Polizistin in ihrem eigenen Haus vergewaltigt werden? Wie konnte mir das nur passieren?

Tausende Male habe ich mir den Hohn und Spott meiner Kollegen ausgemalt. *Sie hatte bestimmt Angst, das Arschloch umzubringen ... Vielleicht hatte sie einen Liebhaber und Travis kam zu früh nach Hause ... Ich will jedenfalls nicht mit ihr arbeiten, wenn sie sich nicht mal vor einer Vergewaltigung schützen kann. Noch dazu im eigenen Haus.* In Gedanken spielte ich das Ganze immer wieder durch. Im Laufe der Monate wurde dieser innere Kritiker immer erbarmungsloser. Schließlich lernte ich, jeden Gedanken an den Angriff sofort beiseitezudrängen. Die Erinnerung wurde einfach niedergerungen. Doch es war schwer.

Wenn ich jetzt mein früheres Traumhaus betrat, war es ein Alptraum. Jedes Mal, wenn ich nach Hause kam, erwartete ich einen Schlag auf den Kopf, der mir das Bewusstsein raubte. Obwohl wir nach dem Angriff ein neues Schlafzimmer kauften, sah ich jetzt, sobald ich im Bett lag und die Augen schloss, dieses Monster mit der Skimaske vor mir, das meine Arme und Beine an die Bettpfosten fesselte. Ich spürte seine groben Stöße und den Schmerz der wiederholten Schläge. Es dauerte vier Wochen, bis ich äußerlich wieder heil war. In meinem Innern war ich von Scham, Verzweiflung und dem Gefühl zerfressen, in der Falle zu sitzen.

Schlimmer war nur, wie ich Travis in diese Scham hineinzog. Er hatte mich angefleht, die Polizei zu rufen. Er brachte mich in eine Notfallambulanz und log den Arzt an. Er erzählte ihm, wir hätten den Vorfall bereits gemeldet. Selbst als Travis mir mit der Tatsache drohte, dass ich mit meinem Schweigen andere Frauen in Gefahr bringen konnte, ließ meine Scham nicht zu, dass ich den Vorfall meldete, der mich auch offiziell zum Opfer machen würde. Schließlich hörte er auf, darüber zu reden. Ich glaube, er schämte sich, weil ich mich meiner Schmach nicht stellen wollte oder konnte. Vermutlich hat auch er alles verdrängt. Doch er hat immer zu mir gestanden, und er verdiente etwas Besseres.

Ich liebte Travis und dachte, wenn wir jeder für sich gegen unsere inneren Dämonen ankämpften, würde das unsere Beziehung stärker machen. Doch inzwischen glaubte ich, das Arschloch würde gewinnen, wenn ich mir keine Hilfe holte, um den Schmerz zu lindern. Er hatte schon jetzt einen Teil meiner Seele besetzt. Warum zum Teufel sollte ich ihm jetzt auch noch meine Ehe opfern?

Tiffany und Brenda sollten nicht so leiden wie ich. Darum war es mir so wichtig, sie zu finden. Ich hoffte nur, wir kamen rechtzeitig. Ich wollte nicht, dass sie Opfer desselben entsetzlichen Verbrechens wurden, das mein Leben völlig aus der Bahn geworfen hatte.

Der Barkeeper brachte endlich meine Diätlimo und riss mich aus meinen Gedanken. Im selben Moment begann die Hausband zu spielen. Auf meinem Handy las ich private E-Mails, bis es schließlich klingelte. Es war Darius. Ich konnte ihn nicht verstehen, darum ging ich in die Lobby.

»Was ist los?«, fragte ich.

»Ich bin im Zimmer und habe gerade einen Anruf von Drejohn bekommen. Die Mädchen sollten in einer Stunde hier sein.«

»Warte«, sagte ich lauter ins Handy. »Hier in der Bar spielt eine Band und ich kann dich nicht hören. Ich gehe mal nach draußen.« Ich lief zu der Eingangstür und ging dann vor dem Gebäude auf und ab, während mein Partner redete.

»Ich bin in Position. Der Chief hat entschieden, im Hotel eine Spezialeinheit einzusetzen und draußen das S.W.A.T.-Team. Allerdings verspätet sich das S.W.A.T., weil sie zu einem Einsatz in der Taft Highschool mussten. Eine bewaffnete Person ist ins Gebäude eingedrungen und sie mussten evakuieren.«

»Scheiße«, sagte ich.

Darius ignorierte meinen Ausbruch und fuhr fort: »Sobald ich Dre das Geld gegeben habe und mit den Mädchen alleine bin, ist es meine Aufgabe, sie in Sicherheit zu bringen. Die Jungs der Spezialeinheit werden sich um Drejohn und seinen Begleiter kümmern. Wir rechnen also in ungefähr einer Stunde mit ihm. Setz du dich am besten in die Lobby und schreib mir eine SMS, sobald du sie ankommen siehst.«

»Ich finde es ziemlich scheiße, dass du mitten im Geschehen bist, während ich mir den Arsch in der Lobby plattsitze. Wir sind Partner«, sagte ich und ging am Gebäude entlang.

Mein Partner schwieg einen Augenblick. »Glaubst du wirklich, dieser Typ nimmt mir ab, ich würde für zwei Nutten bezahlen, wenn meine Freundin oder Frau mit im Hotelzimmer ist?«

»Du hast vermutlich recht. Ich hoffe nur, das klappt auch. Natürlich ist es großartig, dass wir Unterstützung von der Spezialeinheit haben. Die Jungs kennen sich mit bewaffneten Typen aus und sind Meister der Tarnung. Ich möchte den Fall unbedingt mit zwei geretteten Mädchen zum Abschluss bringen.«

»Das schaffen wir. Okay, such dir einen Platz in der Lobby und sei bereit, mir mitzuteilen, ob die Mädchen wirklich Tiffany und Brenda sind und wie viele Gorillas dabei sind.«

»Roger. Und noch was, Darius: viel Glück.«

»Danke, Partner.«

Ich legte auf und merkte erst jetzt, dass ich bis zur Rückseite des Hotels gelaufen war. Im Gegensatz zur Glitzerfassade an der Front war hier hinten der Ort für die Laderampen und Müllcontainer. Zu dieser späten Stunde war es hier menschenleer.

»Detective?«

Ich zuckte zusammen und instinktiv legte ich die Hand auf die Hüfte. Dann drehte ich mich zu der Stimme um und erkannte Zepeda Sorriano, einen stadtbekannten Kämpfer gegen Straßengangs. Ich hatte ihn schon mal bei einer Fortbildung zum Umgang mit Gangs reden hören. »Ich habe gesehen, wie Sie ums Gebäude gelaufen sind, und habe mir Sorgen gemacht. Ist alles in Ordnung?«, fragte er und streckte die Hand aus.

Ich atmete aus und hoffte, er konnte nicht sehen, dass er mich zu Tode erschreckt hatte. Erleichtert, es nicht mit einem unbekannten Angreifer zu tun zu haben, hielt auch ich ihm die Hand entgegen. »J…« Er warf mich herum und zog rasch meine Pistole aus dem Holster. Seine Stärke und die Schnelligkeit, mit der er mich entwaffnete, verrieten mir, dass er im Gefängnis viel Zeit gehabt hatte, um genau das zu trainieren. Er drückte mich gegen das Gebäude, und ehe ich wusste, wie mir geschah, hatte er mich mit meinen eigenen Handschellen gefesselt. Ich machte den Mund auf, um zu schreien.

»Nicht! Ich habe die Tochter des Gouverneurs.«

Ich schloss den Mund und versuchte, mir einen Reim auf seine Worte zu machen, während ich gleichzeitig fieberhaft überlegte, wie ich es schaffen konnte, wieder an meine Pistole zu kommen oder zu fliehen. Er griff nach vorne an meinen Gürtel und nachdem er die Dienstmarke aus der Halterung gerissen hatte, befestigte er sie an seinem eigenen Gürtel.

»Nun, es wäre ziemlich unpassend, wenn uns jemand begegnet, solange Ihre Hände gefesselt sind. Darum werde ich die Handschellen abnehmen. Wir suchen uns ein stilles Plätzchen, wo wir reden können. Sie gehen mit und machen keine Dummheiten. Haben Sie mich verstanden?«

Ich nickte. Ich wusste nicht, was schneller raste, mein Herz oder mein Verstand. Ich wusste nur eins mit absoluter Sicherheit: Wenn ich mit diesem Mann irgendwohin ging, war ich eine tote Frau.

95 – PILAR

Nachdem sie aus der Bar in die Lobby des Hotels gegangen war, musste Pilar sich zurückhalten, um nicht nach draußen zu rennen und sich in die Sicherheit der unauffälligen Limousine zu bringen, die sie ein paar Blocks entfernt geparkt hatte. Stattdessen hielt sie die Handtasche an den Körper gepresst und ging so schnell sie konnte, ohne dabei offenkundig Angst zu zeigen, was Taschendiebe hätte anlocken können.

Die Tatsache, dass die Ermittlerin in derselben Bar war, in der sie sich mit Zippy traf, konnte nur eines bedeuten. Die Cops wussten, dass sie etwas mit dem Verschwinden von Heather McCall zu tun hatte. Wussten sie, dass die ganze Sache ursprünglich ihre Idee gewesen war? Wurde sie beobachtet?

Nervös schaute sie sich in der verlassenen Seitenstraße um, in der sie den Wagen abgestellt hatte. Sie sah keinen dieser verräterischen Vans, aus denen heraus Ermittler jeden ihrer Schritte aufzeichnen könnten. Und überraschenderweise lehnte auch kein als Penner verkleideter Detective an der Hauswand.

Sie erreichte ihr Fahrzeug, ohne von einem Dieb oder Cop angegriffen zu werden. Sie grinste zufrieden und schnappte das Knöllchen, das unter dem Scheibenwischer klemmte. *Wenn das Schlimmste, was bei dieser Sache herauskommt, ein Strafzettel ist, hast du verdammtes Glück gehabt, Pilar.* Sie knüllte den

Zettel zusammen und warf ihn unter das Auto. *Ich kann genauso gut wie alle anderen in L. A. meine Strafzettel ignorieren.*

Wenn sie tatsächlich gefilmt wurde, bekäme man den Eindruck einer gelassenen Frau. Doch in Wahrheit hörte sie nicht auf, ihre Umgebung zu mustern, als rechnete sie jeden Moment damit, dass versteckte Detectives hervorsprangen, ihre Pistolen auf sie richteten und schrien, sie solle die Hände hochnehmen.

Sie ließ den Wagen an und lenkte ihn vom Bordstein weg. Nichts. Kein schwarz-weißer Streifenwagen, der sich hinter ihr Auto schob. Sie schaute nach oben in die tintenschwarze Nacht und fragte sich, ob sie vielleicht einen Helikopter auf sie angesetzt hatten.

Bei der Fahrt zurück in ihre Wohnung überlegte sie, was sie tun sollte. Soweit es sie betraf, war Zippy die Schwachstelle. Sie hatte an diesem Abend eine Waffe mitgebracht und vorgehabt, ihn umzubringen, wenn er durchdrehte oder noch mehr Geld verlangte. Aber konnte sie das überhaupt? Sie war keine Mörderin, sie war die Bürgermeisterin von einer der größten Städte in den Vereinigten Staaten. War sie bereit, alles aufs Spiel zu setzen, weil ein Gangster eine alte Schuld zurückgezahlt hatte, indem er Heather McCall für sie entführt und ermordet hatte?

Selbst wenn das LAPD den wahren Mörder von Heather fand, würden sie doch nur herausfinden können, dass Zippy Sorriano ihn angeheuert hatte. Sorriano war klug genug, sich nicht selbst die Hände schmutzig zu machen. Aber selbst wenn er auspackte und verriet, dass die Bürgermeisterin den Mord angeordnet hatte – wer würde ihm eine solche Geschichte schon glauben? Vielleicht war das das Beste, was sie tun konnte – alle Schuld auf Sorriano zu schieben.

Wie am heutigen Abend war sie immer sehr vorsichtig

gewesen, wenn sie Sorriano traf. Stets verkleidet und an Orten, an denen es keine Überwachungskameras gab. Es würde also niemand eine Verbindung zwischen ihnen herstellen können, und damit auch keine zu Heather McCalls Verschwinden oder ihrem Tod. Doch Sorriano war der Einzige, der ihr den Weg ins Weiße Haus noch versperren konnte. Sie sollte Zippy Sorriano lieber loswerden, und je eher das geschah, umso besser.

96 – TIFFANY

»Hört mir zu!«

Tiffany zuckte bei Drejohns Ausbruch zusammen. Als der Wagen Hollywood erreichte, drehte Drejohn sich auf dem schwarzen Ledersitz des Escalades um und sah Tiffany und Brenda an. »In Kürze erreichen wir das Hotel. Ich will nicht, dass eine von euch glaubt, sie könnte Dummheiten machen. Weglaufen, hinfallen oder um Hilfe schreien ist nicht drin.« Er zog einen gefährlich aussehenden Dolch aus einer Scheide an seinem Gürtel und zeigte damit auf die Mädchen. »Ich habe Idioten im Knast niedergestochen und die waren tot, bevor sie den Boden berührten. Dasselbe mache ich mit euch, wenn ihr vom Plan abweicht. Verstanden?«

Tiffany und Brenda nickten eifrig.

»Wir fahren auf den hoteleigenen Parkplatz. Dann gehen wir rein und Big M und ich führen euch Ladys zum Zimmer des Kunden. Wir überprüfen den Kerl und das Zimmer und gehen sicher, dass keine Cops da sind. Dann nehmen wir das Geld und danach zieht ihr Ladys euer Ding durch. Wir warten vor dem Zimmer. Wenn ihr irgendwelche Probleme habt, lasst es mich wissen. Dann kommen wir rein und regeln die Sache. Irgendwelche Fragen?«

»Wie kontaktieren wir dich? Wir haben kein Telefon«, sagte Tiffany.

»Ich gebe euch eins, bevor ihr reingeht. Ich kann damit mithören und weiß so, ob ihr den Kunden mit Sachen belästigt, die ihn überhaupt nichts angehen. Sonst noch was?«

Die Mädchen schüttelten den Kopf.

»Gut.« Er drehte sich um und schaute nach vorne. »Prinzessin, leg deinen Sicherheitsgurt richtig an. Ich will nicht, dass du aus dem Wagen fällst.«

Tiffanys Gedanken rasten während der letzten Meilen zu den Temple Street Towers. Sie hatte keinen Zweifel, dass Drejohn das Messer benutzen würde, wenn Brenda und sie versuchten zu fliehen. Ließ seine Bemerkung zum Gurt darauf schließen, dass er mit einem Fluchtversuch rechnete?

Auf der Fahrt hatten die Mädchen sich flüsternd geeinigt, vor Drejohn und Big M in der Hotellobby wegzulaufen. Der Plan war jetzt zum Teufel und Tiffany musste sich etwas Neues einfallen lassen. Aber was?

Brendas Mund war eine dünne Linie. Sie schien längst resigniert zu haben. Tiffany machte ihre Freundin auf sich aufmerksam und lächelte aufmunternd, damit sie den Mut nicht vollends verlor.

Nach wenigen Minuten, in denen sie weiter die plärrende Rapmusik ertrugen, fuhr der geräumige SUV vor dem Portikus des Luxushotels vor. Bevor das Fahrzeug zum Stehen kam, gab Drejohn Tiffany eine große Sonnenbrille mit pinken Gläsern. »Setz die auf und wage es nicht, jemanden anzusehen.«

Sie zog den Kopf ein, als sie das Fahrzeug verließ. Drejohn hatte den Wagen bereits verlassen und packte sie sofort am Arm. Sie schaute sich nach ihrer Freundin um. Big M hatte Brenda auch fest im Griff.

Im Innern herrschte in der mit Sichtbeton ausgestatteten Lobby ein irrer Lärm. Leute gingen grüppchenweise zur Bar oder zu einem der vier runden Fahrstühle, die zu den Zimmern führten.

Für jemanden, der es gewohnt war, im Mittelpunkt der öffentlichen Aufmerksamkeit zu stehen, war es schwierig, nicht mit den anderen Leuten in der Lobby Kontakt aufnehmen zu dürfen. Tiffany merkte schnell, dass es für Drejohn nicht der erste Aufenthalt in diesem Kulthotel war. Er führte die Gruppe durch ein Gewirr von Gängen zu einem Fahrstuhl, der sie in den 29. Stock trug. Sie waren allein in der Fahrstuhlkabine.

»Ich bringe schon seit Jahren Mädchen in dieses Hotel«, sagte Drejohn. »Ich weiß nicht, ob die Security so doof ist, dass sie nichts bemerken, oder ob die Geschäftsleute sich beschweren, wenn das Hotel die Zuhälter und Nutten verfolgt und vor die Tür setzt.«

Als sie den Korridor entlanggingen, griff Drejohn in die Hosentasche und holte zwei Handys hervor. Er tippte eine Nummer in das eine Handy ein und einige Sekunden später klingelte das zweite. Sobald die Verbindung stand, wies er mit einem Nicken auf Tiffanys Handtasche. »Halte die Verbindung aufrecht, aber lass den Kunden nicht wissen, dass ich mithöre, was abgeht. Ich möchte ihm ja nicht den Spaß an seiner zweifachen Jungfrauen-Erfahrung verderben.« Tiffanys Magen zog sich vor Wut zusammen, während Drejohn über seinen eigenen Witz grinsen musste. Er wusste schließlich ganz genau, dass Brenda erst vor wenigen Tagen gruppenvergewaltigt worden war.

Drejohn blieb im Korridor stehen und die Mädchen stoppten ebenfalls. Big M trat zu einer Zimmertür und klopfte an. Es dauerte lange, bis die Tür geöffnet wurde. Tiffany versuchte, einen Blick auf den Mann zu erhaschen, der die Tür öffnete, und betete insgeheim, dass er sich ihrer Notlage gegenüber aufgeschlossen zeigen würde. In Sekundenschnelle wurde Big M hineingelassen, sodass keine Zeit blieb, den Typen zu erkennen, der ihre Rettung werden sollte. Sie hatte beschlossen, sofort im Badezimmer zu verschwinden, sobald Drejohn und Big M gegangen waren, und die Handtasche dort liegen zu lassen, sodass Brenda und sie dem Kunden im Zimmer erklären konnten, dass sie entführt worden waren.

Drejohn starrte Brenda an. »Denk dran, der Typ zahlt einen Haufen Geld für eine Jungfrau, also verhalte dich auch so.« Brendas säuerliche Miene hatte sich nicht geändert, seit sie den Wagen verlassen hatten. Finster streckte ihr Entführer die Hand aus und verzog Brendas Lippen zu einem Lächeln. »Lächle gefälligst und tu wenigstens so, als würdest du den Spaß deines Lebens haben. Je mehr Spaß *er* hat, desto größer ist das Trinkgeld für dich. Wenn du Glück hast, darfst du die Hälfte davon behalten.«

Als Reaktion auf seine höhnischen Worte verzog Brenda die Lippen zu einer grinsenden Fratze.

»Hör auf, Ärger zu machen, Bitch. Sonst geb ich dir gleich hier ein paar hinter die Ohren.«

Ihre Unterhaltung wurde unterbrochen, als die Tür zum Zimmer aufging und Big M mit einer schwarzen Nylonsporttasche rauskam. Tiffany hatte keinen Zweifel, dass die Tasche voller Geld war.

»Okay, Prinzessin. Jetzt ist Showtime. Versau's nicht.«

97 – PILAR

Das Letzte, was Pilar erwartet hatte, als sie in ihr »geheimes« Apartment zurückkam, war ein Anruf von Zippy Sorriano. Sie war erst seit ein, zwei Minuten wieder in der Wohnung und hatte noch nicht mal Zeit gehabt, die Perücke abzunehmen.

»Guten Abend«, schnurrte er ins Telefon.

»Ist alles in Ordnung? Warum rufst du an? Wir haben uns doch gerade erst getroffen.«

»Du musst dich entspannen. Im Moment klingst du ziemlich durcheinander, das ist für jemanden in deiner Position nicht gut.«

»Hör auf, mich zu nerven, Zippy. Was willst du?«

»Ich möchte, dass wir uns sofort in diesem idyllischen, kleinen Motel treffen, das ich dir vor ein paar Monaten gezeigt habe. Du weißt, welches ich meine.«

Pilar runzelte die Stirn und schaute auf die Uhr. Ihr Herzschlag beschleunigte sich. *Sie hatte ihn vor gerade mal vierzig Minuten allein gelassen. Warum wollte er sich mit ihr in dieser Absteige treffen? Was führte er im Schilde?*

»Und du bringst bitte alles an Bargeld mit, was du gerade zur Hand hast. Ich hatte leider ein paar unvorhergesehene Ausgaben.«

»Machst du Witze?« Sie versuchte, ihre Stimme zu beruhigen. »Ich habe dir erst vor ein paar Tagen eine Viertelmillion gebracht. Was ist los? Sind sie hinter uns her? Hör mit dieser Agentenscheiße auf und sag mir, was da läuft!«

»Ich bin leider nicht in der Lage, das jetzt mit dir zu diskutieren. Nichts ist passiert, aber triff mich dort, okay? Sagen wir in einer halben Stunde? Ich habe bereits angerufen und Zimmer 15 reserviert. Wer zuerst dort ist, kann auch bezahlen, aber wir müssen uns beide einschreiben. Der Arsch, dem der Laden gehört, kann in dieser Beziehung ein echter Pedant sein.«

»Das gefällt mir nicht. Ich weiß nicht, ob ich komme.«

Zippys Stimme war sanft, aber voller Boshaftigkeit. »Wenn du überleben willst, bist du da.«

Ein Klicken an ihrem Ohr. Er hatte aufgelegt.

Pilar ging in das Badezimmer und musste sich übergeben. Als nur noch trockenes Gewürge kam, trat sie ans Waschbecken, spülte sich den Mund aus und putzte die Zähne. Dann stand sie einfach da und starrte ihr Spiegelbild an. Die Angst in ihren großen Augen wurde durch die üppige, dunkelbraune Perücke noch deutlicher betont.

Irgendwas stimmte da nicht. Zippys Stimme hatte geklungen nach ... unterdrückter Angst. Er hatte versucht, so zu tun, als wäre alles in bester Ordnung. Aber dass sie mehr Geld mitbringen sollte, verriet ihr, dass irgendwas ganz und gar nicht in Ordnung war.

Sie wollte da nicht hinfahren und ging ihre Optionen durch. Sie könnte einfach gar nicht losfahren, doch sie wusste ohne jeden Zweifel, dass Zippy dann Rache üben würde. Er würde sie umbringen lassen oder – was wahrscheinlicher war – es selbst tun. Und sei es nur, um sie leiden zu sehen. So war das nun mal.

Andererseits war sie nicht sicher, ob es nicht auch ihren Tod bedeutete, wenn sie hinging. Sie hatte darüber nachgedacht, Zippy aus dem Weg zu räumen, weil er allmählich zu einer Belastung wurde. Er dachte vermutlich dasselbe über sie. Vielleicht lockte er sie in das Motel, um sie zu töten.

Vielleicht war die ganze Situation auch nicht ganz so katastrophal, wie sie es sich jetzt ausmalte, aber sie hatte keine Ahnung, was passiert war, nachdem sie die Bar verlassen hatte. Vielleicht hatte diese Detective Divine ihn für den Mord an Heather McCall festgenommen und die Polizei hatte den Anruf inszeniert, um auch sie dranzukriegen. *Was soll ich machen?*

Sie überlegte, ihren Sicherheitsmann vom LAPD anzurufen, damit er sie begleitete, verwarf die Idee aber genauso schnell. Wenn nichts passierte, würde man sich fragen, warum sie eine Perücke trug, in ein abgewracktes Motel im Valley ging und sich dort heimlich mit Zepeda Sorriano traf. Ihre Sicherheitsleute könnten sich verpflichtet fühlen, diesen merkwürdigen Vorfall bei der Dienstaufsicht zu melden.

Der Gedanke, Preston als Begleiter mitzunehmen, ging ihr kurz durch den Kopf. Dann lachte sie laut bei der Vorstellung, wie Preston sie vor dem Mann beschützte, den sie angeheuert hatte, damit er Prestons große Liebe ermordete.

Nein, sie musste allein dorthin. Vielleicht hatte ihr schlechtes Gewissen ihr nur einen Streich gespielt und alles war in bester Ordnung. Zippy wollte vermutlich einfach nur mehr Geld. Zu diesem Zeitpunkt war es egal, was er wollte. Es war höchste Zeit, ihn aus ihrem Leben zu verbannen – für immer. Sie würde die Fahrtzeit nutzen, um sich eine Strategie zurechtzulegen.

98 – MADDIE

Sorriano und ich gingen zu dem Parkplatz, wo ich meinen Wagen abgestellt hatte. Er war rechts von mir, seine linke Hand war fest um meinen rechten Bizeps gelegt. Meine Waffe hielt er in der rechten Hand und drückte mir den Lauf in die Rippen. Ich konnte kaum atmen. Gedanken an den Mord am LAPD-Officer Ian Campbell, der in einem Zwiebelfeld gefunden worden war, gingen mir durch den Kopf. Ebenso wie Erinnerungsfetzen an die Nacht, als ich angegriffen und vergewaltigt wurde. Ich verfluchte mich, weil ich wieder mal einem Mann ausgeliefert war, der eine Waffe – *meine* Waffe – auf mich richtete.

Während wir an den Fahrzeugen vorbeigingen, die in absurd winzige Parklücken gezwängt waren, nahm ich mir etwas vor. Wenn er vorhatte, mich aus dem Weg zu räumen, würde es nach meinen Bedingungen geschehen. Ich würde mich nicht wie ein braves Lamm zur Schlachtbank führen lassen.

Wir waren nur noch fünf Meter von meinem Wagen entfernt, als ich zum Angriff überging. Ich wirbelte zu Sorriano herum und rammte ihm mit voller Wucht den Handballen meiner Linken an die Nase. Im nächsten Augenblick zielte ich mit meinem rechten Fuß auf Sorrianos Familienjuwelen.

Mein Hieb ins Gesicht traf zwar, doch zu meiner Verärgerung hatte er den Schlag kommen sehen, und meine linke Hand landete nur an seiner Stirn. Noch schlimmer war, dass er den Tiefschlag ebenfalls vorausahnte und mir das linke Bein einfach wegtrat. Ich knallte mit beiden Knien auf den Asphalt. Er trat mir hart gegen die linke Schläfe. Es brummte so heftig in meinen Ohren, dass ich ihn kaum verstand.

»Hör zu, du verfickte Schlampe. Ich hab keine Zeit für diesen Scheiß.« Mit einer Hand riss er mich auf die Füße. Direkt vor mir stehend drückte er mir die Pistole in den Bauch. »Das war Ihr Freischuss, Detective Divine. Noch so eine Aktion und ich lasse Sie zusehen, wie ich die Tochter des Gouverneurs vergewaltige und foltere. Habe ich mich klar ausgedrückt?«

Ich hatte nicht alles mitbekommen, was er sagte, aber es reichte, um zu wissen, dass Tiffany dafür bezahlen würde, wenn ich floh. Ich humpelte zu meinem Wagen. Sorriano war so dicht neben mir, dass man uns für siamesische Zwillinge hätte halten können.

»Wissen Sie, ich sollte fahren«, sagte ich. »Wir sind so nah an meiner Dienststelle, dass es auffallen könnte, wenn ein Unbekannter in dem Fahrzeug gesehen wird, für das ich mich heute eingetragen habe.«

Mein Entführer kniff die Augen zusammen. Die Furche zwischen den Brauen wurde tiefer. Ich sah, wie er meine Worte abwog. »Na gut, aber wenn du auch nur ein Mal in die falsche Richtung guckst, ist die erste Kugel für dich und die zweite für die Gouverneurstochter. Verstanden?«

Ich nickte. Gott sei Dank durfte ich fahren. Zum ersten Mal war ich dankbar für den quälend langsamen Verkehr in Los Angeles. Das gab mir Bedenkzeit. Ich überlegte, ob ich einen kleinen Unfall provozieren und dann versuchen sollte, Sorriano zu entwaffnen. Das könnte klappen, aber die Lage war schwierig.

Wenn ich versuchte, ihm die Waffe abzunehmen, bestand die Gefahr, dass sich Schüsse lösten und einen armen Malocher trafen, der gerade auf der Nebenspur auf dem Weg nach Hause war. Sorriano wäre verzweifelt genug und der Freeway bot ausreichend potenzielle Geiseln und Fahrzeuge. Doch der wahre Grund, warum ich mitspielen musste, war seine Behauptung, Tiffany Truesdale sei bei ihm. Ich konnte mir diese Chance, sie zu retten, nicht entgehen lassen.

Während der Fahrt grübelte ich darüber nach, warum er die Gouverneurstochter entführt haben könnte. Das ergab alles keinen Sinn. Dennoch konnte ich nicht das Risiko auf mich nehmen, dass er nicht vielleicht doch die Wahrheit sagte. Ich meine, wenn jemand einen Cop als Geisel nimmt, ist das eine ernste Sache. Er musste bis zum Hals in der Scheiße stecken. Ich musste nur herausfinden, in welcher.

Sorriano zog ein Handy aus der Tasche und rief jemanden an. Es klang so, als redete er mit jemand Wichtigem, der ziemlich aufgebracht war. Wer konnte das sein? Drejohn? Es hatte keine Lösegeldforderung gegeben. Wer immer Tiffany hatte, musste ein anderes Ziel verfolgen. Obwohl er offenbar die Regeln bestimmte, verlangte Sorriano Geld. Wenn Tiffany bei ihm war, warum hatte er dann kein Lösegeld gefordert? Nein, das ergab tatsächlich keinen Sinn.

Trotzdem muss er irgendwas mit Tiffanys Verschwinden zu tun haben. Warum sonst sollte er mich kidnappen? Ich musste schleunigst erfahren, was hier lief. Aus dem Telefonat wusste ich, dass wir zu einem Motel fuhren. Zweifellos würde er mich dort umbringen.

Nun, das konnte er ruhig versuchen. Leicht würde ich es ihm nicht machen.

99 – TRAVIS

Er parkte seinen Truck auf dem Gästeparkplatz der Temple Street Towers und stieg aus. Ihn empfing die schwüle Hitze einer Sommernacht in Los Angeles. Die Parkplatzwärter arbeiteten schnell, aber im Moment waren nur zwei von ihnen im Dienst. Er wartete auf einen von ihnen, damit er seinen Pick-up übernahm, und blickte derweil durch die Glastüren in die Hotelhalle und hoffte, seine Frau schon irgendwo zu sehen. Das war sinnlos, denn in der Lobby herrschte viel Betrieb und er war zu weit weg. Er hoffte, die Rettungsaktion für Tiffany Truesdale war noch nicht in vollem Gange. Er wusste, wie dumm der Gedanke war, aber er würde sich besser fühlen, wenn er dabei war, um seiner Frau den Rücken zu stärken. Falls sie das brauchte.

Plötzlich bemerkte er etwas aus dem Augenwinkel. Er musterte noch einmal die Szenerie und versuchte herauszufiltern, was ihn hatte zögern lassen. Es war Maddie. Sie setzte sich gerade hinter das Steuer ihres zivilen Einsatzfahrzeugs, das auf einem Parkplatz für die Mitarbeiter abgestellt war. Und dann war da ein Mann, den Travis nicht kannte und der auf der Beifahrerseite einstieg. *Wo zum Teufel willst du hin, Maddie?* Travis wollte schon nach ihr rufen, doch bei dem Lärm vom Verkehr würde sie ihn niemals hören.

Der Parkplatzwächter tauchte vor ihm auf. »Guten Abend, Sir. Wollen Sie im Hotel einchecken?«

Er starrte seiner Frau nach, die vom Parkplatz fuhr. Erst dann blickte Travis den jungen Mann vor sich an. »Sorry, hab meine Pläne gerade geändert.«

Travis riss die Tür auf und sprang hinter das Lenkrad. Er ließ den Motor aufheulen und drückte das Gaspedal durch. Fast wäre er mit einem Taxi zusammenstoßen, das gerade in eine Parklücke drängte. Der Taxifahrer hupte verärgert und grüßte ihn mit dem Finger.

Er konnte Maddies Wagen nicht sehen und geriet in Panik, ohne genau zu wissen, warum. Hatte der Fremde etwas mit dem Fall zu tun? Waren die Festnahmen schon vorgenommen worden und sie war unterwegs zurück zum Präsidium? Nein. Irgendwas an der Körpersprache zwischen Maddie und dem geheimnisvollen Fremden war absolut falsch. Wie schon auf dem Weg zu ihr wählte er auch jetzt ihre Handynummer. Und wie schon vorhin ging sie nicht dran. Irgendwas lief hier gründlich falsch.

Er erhaschte endlich wieder einen Blick auf das silberne Zivilfahrzeug, das Richtung Norden auf den Hollywood Freeway fuhr. Travis drückte noch stärker aufs Gas, aber leider wurde etwa dreißig Meter vor ihm die gelbe Ampel vor der Kreuzung rot. Er packte das Lenkrad fester und fuhr trotzdem drüber.

Zum Glück schaffte er es heil bis zum Freeway und entdeckte dort die silberne Limousine, mit der seine Frau auf der zweiten Spur fuhr. Mit der Erfahrung eines gut ausgebildeten Cops wechselte Travis mit seinem Truck hinter anderen Fahrzeugen die Spur, bis ihn nur noch eine Wagenlänge von Maddie trennte.

Er wollte auf die Spur neben ihr fahren und sehen, wer da bei ihr im Wagen saß, doch der Verkehr geriet ins Stocken, als sie Hollywood erreichten. Schließlich wechselte der Wagen zwischen ihnen die Spur. Er schob den breiten Kühlergrill seines Fahrzeugs nur wenige Zentimeter hinter die Stoßstange von Maddies Wagen. Sie wurde bestimmt ärgerlich, wenn sie den großen Pick-up bemerkte, der so dicht auffuhr. Als der Verkehr langsam weiterfloss, zögerte Travis gerade lange genug, damit Maddie, wenn sie in den Rückspiegel schaute, ihn entdeckte und sie sich kurz durch diesen Blick verständigen konnten. Vielleicht rief sie ihn an, sobald sie ihn und seinen Truck erkannte, um zu fragen, was er da machte. Zwischen Maddie und dem Mann wurde nicht viel geredet, aber Travis entging nicht, wie der Mann ihr leicht zugewandt dasaß, was irgendwie unnatürlich aussah.

Endlich schaute Maddie in den Rückspiegel, aber da war kein Zeichen des Erkennens in ihrem Blick. Sie starrte sofort wieder auf den Verkehr vor sich. Travis hielt weiter nach einer Lücke Ausschau, um auf die Spur neben sie zu fahren. Er musste sehen, was in ihrem Wagen los war.

»Scheiß drauf«, murmelte er und setzte den Blinker und ließ das Fenster runter. Er streckte den Arm raus, um den Fahrer auf der anderen Spur zu warnen, dass er rüberziehen würde. »Du darfst ja nach mir weiterfahren«, sagte er, obwohl der andere Fahrer, den er gerade geschnitten hatte, ihn unmöglich hören konnte.

Maddie war jetzt zwei Wagenlängen vor ihm, aber Travis wusste, dass er früher oder später zu ihr aufschließen konnte. Da er jetzt auf der Nebenspur war, behielt er ihren Seitenspiegel im Blick und hoffte, dass sie ihn entdeckte. Ganz langsam schob er sich näher, bis er nur noch eine Wagenlänge von dem silbernen Crown Vic entfernt war. Vorne entdeckte er bereits den Grund für den Stau. Zwei Wagen waren ineinandergekracht und einer von ihnen lag noch auf seiner Spur. Nichts Ungewöhnliches für die Freeways in L. A. also. Der zweite Wagen stand quer auf Maddies Spur. »Scheiße!«, rief er und hämmerte mit der Faust auf das Lenkrad. »Diese Idioten in Los Angeles könnten doch nicht mal im Autoscooter von Disneyland richtig fahren.« Er knurrte frustriert und setzte erneut den Blinker. Dieses Mal wollte er nach rechts die Spur wechseln.

Der Blinker von Maddies Wagen war ebenfalls an. Auch sie hatte den Unfall bemerkt und verließ ihre Spur. Andere Fahrer schienen eher geneigt, einen normalen Wagen die Spur wechseln zu lassen als einen dicken Pick-up. Bevor Travis wusste, wie ihm geschah, überquerte Maddies Wagen mehrere Spuren und bewegte sich langsam, aber beständig aus seinem Sichtfeld.

Travis drängte seinen Wagen fast gewaltsam über drei Spuren und hoffte inständig, den Abstand zwischen Maddie und ihrem merkwürdigen Beifahrer irgendwie wieder aufholen zu können.

100 – TIFFANY

Tiffanys Herzschlag beschleunigte sich angesichts der eventuell sich bietenden Möglichkeit zur Flucht. Alles kam jetzt auf ihren Kunden an und darauf, ob er bereit war, ihnen zu helfen. Als die Gruppe das Hotelzimmer betrat, warf Big M beiden Mädchen einen letzten warnenden Blick zu.

Der Kunde war ein sehr gutaussehender, schwarzer Mann. Er schien sich ehrlich zu freuen, sie zu sehen.

»Hi Ladys. Nur hereinspaziert.« Er streckte den Arm aus, damit sie sich beeilten. Sobald sie die Schwelle überquert hatten, erklärte er den Männern: »Danke, Jungs. Sie sind jetzt in guten Händen.« Dann schloss er die Zimmertür und verriegelte sie.

Tiffany musterte rasch den kleinen, runden Raum, ehe sie ihre Aufmerksamkeit auf den Kunden richtete. Sein Gesicht sah freundlich aus, aber unter diesen Umständen konnte man ja nie wissen. Plötzlich hob er die Finger an die Lippen, damit sie still blieben. Dann zeigte er auf die Tür und bedeutete ihnen, dass Drejohn und Big M vielleicht lauschten.

»Dann kommt mal her, Mädchen. Ich habe Kristall-Champagner bestellt. Ich bin Cut Man. Wie heißt ihr?«, fragte er und zog sie weiter in den Raum hinein, wobei er noch mal den Finger auf die Lippen legte.

Aufregung zeichnete sich auf Brendas Gesicht ab. Sie grinste und holte tief Luft, als wollte sie jeden Moment losjubeln. Der Kunde packte sie und legte die Hand auf ihren

Mund. Tiffany sah, wie Brendas Freude sich in Angst verwandelte und ihre Freundin sich gegen die grobe Behandlung wehrte.

Sie wusste nicht, was hier los war, doch sie glaubte nicht, dass dieser Cut Man ihnen wehtun wollte.

»Ich bin Cop«, flüsterte der Mann. »Hör auf, dich zu wehren.«

Plötzlich hörten sie Schreie aus dem Korridor.

»Runter!«, rief Cut Man, warf Brenda neben dem Bett zu Boden, griff dann nach Tiffany und zerrte sie ebenfalls nach unten. Er hockte sich neben dem Bett über die beiden Mädchen und zog eine Waffe aus einem Holster am Knöchel. Mit der Pistole zielte er auf die Tür.

Aus dem Korridor hörten sie Schreie. »Waffe fallen lassen! Waffe runter!« Dann lautes Knallen, das Tiffany als Schüsse identifizierte.

Auf dem Boden liegend fing Brenda an zu jammern. »O mein Gott, o mein Gott!« Tiffany ließ die Hand über Brendas Haare gleiten und versuchte, ihre Freundin zu trösten. Sie hatte genauso viel Angst.

Nach mindestens zehn Schüssen hörten sie nur noch Stille. Ihr Retter entspannte sich jedoch nicht und sein Gesicht blieb konzentriert. Er richtete weiterhin die Waffe auf die Tür. Dann hörte man ein paar Befehle auf dem Flur und das Geräusch rascher Bewegungen. Eine Stimme rief: »Cutter! Wir haben hier draußen einen Code 4. Zwei Verdächtige am Boden und auf dem Weg, ihrem Schöpfer gegenüberzutreten.«

Erst jetzt steckte der Mann die Waffe in das Holster an seinem Bein und stand auf. Er schaute die Mädchen an. »Geht es euch beiden gut? Ich bin Detective Cutter vom Los Angeles Police Department.«

Tiffany kam auf die Füße und atmete tief durch. Dann streckte sie die Hand aus. »Ich bin Tiffany Truesdale. Ich danke Ihnen *so sehr*, Detective.« Dann fing sie an zu weinen.

Brenda kam ebenfalls auf die Füße. Ihr Gesicht war von Tränen und Mascara verschmiert. Sie warf die Arme um den Detective. »Danke, danke, danke«, schluchzte sie.

Der Detective legte die Arme um die beiden Mädchen. »Ich bin so froh, dass wir euch gefunden haben.« Dann ließ er beide los. »Wir haben in der Nähe ein paar Rettungswagen geparkt, die euch sofort ins Krankenhaus bringen können. Ich schicke euch jetzt mit ein paar uniformierten Kollegen nach unten, die euch begleiten werden. Wir sehen uns dann im Krankenhaus wieder.«

»Können Sie uns nicht hinbringen?«, fragte Brenda und klammerte sich an seinen Arm.

»Ich verspreche euch, es dauert nicht lange.« In dem Moment klopfte es leise an die Tür. Der Detective ging zur Tür und öffnete sie. Vier uniformierte Polizisten betraten den Raum. »Bringt die Mädchen zum USC Med Center. Ich komme bald nach.«

Als Tiffany aus dem Zimmer geführt wurde, sah sie, wie der Ermittler eine Nummer in sein Handy tippte.

»Komm schon, Maddie. Geh an das verdammte Telefon«, hörte sie ihn murmeln.

101 – TRAVIS

Endlich! Der Verkehr floss in einem Mordstempo von fünfundzwanzig Meilen pro Stunde und Travis ließ sich mit den anderen Fahrzeugen den Hügel hinab Richtung San Fernando Valley treiben. Dabei behielt er alle fünf Spuren vor sich im Blick und suchte nach der kantigen Silhouette des Crown Victoria, mit dem seine Frau und ein unbekannter Mann zu einem ebenfalls unbekannten Ziel fuhren.

Er erreichte ein Kreuz, an dem mehrere Freeways aufeinandertrafen. Wenn Maddie Richtung Osten fuhr, wollte sie zum Griffith Park. Im Westen ging es mitten hinein ins San Fernando Valley. Er kämpfte sich bis zur Mittelspur vor, damit er rechtzeitig reagieren konnte, wenn der zivile Polizeiwagen die Richtung änderte.

Scheiße, wo ist ihr Auto? Für Travis sah fast jedes Auto grau oder silber aus. *Da!* Ungefähr eine halbe Meile vor sich entdeckte er den Wagen seiner Frau. Sie nahm die Verbindungsstraße zum Ventura Freeway, der sie zu den vielen Vororten von Los Angeles führte, die auch als »das Valley« bekannt waren.

Er konnte ihrem Fahrzeug folgen und schloss zu ihr auf, doch der Verkehr war nach wie vor zu dicht, um sie ganz einzuholen. Er überlegte, ob er sich bemerkbar machen sollte. Die ganze Sache war einfach nur verrückt. Sie hatte ihn angerufen, damit er sie in den Temple Street Towers traf, doch als er eintraf, fuhr Maddie gerade mit einem Fremden in ihrem Wagen weg. Hatte sie im Eifer des Gefechts vergessen, dass sie sich mit ihm dort treffen wollte?

Dann kam ihm ein Gedanke, mit dem er sich schon seit Monaten trug. Seit ihre Ehe nur noch auf dem Papier existierte. *Hatte Maddie vielleicht eine Affäre? Schon klar, ihr Sexleben hatte seit dem Angriff auf sie empfindlich gelitten, aber wenn sie mit ihm keinen Sex hatte, hieß das denn, dass sie sich in den Armen eines anderen Mannes wohlfühlen würde?*

»Hör auf, so einen Quatsch zu denken«, sagte er laut zu sich selbst. Aber er ließ sich weiter zurückfallen und begann, die Überwachungstechniken anzuwenden, als wenn er einen Verdächtigen verfolgen würde. Er war vielleicht verrückt, zu denken, seine Frau könnte ihn betrügen, aber er würde um jeden Preis herausfinden, was hier gerade abging.

102 – PILAR

Die Bürgermeisterin von Los Angeles versuchte, auf dem Weg zum Ventura Boulevard und der Absteige, wo sie Zippy Sorriano treffen sollte, ihre Nerven zu beruhigen.

Es gibt wirklich nichts, was du anderes tun könntest. Du musst ihn umbringen. Wenn du es nicht tust, vergibst du dir die Chance aufs Weiße Haus.

Pilar Luna! Du redest gerade über Mord. Bist du verrückt geworden?

Welche Wahl habe ich denn noch? Wenn Zippy auffliegt, wird er einen Deal für sich rausschlagen und dich im Stich lassen. Also überleg dir schon mal, wie du es anstellen willst.

Während der Fahrt wurde Pilar ruhiger, je machbarer der Plan klang, den sie in Gedanken fasste. Sie würde Zippy unter Kontrolle bekommen, wie sie es bei den meisten »problematischen« Männern tat. Mithilfe von Sex.

Schon als Kind hatte Pilar gelernt, wie mächtig Sex sein konnte. Einmal, als Zippy vierzehn war und sie acht, hatten die Kinder ihres Viertels in einem verlassenen Haus an der State Street Verstecken gespielt. Zippy und Pilar versteckten sich zusammen in einem Wandschrank. Er hatte die Hose runtergelassen und hielt gerade Pilars Kopf mit beiden Händen umfasst, als ihr älterer Bruder Basilio fast die Schranktür aus den Angeln riss. Natürlich hatte Basilio anschließend Zippy verprügelt. Als ihr Bruder sie nach Hause brachte, warnte er sie. Zippy Sorriano sei ein böser Junge und sie solle sich bloß von ihm fernhalten. Sie hörte die Worte ihres älteren Bruders und hatte Schuldgefühle. Schließlich war sie es gewesen, die Zippy gefragt hatte, ob er wollte, dass sie an seinem »Piephahn« lutschte.

Heute Abend würde sie ihm dasselbe Angebot machen und das Ergebnis würde ähnlich, aber diesmal tödlich sein. Sie würde Zippy dazu bringen, sich auszuziehen und zu entspannen. Dann würde sie ein Kissen als Schalldämpfer benutzen und ihm in den Kopf schießen. Sie war nicht sicher, ob das Kissen dafür ausreichte, aber die Klientel des Motels gehörte nicht zu den Bürgern, die bei jedem Schuss gleich die Cops riefen.

Sobald sie sich von Zippys Tod überzeugt hatte, würde sie zum Sepulveda Boulevard fahren, wo die Huren auf den Bürgersteigen flanierten. Sie würde eines der Mädchen bezahlen, damit es zum Motel ging und dort einem »Geschäftspartner« zu Diensten war. Die Prostituierte würde in das Zimmer gehen, dabei überall ihre Fingerabdrücke und DNA verteilen und dann vermutlich weglaufen, was sie erst recht schuldig aussehen lassen würde. Es würde nicht lange dauern, bis die Cops die Nutte fanden. Und selbst wenn sie von ihr Pilars Personenbeschreibung bekamen, würden sie wohl kaum eine Verbindung zur Bürgermeisterin herstellen.

Pilar seufzte und hielt vor einer roten Ampel. Die Beseitigung von Prestons kleiner Spielkameradin Heather McCall war zu einem gefährlichen und komplizierten Unterfangen geworden, das von Tag zu Tag unerträglicher wurde. Aber wenn sie erst mit Preston ins Weiße Haus einzog, würde das alles nicht mehr als eine schlimme Erinnerung sein.

Sie fuhr auf den mit Schlaglöchern übersäten Parkplatz des Satin Cloud Motel und lächelte beinahe. Schon bald würden all ihre Probleme gelöst sein und ihr Leben als große Spielerin auf der politischen Bühne konnte beginnen.

103 – MADDIE

Ich war mir der Pistole durchaus bewusst, die Sorriano auf mich richtete, während ich durchs Valley fuhr. Inzwischen hatte ich beschlossen, auf keinen Fall mit diesem Drecksack in ein Motelzimmer zu gehen. Wenn ich das tat, würde ich es nicht lebend verlassen. Die meisten Motels im Valley hatten Parkplätze, die nicht überwacht wurden. Dort wollte ich die Initiative ergreifen. Vielleicht waren andere Leute dort, die mir halfen. Wenn nicht, konnte ich mich hinter den anderen parkenden Autos verstecken, wenn ich weglief. Ich hoffte nur, Sorriano würde sich für ein öffentliches Bumslokal mit vielen Autos davor entscheiden.

»Hinter der nächsten Ampel fährst du rechts in die Einfahrt«, sagte mein Entführer.

Ich schaute die Straße entlang und bemerkte ein schiefergraues Schild in Form einer Wolke. In dieser Wolke standen in blauer Neonschrift die Worte »Satin Cloud«. Ich umklammerte das Lenkrad, denn ich wusste, dass ich schon in wenigen Minuten erschossen werden könnte.

»Ich will, dass du bis zum Parkplatz fährst, eine Runde drehst und direkt wieder runter«, befahl Sorriano.

Meine Hände entspannten sich etwas. *Hervorragend. Ich kann die Lage sichten und mir die beste Fluchtroute überlegen. Sorriano scheint nicht ganz bei Trost zu sein. Damit verschafft er mir einen Vorteil.*

Ich lenkte den Crown Vic über den engen Parkplatz. Ungefähr sieben Fahrzeuge parkten willkürlich verteilt in den insgesamt etwa zwei Dutzend Parkbuchten. Ich versuchte, mir ihre Position einzuprägen, damit ich bei unserer Rückkehr meinen nächsten Zug besser planen konnte. Dann fuhr ich wieder Richtung Ausfahrt und wartete, bis sich im dichten Verkehr auf dem Ventura Boulevard eine Lücke auftat.

Als ich nach links sah, sah ich den Truck meines Mannes, der sich dem Motel näherte. *Was zum Teufel?* Travis' Kopf war nach rechts gereckt, um auf das Motelgelände zu blicken. Unsere Blicke trafen sich.

Was hat er hier zu suchen?, überlegte ich. Weiß er, dass Sorriano mich als Geisel hält? Ich war froh, meinen Mann zu sehen, doch ich unterdrückte meinen Überschwang, weil jede ungewöhnliche Reaktion meinen Entführer misstrauisch machen würde.

Travis fuhr vorbei und ich musste erst eine Reihe weitere Fahrzeuge abwarten, ehe ich mich in den Verkehr einfädelte. Ich blieb auf derselben Spur wie mein Mann.

»Fahr bis zur Ampel, mach dann einen U-Turn und fahr zurück zum Motel«, sagte Sorriano.

Nachdem ich wie befohlen gewendet hatte, versuchte ich, nicht zu offensichtlich in den Rückspiegel zu starren. Hatte Travis bemerkt, dass wir zurück zum Motel fuhren? Er hatte mich bestimmt erkannt, als er vorbeifuhr – oder?

Ich folgte Sorrianos Anweisungen und eine Minute später standen wir wieder auf dem Parkplatz.

»Park da drüben vor den Zimmern in der Ecke. Dort befindet sich nämlich auch unser Zimmer ... *Detective.*«

Ich tat wie befohlen. *Das ist ja so was von großartig.* Ich wusste nicht, ob ich jetzt schon zu fliehen versuchen sollte. Dass mein Mann an diesem Hotel vorbeifuhr, war bestimmt kein Zufall. Vielleicht hatte er irgendwie von meiner Geiselnahme erfahren und hatte das S.W.A.T. benachrichtigt. Ich könnte ihren ganzen Plan über den Haufen werfen, wenn ich jetzt einen Fluchtversuch wagte. Es wäre auf jeden Fall besser, Sorriano in einem Motelzimmer zu haben, als mit einer Pistole fuchtelnd einen geschäftigen Boulevard im Valley entlanglaufend. Ich wollte auch auf keinen Fall Tiffany in Gefahr bringen. Was sollte ich bloß tun?

Ich stellte den Wagen neben einem alten grünen Honda ab und versuchte dabei, so dicht wie möglich neben dem grünen Viertürer zu parken, damit es Sorriano schwerfiel, aus meinem Wagen zu kommen. Dann hätte ich eine Chance wegzulaufen.

»Verdammt! Park gefälligst richtig, du blinde Schlampe. Glaubst du, ich bin doof?« Er rammte mir die Neunmillimeter in die Rippen.

Ich hatte keine andere Wahl und tat, was er wollte. Ich parkte um.

»Raus mit dir! Ich schwöre bei Gott, wenn du nur eine falsche Bewegung machst, schieße ich dir sofort das Hirn weg, und dann sorge ich dafür, dass dasselbe mit Tiffany Truesdale passiert.«

Ich musste seinen Anweisungen wohl oder übel folgen. Ich hoffte, Tiffany war irgendwo in dieser Absteige versteckt.

Kurz bevor ich den Wagen verließ, bemerkte ich aus dem Augenwinkel, dass Travis' Pick-up auf den Parkplatz rollte. *Gott sei Dank. Tu jetzt einfach, was Sorriano will. Travis weiß, wo du bist, und Verstärkung ist unterwegs.*

Ich lief vor Sorriano her, der mich zu einer schäbigen Zimmertür drängte. Er hatte den Schlüssel schon in der Hand, doch plötzlich drehte er sich um und packte mich im Nacken. Er zog meinen Kopf zu sich heran. Seine Lippen drückten sich für wenige Sekunden auf meine, ehe er den schraubstockartigen Griff lockerte. »Nur damit du weißt, wer hier das Sagen hat«, erklärte er mit bohrendem Blick. Nachdem er die Tür geöffnet hatte, schubste er mich hinein, während ich mit mir kämpfte, um mich nicht übergeben zu müssen.

104 – TRAVIS

Travis konnte es nicht glauben, als er an dem Motel vorbeifuhr und Maddies Zivilfahrzeug in der Auffahrt stehen sah. Ihm blieb nichts anderes übrig, als weiterzufahren. Bei der nächsten Gelegenheit bog er auf den Parkplatz eines 7-Eleven ab und beobachtete, wie das Fahrzeug an ihm vorbeifuhr, wendete und zurück zum Motel fuhr.

Eine Soccermum in ihrem Minivan beschimpfte ihn wüst, als er seinen riesigen Pick-up wieder in den Verkehr einfädelte und sie dabei schnitt. Er hatte Maddie aus den Augen verloren und wusste nicht, ob sie wirklich zurück zum Motel wollte. Für ihn sah es fast so aus, als würden der mysteriöse Mann und sie nach einer Adresse suchen. Travis' Knie wurden vor Erleichterung ganz weich, als er auf den Motelparkplatz fuhr und sah, wie Maddie den Crown Vic neben eine grüne Schrottkarre lenkte.

Er fuhr etwa acht Meter entfernt in eine freie Parklücke und beobachtete, was als Nächstes geschah. Der Mann und Maddie stiegen aus dem Wagen und Travis fiel vor Schreck fast in Ohnmacht, als der Mann Maddie an sich zog und sie küsste. Kurz überlegte Travis, den Mann und Maddie einfach über den Haufen zu fahren. Aber irgendwas stimmte nicht mit Maddies Körpersprache. Nach dem Kuss wischte sie sich sogar mit dem Unterarm über den Mund. Er saß wie erstarrt und beobachtete, wie der Mann seine Frau in das Motelzimmer zog. Und was jetzt?

Etwas packte seine Brust und schnürte ihm die Luft ab. Angst. *Atme tief und langsam durch. Entspann dich.* In Gedanken glaubte Travis, die Stimme seiner Psychiaterin Dr. Stevens zu hören, doch sein Körper schrie danach, zu handeln. Seine Frau steckte in Schwierigkeiten, das wusste er mit jeder Faser seines Körpers. Was konnte er jetzt tun?

Er wusste jedenfalls, was er tun *sollte*. Er sollte die Polizei rufen. Aber was sollte er sagen? Hier spricht Officer Travis Divine vom S.W.A.T. Ich bin momentan vom Dienst suspendiert, weil meinem Partner das Gesicht weggeschossen wurde, und meine Abteilung hält mich für verrückt. Aber meine Frau ist mit einem Fremden in einem Motel am Ventura Boulevard verschwunden und ich glaube, irgendwas stimmt da nicht. Könnten Sie jemanden herschicken? »Genau, das klingt nach einem guten Plan«, verhöhnte er sich selbst. *Du brauchst mehr Informationen, bevor du anrufst. Du musst sehen, was in dem Zimmer passiert, damit sie dir glauben.*

Er verließ den Truck und rückte die Halbautomatik zurecht, die er im Holster trug. Das LAPD hatte ihm die Dienstwaffen abgenommen, doch er hatte immer noch seine eigenen. Er machte vier Schritte und blieb stehen. Wenn der Typ im Zimmer ein Cop war, wäre er auch bewaffnet. Es war für zwei Cops nie eine gute Idee, bewaffnet miteinander zu streiten. Schon gar nicht wegen einer Frau.

Er ging zum Truck zurück. Er würde seine Pistole einschließen, dann konnte die Situation gar nicht außer Kontrolle geraten. *Tust du das aus Vernunft? Oder hast du Angst, jemandem mit Waffe gegenüberzutreten? Worum geht's hier, Travis? Bist du klug oder ein Feigling?*

Er behielt die Waffe bei sich und ging auf das Motelzimmer zu.

105 – PILAR

Pilar rauchte nur selten, aber auf dem Weg zu dem Treffen mit Sorriano hatte sie sich eine Schachtel besorgt. Nachdem sie das Motel vor einer halben Stunde erreicht hatte, hatte sie bereits drei dieser Sargnägel durchgezogen. Es war ihr scheißegal, dass auf dem billigen Nachttisch und dem Resopaltisch unter dem Fenster Rauchverbotsschilder standen. Sie benutzte eine Limodose als Aschenbecher. Sie durfte die Dose nicht vergessen, wenn sie mit Zippy fertig war.

Sie hörte einen Wagen vor dem Zimmer vorfahren. Ihr Herz setzte einen Schlag aus, doch dann entspannte sie sich, weil sie zwei Autotüren hörte. *Zippy kommt alleine. Gott, was würde ich jetzt für einen Joint geben.* Sie trug nie Pot bei sich, aber sie hatte einen kleinen Geheimvorrat in der Mansarde ihres Apartments versteckt. Geschützt in ihren eigenen vier Wänden konnte sie sich allein zudröhnen. Pilar wusste, dass der heutige Abend keine Ausnahme bilden würde und freute sich schon darauf.

Plötzlich hörte sie Geräusche vor der Tür und fast im selben Moment schob Zippy Detective Divine hinein. Pilar sah, wie die Frau mit zusammengekniffenen Augen versuchte, sich an die düstere Beleuchtung zu gewöhnen.

»Was in Gottes Namen tust du hier?«, fragte sie Zippy.

Die Bürgermeisterin sah, wie die Augen der Ermittlerin groß wurden, weil sie die Stimme erkannte. Nur drei Sekunden hatte Detective Divine benötigt, um die Frau mit der roten Perücke als Bürgermeisterin von Los Angeles zu identifizieren.

»Setzen Sie sich, Detective«, sagte Zippy und zeigte auf einen der Plastikstühle am Tisch. Er steckte die Waffe in den Taillenbund. »Wie geht's dir, Pilar?«

»Ich frage mich, ob du den Verstand verloren hast. Was zur Hölle hat *sie* hier zu suchen? Bist du verrückt geworden?«

Zippy hob die Hand. »Pilar, Pilar, du bist ganz schön überdreht heute. Du solltest mal über die Vorteile von medizinischem Marihuana nachdenken. Ich denke, ein kleiner Rausch hier und da würde dir guttun. Wir können dir bestimmt diskret ein Rezept vom Onkel Doktor besorgen.« Er blickte Pilar an. »Hast du mein Geld mitgebracht?«

Sie wollte die Waffe ziehen und Zippy an Ort und Stelle niederschießen. Der Mann war ein Idiot. Brabbelte was über medizinisches Marihuana und Geld, während alles komplett außer Kontrolle geraten war. Jetzt musste sie Zippy *und* die Polizistin umbringen, damit alles wieder in Ordnung kam. Ob sie das wirklich konnte? Pilar befingerte den kleinen Revolver, der in der Tasche ihres Hoodies steckte.

Zippy setzte sich auf den Stuhl neben der Tür gegenüber von der Polizistin. »Nachdem du Detective Divine in der Bar der Temple Street Towers entdeckt hattest, habe ich nachgedacht. Du hattest recht, das war kein Zufall.« Zippy zog die Waffe aus der Hose und streichelte über den Lauf. »Es ist sogar ein ziemlich übles Problem. Ehrlich gesagt, seid ihr *beide* ein echtes Problem für mich.«

Pilar beschloss, dass jetzt der richtige Moment gekommen war. Und dann brach die Hölle los.

106 – MADDIE

Ich hatte mich noch nicht von Sorrianos Macho-Überfall erholt, als ich schon in das Zimmer dieser Absteige gestoßen wurde und mich einer Frau gegenübersah, die auf der Tagesdecke des Bettes lag, die aus den Achtzigern des letzten Jahrhunderts stammen musste. Ich brauchte nur wenige Sekunden, um die Bürgermeisterin von Los Angeles zu erkennen, obwohl sie eine rotbraune Perücke trug, die ihr selbstverständlich sehr gut stand. Ich traute meinen Augen nicht und fragte mich, welche Verbindung wohl zwischen der Bürgermeisterin und Sorriano bestand.

Der »bekehrte« Verbrecher befahl mir, mich auf einen der Stühle am Tisch zu meiner Rechten zu setzen. Zwei mit Plastikschnüren bespannte Stühle flankierten den Resopalplattentisch. Ich entschied mich für den Stuhl, der den direktesten Blick auf die Tür bot. Wenn das S.W.A.T. mit rauchenden Colts reingestürmt kam, wollte ich, dass sie mein Gesicht sahen und mich erkannten.

Die Bürgermeisterin hatte mich jedenfalls nicht erwartet und sie zeigte das Sorriano, indem sie vom Bett sprang und Sorriano anschrie. Das war nicht unbedingt die Taktik, die ich ihm gegenüber anwenden würde, aber er schien das locker zu nehmen. Sein Blick hüpfte zwischen der Bürgermeisterin und mir hin und her, während er sich mir langsam näherte. Ich hielt das für keinen so klugen Schachzug. Sie hatte beide Hände in den Taschen ihres Hoodies und als

Cop wusste ich natürlich, dass es die Hände sind, die einen umbringen.

Und ich war nicht allzu überrascht, als sie einen kleinen .38er-Revolver zückte und anfing, auf Sorriano zu schießen. Sobald ich die Waffe sah, kam mir meine Ausbildung wieder zugute. Ich schrie: »Waffe! Waffe!«, dann warf ich mich auf den Boden. Bevor ich landete, explodierte die Zimmertür nach innen und dann flogen mir die Kugeln um die Ohren.

Ich habe noch nie in meinem Leben so viel Angst verspürt, war nie zuvor so wütend und frustriert gewesen. Ich befand mich mitten in einem Schusswechsel, mein Leben stand auf dem Spiel und ich hatte nicht mal eine verfluchte Waffe! Weil ich wusste, dass meine Überlebenschancen am besten waren, wenn ich mich so klein wie möglich machte, kroch ich vom Tisch weg und drückte meinen Körper gegen den hölzernen Bettrahmen, auf dem die durchgelegene Matratze lag. Ich bedeckte den Kopf mit meinen Händen und wartete darauf, dass eine Kugel meinen Schädel spaltete.

Plötzlich lag eine blutige Handfeuerwaffe vor mir auf dem Boden. Ich schnappte sie mir, doch der Kampf war schon vorüber. Nur Stille und der Gestank nach Schießpulver füllten das Zimmer.

Von dort, wo ich lag, konnte ich Sorriano sehen. Er lehnte unter dem Fenster ausgestreckt an der Wand und rührte sich nicht. Meine Neunmillimeter Beretta, die er mir vorher abgenommen hatte, konnte ich nicht sehen.

Ich rollte mich halb wie ein Fötus zusammen, drehte mich herum und kam auf die Knie, um mich mit der Waffe in beiden Händen über die Matratze zu schieben und die Bürgermeisterin außer Gefecht zu setzen, falls es nötig war. Nach einer kurzen Bewegung nach oben wusste ich, dass Pilar Luna in die Brust geschossen worden war, aber noch abgehackt nach Luft schnappte. In Gedanken merkte ich mir, wo auf dem zerfetzten Bettüberwurf ihre kleine Waffe lag, schnappte sie in der nächsten Bewegung und sicherte sie in meinem hinteren Hosenbund. Ich wusste, dass die Spurensicherung von mir erwarten würde, den Tatort so exakt wie möglich zu rekonstruieren.

Jetzt wandte ich mich wieder Sorriano zu. Auch seine Waffe musste ich sichern und dann dafür sorgen, dass er nicht länger eine Bedrohung war. Ich hielt die Springfield Armory 1911 fest an mich gedrückt und kroch zu Sorrianos liegendem Körper. Eine Blutlache breitete sich unter seinem Kopf aus. Ich zog ihn von der Wand weg und stellte zufrieden fest, dass er in die Stirn getroffen worden war. Er war tot. Meine Dienstwaffe hielt er noch in der Hand. Ich nahm sie ihm aus der Hand und steckte sie ebenfalls hinten in meinen Hosenbund.

Immer noch auf den Knien überblickte ich den restlichen Raum. Ich war überrascht, als ich neben dem Fußende des Betts zwei Füße in grauen Turnschuhen entdeckte. In einem überaus klaren Moment erkannte ich die Schuhe und wusste, was hier passiert war. Sie gehörten meinem Ehemann! Ich sprang auf.

»Travis!«, schrie ich und stolperte zu ihm. Er lag mit dem Gesicht nach unten, den Kopf Richtung Bett gedreht und halb von dem albernen Bettüberwurf bedeckt. »O mein Gott. O mein Gott. Travis! Bist du okay? Kannst du mich hören? Sag doch etwas!«

Ich legte die blutige Waffe neben ihn auf den abgewetzter Teppich. Dann schob ich die Decke aus seinem Gesicht. Seine Augen waren kaum geöffnet und sein Atem ging schwer.

»Maddiesüße«, flüsterte er.

»Jemand muss einen Krankenwagen rufen!«, schrie ich. Dabei ließ ich den Blick nicht von meinem Ehemann. Doch ich wusste, dass sich die ersten Leute draußen vor der eingetretenen Tür versammelten. Ich beugte mich zu ihm und legte mein Gesicht neben seins. »Es tut mir leid, Baby. Du kommst wieder in Ordnung, ja? Alles wird gut.« Ich tastete meine Taschen nach dem Handy ab, um Hilfe zu rufen, doch es musste mir runtergefallen sein. Ich nahm seine Hand und in mir krampfte sich alles zusammen, weil er kaum reagierte.

»Hab sie beide getroffen, Maddie«, hauchte er. Nur mit Mühe schöpfte er genug Atem, damit ich ihn verstand. »Hab den Typen zwischen den Augen erwischt und die Frau im Zehner. Die Schlampe hat noch einen Schuss abgegeben. Bin getroffen.«

»Pssst, nicht reden.« Ich drehte meinen Kopf zur Tür, wo die Nutten und Drogenabhängigen sich drängten. »Hat jemand einen Krankenwagen gerufen?«, bellte ich. Die Menge wogte unruhig hin und her, aber niemand sprach und keiner verließ seinen Platz in der ersten Reihe. Als die Sirenen näher kamen, verstreuten sich ein paar der Geister, doch die meisten blieben stehen und beobachteten mich.

»Maaaaaddie«, wisperte Travis. »Liebe dich. Tut mir leid, wie das alles lief.« Er versuchte, seine trockenen Lippen zu lecken.

Meine Tränen fielen in sein Haar und auf seinen Nacken. »Travis, du wirst wieder. Du musst kämpfen, hörst du? Bitte, Travis«, flehte ich. »Ich geh zum Psychiater, wie du es gewollt hast. Bitte, Travis.«

Er atmete tief durch. »Ich hab dich gerettet, Maddiesüße. Gerettet. Sie haben dir nich...«

»Travis? Travis?« Ich gab ihm leichte Klapse auf die Wange.

»Travis, lass mich bitte nicht allein. Bleib bei mir.« Selbst in meiner Verzweiflung hörte ich, wie entsetzt ich klang.

Er atmete aus. Und mit diesem letzten Atemzug war er fort.

Ich saß wie erstarrt. Ich hatte genug Leichen gesehen in meinem Leben, um zu wissen, dass mein Mann tot war. Ich hörte wie von weiter Ferne das Quietschen der Reifen und wusste, dass es in wenigen Sekunden vor Cops nur so wimmeln würde. Ich stand auf und schob die Pistole mit dem rechten Fuß außer Reichweite. Erst da sah ich die Initialen, die in das Holz des Griffs eingebrannt waren. Die Pistole gehörte meinem Mann.

Travis wusste, wie wichtig es war, stets bewaffnet und auf alles vorbereitet zu sein. Bestimmt fühlte er sich ohne Waffe nackt. Sein Bauchgefühl hatte ihn trotz der Anweisung seines Vorgesetzten und seiner eigenen Sorge über seine geistige Gesundheit dazu gebracht, die Waffe bei sich zu tragen. Dieser Instinkt und sein Mut hatten mir das Leben gerettet.

Ich bewegte mich wie ein Roboter. Stand auf und ging auf die Cops zu und hob dabei die Hände über den Kopf.

107 – TIFFANY

Selbst für eine junge Frau, die es gewohnt war, im Zentrum des allgemeinen Interesses zu stehen, ging es für Tiffany im Krankenhaus wie in einem Tollhaus zu. Ärzte und Schwestern rannten durch die Gänge und schrien nach der Sicherheit, um die Paparazzi aus der Notaufnahme zu schaffen.

Jedes Mal, wenn die Tür zum Untersuchungsraum aufging, hörte Tiffany Fotografen knipsen und die Klinikmitarbeiter, die ihnen befahlen, zurückzubleiben. Sie konnte sich kaum vorstellen, wovon sie Fotos machten, denn ein bodentiefer Vorhang schützte ihr Bett vor fremden Blicken. Obwohl sie natürlich wusste, dass ihre Rettung eine große Nachricht war, wünschte sie, von den Medien einfach nur in Ruhe gelassen zu werden. *Sehr unwahrscheinlich.* Sie fragte sich, ob Brenda etwas von dem Rummel mitbekam. Sie hatte ihre Freundin nicht gesehen, seit sie das Hotel verlassen hatten. Sie waren in verschiedene Rettungswagen gesteckt und direkt ins Krankenhaus gebracht worden.

Sie hatte auf der Fahrt hierher versucht, sich ein wenig auszuruhen, doch ohne Erfolg. Adrenalin und Erleichterung durchströmten ihren Körper. Endlich wusste sie, dass sie in Sicherheit war.

Tiffany vermutete, dass ihr Vater inzwischen benachrichtigt worden war, und sie fragte sie, wie lange es noch dauerte, bis er eintraf. Er musste vor Sorge um sie schier außer sich sein. Aber sie wusste auch, dass er wütend auf sie war, weil sie die Sicherheitsleute gelinkt hatte, um auf die Party zu gehen. Tiffany versuchte nur kurz, sich eine Möglichkeit zu überlegen, wie sie seinem Zorn ausweichen konnte. Dabei hatte sie eine Strafe durchaus verdient, wie sie im Nachhinein zugeben musste.

Die Tür ging wieder auf und ein Blitzlichtgewitter leuchtete hinter dem schützenden Vorhang auf.

Eine Schwester in fuchsiafarbener OP-Kleidung und mit sportlich kurzen grau melierten Haaren kam hinter dem Vorhang zu ihr. »Ich bin sicher, Sie sind die Aufmerksamkeit gewohnt, Tiffany. Eine alte, müde Frau wie mich macht das ganz verrückt.«

Tiffany lächelte. »Tut mir leid. Mich überrascht, dass die Cops die Journalisten noch nicht rausgeschmissen haben.«

Die Krankenschwester nickte. »Sie arbeiten dran. Das Letzte, was ich hörte, war der Ruf nach einem Sergeant, falls sie etwas gröber mit der Presse würden umspringen müssen. Ich bin Nancy«, sagte sie, zog einen Rollhocker heran und setzte sich vor Tiffany. Sie blickte Tiffany in die Augen und atmete tief durch. »Ich komme vom SART. Wir kümmern uns um die Opfer sexueller Gewalt. Man hat mich zu Ihnen geschickt, damit ich abschätze, ob Sie während Ihrer Entführung sexuell belästigt oder angegriffen wurden. Sie machen auf mich einen sehr klugen und tapferen Eindruck. Möchten Sie mir etwas sagen?«

Tiffany schüttelte den Kopf. »Nein. Mir ist nichts dergleichen passiert. Es geht mir gut. Haben Sie schon mit meiner Freundin Brenda gesprochen?«

»Noch nicht. Warum? Ist ihr denn etwas passiert?«

Tiffany erzählte von der Gruppenvergewaltigung. »Ich kenne Brenda jetzt schon seit fast zehn Jahren. Sie hat bisher kaum mit mir darüber gesprochen, darum kann ich mir vorstellen, dass sie es vor Ihnen verheimlichen möchte.«

»Danke. Ich werde behutsam mit ihr umgehen und ihr nicht verraten, dass Sie mir das erzählt haben.«

»Vielen Dank.«

Die Tür ging ein weiteres Mal auf und wenige Sekunden später lag sie in den Armen ihres Vaters. Er schluchzte in ihr Haar und hielt sie so fest an sich gedrückt, dass sie kaum Luft bekam. Prestons Stabschef Bain stand hinter ihm und beobachtete die beiden.

»Dad, ich krieg keine Luft.«

Er ließ sie los und schob sie von sich, um ihr in die Augen zu sehen. »Ich war schier verrückt vor Sorge.« Dann beugte er sich zu ihr runter und musterte sie prüfend. »Geht es dir gut? Haben sie ...«

Tiffany schüttelte hastig den Kopf. »Nein, Dad. Mir geht's gut.«

»Bist du sicher? Was ist mit den Blutwerten? Hast du irgendwelche Probleme?«

»Ich fühle mich müde, aber ansonsten okay.«

Die Schwester, die beiseitegetreten war, als Preston in das Zimmer stürmte, trat nun neben Tiffany. »Ich muss zu der Polizistin, die angeschossen wurde. Bin in ein paar Minuten wieder da. Brauchst du noch etwas, bevor ich gehe?«

»Nein, ich komme klar«, sagte Tiffany. »Eine Polizistin wurde angeschossen, sagen Sie?«

»Ich weiß nichts über die genauen Umstände, aber sie haben sie hergebracht, weil sie etwas mit Ihrem Fall zu tun hat.« Die Schwester lächelte und ging zur Tür. »Bin gleich wieder da.«

Ihr Vater lächelte ebenfalls. Dann blickte er Bain an.

Bain trat vor. »Tiffany, was denken Sie – wenn wir Ihre

Haare frisieren und frische Kleidung besorgen, können Sie dann eine kurze Pressekonferenz im Innenhof der Klinik geben? Sie bräuchten nichts zu sagen«, fügte er rasch hinzu. »Sie müssten nur in einem Rollstuhl sitzen und hübsch aussehen. Das wäre eine gute Gelegenheit für Ihren Vater. Seine Wählerschaft soll wissen, dass er sich nun, nachdem Sie gefunden wurden, wieder um die Arbeit kümmern kann.«

Tiffany blickte ihren Vater an, der sie aufmunternd anlächelte.

Ihre Wangen wurden kalt, weil alle Farbe aus ihnen wich. Sie wollte ihrem Vater eine Absage erteilen, weil sie zu müde war. Erinnerungen an ihre Mutter kamen ihr in den Sinn. Sie wusste noch genau, wie ihre Mutter und ihr Vater Barbara Walters nur wenige Tage vor dem Tod ihrer Mutter ein Interview gegeben hatten. Tiffany hatte dieses Interview immer wie ein Vermächtnis ihrer Mutter angesehen, ein Beweis ihres Muts. Jetzt sah sie alles in einem anderen Licht. Ihr Vater hatte es für seine Publicityzwecke missbraucht. Und genauso wollte er sie jetzt benutzen.

Ihr Vater war ein unsensibler, selbstsüchtiger Arsch. Daran bestand für sie kein Zweifel. Aber er war schon immer so gewesen. So war das nun mal mit ihm – das erlebte sie jetzt genauso wie damals ihre Mutter.

Zu den letzten Dingen, die ihre Mutter zu ihr damals gesagt hatte, gehörte Folgendes. »Dein Vater ist wie ein Kind, Tiffany. In seiner Welt dreht sich alles um ihn. Er braucht dich, um ins Weiße Haus zu kommen. Du musst mir versprechen, für ihn da zu sein. Ich kann das nicht, darum bitte ich dich, meine Rolle zu übernehmen.«

Zu jenem Zeitpunkt hatte Tiffany gerne zugestimmt. Sie hätte ihrer Mutter alles versprochen. Aber jetzt, nachdem sie dieses Trauma erlitten hatte und ihr Vater, kaum dass sie in Sicherheit war, weitermachen wollte wie bisher ... Ihm war es offensichtlich egal, ob Leute ihretwegen verletzt worden waren. Ihr war das nicht egal und sie wollte alles richtig machen.

»Wenn wir dich jetzt nicht gefunden hätten«, sagte ihr Vater und tätschelte ihre Hand, »hätte ich meinen Posten als Gouverneur aufgegeben. Zum Glück ist es nicht so weit gekommen.«

Seine Taktlosigkeit ließ Tiffany für einen Moment zusammenzucken. »Weißt du, Dad, Mom hat immer gesagt, Teenager sind allesamt kleine Dramaqueens. Ich glaube, da hast du mich gerade um Längen geschlagen«, sagte sie und lächelte ihren Vater gequält an. »Ich habe Mom versprochen, dir ins Weiße Haus zu verhelfen, und das werde ich auch tun. Aber zuerst«, sagte sie und blickte ihren Vater streng an, »muss ich etwas erledigen, und dabei wirst du mir helfen. *Danach* können wir den Bürgern von Kalifornien versichern, dass du deinen Job machen kannst.«

108 – MADDIE

Ich konnte nicht glauben, dass Travis tot war. Ich lag in einem Krankenhausbett, starrte an die Zimmerdecke und versuchte, ein Muster in den Fieberglasplatten zu erkennen. Diese unmögliche Aufgabe hielt mich vom Denken ab. In meinem Herz wütete ein leerer Schmerz. Oder es lag am Lidocain, das sie mir injiziert hatten und dessen Wirkung langsam nachließ.

Ich hatte während des Schusswechsels nicht bemerkt, dass ich getroffen worden war. Es war keine ernste Verletzung. Eine Kugel hatte meine linke Brust tief genug angekratzt, dass ich mit zweiunddreißig Stichen genäht werden musste. Sie hatten sogar einen plastischen Chirurgen aufgetrieben, der mich zusammenflickte.

Ich lag seit mindestens zwanzig Minuten allein in dem Bett in der Notaufnahme. Niemand tröstete gern die Witwe eines toten Officers. Oder sie warteten erst auf Chief Marlon Fryer, dass er mir seine Aufwartung machte. Verdammt, der war wahrscheinlich noch am Tatort zugange. Was für ein Durcheinander. Ich wusste immer noch nicht, was hier los war. Ich tappte völlig im Dunkeln, warum die Bürgermeisterin und ein früherer Gangster es für notwendig erachtet hatten, mich zu entführen, und warum sie einander erschießen wollten.

Ein leises Klopfen an der Tür, dann trat mein Partner Darius ein. Sein Mund war fest zusammengekniffen und die Muskeln in seinem Kiefer zuckten, als er die Zähne zusammenbiss. Ich versuchte, nicht auf die Tränen zu achten, die ihm in den Augen standen. Aber ich sah sie, und dann füllten sich auch meine Augen mit Tränen.

»Maddie, es tut mir so leid.« Er kam zum Bett, beugte sich zu mir und umarmte mich. »Travis war ein guter Cop, und ich weiß, wenn er schon sterben musste, dann hätte er das nur gewollt, wenn er dich damit rettete.«

»Stopp! Hör auf damit«, heulte ich. Tränen strömten über mein Gesicht. »Ich kann darüber nicht nachdenken. Ich will vor allem wissen, *warum* das alles passiert ist. Was zum Teufel war da los, Darius?«

Er nahm die Taschentuchbox vom Rollwagen und hielt sie mir hin. Dankbar nahm ich eine Handvoll.

»Wir versuchen immer noch, alles zu entwirren. Aber ich kann dir sagen, was ich im Moment weiß. Wobei das alles noch im Fluss ist.« Er schwieg einen Moment, als eine Schwester den Kopf hereinsteckte und dann ohne ein Wort wieder verschwand. »Als Erstes sollst du wissen, dass wir Tiffany Truesdale und ihre Freundin Brenda gerettet haben. Tiffany scheint es gesundheitlich im Moment gut zu gehen. Insgesamt waren beide Mädchen in guter Verfassung, aber Brenda wurde mehrfach vergewaltigt.«

Ich schüttelte traurig den Kopf. »Was hatten die Bürgermeisterin und Zepeda Sorriano mit der Entführung zu tun?«

»Im Moment glauben wir, dass es da keine Verbindung gibt. Wir hatten mit unserer Vermutung recht, dass Drejohn die Mädchen hatte. Der Plan lief genau so ab, wie wir es wollten. Zumindest, soweit es die Mädchen betraf. Die beiden Verdächtigen wollten die Sache mit Waffen austragen und haben verloren.«

Ich hatte kein Mitleid mit ihnen und zuckte nur mit den Schultern. Sofort verzog ich schmerzlich das Gesicht.

»Ich wusste, irgendwas stimmte nicht, als du dich nicht vorab gemeldet hast. Aber ich muss dir sagen, dass ich zunächst echt angepisst war deswegen.« Wenigstens besaß mein Partner so viel Anstand, etwas betreten zu wirken. »Ich machte mir Sorgen und habe versucht, dich zu erreichen. Aber zugleich musste ich mich um die Mädchen kümmern, um den Tatort im Hotel und die Kollegen, die überall herumwuselten ...« Er verstummte.

»Und du dachtest, ich hätte dich hängengelassen.«

»Nein.« Er setzte sich zu mir aufs Bett und nahm meine Hand. »Ich war besorgt. Offenbar aus gutem Grund.«

Ich nickte. »Weiß *irgendjemand*, was mit der Bürgermeisterin und Sorriano los war?«

»Es hat sich herausgestellt, dass Pilar Luna und Sorriano im selben Viertel aufgewachsen sind. Wir sind nicht ganz sicher, in welchem Verhältnis sie damals standen. Was wir aber wissen, ist Folgendes: Nachdem sie Bürgermeisterin wurde, hat sie ihren politischen Einfluss genutzt, um Sorrianos Bruder aus dem Gefängnis zu holen.«

»Warum sollte sie so etwas tun?«

Darius schüttelte den Kopf. »Wir versuchen immer noch, die Puzzleteile zusammenzusetzen, aber Gerüchte in dem Viertel deuten darauf hin, dass man Druck auf Pilar ausübte. Sie solle ihre Wurzeln nicht vergessen und so.« Mein Partner fuhr sich mit der Hand über den Nacken. »Die Sache lief völlig aus dem Ruder. Das Arschloch war ein Kinderschänder und war keinen Monat draußen, ehe er wieder zuschlug. Ich weiß nicht, wie sie das geschafft hat, aber sie brachte den Bezirksstaatsanwalt dazu, ihn nur wegen einer Ordnungswidrigkeit anzuklagen.«

»Was zum Teufel hat der Staatsanwalt sich dabei gedacht?«

Darius zuckte mit den Schultern. »Du weißt doch, wie es in der Politik läuft. Du tust mir einen Gefallen und ich revanchiere mich bei der nächsten Wahl.« Mein Partner setzte sich aufrecht hin und strahlte. »Aber wir können wahrscheinlich auch den McCall-Mord aufklären. Du wirst dich selbst ein bisschen hassen, wenn ich es dir erkläre.«

»Was denn?«

»Die Bürgermeisterin war schon ziemlich hinüber, als der Krankenwagen eintraf. Sie haben sie eingeladen und ein junger Kollege von uns fuhr mit ihr in die Klinik. Sie war tot, bevor sie dort ankamen, aber rate mal, was sie dem jungen Kollegen noch erzählt hat?«

»Ich weiß es nicht«, sagte ich und ließ die Hand kreisen, damit er schnell weitererzählte.

»Der Junge sagt, die Bürgermeisterin fing an zu flüstern. Er behauptet, sie hätte gesagt: ›Sag dem Gouverneur, ich hab Zippy auf seine Freundin angesetzt. Das war ich. Ich habe sie eliminiert. Versprich, ihm das zu sagen.‹«

»Wow, das würde natürlich Sinn ergeben. Sorriano hat also Heather entführt und ermordet, weil Pilar seinen degenerierten Bruder freigelassen hat.«

Jetzt lächelte mein Partner. »Aber warte, es gibt noch m...«

Ein lautes Klopfen an der Tür. Eine hübsche Frau, die ihre dunklen Haare zu einem langen Zopf geflochten trug, betrat den Raum. Offenbar war sie auch ein Detective. Selbst wenn ich Dienstwaffe und Marke nicht gesehen hätte, waren die unauffälligen Schuhe und das Ensemble aus dunkler Jacke und Hose Hinweis genug.

Darius sprang vom Bett. »Das freut mich, dass du mich gefunden hast.«

Ich musterte das Mädchen von oben bis unten und fragte mich, ob sie wohl die Auslöserin seiner Barry-White-Gesangseinlagen war, mit denen Darius mich zuletzt beglückt hatte.

»Ähm, Maddie ... es gibt Neuigkeiten.«

Jetzt kniff ich die Augen zusammen. Sie schien zu dem zu gehören, was Darius mir sagen wollte.

»Larry der Frauenschläger hat seine Drohung wahrgemacht und mich zur psychologischen Analyse versetzt.« Er lächelte die Frau an und sah dann zu mir rüber. »Maddie, das ist deine neue Partnerin Jade Donovan.«

Jade kam näher und streckte ihre Hand aus. »Ihr Verlust tut mir so leid.«

Ich drückte kurz ihre Hand, während eine neuerliche Welle der Trauer über mir zusammenschlug. Mein Partner hatte mich von Travis' Tod abgelenkt, als er mir von dem Fall erzählte. Jetzt kam die Verzweiflung zurück.

»Danke«, murmelte ich und blickte Darius an. »Ab wann tritt diese Änderung in Kraft?«

»Sobald du wieder zur Arbeit erscheinst.« Er schaute die hübsche Brünette neben sich an. »Ich werde bis dahin mit Jade zusammenarbeiten und ihr alles beibringen, was sie über Vermisstenfälle wissen muss. Und dann kannst du zurückkommen und ihr erklären, wie chaotisch ich bin.«

»Oh, das könnte mir Spaß machen. Ich werde mir den Arsch aufreißen, um schnell wieder an Bord zu sein.« Erst nachdem ich es ausgesprochen hatte, wurde mir bewusst, wie verrückt das für Jade klingen musste, und ich entschuldigte mich. »Tut mir leid. Ich hab nichts gegen Sie. Es sieht nur gerade so aus, als würde mir keine Pause gegönnt, nachdem ich gerade ... meinen Mann verloren habe. Jetzt nehmen sie mir auch noch meinen Partner weg.« Ich rupfte ein Taschentuch aus der Box, um die Tränen aufzuhalten, die wieder aus meinen Augen strömten.

»Entschuldigen Sie sich bitte nicht. Ich kann das nachvollziehen«, sagte Jade. »Vielleicht können Sie mit dem Chief reden und er ändert seine Meinung.«

Meine Antwort war ein Schnauben. Wenigstens schien sie nett zu sein.

»Ich geh jetzt raus und melde mich beim Lieutenant«, sagte sie zu Darius. »Hat mich gefreut, Sie kennenzulernen, Maddie. Oh, und hier ist meine Handynummer«, sagte sie und kritzelte etwas auf ihre Visitenkarte. »Rufen Sie mich ruhig an, wenn Sie irgendwas brauchen. Selbst wenn Sie nur reden wollen.« Sie legte die Karte auf den Rollcontainer neben mein Bett und ging.

Mein Blick richtete sich auf Darius. »Warum stößt die Polizei mir nicht einfach einen Pflock durchs Herz und erlöst mich von meinem Elend?«

Darius lächelte und umarmte mich. »Denk dran, weder Gott noch das LAPD bürden dir mehr auf, als du ertragen kannst. Zumindest sagen sie uns das immer.« Er setzte sich wieder zu mir aufs Bett. »Bist du bereit, den Rest meiner Story zu hören?«

Ich nickte und schnäuzte mich.

»Wo war ich?« Er dachte kurz nach. »Ach ja. Der Junge im Krankenwagen. Die Bürgermeisterin hat ihm erklärt, sie habe die Ermordung von Heather McCall in Auftrag gegeben«, sagte Darius. »Hier kommt das Beste: Unser Anfänger hat alles auf Band.«

Ich schnappte nach Luft. Das war der Traum jedes Mordermittlers: Das Geständnis eines Mörders, kurz vor seinem Tod aufgezeichnet.

»Ich nehme an, du und die Neue, Jade Donovan, werdet die losen Enden bestimmt verbinden können.«

»Du lässt also andere arbeiten, hm?«, fragte Darius. »Wir schließen den Fall ab, mit Schleife und allem Drum und Dran. Und *danach* kommst du zurück.«

Ich lächelte und nickte meinem Partner zu. Dann legte ich den Kopf zurück aufs Kissen und wir blieben stumm, jeder mit seinen eigenen Gedanken beschäftigt.

Ein leises Klopfen an der Tür. Darius zögerte einen Moment, ob jemand eintrat, aber als das nicht geschah, stand er auf und sah nach. Es war Tiffany Truesdale.

Als sie den Raum betrat, sah ich, wie ein nervöser Streifenpolizist vor meinem Zimmer Posten bezog. Offensichtlich sollte er auf Tiffany aufpassen und war ihr bis zu meinem Zimmer gefolgt.

Die Augen des Teenagers wurden bei Darius' Anblick groß.

»Detective Cutter! Ich habe gehofft, Sie noch einmal zu sehen. Ich kann Ihnen gar nicht genug dafür danken, dass Sie Brenda und mich gerettet haben.«

»Darum mache ich das große Geld«, sagte er und zwinkerte ihr zu.

Tiffany wandte ihre Aufmerksamkeit mir zu und kam mit ausgestreckter Hand auf mein Bett zu. »Ich bin Tiffany Truesdale. Es tut mir so leid, dass Sie verletzt wurden.«

Ich war sofort von der Haltung und der erwachsenen Art der jungen Frau beeindruckt. Nicht zu vergessen, dass sie wunderschön war. Ich schüttelte ihre Hand.

»Hi, ich bin Detective Divine. Vielen Dank für Ihre freundlichen Worte, doch meine Verletzung hatte nichts mit Ihrem Fall zu tun.«

Ein Stirnrunzeln umwölkte die Stirn der Gouverneurstochter. »Aber die Schwester sagte ...«

Darius sprang ein. »Maddie ist meine Partnerin. Sie hat an Ihrem Fall gearbeitet, doch dann wurde sie in etwas anderes verwickelt, wobei sie ein paar Beulen davongetragen hat.«

Tiffanys Gesicht spiegelte ihre Skepsis wider. »Mir wurde gesagt, man hat Sie angeschossen.«

Ich zuckte mit den Schultern. »Das war nur ein Streifschuss. Das Wichtigste ist, dass Sie und Ihre Freundin Brenda wohlauf sind. Das sind Sie doch, oder?«

Der Teenager nickte. »Ich hatte es viel leichter als Brenda, aber ich werde meinen Dad dazu bringen, ihr alle nötige Hilfe zukommen zu lassen. Ich hätte das ohne sie nicht heil überstanden.«

Ich lächelte die tapfere junge Frau an. »Ich glaube, Ihre Freundin hat viel Glück mit Ihnen.«

Tiffany schüttelte den Kopf. »Nein. Es war meine Idee, zu der Party zu gehen. Nichts von alledem wäre passiert, wenn ich meine Sicherheitsleute nicht reingelegt hätte. Aber ich werde diese Erfahrung nicht ungenutzt lassen. Ich werde das Problem ansprechen, wie Teenies sich selbst in Gefahr bringen, und zu diesem Thema an Schulen in Kalifornien sprechen. Vielleicht wird Brendas und meine Erfahrung andere junge Leute davon abhalten, denselben Fehler zu machen.«

Darius und ich wechselten einen Blick. Wir waren beide beeindruckt.

»Nur damit Sie's wissen«, sagte Darius zu der jungen Frau. »Wir haben Einheiten zu dem Grundstück in der Wüste geschickt. Wir konnten einige Festnahmen machen und haben die Mädchen befreit. Im Moment arbeiten wir eng mit der Jugendhilfe zusammen, um für sie ein Heim zu finden, bis wir das alles sortiert haben.«

»Es gab dort Hunde ...«, setzte Tiffany an.

»Wissen wir. Die Tierhilfe kümmert sich bereits darum«, sagte Darius.

In diesem Moment kam die Schwester zurück ins Zimmer. »Und ich dachte, Sie sind in die Cafeteria verschwunden, weil Sie das leckere Krankenhausessen genießen wollten, Tiffany. Ich muss Sie zurück in Ihr Zimmer bringen. Der Arzt möchte mit Ihnen die Untersuchungsergebnisse besprechen.«

»Danke fürs Vorbeischauen«, sagte ich.

Ich war überrascht, als der Teenie zu mir kam und meine Hand schüttelte. Dann drehte sie sich um und machte dasselbe bei Darius. »Ich danke Ihnen beiden. Das werde ich nie vergessen.« Mit diesen Worten ging sie zur Tür, winkte uns noch einmal zu und war verschwunden.

»Das nenne ich mal ein Mädchen mit Verstand«, sagte mein Partner.

Ich nickte. »Wie zufällig das Leben doch manchmal ist und wie ungerecht«, sagte ich. »Indem sie Tiffany ihr Knochenmark spenden wollte, tat Heather McCall etwas durch und durch Gutes, und trotzdem musste sie sterben.« Tränen füllten meine Augen und rannen über meine Wangen. »Travis hat seine Ängste überwunden, um mich zu retten, und wurde ermordet.« Ich tupfte die Wangen mit einer Handvoll Taschentücher ab. Dann schaute ich meinen Partner an.

»Irgendwann werde ich heilen«, sagte ich. »Zum Glück sieht es so aus, als wäre Tiffany unbeschadet aus der Sache rausgekommen, und sie wird diesen Vorfall nutzen, um andere Kids zu schulen. Manche Leute werden sagen, wir sind gesegnet, und ich vermute, das stimmt zum Teil. Aber es gibt verschiedene Arten von Segen auf der Welt, und dieser, mein Freund, war ein tödlicher Segen.«